Suzanne Rindell • Die Frau an der Schreibmaschine

Suzanne Rindell

Die Frau an der Schreibmaschine

Roman

Deutsch von Beate Brammertz

btb

Die amerikanische Originalausgabe erschien 2013 unter dem Titel
»The Other Typist« bei Amy Einhorn Books, Penguin, New York.

MIX
Papier aus verantwortungsvollen Quellen
FSC® C014496

Verlagsgruppe Random House FSC® N001967
Das für dieses Buch verwendete FSC®-zertifizierte Papier *Munken Premium*
liefert Arctic Paper Munkedals AB, Schweden.

1. Auflage

This edition published by arrangement with
Amy Einhorn Books, an imprint of
G.P. Putnam's Sons, a member of Penguin Group (USA) LLC,
a Penguin Random House Company

Umschlaggestaltung: semper smile, München
Umschlagmotiv: © Peter Zelei/Getty Images
Satz: Uhl + Massopust, Aalen
Druck und Einband: GGP Media GmbH, Pößneck
Printed in Germany
ISBN 978-3-442-75485-4

Für meine Eltern, Arthur und Sharon Rindell.
Euch habe ich alles zu verdanken.

1

Es hieß, die Schreibmaschine mache uns geschlechtslos.

Ein Blick auf den Apparat selbst, und es lässt sich womöglich nachvollziehen, warum die selbsternannten Wächter weiblicher Tugendhaftigkeit und Moral zu diesem Schluss gelangt sein mochten. Die gebräuchliche Schreibmaschine, sei es nun eine Underwood, Royal, Remington oder Corona, ist ein klobiges Ding von erheblichem Gewicht, deren kantige Ecken geradewegs auf den Punkt kommen, ohne jegliche albernen Verspieltheiten oder feminine Grillen. Nicht zu vergessen die bloße Brachialgewalt ihrer eisernen Hebel, die mit gnadenloser Wucht auf das Papier hinabsausen. *Gnadenlos.* Ja, eine Schreibmaschine kennt keine Gnade.

Wie ich gestehen muss, weiß ich selbst nicht sonderlich viel über Gnade, denn meine Arbeit fußt im Grunde auf dem Gegenteil. Auf Geständnissen, meine ich. Nicht dass ich sie den Verdächtigen abringe – das ist Aufgabe des Sergeants. Oder die des Lieutenant Detectives. Nicht meine. Meine Arbeit ist leise. Leise, abgesehen von dem ohrenbetäubenden Klappern der Schreibmaschine, die vor mir thront, während ich den Papierstreifen eines Stenogramms transkribiere. Aber selbst hierbei kann ich nichts für den Krawall, denn immerhin bin ich nur eine Frau – ein Phänomen, das der Sergeant erst dann zu bemerken scheint, wenn wir das Vernehmungszimmer verlassen, er sanft meine Schulter berührt und mir mit großem und feierlichem Ernst zuflüstert: »Es tut mir leid, Rose, dass Sie als eine Lady solche Dinge hören müssen.« Er meint die Vergewaltigungen, Einbrüche oder welches Verbrechen auch immer uns eben gestanden wurde. Auf unserem Polizeirevier, das im Stadtbezirk Manhattan liegt und weithin Lower East Side genannt wird, mangelt es uns selten an Gräueltaten.

Ich weiß, wenn der Sergeant die Bezeichnung *Lady* benutzt, meint er es nur gut. Wir haben das Jahr 1924 – bald 1925 –, und ich befinde mich genau zwischen dem, was man heutzutage als eine *Lady* und als eine *Frau* bezeichnet. Der Unterschied ist natürlich teilweise eine Frage der Bildung, die ich – zumindest zu einem sehr bescheidenen Grad – für mich geltend machen kann, da ich einen Abschluss vom *Astoria Stenographers College for Ladies* aufzuweisen habe, aber andererseits eine Frage der Herkunft und finanziellen Situation, und die spricht nicht für mich. Immerhin bin ich ein Waisenkind, das fünfzehn Dollar die Woche verdient. Und natürlich ist auch die Anstellung an sich eine nicht zu vernachlässigende Größe. Die Tradition will, dass eine Lady einer *Beschäftigung* nachgeht, niemals jedoch einer echten *Arbeit*, und ich, die ein Leben mit einem Dach über dem Kopf und regelmäßigen Mahlzeiten einem Leben ohne vorzieht, bin gezwungen, dem Letzteren nachzueifern.

Das war wohl mit der Behauptung gemeint, die Schreibmaschine mache uns geschlechtslos – sie führte uns aus unserem Zuhause, zwar nicht in die Nähfabriken oder Dampfwäschereien, sondern in die Anwaltskanzleien und Buchhaltungsbüros, deren Räumlichkeiten früher nur Männer kannten. Sie brachte uns dazu, die Bänder unserer Schürzen aufzuschnüren und in die gestärkten Blusen und trostlosen marineblauen Röcke zu schlüpfen, mit ihrem Versprechen, uns unserer Weiblichkeit zu berauben. Man fürchtete, der ständige Umgang mit all diesen technischen Neuheiten – den Stenografen, Mimeografen, Rohrpostanlagen – würde uns irgendwie härter machen, und in einem Anflug von unerbittlichem Neid auf all dieses Eisen, Messing und Stahl könnten unsere weichen Frauenherzen ihnen nacheifern und ebenfalls unnachgiebig werden.

Vermutlich entspricht es der Wahrheit, dass die Fertigkeit des Tippens dem schönen Geschlecht die Türen zu einem eher männlichen Arbeitsumfeld öffnete – etwa dem Polizeirevier, wo wir Stenotypistinnen ansonsten eine weibliche Minderheit darstellen. Womöglich hat man von der einen oder anderen Polizistin in Manhattan gehört oder sogar eine leibhaftig gesehen – jene schwerfälligen, alten Matronen, die eingestellt werden, um die männlichen Kollegen vor falschen Anschuldigungen bezüglich ungehöriger Übergriffe zu schützen, die die Arbeit, tagtäglich Prostituierte wie Schafe zusammenzutreiben, oft mit sich bringt. Aber der Sergeant glaubt nicht an Polizistinnen und weigert sich, sie einzustellen. Dass es auf dem Revier überhaupt Frauen gibt, ist einzig und allein der Unmenge von Schreibarbeit geschuldet. Die Schreibmaschine ist wahrlich meine Eintrittskarte in eine Welt, die mir und meinesgleichen andernfalls verwehrt wäre.

Das Tippen auf einer Schreibmaschine ist wohlgemerkt keine brutale, männliche Form der Arbeit. Im Grunde könnte man sogar behaupten, die Arbeit einer Stenotypistin – der einfache Akt, ein Diktat aufzunehmen, der formvollendete Tanz der Fingerspitzen in ihrem Stakkato über den Tasten einer Stenografiermaschine – sei vielleicht eine der kultiviertesten Formen von Arbeit, die unsere moderne Welt zu bieten hat. Und man muss sich wegen des Rests keine Sorgen machen: Eine gute Stenotypistin kennt ihren Platz. Sie ist einfach glücklich, als Frau ein vernünftiges Auskommen zu haben.

Wie dem auch sei, wäre das Maschineschreiben eine wahrhaft maskuline Tätigkeit, sähe man mehr Männer bei dieser Arbeit. Es sind stets Frauen, die über Schreibmaschinen gebeugt dasitzen, woraus folgt, dass es eine Beschäftigung ist, für die sie besser geeignet sind. Während all meiner Zeit habe ich nur einen einzigen männlichen Stenotypisten getroffen, und das zartbesaitete Wesen dieses speziellen Gentlemans war sogar noch weniger für die Arbeit auf einem Polizeirevier geschaffen als mein eigenes. Ich hätte es gleich wissen müssen, dass er nicht lange ausharren würde. Er hatte das nervöse Gebaren eines Vögelchens, und sein Schnurrbart machte den Anschein, als werde er täglich von einem Herrenfriseur gestutzt. Er trug ein Paar äußerst gepflegte, weiße Gamaschen über den Schuhen. An seinem zweiten Tag hustete ein Krimineller eine Ladung Schleim darauf, vermischt mit Tabak. Der männliche Stenotypist, und es tut mir leid, dies sagen zu müssen, erblasste stark und entschuldigte sich, um eine Toilette aufzusuchen. Nach diesem Vorfall blieb er nur noch eine Woche. *Weiße Gamaschen*, hatte der Sergeant kopfschüttelnd angemerkt. Ein Schnalzen des Sergeants ist häufig seine Art, mich ins Vertrauen zu ziehen. *Weiße Gamaschen haben hier nichts verloren*, sagte er, und ich wusste, insgeheim war er froh, einen solchen Dandy los zu sein.

Natürlich wies ich den Sergeant nicht darauf hin, dass der Lieutenant Detective ebenfalls weiße Gamaschen trägt. Der Lieutenant Detective und der Sergeant sind zwei Männer unterschiedlichen Schlags, aber sie scheinen vor langer Zeit einen unsicheren Frieden geschlossen zu haben. Ich hatte immer das untrügliche Gefühl, keinen der beiden Männer offen bevorzugen zu dürfen, um keinesfalls das labile Gleichgewicht zu stören, das ihre Zusammenarbeit garantiert. Wenn ich ehrlich bin, muss ich gestehen, mich in Gegenwart des Sergeants wohler zu fühlen. Er ist älter und mir vielleicht ein wenig zugeneigter, als ein verheirateter Mann sein sollte, doch ich denke, dass er eine eher väterliche Zuneigung verspürt und er in erster Linie Sergeant wurde, weil er ein rechtschaffener Mensch ist und aufrichtig glaubt, es sei seine Aufgabe, in unserer wunderbaren Stadt für Recht und Ordnung zu sorgen.

Außerdem mag es der Sergeant, wenn *alle* Dinge geordnet sind, und er legt größten Wert darauf, jede Regel genau nach Vorschrift zu befolgen. Erst vergangenen Monat suspendierte er einen der Officers, schickte den Mann eine Woche ohne Lohn nach Hause, weil dieser einem Obdachlosen, der in einer Verwahrungszelle wartete, ein Schinkensandwich zukommen ließ. Ich konnte wohl nachvollziehen, warum der Officer es tat. Der Vagabund bot einen solch trostlosen Anblick – die Umrisse seiner Rippen zeichneten sich taktlos gegen den dünnen Stoff seiner Kleidung ab, und seine Augen rollten herum wie ruhelose Murmeln, die in zwei tiefen, dunklen Höhlen steckten. Keine einzige Seele beschuldigte den Sergeant offen, unchristlich zu sein, aber ich vermute, er spürte, dass einige der Männer es insgeheim dachten. *Einen solchen Mann durchzufüttern, sendet die Botschaft aus, dass harte Arbeit und das Einhalten von Regeln ohne Bedeutung sind – und wir können es uns nicht leisten, diese Werte verfallen zu lassen*, ermahnte uns der Sergeant.

Der Lieutenant Detective steht rangmäßig über dem Sergeant, aber darauf würde man nie kommen. Obwohl der Sergeant, wenn er will, auf andere einschüchternd wirken kann, ist er kein hochgewachsener Mann, obwohl er in vielerlei anderer Hinsicht Größe beweist. Die ausladende Masse seines Gewichts sitzt ihm um die Hüften, genau über dem Bund seiner Uniformhose, das verleiht ihm einen beruhigenden, väterlichen Schmerbauch. Sein Schnurrbart hat in den vergangenen Jahren an Farbe eingebüßt und ist nun graumeliert. Er trägt ihn gezwirbelt und die Koteletten außerdem recht lang, was längst nicht mehr der letzte Schrei ist, doch der Sergeant schert sich wenig um die sich wandelnde Mode und würde keinesfalls den neuesten, skandalösen Entwicklungen nacheifern. Einmal, beim Zeitunglesen, hörte ich ihn matt sagen, die heutige Mode sei der Beweis für die Degeneration unserer Nation.

Demgegenüber trägt der Lieutenant Detective keinen Schnurrbart und hat die Angewohnheit, das Gesicht stets glattrasiert zu halten, was *en vogue* ist. Ebenfalls in Mode ist die nonchalante Art, wie er sich mit Pomade das Haar zurückkämmt. Fast immer löst sich die eine oder andere Locke und fällt zitternd über sein Auge, woraufhin er sich stets mit der Hand durchs Haar streicht und sie wieder zurückschiebt. Auf seiner Stirn prangt eine beträchtliche Narbe, die von der Mitte seiner Stirn bis zu seinem Auge verläuft und die sonderbare Wirkung hat, seine Gesichtszüge aufzuwerten. Er ist jung, lediglich ein oder zwei Jahre älter als ich, und da er ein Detective ist und kein einfacher Streifenpolizist, muss er keine Uniform tragen. Er kleidet sich sehr vornehm, doch eigentümlich: Er sieht immer aus, als sei er gerade aus dem Bett gerollt und wie zufällig in seine Sachen gestiegen. Alles an ihm strahlt eine kesse Nachlässigkeit aus, bis hin zu seinen Gamaschen, die kein einziges Mal auch nur halb so weiß oder sauber waren wie die des männlichen Stenotypisten. Damit will ich beileibe nicht andeuten, der Lieutenant Detective sei nicht auf Sauberkeit bedacht, sondern nur, dass er nicht sehr ordentlich ist.

Vielmehr lässt die Körperhygiene des Lieutenant Detectives ganz sicher nichts zu wünschen übrig. Früher beugte er sich gerne über meinen Schreibtisch, um mit mir zu reden, wobei mir stets der Geruch nach Pears' Seife in die Nase stieg. Als ich ihn einmal fragte, ob diese Marke normalerweise nicht von Damen bevorzugt wird, errötete er und schien es schwerzunehmen, auch wenn ich mir bei meinen Worten nichts gedacht hatte. Er ließ meine Frage unbeantwortet und mied mich nach diesem Vorfall fast zwei Wochen. Anschließend roch er nicht mehr nach Pears' Seife. Kürzlich lehnte er sich über meinen Tisch – nicht um sich mit mir zu unterhalten, sondern um schweigend nach einer meiner Abschriften zu greifen – und ich bemerkte sofort, dass er nach einer anderen Seife roch, einer, deren Parfüm das Aroma von teuren Zigarren und altem Leder imitiert.

Ein Grund, weshalb mir die Arbeit mit dem Lieutenant Detective missfällt und ich den Sergeant vorziehe, ist der, dass der Lieutenant Detective hauptsächlich in Mordfällen ermittelt, was bedeutet, dass ich höchstwahrscheinlich das Geständnis eines mutmaßlichen Mörders stenografieren muss, wenn ich zu ihm in ein Vernehmungszimmer gerufen werde. In der Stimme des Lieutenant Detectives schwingt keine Entschuldigung mit, wie es beim Sergeant der Fall ist, wenn er mich zu sich bittet. Vielmehr beschleicht mich gelegentlich das Gefühl, einen herausfordernden Unterton ausmachen zu können. Nach außen hin gibt er sich natürlich den Anschein, formvollendet nüchtern und sachlich zu sein.

Man hält uns für das schwächere Geschlecht, aber ich bezweifle, ob den Männern klar ist, dass wir Frauen jedes Geständnis zweimal hören. Denn nachdem ich es auf der Stenografiermaschine mitgeschrieben habe, muss ich es auf der Schreibmaschine in gewöhnliches Englisch übertragen, da die Männer keine Kurzschrift lesen können. Ihnen muten die Zeichen auf den Stenografierrollen wie Hieroglyphen an. Das Tippen und Abtippen dieser Geschichten stört mich nicht in dem Maße, wie es mich stören *sollte*, aber es *ist* ein wenig abstoßend, jedes noch so kleine Detail einer Messerstecherei oder Prügelattacke beispielsweise kurz vor dem Mittag- oder Abendessen durchzugehen. Sobald sich die Verdächtigen von der Idee verabschieden, ihre Verbrechen abzustreiten, und sich entschließen, die Karten auf den Tisch zu legen, sind sie häufig sehr spezifisch in Bezug auf das Grauen, das mit einer derartigen Tat einhergeht. Als moralischer Mensch ergötze ich mich nicht an solch schaurigen Einzelheiten, doch es widerstrebt mir zugleich, den Lieutenant Detective mein Unbehagen spüren zu lassen, da es für ihn bestimmt ein Beweis meiner weiblichen schwachen Nerven wäre. Ich versichere jedoch, meine Nerven sind *nicht* schwach, zumindest nicht in diesem Punkt.

Natürlich lässt sich nicht leugnen, dass es auf indirekte Art etwas Intimes an sich hat, diese Geständnisse gemeinsam mit einer anderen Person zu bezeugen, und ich gestehe, dass ich diese Momente mit dem Lieutenant Detective keineswegs genieße. Häufig hat der Verdächtige, der vom Lieutenant Detective befragt wird, eine Frau auf dem Gewissen, und meist hat der Verdächtige dem Opfer zuvor grauenhafte Dinge angetan. Wenn das Geständnis eines Verdächtigen abgenommen wird, der eine junge Frau auf die brutalste aller Weisen attackierte, kommt es mir vor, als würde die gesamte Luft aus dem Raum entweichen. Manchmal mustert mich der Lieutenant Detective ausdruckslos, sobald sich der Sünder an die grässlichsten Stellen erinnert. Während solcher Momente fühle ich mich wie in einem wissenschaftlichen Experiment. Wie in einer dieser psychologischen Fallstudien, die neuerdings der letzte Schrei sind. Ich sitze da und tippe und gebe mein Bestes, den Lieutenant Detective zu ignorieren.

Und dennoch – anders als den Sergeant, der sich aus schierem Zartgefühl um mich sorgt – scheint es den Lieutenant Detective nicht sonderlich zu beunruhigen, dass ich etwas hören könnte, was mein angeblich weibliches Gemüt verletzt. Ich weiß nicht mit Bestimmtheit, wonach er in meinem Gesicht sucht. Höchstwahrscheinlich fragt er sich verwundert, ob ich im nächsten Moment einen nervösen Schwächeanfall erleide oder kopfüber auf der Stenografiermaschine zusammenbreche. Es wäre sogar möglich, dass er mit den anderen Polizisten eine Wette laufen hat. Doch wir leben in einem modernen Zeitalter, einem, in dem Frauen genug zu tun haben, ohne sich auch noch der Verpflichtung hinzugeben, ständig in Ohnmacht zu fallen, und ich wünschte, der Lieutenant Detective würde bei all seinem sonstigen modernen Gebaren damit aufhören, mich schnöselhaft anzustarren, und mich einfach meine Arbeit machen lassen. Bei der ich, nebenbei bemerkt, recht gut bin. Ich tippe 160 Wörter pro Minute auf jeder der genannten Schreibmaschinen und sogar bis zu 300 auf der Stenografiermaschine. Zudem bin ich weitgehend gleichmütig, was den Inhalt der Geständnisse anbelangt, die ich zu Papier bringen und transkribieren muss. Wie die Schreibmaschine selbst bin ich einzig und allein dazu da, mit strikter Präzision das Gesagte niederzuschreiben. Ich liefere den offiziellen und unverfälschten Bericht ab, der schließlich vor Gericht zum Einsatz kommt. Ich transkribiere das, was letztlich als die Wahrheit erachtet wird.

Natürlich muss ich aufpassen, dass mein Stolz hier nicht die Oberhand gewinnt. Einmal, als wir aus dem Verhörraum traten, sprach ich den Lieutenant Detective mit ungewollt lauter Stimme an: »Ich bin kein Hasenfuß.«

»Wie bitte?« Er hielt inne, wirbelte herum und ließ die Augen erneut mit dem Blick eines Wissenschaftlers, der ein Experiment analysiert, an mir herabwandern. Er machte ein oder zwei Schritte auf mich zu, als wollten wir Vertraulichkeiten austauschen, und mir stieg ein weiterer Hauch seiner Zigaretten-und-Leder-Seife in die Nase. Ich drückte den Rücken durch, stieß ein Hüsteln aus und versuchte, meinen Standpunkt nochmals zu verdeutlichen, diesmal mit gelassenerer Selbstsicherheit.

»Ich sagte, ich bin kein Hasenfuß. Es ängstigt mich nicht. Nichts von alldem. Ich bin keine Hysterikerin. Sie können es sich aus dem Kopf schlagen, jeden Moment das Riechsalz holen zu wollen.« Diesen letzten Einwurf machte ich allein des Effekts wegen. Wir haben nämlich überhaupt kein Riechsalz auf der Polizeiwache, und ich bezweifle, dass heutzutage noch irgendjemand ein Fläschchen in der Jackentasche mit sich herumträgt. Doch sofort bereute ich diese Übertreibung. Sie ließ mich zu theatralisch klingen, wie die Hysterikerin, die ich eben so vehement von mir gewiesen hatte.

»Miss Baker …«, setzte der Lieutenant Detective an, doch der Rest seines Satzes erstarb. Er starrte mir mehrere Sekunden ins Gesicht. Und dann, als habe ihn jemand unvermittelt gekniffen, platzte es aus ihm heraus: »Ich hege nicht den leisesten Zweifel, dass Sie das Geständnis von Jack the Ripper höchstpersönlich entgegennehmen könnten, ohne auch nur mit der Wimper zu zucken.« Bevor ich eine passende Antwort formulieren konnte, machte der Lieutenant Detective auf dem Absatz kehrt und ging mit großen Schritten davon.

Ich weiß nicht recht, ob seine Worte als Kompliment gemeint waren. Da ich in einem Revier voller Polizisten arbeite, ist mir Sarkasmus nicht fremd. Möglicherweise erlaubte sich der Lieutenant Detective einen Spaß auf meine Kosten. Ich weiß nicht viel über Jack the Ripper. Ich weiß, dass er den Gerüchten zufolge erstaunlich geschickt mit dem Messer war.

Ich ließ das Thema auf sich beruhen und brachte es in Gegenwart des Lieutenant Detectives nicht mehr zur Sprache. Das Leben auf dem Polizeirevier nahm seinen mehr oder weniger vorhersehbaren, harmonischen Lauf – der Sergeant hielt seinen Pakt der heiklen Zusammenarbeit mit dem Lieutenant Detective, und der Lieutenant Detective blieb im Gegenzug seinem höflichen-wenngleich-barschen Umgang mir gegenüber treu.

Es war ein harmonisches Miteinander, nun ja, zumindest bis die andere Stenotypistin eingestellt wurde.

Mir schwante in ebenjenem Moment, als sie zu ihrem Vorstellungsgespräch durch die Tür kam, dass etwas passieren würde. An diesem Tag betrat sie ruhig und still das Revier, doch ich wusste: Sie glich dem Auge eines Hurrikans. Sie war das dunkle Epizentrum von etwas, das wir noch nicht zu fassen wussten. In ihr erzeugten Hitze und Kälte eine gefährliche Mischung, und um sie herum würde sich alles verändern.

Vielleicht ist es unzutreffend, sie als »die andere Stenotypistin« zu bezeichnen, da es schon immer andere Stenotypistinnen neben mir gegeben hatte. Ich war eine von dreien. Da war eine vierzigjährige Frau namens Iris mit einem ausgemergelten Gesicht, kantigem Kiefer und vogelgleichen grauen Augen. Jeden Tag trug Iris ein andersfarbiges Halstuch. Iris war stets ohne Murren bereit, bei Bedarf zusätzliche Schreibarbeit zu erledigen, was von allen hoch geschätzt wurde. (*Das Verbrechen kennt weder Wochenenden noch Feiertage*, pflegte der Sergeant gern zu sagen.) Iris hatte nie geheiratet, und es war nur schwer vorstellbar, dass die Ehe jemals ihr ersehntes Ziel gewesen sein mochte.

Dann gab es da Marie, in vielerlei Hinsicht das genaue Gegenteil von Iris. Marie war rundlich und vergnügt und zog bei jedem Schritt leicht das Bein nach, da ihr als kleines Kind ein Omnibus über den linken Fuß gefahren war. Marie war kaum dreißig, aber schon zweimal verheiratet – der erste Ehemann war mit einer Revuetänzerin durchgebrannt. Ohne seinen Aufenthaltsort zu kennen und der Möglichkeit beraubt, eine rechtmäßige Scheidung zu bewirken, hatte Marie den Ehevertrag einfach mit einem Achselzucken ignoriert und ihren zweiten Gatten geehelicht, einen Mann namens Horace, der liebevoll mit ihr umging, jedoch stark an Gicht litt. Marie arbeitete auf der Polizeiwache, da sie sich nicht der Illusion hingab, Horace könne für sie sorgen. Sie war eine sentimentale Frau, die aus Liebe geheiratet hatte, wohl wissend, dass sich die Gicht unaufhaltsam verschlimmerte und ihn immer häufiger ans Bett fesselte. Hinter Maries Rücken wurde regelmäßig die ungehobelte Bemerkung fallengelassen, die beiden würden mit Maries versehrtem, linkem Fuß und Horaces gichtgeschwollenen Beinen eine »kesse Sohle aufs Parkett« legen. Die Leute sagten ihr diese Gemeinheit nie offen ins Gesicht, aber Marie war kein Dummkopf und wusste, dass dieser Witz kursierte. Vor langer Zeit hatte sie den Entschluss gefasst, Unkenntnis zu heucheln.

Grundsätzlich war sie für alles, was das freundliche Miteinander der Angestellten stärkte, und folglich schien jeder gern mit ihr zusammenzuarbeiten.

Und dann war da natürlich noch ich. Ich arbeitete seit knapp über zwei Jahren auf dem Revier und genoss längst den Ruf, die schnellste und präziseste Stenotypistin zu sein. Wir drei zusammen bewältigten die Anforderungen des Polizeireviers, erledigten die Schreibarbeit für sämtliche Bestellungen, tippten die Geständnisse und die Korrespondenz. Jedenfalls waren wir in der Lage, diese Aufgaben zu stemmen, bis der Volstead Act, um es salopp auszudrücken, unser Geschäft gehörig ankurbelte.

Anfangs erfreute sich der Volstead Act unter den Officers des Polizeireviers keiner sonderlichen Beliebtheit und wurde bisweilen nur halbherzig ausgeführt. Die Streifenpolizisten grummelten und halfen ungern, als die Anti-Saloon-League eine Bar nach der anderen schloss. Officers, die über Flaschen mit selbstgebranntem Gin stolperten, ließen die Gesetzesübertreter häufig mit einer Ermahnung davonkommen, natürlich darauf bedacht, die Beweise zu konfiszieren. Trotz der wackeren Bemühungen der Woman's Christian Temperance Union glaubte nicht die ganze Nation, dass der Teufel im Alkohol stecke. Es gab sogar Richter, die nicht das gebotene Maß an Entrüstung aufbringen konnten, um die Schwarzhändler, die schamlos und unverhohlen das Gesetz übertraten, ernsthaft zu bestrafen. *Scheint in der Natur des Menschen zu liegen, dass sich ein Mann nach einem harten Tag Arbeit einen Drink genehmigen will*, erklärte der Lieutenant Detective einmal laut genug, damit jeder es hörte, und zuckte mit den Schultern.

Die Dinge nahmen eine Weile ihren Lauf. In regelmäßigen Abständen wurde ein Grüppchen Männer aus der Nachbarschaft – viele unter ihnen waren Ehemänner und Väter – wegen des Verkaufs von Schwarzgebranntem festgenommen und anschließend mit einem leichten Klaps auf die Finger wieder entlassen. Niemanden kümmerte es sonderlich, und so wurde nicht härter durchgegriffen.

Doch es heißt, das Rädchen, das am lautesten quietscht, wird geölt, und in unserem Fall war das quietschende Rädchen Assistant Attorney General Mabel Willebrandt, und das Öl waren wir. Ich mag mir nicht anmaßen, ihre juristische Laufbahn zu beurteilen, aber nach dem zu schließen, was ich in den Zeitungen las, besitzt Mrs Willebrandt die etwas zweifelhafte Ehre, sich den vernachlässigten Gesetzen anzunehmen, von denen ihre trägeren und besonneneren männlichen Gegenstücke lieber die Finger lassen, und geht mit überraschender Inbrunst vor, wobei sie bei ihrem Streben häufig Schlagzeilen macht. Vermutlich passt es nur zu gut, dass sich Mrs Willebrandt zur Schutzpatronin aussichtsloser Rechtsstreitigkeiten aufschwingt; immerhin ist sie eine Frau, und es besteht kaum ein Risiko, einer Frau die Verantwortung für unliebsame Angelegenheiten zu übertragen. Wenn eine Frau in ihrem Amt scheitert, wird das anders gesehen, als würde ein Mann scheitern. Allerdings wurde rasch klar, dass Mrs Willebrandt nicht vorhatte zu scheitern, und sie erwies sich als zugleich beharrlich und einfallsreich. Während es ihr nicht gelang, Bürgermeister Hylan auf ihre Seite zu ziehen, schaffte sie es, Miriam, der Gattin des Bürgermeisters, mit »gesundem Menschenverstand« beizukommen. Gemeinsam gelang es ihnen, genug Druck aufzubauen und den Stein ins Rollen zu bringen, damit New York City dem Rest der Nation ein leuchtendes Beispiel sein und entschiedener versucht werden sollte, es in eine »trockene« Vorzeigestadt zu verwandeln. Ich erzähle das nur, weil das Ergebnis all dieser politischen Querelen darin mündete, dass unser Polizeirevier ausgewählt wurde, dem »Noblen Experiment« als besonderes Instrument zu dienen. Das Öl, das dazu bestimmt war, Mrs Willebrandts quietschendes Rädchen zum Schweigen zu bringen.

Laut offiziellem Erlass wurden wir die erste »Crackdown Unit« der Stadt. Andere Polizeireviere sollten später unserem Beispiel folgen. Zusätzliche Männer wurden auf unsere Gehaltsliste gesetzt, und uns wurde die Aufgabe übertragen, die illegalen Mondscheinkneipen in unserem Bezirk aufzustöbern und Razzien durchzuführen. Ein Polizeirevier ist von Natur aus ein sonderbares Konstrukt; die Chemie, mit der es am Laufen gehalten wird, gleicht manchmal einer Rezeptur, und wenn die Zutaten sich ändern, kann es dauern, bis sich wieder ein Gleichgewicht der Dinge einstellt. Unsere Officers waren nicht sonderlich erbaut, neue Männer willkommen zu heißen, und noch viel weniger angetan von der Idee, an den chaotischen Razzien teilzunehmen, die sie in der Nachbarschaft noch unbeliebter machen würden. Während die Männer diese Veränderungen beklagten, schien der Sergeant seine neue Verantwortung mit ernstem Elan zu verfolgen. Ich gewann den deutlichen Eindruck, dass er sie gleichzeitig als berufliche Chance wie als moralische Ehre ansah. Und so kam der unausweichliche Tag, an dem er verkündete, er wolle jedes Individuum, das auch nur mit einer einzigen Flasche Whiskey die Staatsgrenze zwischen New York und New Jersey überschritt, mit aller Härte des Gesetzes verfolgt wissen, ein Befehl, der nicht nur die Officers, sondern auch die Stenotypistinnen des Polizeireviers gehörig auf Trab hielt. Es dauerte nicht lange, bis der unbearbeitete Papierkram das gesamte System verstopfte und die Arrestzellen nichts weiter waren als ein Treffpunkt für Schwarzbrenner, um ihre Konkurrenz kennenzulernen und gemeinsam Strategien auszubrüten, einer zukünftigen Verhaftung zu entrinnen.

Das war der Tag, an dem der Sergeant die Arbeitsvermittlung anrief und bat, uns eine weitere Stenotypistin zu schicken.

Odalies Haare waren noch nicht zu einem kurzen Bob geschnitten, als sie sich zu dem Vorstellungsgespräch einfand. Sonst hätte der Sergeant sie wohl nicht eingestellt, obwohl ich sicher bin, dass der Lieutenant Detective sich nicht daran gestört hätte. Noch bevor Odalie sich die Haare zu einem Bob schneiden ließ, hegte ich den stillen Verdacht, dem Lieutenant Detective könnten diese skandalösen Frisuren sogar gefallen – und die Sorte Frau, die sich erdreistet, sie zu tragen.

Ich erinnere mich, wie Odalie an jenem Tag hereinspazierte und ihren Glockenhut absetzte, worauf ihr pechschwarzes Haar zum Vorschein kam, das in eine ebensolch geschwungene Form gelegt war. Es war auf Kinnlänge geschnitten, die Spitzen präzise auf einer Linie. Damals fiel mir auf, dass dieser Schnitt Odalies Gesicht etwas leicht Orientalisches und Extravagantes verlieh, besonders um die Augen herum. Ihre Haare schimmerten mit einem Glanz, als trüge sie einen Helm aus fein polierter Emaille. Ich erinnere mich ebenfalls, dass der Lieutenant Detective sie von der anderen Seite des Raums musterte. Er machte ihr mehrmals an jenem Tag Komplimente wegen ihres Muts und ihres ausgesuchten Geschmacks. Der Sergeant hingegen äußerte sich nicht direkt, abgesehen von einem leisen Murmeln während des Mittagessens, an niemand Bestimmtes gerichtet, dass Männer leicht einen falschen Eindruck von Frauen mit kurzen Haaren bekommen könnten.

Doch all das kam später. Wie schon gesagt, am Tag ihres Vorstellungsgesprächs war Odalies Haar noch nicht zu einem Bob geschnitten. Sie traf auf dem Polizeirevier ein, das Gesicht sittsam gepudert, das Haar zu einem ordentlichen Chignon gedreht. Ich glaube, sie trug weiße Handschuhe und ein teuer anmutendes Kostüm, das das helle Eierschalenblau ihrer Augen unterstrich, aber es war ihre Stimme, die bei mir den bleibendsten Eindruck hinterließ, da sie am meisten darüber verriet, was sich als ihr wahrer Charakter herausstellen sollte. Eine raue

Stimme mit einem tiefen, rasselnden Timbre, das einen verleitet, das kindische Kräuseln ihrer Lippen eindringlich zu mustern, um auch sicherzugehen, dass man die Worte, die ihrem Mund entschlüpften, genau verstand. Ihre Stimme hielt diesen Ton, bis sie etwas erheiterte oder zum Lachen brachte, dann stieg und fiel sie in einem melodiösen Trillern, als übte jemand Tonleitern auf dem Klavier. Es war ein Paradox aus argloser Verwunderung und teuflischer Komplizenschaft, das jeden, der es hörte, in seinen Bann schlug, und ich frage mich gelegentlich – selbst jetzt noch –, ob sie sich diese Stimme im Laufe der Jahre geschickt angeeignet hatte oder ob sie schlicht von Natur aus damit gesegnet war.

Das Vorstellungsgespräch war kurz. Der Sergeant oder der Lieutenant Detective brauchten über die Frau eigentlich nur zu wissen, wie schnell sie tippen konnte (sie überprüften ihr Können mit einer Stoppuhr, und Odalie lachte, als hätten sie sich gerade das intelligenteste und entzückendste Spiel ausgedacht) und ob sie präsentabel war und gute Manieren hatte. Im Grunde gab es nicht viel mehr, wonach sich eine neue Schreibkraft beurteilen ließ. Und Odalie hatte die beiden längst mit ihrer Stimme um den kleinen Finger gewickelt. Als sie Odalie fragten, ob sie Anstoß daran nähme, die häufig ungemein widerwärtigen Taten der Kriminellen, die aufs Revier geschleppt wurden, anhören zu müssen, lachte sie ihr bezauberndes melodiöses Lachen und fiel dann zurück in ihr raues Timbre, um scherzhaft anzumerken, sie sei nicht die Sorte Mädchen, die man *zartbesaitet* nannte, und dass sie nur bei ihrem Essen im *Mouquin* darauf bestand, dass es geschmackvoll sei. Ich hielt diese Bemerkung nicht für allzu geistreich, doch der Sergeant und der Lieutenant Detective kicherten beide und waren schon jetzt, zu diesem frühen Zeitpunkt, wild darauf, von ihr gemocht zu werden. Ich belauschte sie heimlich von der anderen Seite des Raums und hörte sie sagen, sie sei eingestellt und könne kommenden Montag anfangen. In diesem Moment, das schwöre ich, glitten Odalies Augen durch den Saal und blieben für den Bruchteil einer Sekunde an meinem Gesicht hängen, und der Anflug eines Lächelns umzuckte ihre Mundwinkel. Doch dieser Eindruck war nur flüchtig, und später war es schwierig, mit Gewissheit zu sagen, ob sie überhaupt in meine Richtung geblickt hatte.

Verdammt nettes Mädchen, verkündete der Lieutenant Detective, nachdem Odalie fort war. Dieses Resümee war kurz, aber es beschrieb im Grunde etwas, auf das ich zu jener Zeit nicht genau den Finger legen konnte. In Wahrheit war ich wahrscheinlich die Jüngere von uns beiden – vielleicht um gut fünf Jahre –, doch das Wort *Mädchen* traf auf sie weit besser zu als auf mich. Ein Teil von Odalies Reiz rührte daher, dass sie sich den Schein von erwachsener Mädchenhaftigkeit gab. Eine gespannte Erwartung lag um sie in der Luft, eine Erwartung, die jeden in ihrer Nähe einschloss, als sei man ihr heimlicher Komplize. Ihre Stimme bebte vor ungestümer Energie, die trotz ihrer selbstsicheren Gelassenheit und gepflegten Eleganz auf ein robustes Individuum schließen ließ – jemanden, der sich nicht zu schade war, auf einen Baum zu klettern oder einen bei einem Tennismatch zu schlagen. Und noch einen weiteren Aspekt glaubte ich allmählich auszumachen: Die sinnliche Ausgelassenheit in Odalies Gebaren deutete auf ein privilegiertes Leben hin, auf eine Kindheit voller Automobile und Tennisplätze, Dinge, die in meiner eigenen Kindheit fehlten und – ich wage die bescheidene Vermutung – ebenso in der des Sergeants und des Lieutenant Detectives. Ja, ihr Auftreten zeugte von Reichtum, wohlweislich, ohne ihn ausdrücklich ins Spiel zu bringen. In dieser Hinsicht war sie für uns eine Exotin, aber auf eine Art, die wir wohl nur unbewusst wahrnahmen. Und wie bei allen exotischen Geschöpfen hielten wir einfach den Atem an, als sie sich uns näherte, aus Angst, sie womöglich zu verjagen. Niemand auf dem Revier wagte, den Grund zu hinterfragen, weshalb diese wohlhabende junge Frau mit einem Lachen vor uns stand, als sei sie entzückt, für die unbedeutende Arbeit einer Schreibkraft ausgewählt worden zu sein. Ich habe mir immer etwas auf meinen Instinkt und mein kritisches Auge eingebildet, doch selbst im frühesten Stadium meines Missfallens tat ich nicht das, was ich hätte tun sollen, nämlich mir die Frage zu stellen, warum Odalie eine Anstellung suchte. Ich kann nur sagen, wir alle entwickeln blinde Flecken, sobald wir dem richtigen blendenden Licht ausgesetzt sind.

An jenem Tag, nachdem sie allen Lebewohl gesagt und man ihr erklärt hatte, sie solle am Montag anfangen, spazierte sie auf ihre kindische, leicht trippelnde Art durch das Polizeirevier und zur Vordertür hinaus. Doch da fiel etwas aus dem Revers ihres blauen Jäckchens und polterte zu Boden. Meine Augen huschten sogleich zu der Fliese, wo der Gegenstand, den sie hatte fallen lassen, unter dem grellen Licht der nackten elektrischen Glühbirne glitzerte. Ich wusste, ich sollte sie rufen und auf das Missgeschick aufmerksam machen, doch ich schwieg, während Odalie weiterging, scheinbar ahnungslos. Sie verschwand durch die Tür, und ich saß wie versteinert da. Mehrere Minuten verstrichen. Neugierig schüttelte ich den Bann schließlich von mir ab. Ich erhob mich lautlos von meinem Stuhl und ging zu der Stelle, an der das Objekt herrenlos auf dem Boden lag.

Es war eine Brosche – ein kostspielig anmutendes Kleinod aus Opalen, Diamanten und schwarzen Onyxsteinen, allesamt zu einem sehr modernen, sternförmigen Muster angeordnet. Die Brosche war von erlesener Güte, die den Inbegriff von Odalie selbst widerzuspiegeln schien, als sei das Schmuckstück ein Abbild ihres Wesens im Miniaturformat. Rasch hob ich es auf und kehrte zu meinem Schreibtisch zurück, die Brosche vollständig in meiner Hand verborgen. Die scharfen Spitzen bohrten sich in meine Haut. Ich setzte mich und hielt das entzückende Juwel unter meiner Schreibtischplatte, dicht über meinem Schoß – vor den Blicken der anderen geschützt – und starrte es einfach an, wie hypnotisiert. Es glitzerte schwach, selbst hier im dämmrigen Licht. Schließlich wurde ich gerufen, um etwas zu tippen, und war gezwungen, mich gewaltsam aus dem Bann der Brosche zu lösen. Ich öffnete eine Schreibtischschublade und schob das Schmuckstück hinein, tief nach hinten, unter einen Stapel Papiere, während ich mir einredete, ich würde es Odalie sofort zurückgeben, sobald sie am Montag käme, um ihre neue Arbeit zu beginnen – und wusste zugleich tief in meinem Herzen, dass dies eine Lüge war.

Den restlichen Tag über wurde ich ein eigentümliches Gefühl nicht mehr los. Eine fortwährende Zerstreutheit hatte mich gepackt. Als wäre ein Gegenstand in meinem peripheren Blickfeld, den ich zwar verschwommen ausmachen, aber nie klar erkennen konnte. Selbst damals nagte bereits der Verdacht an mir, Odalie habe die Brosche absichtlich fallen lassen, um mich zu prüfen. Und rückblickend lässt sich wohl sagen, dass eine solche Taktik ihre Handschrift getragen hätte. Mit einer einzigen Tat hatte mich Odalie in eine Falle gelockt, die zu gleichen Teilen aus Verlockung und Scham bestand. Von diesem Moment an war ich an sie gebunden, auf ewig gefangen in dem Dilemma, mich immerzu zu wundern und dennoch nie offen fragen zu können, ob sie von meinem gierigen Diebstahl wusste. All das, noch bevor wir uns die Hände geschüttelt hatten oder einander vorgestellt worden waren.

2

Es wäre irreführend zu behaupten, ich hätte zu jenem frühen Zeitpunkt die *volle* Wirkung erahnt, die Odalie auf mein Leben oder das Polizeirevier im Allgemeinen haben sollte. Zuvor erwähnte ich, dass mir schwante, *etwas* sei in jenem Moment geschehen, als Odalie durch die Tür kam, aber ich gäbe mich niemals der Illusion hin, genau sagen zu können, *was* dieses Etwas gewesen wäre oder das Ausmaß dessen, mit dem es mich berühren würde. Nach diesem ersten Treffen erfüllte mich der Gedanke an Odalie hauptsächlich mit einem leichten Unbehagen tief in meinem Inneren, jedoch nichts Konkreterem. Ein paarmal während der verbleibenden Woche öffnete ich meine Schreibtischschublade, riskierte einen raschen Blick auf die Brosche und dachte an Odalie – doch meine Arbeitspflichten setzten meinen Grübeleien häufig ein jähes Ende. Odalie besaß wahrscheinlich unzählige Broschen, redete ich mir ein. Vielleicht hatte sie überhaupt nicht bemerkt, dass diese eine in ihrer Sammlung fehlte. Vielleicht kümmerte es sie nicht, überlegte ich. Ich malte mir aus, wie ich sie ihr nonchalant überreichen würde. Und ich malte mir aus, wie ich es ebenso nonchalant vergaß. In beiden Szenarien weigerte ich mich, beeindruckt zu sein. Dies gelang mir mit der fadenscheinigen Begründung, ich scherte mich keinen Deut um die Brosche, sie würde mir nichts bedeuten. Der Gedanke, zu solch einem blasierten Desinteresse fähig zu sein und diesem neuen, exotischen Geschöpf und seinen exquisiten Kostbarkeiten gleichgültig gegenüberzutreten, fühlte sich unsäglich befreiend an. Dann kam das Wochenende, und ich verschwendete keinen weiteren Gedanken auf die Brosche oder Odalie.

Zu jener Zeit wohnte ich in einer Pension, wie das für das Gros der unverheirateten Damen meines Alters und Einkommens Sitte war. Die Frau, die die Pension leitete, war eine junge Witwe namens Dorothy – sie nannte sich Dotty – mit schütteren, schmutzig blonden Haaren und vier kleinen Kindern. Die Strapazen der Entbindung und die immerwährende Hausarbeit hatten ihre Gesichtszüge vorzeitig altern, die Haut unter ihren Augen schlaff werden lassen, ihren Teint rötlich, fleckig und wettergegerbt gemacht und ihrer Kieferpartie Hängebacken beschert. Doch meines Erachtens war sie höchstens dreißig. Heutzutage ist es natürlich nicht ungewöhnlich, auf eine derart junge Witwe zu stoßen. Ihre Geschichte las sich wie die so vieler: Dottys Gatte verschwand in dem schändlichen Krieg, der unzählige junge Männer unserer Generation im Ganzen verschluckte, ohne auch nur die Knochen wieder auszuspucken. Wären da nicht die Kinder, die sie zu Hause brauchten, verkündete sie häufig, hätte sie längst die Reise zu jenen zerklüfteten Feldern entlang der Grenze zwischen Frankreich und Deutschland angetreten, um seine letzte Ruhestätte zu sehen – den Ort, sagte sie, wo Danny zweifellos dem Senfgas erlegen war.

Danny und Dotty. Der Klang ihrer beider Namen, die Alliteration, versprach eine traute, sich ergänzende Harmonie, die Dottys Verlust und Trauer wohl nur verstärkten. Nach zu vielen Schlückchen von dem, was sie in der Vorratskammer aufbewahrte und Kochsherry nannte (ein Vorrat, der sich auf mysteriöse Weise immer wieder erneuerte trotz der gewaltigen Herausforderung, die die Prohibition mit sich brachte), erzählte Dotty gelegentlich die Geschichte von Dannys Tod, als habe sie ihn mit eigenen Augen bezeugt. Sie war der unumstößlichen Überzeugung, sein Körper sei in einen Graben gefallen und läge nun irgendwo dort verschüttet, verschollen zwischen den langen, aufgehäuften Erdwällen, die gleich wurmhaften Narben, so wurde mir berichtet, immer noch auf französischen Äckern zu sehen sind. Dottys jüngstes Kind war dreieinhalb Jahre alt. Die schiere Mathematik konnte in diesem Fall das Kind nicht ihrem Gatten zusprechen, doch ich behielt das für mich, da ich dankbar war für die erschwingliche Miete, die Dotty verlangte, und kein Bedürfnis verspürte, unnötigerweise in ein Wespennest zu stechen. Mir hatte sich der Eindruck aufgedrängt, die Einsamkeit während des Krieges sei von anderem Ausmaß als jede andere Einsamkeit der Welt.

Ich kann selbst ein Liedchen über Einsamkeit singen, aber nicht über das Alleinsein. In der Pension war ich nie allein. Mein Zuhause war ein etwas heruntergekommenes, mit braunem Sandstein verkleidetes Stadthaus im Herzen Brooklyns. Vermutlich war es in einem solch verlotterten Zustand, weil Dotty als Witwe keinen Ehemann hatte, der die regelmäßig anfallenden Arbeiten erledigte, sowie nicht über die nötigen Mittel verfügte, um die Reparaturen in Auftrag zu geben. Es war ein großes Stadthaus, eingedenk der Tatsache, dass es im Grunde nur eine Familie beherbergen sollte, aber nicht so sehr groß, wenn es für acht Erwachsene und vier Kinder ein Dach über dem Kopf bot, wie es während meines Aufenthalts der Fall war. Es bedarf wohl keiner Erwähnung, dass es weder an Lärm noch Unruhe mangelte.

Selbst mein Zimmer in der Pension gewährte kaum das nötige Maß an Privatsphäre. Es war sehr groß, aber mithilfe mehrerer angegrauter und fleckiger Laken, die an einer Wäscheleine hingen, in zwei Hälften geteilt. *Halbprivat* lautete meiner Erinnerung nach die Anzeige, die Dotty in der Zeitschrift aufgegeben hatte. Ich glaube nicht, dass Dotty die Leser mit dieser Umschreibung hinters Licht führen wollte, denn im Grunde passte das Wort, und ich hätte wohl in jeder anderen Pension eine höhere Miete zahlen müssen. Doch andererseits war der

Betrag, von zwei Personen verdoppelt, weit mehr, als Dotty bekommen hätte, hätte sie das Zimmer an eine Einzelperson vermietet. Der Nutzen einer geschäftlichen Übereinkunft ist immer auch eine Sache der Perspektive.

Die andere Bewohnerin des Zimmers war ein Mädchen mit rotbraunen Haaren, Pausbacken und strammen Waden, die ungefähr in meinem Alter war. Sie hieß Helen – ein Name, der ihr, wie ich fürchte, zu Kopf gestiegen war, denn sie führte sich häufig auf, als hielte sie sich für die Schöne Helena. Vielleicht ist dieser Seitenhieb grausam von mir. Es ist nur so, dass ich schon vielen Kakadus begegnet bin, aber selten einem menschlichen Wesen, das sich derart herausputzte, wie Helen es tat. Sie war immerzu vor dem Spiegel anzutreffen, neigte den Kopf in diese, dann in jene Richtung und übte ununterbrochen, überraschte oder verzückte Mienen aufzusetzen. Bei ihrem fleischigen Gesicht war es ein wenig, als würde man einem weichen Klumpen Teig zusehen, der in unterschiedliche Backformen geknetet wird, und ihr Mienenspiel war nur von beschränktem Erfolg gekrönt. Sie gestand es nie offen ein, aber ich vermutete, sie hoffte heimlich, eines Tages die Bühne für sich zu gewinnen. Zur Zeit unseres Zusammenlebens arbeitete sie als Verkäuferin, ein Berufsstand, den sie weit über meinem ansiedelte. Sie machte keinen Hehl daraus, was sie von meiner Arbeit als Stenotypistin auf dem Polizeirevier hielt. *Mach dir keinen Kopf, Rose*, sagte sie häufig unaufgefordert zu mir. *Du wirst nicht ewig an diesem grässlichen Ort arbeiten müssen. Ich möchte wetten, etwas Besseres wird sich schon bald für dich eröffnen. Und wenn das passiert, werde ich dir helfen, deine burschikose Kleidung auszurangieren, und wir finden ganz wunderhübsche, geschmackvolle Dinge für dich.* Helen liebte das Wort *geschmackvoll*, doch im Laufe unserer gemeinsamen Zeit stellte sich heraus, dass wir dieses Wort unterschiedlich verstanden.

Als ich mich in der Pension einmietete, bewohnte Helen das

Zimmer schon eine Weile und hatte folglich die vorteilhaftere Hälfte für sich beansprucht – diejenige, die weiter weg von der Tür zum Gang entfernt lag. Da es keinen Grund gab, Helens Seite des Zimmers zu betreten, störte ich sie nie in ihrer Privatsphäre. Doch auf ihrem Weg ins Zimmer und wieder hinaus musste sie natürlich meine Seite durchqueren, und sie hatte keinerlei Skrupel, mit lautem Gedöns hindurchzumarschieren oder sich ihrer Schuhe und Strümpfe in meiner Hälfte des Zimmers zu entledigen. Ich hatte sie ebenfalls im Verdacht, vor meinem Einzug das Mobiliar umgestellt zu haben, sodass die wertvollsten Teile allein auf ihrer Seite des Zimmers zu finden waren. Doch ich vermute, ein solches Verhalten ist nur menschlich. Wer vermag zu sagen, ob ich nicht dasselbe getan hätte, wäre ich als Erste eingezogen?

Wie dem auch sei, im Laufe jener bestimmten Woche hatte Helen großen Wirbel um einen Gentleman gemacht, der am Freitagabend zu Besuch kommen sollte, weshalb meine Vorahnung in Bezug auf die Arbeit und Odalie augenblicklich von Helens theatralischem Gebaren verdrängt wurde, sobald ich an jenem Abend das Haus betrat. Auf dem Weg zur Pension hatte ich natürlich nicht den blassesten Schimmer, welch wichtige Rolle ich noch in Helens Verabredung spielen sollte. Diese Erkenntnis wartete wie eine Bärenfalle am Ende meiner Pendelstrecke auf mich, nur darauf hoffend, endlich zuzuschnappen.

Auf meinem Weg vom Polizeirevier nehme ich die Straßenbahn über die Brooklyn Bridge und lege den Rest der Strecke zu Fuß zurück. Trotz der vorbeifahrenden Automobile mit ihren unablässig lauten Hupkonzerten und dem Geschnatter ihrer Motoren habe ich diesen Verlauf immer als entspannendes Ritual empfunden, eines, das mir erlaubt, die Geschehnisse des Tages zu überdenken. An jenem Freitag ereigneten sich mehrere Absonderlichkeiten auf dem Polizeirevier, die meine völlige Aufmerksamkeit beanspruchten. Am Morgen nahmen wir die Aussage eines Mannes zu Protokoll, der auf den ersten Blick nüchtern wirkte, sich im späteren Verlauf jedoch als trunken und geistig vielleicht sogar als nicht ganz zurechnungsfähig herausstellte.

Ich ging mit dem Lieutenant Detective in den Vernehmungsraum und begann wie üblich, die Aussage des Verdächtigen mitzustenografieren. Anfangs wirkte alles recht normal – eine gewöhnliche Messerstecherei in der Küche zwischen Eheleuten. Ein *nicht vorsätzliches Verbrechen aus Leidenschaft* heißt es dann, wenn Anwälte solche Straftaten später im Gericht beschreiben. Nicht dass ich den Prozessen regelmäßig beiwohne, aber ab und zu gefällt es mir, und das Zusammenspiel der Worte *Verbrechen* und *Leidenschaft* war mir immer sonderbar vorgekommen – als wäre es das Verbrechen, jemanden zu lieben, und nicht, sie zu töten. Wie dem auch sei, die Geschichte des Mannes war uns nur allzu vertraut, und ich stenografierte jedes Wort, das er sagte, fast automatisiert mit.

Aber sehr zu unserer Überraschung begann der Verdächtige nach etwa zehnminütiger Befragung, plötzlich ein völlig anderes Verbrechen zu beschreiben – nämlich einen Mann im East River ertränkt zu haben. Verwirrt fing ich den Blick des Lieutenant Detectives auf, und wir sahen uns unentschlossen an. Der Lieutenant Detective zuckte mit den Schultern, und seine Augen schienen zu sagen: *Nun denn, wenn der Kerl zwei Morde statt nur einen gestehen will, soll er doch sein eigenes Grab schaufeln.* Jegliche Vehemenz aus seiner Stimme nehmend, ließ der Lieutenant Detective den Fragenkatalog über die Frau des Verdächtigen auf sich beruhen und erkundigte sich stattdessen nach dem mysteriösen Ertrinkenden. Kaum merklich änderte er, wie ich erstaunt feststellte, die Taktik und schlug einen beiläufigen Ton an. Die Stimmung im Raum kippte spürbar, und auf einmal hätte man fast glauben können, der Lieutenant Detective würde mit einem Freund plaudern und etwas so Nichtiges wie das Wetter besprechen. Instinktiv wurde mein Druck auf die Stenografiermaschine sanfter, meine Gegenwart verschmolz mit der Wand, und es war, als seien die beiden Männer allein. Schließlich lehnte sich der Verdächtige vor und senkte die Stimme zu einem Flüstern. Der Bürgermeister habe ihn dazu genötigt, verkündete der Mann, er selbst befolge bloß Befehle. Ich blickte zum Lieutenant Detective. Sein Mienenspiel bedeutete mir, dass er nur mit größter Mühe seine unbeeindruckte Skepsis aufrechterhalten könne, doch bei der Erwähnung von Bürgermeister Hylans Namen zuckte er zusammen, und seine Mundwinkel erstarrten vor unwillkürlicher Anspannung zu einer geraden Linie.

»Und warum«, fragte der Lieutenant Detective in herablassendem Tonfall, der unzweifelhaft belegte, dass er unseren Verdächtigen bei Laune halten wollte, »sollte der Bürgermeister Sie angewiesen haben, diesen Mann zu attackieren?«

»Weil«, sagte unser Verdächtigter, »er Teil der unsichtbaren Regierung war! Des korrupten Teils!« In diesem Moment erhob der Mann die Stimme, so dass ich einen ersten Hauch von selbstgebranntem Gin in seinem Atem bemerkte. Dann begann er laut zu hicksen. Die Nennung der »unsichtbaren Regierung« war wohl eine Anspielung auf eine kontroverse Rede, die Mayor Hylan gehalten hatte und in der er Männer wie Rockefeller beschuldigte, die Politik zu stark zu beeinflussen. Da schwante mir, dass uns hier die Rede des Bürgermeisters wiederholt wurde, diesmal durch ein Zerrbild aus Alkohol und womöglich Wahnsinn. Der Lieutenant Detective mühte sich, die Situation in geordnete Bahnen zu lenken und seine Befragung fortzusetzen, doch bevor er sein Ziel erreicht hatte, hickste der Verdächtige noch vernehmlicher und geriet in einen Zustand äußerster Erregung. Erneut begann er zu schreien. »Der Bürgermeister hat es mir befohlen! Ich bin ein Soldat der Rechtschaffenheit!«

Genau in diesem Moment schob der Sergeant den Kopf durch die Tür, um zu erfahren, was der Aufruhr bedeutete. Unser Verdächtigter warf einen Blick auf den Sergeant und sprang von seinem Stuhl auf. Salutierend schoss seine Hand an seine Stirn.

»Melde mich zum Dienst, Mr Bürgermeister, Sir!«

Tief bestürzt blinzelte der Sergeant den Mann an, der vor ihm salutierte. Die Narbe auf der Stirn des Lieutenant Detectives krümmte sich zu einer Abfolge mehrerer *S*, geformt durch die tiefen Furchen seiner besorgten Braue. Es dauerte eine Minute, bis wir alle erkannten, dass wir Zeuge einer absurden Verwechslung waren. Plötzlich wirbelte der Verdächtige in einem Anflug von Raserei herum, erbrach sich mit ungestümer Vehemenz und beendete schließlich seinen Tobsuchtsanfall, indem er bewusstlos zu Boden ging, die Wange auf die Fliesen gedrückt, die Zunge breit aus dem Mund hängend. Der gesamte Raum füllte sich mit dem üblen Gestank von ranzigem, halb verdautem Alkohol. Der Sergeant sah uns verdrossen an.

»Weg mit ihm«, war alles, was der Sergeant hervorbrachte, bevor er verschwand. Mehrere Sekunden saßen wir wie gelähmt da, bis sich der Lieutenant schüttelte, einen Seufzer ausstieß und sich von seinem Platz erhob. Er beugte sich aus dem Türrahmen des Vernehmungszimmers und rief zwei Deputys herbei, die ihm helfen sollten, den nun laut schnarchenden Betrunkenen aus dem Raum zu hieven. Ich begann, meinen Tisch aufzuräumen und das verwendete Papier aus der Stenografiermaschine zu ziehen. Alles, was ich geschrieben hatte, war höchstwahrscheinlich nutzlos. Die Aussage eines Betrunkenen war vor Gericht nicht verwertbar – zumindest nicht die eines Mannes, der so trunken war, dass seine Worte völlig unverständlich waren. Der Verdächtige selbst war zu einem leblosen Sack Kartoffeln geworden und blinzelte kaum, als er vom Boden aufgehoben und weggezerrt wurde.

»Ich war überzeugt, der Mann sei nüchtern«, murmelte der Lieutenant Detective, mehr zu sich selbst, wie es schien.

»Ich ebenso«, sagte ich. »Konnte keinen Tropfen an ihm riechen, und anfangs schien er so vernünftig. Er hat uns wohl beide zum Narren gehalten.« Der Lieutenant Detective blickte verdutzt auf. Dies war der vielleicht längste Wortwechsel, den wir seit Monaten geführt hatten. Der Lieutenant Detective maß mich ein paar Sekunden. Ein eigentümlich anerkennendes Lächeln breitete sich auf seinem Gesicht aus, das mir allerdings nicht gefiel, und ich fühlte mich genötigt, wegzusehen. Wir wandten uns wieder der Aufgabe zu, den Raum in Ordnung zu bringen, beide peinlich darauf bedacht, die Lache an Erbrochenem zu umgehen.

»Irgendwie tut er es schon«, sagte der Lieutenant Detective.

»Wer? Tut was?«

»Der Sarge. Wie Bürgermeister Hylan aussehen.«

Ich bebte. »Wie unflätig von Ihnen! Auch wenn ich nicht behaupten kann, dass mich Ihre Respektlosigkeit sonderlich überraschen würde.« Meine Stimme klang ungewöhnlich schrill, fast hitzig. Ich war schockiert. Ich beeilte mich, den Stapel mit Unterlagen zu sortieren, und hastete zur Tür.

»Das war doch keine Beleidigung«, sagte der Lieutenant Detective, die Augen vor Erstaunen geweitet. Diese Worte brachten das Fass zum Überlaufen. Fast schon an der Tür wirbelte ich zu ihm zurück.

»Bürgermeister Hylan wurde als Kommunist bezeichnet, und Sie wissen sehr genau, dass der Sergeant *kein* schmutziger Bolschewik ist. Er ist ein *guter* Mensch.« Zögerlich setzte ich hinzu: »Ihnen käme es zweifellos zugute, steckte in Ihnen auch nur *halb* so viel …«

Ich ließ meine Zurechtweisung verhallen, mir fiel meine Position ein und, wichtiger noch, mein Wunsch, weiterhin in Anstellung zu bleiben. Jung und respektlos, wie der Lieutenant

Detective womöglich sein mochte, stand er doch rangmäßig über dem Sergeant und meiner Wenigkeit. Es wäre ein schlechter Schachzug, ihn zu heftig zu tadeln, weshalb ich innehielt und darauf wartete, im Gegenzug abgemahnt zu werden. Doch er starrte mich nur ein paar Sekunden an, einen feierlichen, mitleidigen Ausdruck in den Augen. »Verzeihung, ich nehme alles zurück«, sagte er. Seine Worte kamen unerwartet, und ich stand eine geschlagene Minute blinzelnd und sprachlos da. Dann, zumal ich kein Verlangen hatte, die Aufrichtigkeit seiner Aussage zu überprüfen, machte ich einfach kehrt und verließ den Raum.

Das alles zu verkraften, fiel mir schwer. Bei meiner Arbeit treffe ich häufig auf ungesittete Männer, die ungesittete Dinge tun, aber die Geschehnisse jenes Freitags überzog ein Hauch von Absurdität – einer dunklen Absurdität. Und dieser Wortwechsel mit dem Lieutenant Detective! Ich fühlte mich leicht gedemütigt, auf ein solches Niveau hinuntergezogen worden zu sein.

Ich stieg auf der Brooklyner Seite der Brücke aus der Straßenbahn und machte mich auf den Weg nach Hause, tief in Gedanken versunken, immer noch heimgesucht von den Bildern des Verrückten, der vielleicht oder vielleicht auch nicht einen Mann im East River ertränkt hatte, von dem Lieutenant Detective und seinem feierlichen Gesichtsausdruck, von der neuen Stenotypistin, die zu ihrem Vorstellungsgespräch gekommen war (ihr Name hallte melodiös in meinem Kopf wider, tänzelte wie ein Kinderlied im Gleichschritt zu meinem forschen Gang: *Oh-dah-lie, Oh-dah-lie, Oh-dah-lie …*) Ich dachte an die Brosche und was der Sergeant sagen würde, wüsste er, dass sie tief hinten in meiner Schreibtischschublade versteckt war. Ich sinnierte darüber, dass ich insgeheim dem Lieutenant Detective recht gab, was die Ähnlichkeit des Sergeants mit Bürgermeister Hylan betraf. All diese Gedanken und noch mehr schwirrten in meinem entrückten Tagtraum durcheinander, während ich mechanisch und mit leerem Blick nach Hause spazierte.

Derart selbstvergessen war ich beileibe nicht auf den Überfall gefasst, der mich in der Pension erwartete. Als ich eintraf, empfing mich ein Schwall schwere, mit Eintopf geschwängerte Luft. Dies zumindest war nichts Besonderes. Das Haus roch fast immer nach Knochen, die in Wasser auf dem Herd ausgekocht wurden – hauptsächlich Hühnchen, manchmal Rind. Es war ein solch widerwärtiger Gestank, der überall in der Pension herrschte, dass ich mich gelegentlich fragte, ob es bedeutete, dass auch meiner Kleidung und meinen Haaren dieser Geruch nach Rinderbrühe oder Hühnerbrühe anhaftete und ich ihn unwissentlich im Polizeirevier und unter meinen Mitarbeitern absonderte, die zu höflich waren, um dies zu beanstanden. Doch heute, als ich das Haus betrat, schlugen mir weitere Düfte entgegen: der Geruch nach aufgebrühtem Kaffee sowie Rasierwasser. Und Zigaretten – es roch sehr eindringlich nach Zigaretten.

Ich spähte in den Salon und wurde von einem dichten, miefigen Schleier aus Zigarettenrauch begrüßt. Die kalkige Wolke erschien sogar noch trüber, wo sie unter dem schwachen Licht der elektrischen Glühbirne an der Decke schwebte – und auch das war ungewöhnlich, da Dotty den Gebrauch des elektrischen Lichts am Tage nicht häufig gestattete. Ich blinzelte, und während sich meine Augen an das matte Licht und den beißenden Rauch gewöhnten, machte ich die Gestalten zweier Männer aus, die Seite an Seite auf dem Sofa hockten, beide mit lässigem Gebaren, die Beine so überkreuzt, dass ein Knöchel auf dem gegenüberliegenden Knie ruhte. Anfangs glaubte ich, der Rauch beeinträchtige meine Sicht, doch schon bald erkannte ich, dass ich keineswegs doppelt sah, sondern vielmehr ein Paar eineiige Zwillinge, ähnlich gekleidet und herausgeputzt.

»Sie müssen Rose sein«, sagte derjenige auf der rechten Seite.

Keiner der Männer erhob sich vom Sofa – eine Geste, die allein der schiere Anstand geboten hätte –, weshalb ich kurzerhand schweigend dastand und sie blinzelnd maß. Mir entging nicht, dass sie ähnlich karierte, allerdings verschiedenfarbige Jacketts im Schottenmuster trugen, abgerundet mit identischen Bootsschuhen und eleganten Strohhüten. Ich bezweifelte hingegen sehr die Existenz eines echten Bootes, obwohl ihre Garderobe einen solchen Luxus nahelegte. Tintenflecken waren auf Daumen und Zeigefinger der rechten Hand beider Männer zu erkennen. Büroangestellte oder Buchhalter, lautete meine Vermutung.

Die Stille wurde durchbrochen, als Dotty und Helen ins Wohnzimmer stürzten, jede ein Tablett voll Kaffeegeschirr in Händen. Die Tassen klapperten gegen die Untertassen wie Zähne in klirrender Kälte.

»Na endlich!«, rief Helen, als sei meine Anwesenheit im Zimmer ungeduldig erwartet worden. Helen stellte ihr Tablett neben Dottys, und Dotty schenkte leicht verbrannt riechenden Kaffee aus einer matt angelaufenen Silberkaraffe aus. »Du kommst gerade rechtzeitig, um Bernard Crenshaw kennenzulernen, meinen *Beau*«, flötete sie, seinen Namen *Burr-nerd* aussprechend. »Und Leonard Crenshaw, seinen Bruder«, endete sie mit einer ausladenden Handbewegung. *Bernard und Leonard.* Offenkundig waren sie der albernen Tradition zum Opfer gefallen, Zwillingen einen möglichst ähnlichen Namen zu geben, als seien Zwillinge keine eigenständigen Menschen, sondern eher zwei Variationen des gleichen Themas. Mir war bewusst, dass es viele Mütter gab, die dieser anheimelnden Gewohnheit nicht widerstehen konnten.

»Für gewöhnlich nennt man uns Benny und Lenny«, sagte derjenige auf der rechten Seite. In dem tapferen Versuch, liebenswürdig zu sein, unterdrückte ich das Schnauben, das sich reflexartig hinten in meiner Kehle bildete. Noch lächerlicher als der Quasi-Reim ihrer Vornamen war der Gleichklang ihrer selbstgewählten Spitznamen, doch es wäre unflätig, laut aufzulachen. Ich verurteilte bei anderen unhöfliches Benehmen und durfte natürlich an mich keine anderen Ansprüche stellen. Ich betrachtete die Zwillinge ein weiteres Mal und versuchte zu bestimmen, welcher von ihnen Benny war, Helens »Beau«. Eine solche Wortwahl sah Helen ähnlich. Abgesehen von den Gesichtern, die sie vor dem Spiegel übte, klang ihre Sprache zeitweise unerklärlich affektiert. *Meine Familie stammt aus dem Süden*, hörte ich sie einmal mit langgezogenen Vokalen zu einem neugierigen Fremden sagen. Ich wusste, dies entsprach nur mit viel gutem Willen der Wahrheit, da Sheepshead Bay tatsächlich von hier aus gesehen im Süden lag, auch wenn ihre »Familie« seit sieben Generationen waschechte Brooklyner waren.

Währenddessen flatterte Dotty mit der zerstreuten, leidgeprüften Miene eines Menschen umher, dem von einem Überraschungsgast unsägliche Unannehmlichkeiten bereitet werden – und in diesem Fall einem Gast, der sich ohne jedwede Rücksicht erdreistet hatte, sich gar zu verdoppeln. Doch ich kannte sie zu gut. Insgeheim genoss sie es in vollen Zügen, zwei junge Männer zu unterhalten, ganz zu schweigen von dem Vergnügen, das es ihr bereitete, die märtyrerhafte Gastgeberin zu spielen. »Verzeiht bitte dieses alte Kaffeeservice«, sagte sie mit einem Kopfnicken in Richtung der Silberkaraffe. »Ich wusste nicht, dass ihr beide zum Kaffee bleibt, denn andernfalls hätte ich dieses schäbige Ding poliert.« Ich vermute, sie wollte ein Kompliment aus ihnen herauskitzeln, aber ihr Versuch scheiterte kläglich. Sie wandte sich vor allem an den Zwilling zu ihrer Rechten, dessen kariertes Jackett überwiegend rot war.

Ich entschied, Benny müsse der auf der rechten Seite sein, derjenige, der ihre Spitznamen lautstark verkündet hatte.

»Wir haben eben darüber gesprochen, dass nun, da Benny

seinen Bruder Lenny mitgebracht hat, auch ich eine Freundin mitnehmen sollte«, erklärte Helen. Eine spröde, angespannte Note schwang in dem heiteren Tonfall ihrer Stimme mit, und mit einem Schlag wurde ihre Verzweiflung augenscheinlich – dies waren die Bedingungen, die Benny stellte: Wohin er auch ging, musste sein Bruder ebenfalls unterhalten werden. Ein Umstand, auf den sie nicht vorbereitet gewesen war. Helen wirbelte in meine Richtung. »Du siehst heute aber adrett aus«, sagte sie, und die rhetorische Bemerkung hallte voll nichtssagender Plattitüde wider. In dem Versuch, ein konkreteres Kompliment zu erfinden, sah sie mich eindringlich an, und ihre Augen wanderten von meinem Kopf bis zu meinen Zehen. »Du siehst …«, setzte sie an, immer noch wild entschlossen auf der Suche nach einer Nettigkeit, die sie über meine Person sagen könnte. »Du siehst so … *gesund* aus!«

»Helen!«, ermahnte Dotty sie.

»Was? Ich mache ihr ein Kompliment. Meistens wirkt sie so abgespannt und blass. Aber sieh nur, meine Liebe« – sie drehte sich zu mir zurück – »sieh nur, wie dein Teint einfach makellos *rosig* ist! Du wärst verrückt, nicht mit uns auszugehen. Und natürlich kannst du dir ein paar meiner Sachen borgen«, schob sie hastig nach, um mir deutlich zu verstehen zu geben, dass egal wie »gesund« ich auch aussähe, sie sich verbat, mit mir in dem Kostüm, das ich bei der Arbeit getragen und nun immer noch anhatte, in die Öffentlichkeit zu treten.

»Ich würde gehen, wenn ich könnte«, warf Dotty ein. »Aber wer sollte sich um die Kinder kümmern?«

Vermutlich war das mein Stichwort, um mich freiwillig zu melden. Keine der beiden Aussichten fand ich sonderlich verlockend, aber mit Helen und den Zwillingen könnte ich zumindest ein nettes Essen herausschlagen. Dotty wartete, und während die Sekunden verstrichen, wurde der giftige Blick, den sie mir zuwarf, zunehmend boshafter. Abgesehen von Helen und meiner Wenigkeit gab es noch fünf weitere Untermieter, doch sie alle waren betagter, und kein einziger von ihnen war hinreichend bewandert, auf vier kleine Kinder aufzupassen. Einer der älteren Männer, die in der Pension logierten, ein Pensionär namens Willoughby mit milchig blauen Augen, der Unmengen eines exotischen, ekelhaft süßlichen Rasierwassers benutzte, wäre hocherfreut, mit den Kindern allein gelassen zu werden, und ich wusste, dass Dotty einen solchen Vorfall tunlichst vermied.

Ich blickte von Dottys aufrichtig niedergeschlagenem Gesicht zu Helens aufgeregter, nervöser Miene und erkannte, dass ich diese begehrte Einladung nur mangels anderer Kandidatinnen erhalten hatte.

Nach einer Tasse Kaffee galt meine Zustimmung als abgemacht, und im nächsten Moment wurde ich nach oben gescheucht und genötigt, unzählige mit Rüschen besetzte und unerhört schlecht sitzende Kleider anzuprobieren, bis eines endlich Helens Wohlwollen fand. Schließlich kehrten wir ins Erdgeschoss zurück, zusammen mit Helens Kleid, das meiner zugegebenermaßen mageren Gestalt nur notdürftig mithilfe mehrerer schwarzer Satinschleifen passte, die an strategisch geschickten Stellen festgebunden waren. Der ruhigere der Zwillinge, derjenige in dem blau karierten Jackett – Lenny, wie ich zu jenem Zeitpunkt vermutete –, unternahm den halbherzigen Versuch, mir zu dem Kleid zu gratulieren, eine Taktik, die ich gehörig unverschämt fand, immerhin war vor kaum fünfzehn Minuten offen erklärt worden, dass ich mich für den Abend mit fremden Federn schmückte. Da ich jedoch peinlichst auf gute Manieren achtete, murmelte ich ein leises Dankeschön. Schließlich sagten wir alle Lebewohl zu Dotty, die das Kaffeegeschirr abräumte und absolut nichts tat, um ihren erheblichen Unmut zu verbergen, und bevor ich mich versah, waren wir aus der Tür.

Auf dem Abendprogramm standen Essen und Tanzen. Anfänglich war ich im Stillen neugierig, was den Essensteil betraf – ich malte mir die Sorte Restaurants aus, in denen ich noch nie gespeist hatte, mit cremeweißen Tischdecken und Servietten und aufregenden Dingen auf der Speisekarte, die ich noch nie gekostet hatte, etwa überbackene Austern à la Rockefeller. Doch das Essen entpuppte sich als eine einfache Mahlzeit in einem billigen Speiselokal, das von einem Freund ihres Cousins zweiten Grades betrieben wurde. Die Zwillinge erklärten uns mit stolzgeschwellter Brust, dass sie jedes Mal, wenn sie dort äßen, zwanzig Prozent Nachlass auf die Rechnung bekämen.

Die Konversation, das muss ich leider gestehen, war während des Großteils des Abends wenig geistreich. Die Zwillinge waren beide von der stillen Sorte – im Grunde so still, dass ihrem Schweigen etwas Entnervendes und Unnatürliches anhaftete. Stets hocherfreut, in den Mittelpunkt des Geschehens zu rücken, versuchte Helen, das stockende Gespräch mit Geplapper zu füllen, aber trotz der vielen auswendig gelernten Geschichten und ausschmückenden Akzente bemerkte ich, dass ihr nach nur dreißig Minuten, in denen sie faktisch gegen eine steinerne Zwillingswand redete, die Pointen ausgingen. Sie trug ein altmodisches Kleid, und als sie sich über den Tisch beugte, versank ihr Ärmel versehentlich in der trüben Bratensoße auf ihrem Teller. Das Ergebnis war ein äußerst unkleidsamer brauner Fleck, der sich über die ganze Länge ihres berüschten Unterarms zog. Sie bejammerte diese Tragödie laut und bedeutete Benny – nicht sonderlich subtil, wie ich hinzufügen muss –, dass er ihr als Gentleman womöglich bei der Erstattung des Kleides beispringen würde. Benny ging entweder nicht auf ihre Anspielung ein oder schaffte es hervorragend, den Anschein von Unwissenheit zu wahren. Nach dem Abendessen zwängten wir uns in ein Taxi und gaben dem Fahrer die Adresse eines gewissen Tanzlokals, für das die Zwillinge angeblich eine spezielle Einladung erhalten hatten.

Ähnlich wie im Fall des Restaurants war das Tanzlokal anders, als ich es mir (sehr optimistisch, wie ich nun erkenne) vorgestellt hatte. Die Tanzveranstaltung, erklärten sie während der Taxifahrt, wurde von ihrem Klub ausgerichtet. Nach dieser Enthüllung drehte sich Helen zu mir, ein entzücktes Glitzern prahlerischer Genugtuung in den Augen, und zischte mir zu: *Es stimmt, Rose, sie gehören einem Klub an!* Das Wort *Klub* hing schwer in der Luft. Unwillkürlich kamen mir die üppigen, eichenvertäfelten Räumlichkeiten auf dem Weg entlang der Straßenschluchten zum Grand Central in den Sinn, in die ich gelegentlich durch geöffnete hohe Fenster einen Blick werfen konnte. Hinter diesen Räumen malte ich mir marmorne Gänge und mit dicken Teppichen ausgelegte Salons aus und – mit etwas Glück – einen eleganten Ballsaal mit dekadenten Erfrischungen und jungen tanzenden Pärchen. Und vielleicht *liegen* all die Grillen meiner Einbildung hinter diesen Fenstern, aber der Wahrheit kam ich keinen Schritt näher, denn der Ort unserer Bestimmung war ein kümmerlich beleuchtetes Café in der Nähe des Broadway, wo er die Sixth Avenue kreuzt und tiefer in die West Side taucht. Der fragliche »Klub« entpuppte sich als Freiwilligensportverein, dessen Hauptverwaltung in Hell's Kitchen lag.

In dem Café gab es ein kleines erhöhtes Podest, das als Tribüne für das Orchester diente. Vier Musiker bildeten das Ensemble, aus dem das gesamte »Orchester« bestand, doch sie spielten mit schier ungeheurer Leidenschaft, vielleicht zum Teil, um den Mangel an personeller Stärke auszugleichen. Wir fanden einen Tisch in der Ecke, setzten uns und ließen das Bild auf uns wirken. Ein rascher Blick offenbarte die kläglichen, wenn auch aufrichtigen Bemühungen der Tanzveranstalter. Jemand hatte die Cafétische in schwarze Wachstischdecken gehüllt und Einweckgläser aufgestellt, die im Vorfeld saubergeschrubbt und dann mit kleinen weißen Kerzen bestückt worden waren, die nun entzündet hell leuchteten. Derselbe Jemand hatte wahrscheinlich auch die langen Girlanden aus buntem Krepppapier aufgehängt, die in sonderbar verdrehten Gebilden hoch oben entlang der Wände hingen. Lediglich zwei Paare tanzten in der Mitte des Saals zur Musik, und sie tanzten einen biederen und plumpen Foxtrott. Selbst in meinem verfrühten Dasein einer alten Jungfer war mir bewusst, dass dieser Tanz allmählich aus der Mode kam. Ich spähte zu Helen und versuchte, das Ausmaß ihrer Bestürzung abzuschätzen, doch in ihrem Gesicht spiegelte sich ein hochmütiges, dünkelhaftes Frohlocken. Ein merkwürdiger Anflug von Mitleid stieg in mir auf. Doch einer abendlichen Brise gleich wehte dieses Mitgefühl durch mich hindurch und verflüchtigte sich in der Kürze eines Schauders. Nach nur ein oder zwei Minuten am Tisch bestand sie darauf, unverzüglich die Tanzfläche zu erobern, und so geschah es auch.

Es mag nicht überraschen, wenn ich behaupte, dass Leonard und ich ein grausam anmutendes Bild auf der Tanzfläche boten. Nach drei Liedern, bei denen wir gequält staksten und uns unzählige Male auf die Zehen stiegen, war ich von all der Anstrengung schweißnass und ertrug Helens vergnügtes Jauchzen und ihre kecken Spötteleien nicht länger, sobald sie und Bernard auf der Tanzfläche fast mit uns zusammenstießen. Ich schlug Leonard vor, eine Pause einzulegen. Schweigsam wie eh und je nickte er verbissen und bemühte sich nicht, übermäßige Enttäuschung zu heucheln. Wir nahmen an unserem Tisch in der Ecke Platz. Im Revers seines karierten Jacketts steckte eine verwelkte Nelke, die mir bisher entgangen war. Ich ließ eine Bemerkung über die »hübsche« Blume fallen (ein Attribut, das sie wirklich nicht verdiente – ich wollte bloß Konversation betreiben), und er zog sie höchst mechanisch heraus und reichte sie mir.

»O nein«, sagte ich. »Das sollte keine Aufforderung sein.«

»Nehmen Sie sie. Morgen früh ist sie sowieso verdorrt.«

»Na schön.«

Ich nahm die Blume, wusste allerdings nicht, was ich mit ihr anstellen sollte. Sie passte nicht ins Haar (Nelken gehören nicht wirklich zu dieser Sorte Blume, nicht wahr?). Nach mehreren Minuten gelang es mir schließlich, sie in eine der schwarzen Satinschleifen zu stecken, die um meinen Leib geknotet waren.

»Danke.«

»Schon gut.«

Das vierteilige »Orchester« ging zu einem Walzer über, und wir beobachteten, wie Helen und Bernard ihre Bewegungen dementsprechend anpassten. Ein schimmernder Schweißfilm legte sich langsam über Helens wulstige Brauen, und ihr Rouge floss in rötlichen Rinnsalen an ihren Wangen herab, doch in ihr Gesicht hatte sich eine Miene eiserner Entschlossenheit gegraben, die allen, die Zeuge ihrer Ermattung waren, deutlich jeden Kommentar verbat. Während wir zusahen, wie sich der Enthusiasmus des Pärchens für das Tanzen zu einer Hartnäckigkeit sondergleichen auswuchs und dann wieder verebbte, trommelte Leonard mit den Fingern auf den Tisch. Sollte Leonard und mich in jener Nacht etwas verbunden haben, dann die erbarmungslose Erkenntnis, einzig und allein aus dem Grund anwesend zu sein, um für Helen und Bernard als Anstandsdamen zu fungieren.

»Was arbeiten Sie, Leonard?«

»Benny und ich sind Büroangestellte drüben bei McNabs.«

»Gefällt es Ihnen dort?«

»Ist in Ordnung.«

»Sind Sie dort schon lange angestellt?«

»Wird jetzt bald vier Jahre.«

»Ich verstehe.«

Und so weiter. Ich werde mich hüten, ein Resümee des müßigen Geplänkels abzuliefern, mit dem Leonard und ich jenen Abend ausfüllten, denn ich fürchte, der Großteil war austauschbar und ohne Bedeutung. Es mag sein, dass dies das Geschenk ist, das die Moderne unserer Generation bereitete: das Phänomen des »Datens«, eine unangenehme Prozedur, bei der sich ein Mann und eine Frau in einem verdunkelten Raum zusammenfinden und sich nicht miteinander unterhalten. Ginge es nach mir, könnte die Moderne es zurückbekommen, denn ich habe keinen Bedarf.

Als Helen und ich später in jener Nacht in unsere Betten kletterten, waren wir beide erschöpft – sie von der Anstrengung des Tanzens und ich von der Anstrengung, mit einem Mann Konversation zu betreiben, der, wäre er auch nur einen Hauch langweiliger, von den Ärzten als katatonisch bezeichnet werden würde. Helens glückliches Seufzen drang von ihrer Seite der Laken, die unser Zimmer teilten, zu mir herüber. Ich wusste, dieses Seufzen barg eine Art Code – Helen wurde nicht allzu häufig von jungen Männern umschwärmt. Und sie lechzte verzweifelt nach dieser Art Aufmerksamkeit, die den weiblichen Protagonistinnen in den Geschichten, die Helen auf den Seiten der *Saturday Evening Post* verschlang, immer zuteilwurde.

»Vielen Dank, Rose«, murmelte sie mit sehr schläfriger, angenehmer Stimme. Ich hatte Helen schon immer als eine überaus ausdrucksstarke Persönlichkeit wahrgenommen, aber in diesem Moment fiel mir auf, dass ich sie zum ersten Mal ein Wort der Dankbarkeit hatte äußern hören. Zum zweiten Mal an diesem Abend stieg ein klitzekleiner Anflug von Wärme für sie in mir auf. Im Grunde wollte sie nur gemocht werden – und das konnte ich tolerieren, selbst wenn Helen vor allem von Männern gemocht werden wollte, die so armselig und stumpfsinnig waren wie Bernard Crenshaw.

»Oh, eine Frage … du hast dich bei Lenny wegen deiner Arbeit nicht verplappert, oder, Rose?«

»Nein«, erwiderte ich mit Bedacht. Ich wusste, worauf ihre

Worte abzielten. Das freundschaftliche Gefühl, das mich gerade erst durchflutet hatte, verflog, als wäre eine winzige Sonne hervorgekommen, um meine Haut zu wärmen, und hätte sich nun wieder hinter schweren Wolken versteckt und mich noch kälter zurückgelassen.

»Gut. Du kannst nicht erwarten, einen Mann zu bezirzen, wenn du davon redest, dass du in einem Polizeirevier als Schreibkraft arbeitest! Vielleicht amüsierst du ihn mit schaurigen Einzelheiten kurzzeitig, aber es ist nicht wirklich *weiblich*, weißt du, all diese Dinge. Du musst immer im Hinterkopf behalten, dass du deinen weiblichen Zauber hüten musst oder was auch immer du hast.« Sie machte eine Pause, als versuche sie, ihre Zunge im Zaum zu halten, doch der Drang, sich zu zügeln, verpuffte rasch (wie so häufig bei Helen), und sie erging sich in einer trostlosen Tirade dessen, was sie einen *wohlmeinenden Rat* nannte. »Und ich würde es nicht persönlich nehmen, wenn Lenny nicht für dich schwärmt. Sein Bruder meinte, er ist sehr eigen. Er mag es, wenn seine Mädchen wie Mae Murray aussehen und solches Zeug.« Ich hörte, wie sie einen weiteren Seufzer ausstieß und sich umdrehte. »Keine Sorge, Rose. Du bist ein liebes Mädchen, und ich bin sicher, da draußen gibt es Unmengen an Kerlen, die deine Art bevorzugen.« Ich wusste, dass der Schlaf sie übermannte, da ihr wahrer Brooklyner Akzent – ein Akzent, den ich selten hörte – allmählich die Oberhand gewann. Ihr Gesicht glitt ins Kissen, und der nächste Teil kam ein wenig gedämpft, doch ich glaube, er lautete: »Das nächste Mal müssen wir dich einfach so richtig rausputzen.«

Meine einzige Antwort für Helen war ein entrüstetes Schweigen, das ihr vollständig zu entgehen schien, immerhin fiel sie fast sogleich in einen tiefen Schlaf und begann mit überraschend kehligem Nachdruck zu schnarchen. Das warmherzige Gefühl, das ich Helen gegenüber verspürt hatte, war endgültig weg, mitsamt jeder Spur schwesterlicher Solidarität, die törichterweise immer noch in meinem Kopf widerhallte. Natürlich war es leicht, dies in jenem Moment gedacht zu haben. Doch schon am nächsten Montag war Odalie in mein Leben getreten, umhüllt von all ihrer extravaganten Kleidung und ihren dunklen Geheimnissen. Und im Unterschied zu Helens Einfluss fiel es mir viel schwerer, Odalies zu entkommen.

3

Unser Revier befindet sich in einem äußerst feuchtkalten und klammen, alten Backsteingebäude. Mir wurde erzählt, es sei eines von einer kleinen Handvoll Häuser aus der Zeit der niederländischen Besiedlung, die immer noch in Manhattan stehen, und ursprünglich als Speicher für Korn und Vieh genutzt wurden. Ich mag nicht mit Bestimmtheit sagen, ob diese vermeintliche architektonische Chronik des Hauses der Wahrheit entspricht, aber ich weiß, dass die Ziegelwände häufig durch Kondenswasser nass sind und eine Feuchtigkeit vorherrscht, die sehr wenig dazu beiträgt, einen Körper warmzuhalten. Keines der Fenster kommt in den Genuss direkten Sonnenscheins, stattdessen sind sie von der Art indirektem Licht erfüllt, das typisch ist für dicht bebaute, innerstädtische Orte. Folglich wohnt dem gesamten Revier den ganzen Tag über ein gespenstischer grünlicher Schimmer inne, der den anfänglichen Eindruck verstärkt, man sei entweder in ein riesiges Aquarium eingetaucht oder stecke zwischen mehreren Glasscheiben.

Außerdem durchzieht ein ausgesprochen schwerer, berauschender Geruch das Gebäude. Während all der Zeit, die ich in dem Revier gearbeitet und seine Eigentümlichkeiten verfolgt habe, kam ich zu dem Entschluss, dieser Duft sei das Aroma von Alkohol, ausgedünstet durch unzählige menschliche Poren. Der Geruch von Whiskey oder Gin oder was sonst den Atem, die Haare und die Haut einer Person ansäuert, ist sehr spezifisch. Man könnte glauben, dieser Duft würde mit der Vielfalt und Menge der Männer, die ihn einschleppen, aufbranden und wieder abflauen, wie das Wechselspiel der Gezeiten. Und tatsächlich nimmt die Stärke des Geruchs bis zu einem gewissen Grad zu und schwindet wieder, aber ein gewisser Nachhall ist immer vorhanden – egal wie schwach –, der sich fortwährend in unsere Gegenwart mischt.

Verstehen Sie mich nicht falsch. Ich mag meine Arbeit im Grunde sehr gerne und habe allmählich ein Gefühl der Vertrautheit und Loyalität für das Polizeirevier entwickelt. Aber wenn ein Fremder auftaucht, möchten wir alle – der Sergeant, der Lieutenant Detective, die Officers, die Streifenpolizisten, Iris, Marie und ich selbst – uns für das entschuldigen, was wir für seine Unzulänglichkeiten halten, und dies war auch der Fall, als Odalie an ihrem ersten Arbeitstag erschien.

An jenem Morgen drängten wir uns alle aufgrund einer spontan einberufenen Besprechung um Maries Schreibtisch, da spazierte Odalie durch die Tür. Der Gegenstand der Beratung war unser neuer Status als Special Crackdown Unit und dass wir eine wichtige Rolle in der Organisation einer jeden einzelnen Razzia spielten, bei dem Bemühen, sämtliche Mondscheinkneipen der Umgebung zu schließen. Der Sergeant schien von dem Thema geradezu beseelt zu sein. Er sprach mit bedachtem Nachdruck und in einem Tonfall höchster Autorität, und ich glaube, die Männer wurden von seiner Eindringlichkeit außerordentlich angespornt. Anfang des Monats war uns das Gerücht zu Ohren gekommen, dass wenn uns in den folgenden Wochen fünf oder mehr Razzien gelängen, wir unser Bild in der Zeitung wiederfänden und der Commissioner unserem Revier extra einen Besuch abstatten würde, um jedem von uns die Hand zu schütteln. Natürlich waren wir deswegen sehr aufgeregt. Ich sah in all die erwartungsvollen Gesichter und bemerkte, dass das Versprechen, unser kleines Revier könne in die Schlagzeilen kommen, selbst den Chief Inspector aus seinem Büro gelockt hatte.

Für gewöhnlich ist der Lieutenant Detective der ranghöchste Polizist in unserem Büro – auch wenn wir alle ehrlich gesagt den Sergeant aufgrund seiner jahrelangen Erfahrung im Vergleich zu der Jugend und des unreifen Gebarens des Detectives als den *wahren* Kopf unserer Truppe betrachten. Doch an jenem Morgen war selbst der Vorgesetzte des Lieutenant Detectives zugegen – der Chief Inspector unseres Reviers – und drängte sich mit dem Rest von uns um Maries Schreibtisch. Der Chief Inspector ist ein ältlicher, hochgewachsener Mann, der schon immer in den vier Wänden seines Büros die Schreibarbeit geschätzt hatte, mit der ihn der Lieutenant Detective und der Sergeant versorgten. Seine hervorstechendsten Züge sind sein milchiger Blick und sein schlohweißer Bart, und ihn umgibt etwas leicht Gespensterhaftes, da der einzige Beweis für die Existenz des Chief Inspectors an den meisten Tagen das schwache, süßliche Aroma seines Pfeifentabaks ist, der sich in dünnen Rauchfähnchen unter dem Spalt seiner Bürotür kräuselt.

Die Besprechung, so formlos, wie sie war, kam sonderbar ruckartig ins Stocken, als Odalie das Revier betrat. Die Tür schloss sich mit einem lauten Poltern. Wir drehten uns alle um und sahen Odalie im Türrahmen stehen, wo sie uns mit ihren weit aufgerissenen blauen Augen und einem unmerklichen Lächeln auf den Lippen betrachtete. Ihr plötzliches Auftauchen und ihr elegantes Erscheinungsbild passten beileibe nicht zu ihrer Umgebung. Wir waren wie vor den Kopf geschlagen. Selbst das ununterbrochene Husten und Rascheln von Papieren, das während unserer Besprechung als Hintergrundrauschen zu hören gewesen war, erstarb mit einem Schlag – fiel in sich zusammen wie ein Windsack, dem urplötzlich die Brise fehlte. Odalie, das musste man ihr zugutehalten, schien völlig unbeeindruckt. Gelassen zog sie die Nadel aus ihrem Hut (eine schmucke, kleine, veloursamtene Toque, die über ihrer noch-nicht-kurz-geschnittenen Chignonfrisur festgesteckt war) und streifte ihre Handschuhe ab. Der Lieutenant Detective eilte zu ihr und half ihr aus ihrem Wintermantel. Sie schien, wie ich anderweitig bereits angemerkt hatte, eine Vielzahl ungemein hübscher Dinge zu besitzen.

»Willkommen, willkommen. Schön, dass Sie es einrichten konnten«, hörte ich den Lieutenant Detective absurderweise sagen, während er ihren Mantel hielt. Es erweckte eher den Eindruck, als käme Odalie geradewegs von einer Dinnerparty, als dass sie ihre Stelle als Stenotypistin anträte. Odalie lachte auf ihre offenherzige, ungezwungene, melodiöse Art.

»Na gut, Jungs, das wär's«, verkündete der Sergeant schließlich und riss alle zurück zu der vor uns liegenden Aufgabe. »Lasst uns an die Arbeit gehen.« Er klatschte zweimal in die Hände, als wären wir etwas Schmutziges, das er sich von den Handinnenflächen wischen wollte. Die Versammlung war beendet. Der Sergeant wusste mit bewundernswertem Gespür, wann er sein Publikum verloren hatte. Wir stoben auseinander in der Hoffnung, geheuchelte Geschäftigkeit würde zu echter Geschäftigkeit führen. Erneut zog sich der Chief Inspector in sein Büro zurück, löste sich in einer Wolke aus Pfeifentabak auf und beruhigte seine sowie unser aller Nerven. Langsam aber sicher fand das Maß an fieberhaftem Fleiß zu seinem gewohnten Tempo zurück – mit einer Ausnahme.

Ich beobachtete Odalie unverfroren an ihrem ersten Tag auf dem Revier. Nachdem der Lieutenant Detective ihr die Garderobe gezeigt und für sie den Mantel aufgehängt hatte (ein bauschiges lilafarbenes Exemplar mit Schalkragen; ich vermute, aus Kaschmir, obwohl ich nicht nah genug war, um dies mit Sicherheit zu bezeugen), führte er sie in einem ausladenden Kreis im Hauptbüro herum, wo er ihr die Officers und Angestellten präsentierte, die sie auf ihrem Weg trafen. Odalie begegnete allen mit ausgesuchter Höflichkeit, passte ihr Verhalten jedoch kaum merklich dem ihres jeweiligen Gegenübers an.

Beim Sergeant war sie damenhaft, förmlich. Bei Marie gesellig; gemeinsam lachten sie laut über ein paar beiläufige Bemerkungen. Bei Iris spiegelte sie deren kühle Unnahbarkeit – eine professionelle Distanz, die, wie ich vermutete, Iris höchstwahrscheinlich zu schätzen wusste.

Der Lieutenant Detective machte sie ebenfalls mit ein paar Streifenpolizisten bekannt, bevor diese wieder auf Patrouille gingen oder, wie sie es gerne nannten, *ihre Trampelpfade nahmen*. Ich sah ihr zu, wie sie O'Neill kokett die Hand reichte, was ihm eine leichte Röte in die Wangen trieb und ihn zwang, die dunklen Wimpern schüchtern über seine schläfrigen blauen Augen zu senken. Bei Harley erlaubte sie sich ein nachsichtiges Kichern, als dieser vorschlug, dem Lieutenant Detective gemeinsam einen Streich zu spielen (der Lieutenant Detective hingegen wirkte bei dieser Aussicht weniger vergnügt). Bei Arp nickte sie eindringlich, als er nervös mit seinen kleinen Händen gestikulierte und ihr in belehrendem Tonfall die herausragende Bedeutung der Bestellformulare erklärte, weshalb diese mit höchster Genauigkeit ausgefüllt werden müssten. Grayben schüttelte sie fest die Hand, sah ihm in die Augen und lächelte nicht über seine anstößigen Witze – anscheinend wusste sie instinktiv, dass man ihm am besten auf der Stelle die Stirn bot.

Und dann, noch bevor ich mich versah, standen der Lieutenant Detective und Odalie vor meinem Schreibtisch. Ich blickte von den Schriftstücken auf, die ich auf Rechtschreibfehler durchgesehen hatte, und passte meine Miene Odalies höflichem, reserviertem Interesse an.

»Und *last, but not least*, die reizende Miss Baker«, verkündete der Lieutenant Detective. Ich zuckte zusammen. Ich bin keine verblendete Närrin und weiß, dass *reizend* kein Adjektiv ist, das die meisten Menschen in Bezug auf mich benutzen würden. Um ganz unverblümt zu sein: Ich bin unscheinbar.

Haare von der Farbe einer gewöhnlichen Feldmaus. Dasselbe trifft auf die Augen zu. Gleichmäßige Gesichtszüge, von mittelgroßer Statur. Kleidung, die unverhohlen Zeugnis über meinen gesellschaftlichen Stand und meine Anstellung ablegen. Ich bin im Grunde so unscheinbar, dass es fast schon wieder bemerkenswert ist. Da ich nun seit zwei Jahren im Polizeigewerbe arbeite und etwas über die Beschaffenheit von Augenzeugenberichten weiß, bin ich ausgesprochen zuversichtlich, dass ich alle möglichen Verbrechen begehen könnte und ungeschoren davonkäme, einfach weil ich mich den Zeugen nicht ins Gedächtnis einprägen würde. Meine Unscheinbarkeit war eine Tatsache, die dem Lieutenant Detective nur allzu bewusst sein musste. Weshalb ich ihm einen bissigen Blick zuwarf, tief verletzt, dass er mich vor dem neuesten Zuwachs unseres Büros verspottete, nur um eine offene Rechnung zu begleichen. Doch Odalie nahm meine Hand in ihre und glättete sofort die gereizte Stimmung.

»Natürlich, Miss Baker«, gurrte sie mit dieser entzückend klirrenden Stimme. »Wir wurden uns noch nicht vorgestellt, aber ich erinnere mich von letzter Woche an Sie – ich bewunderte die Bluse, die Sie trugen. Welch ausgesuchten Geschmack Sie haben, dachte ich mir insgeheim.« Ich sah sie an. Sie war betörend. Ich fühlte mich sonderbar versucht, ihrem Kompliment zu glauben, obwohl ich genau wusste, dass keine der Blusen, die ich besaß, sonderlich bewundernswert war. Doch dann dachte ich an die Brosche und fragte mich verwundert, ob dies eine versteckte Anspielung auf ihr Verschwinden sein mochte. Eiskalte Angst kroch in meine Venen. Ich zögerte.

»Die anderen Stenotypistinnen nennen mich Rose«, sagte ich schließlich.

»Rose«, wiederholte Odalie. Mit einer hauchzarten Veränderung im Klang ihrer Stimme gelang es ihr, meinen Namen mehr nach der Blume und weniger nach dem unscheinbaren

Mädchen klingen zu lassen, das vor ihr saß. »Nun, Rose, es ist reizend, Sie kennenzul…«

Bevor sie den Satz beenden konnte, sprang die Tür zu der kleinen, reviereigenen Arrestzelle auf, und ein ältlicher Trunkenbold, den ein Schwall ekelerregenden Körpergeruchs umgab, taumelte wild in unsere Mitte. Der Lieutenant Detective machte, wie mir nicht entging, einen kaum merklichen Schritt auf Odalie zu, als wolle er sie beschützen. Aber entgegen aller Erwartungen benötigte sie keinen Beistand. Das surrende Treiben im Revier erstarb, und alle Augen hefteten sich auf uns, während Odalie sich zusammennahm und betont ruhigen Schrittes auf den entflohenen Mann zusteuerte.

»Sir«, sagte sie mit ihrem unbeeindruckten, samtigen Schnurren, während sie sich freundschaftlich bei dem Trunkenbold unterhakte, »Sie scheinen aus Ihrem Quartier entschlüpft zu sein, aber leider kann das Etablissement hier noch nicht auf Ihre Gesellschaft verzichten.« Der Trunkenbold, ein Mann von vielleicht Anfang sechzig mit einem arg zerschlissenen Anzug, blickte auf ihren Arm herab, und mit einer Mischung aus ungemeiner Verwirrung und höchster Konzentration, die nur den sehr, sehr Betrunkenen zu eigen ist, folgten seine Augen der Armlänge hinauf bis zu dem zugehörigen Gesicht. Was er dort sah, ließ ihn in eingeschüchterter, fügsamer Ehrerbietung erstarren. Odalie bewegte sich, als würde sie seiner Person den höchsten Respekt zollen, und eines solchen Umgangs nicht gewöhnt, war er völlig überrumpelt. Er gestattete ihr, ihn so natürlich und beglückt zurück in die Zelle zu führen, als geleitete sie ihn auf die Tanzfläche oder beim Golf zum nächsten Loch. Am Ziel angelangt, ließ sie seinen Arm los, tätschelte ihm die Schulter und zwinkerte ihm verschwörerisch zu. Im selben Moment traten zwei Deputys herbei und sperrten ihn wieder sicher hinter Gitter. Trotz seiner erneuten Gefangennahme grinste der alte Mann Odalie euphorisch an, während sie ihm den Rücken zudrehte, und schien es keineswegs zu bereuen, überlistet worden zu sein.

Als Odalie wieder zurück in der Haupthalle war, hielten die Polizisten und die anderen Stenotypistinnen kollektiv für einen Moment den Atem an, und dann brandete der gesamte Raum mit tosendem Applaus auf. Odalie lächelte erfreut und nickte bescheiden, aber – wie mir auffiel – sie errötete nicht.

»Gut gemacht, Miss Lazare«, rief der Sergeant in anerkennendem Bass von der anderen Seite des Zimmers.

Der Lieutenant Detective schritt auf sie zu und zog ein Taschentuch aus der Innenseite seines Jacketts. Er schüttelte das Taschentuch aus, ließ es dann einmal durch die Luft peitschen und nahm Odalies Hände in seine, um sanft ein paar Rußflecken fortzuwischen, die sich während der Eskorte des Trunkenbolds auf Odalie abgefärbt hatten.

»Nun, wie es scheint, sind Sie sich nicht zu schade, sich die Hände ein wenig dreckig zu machen«, sagte er mit einem Zwinkern zu ihr und erlaubte sich, die Mundwinkel diabolisch zu kräuseln. Ich bin nicht die Sorte Frau, denen Männer häufig anstößige Zweideutigkeiten ins Ohr flüstern, aber ich erkenne eine, wenn ich sie mitanhöre. Odalie allerdings gab sich den Anschein von Desinteresse. Sie lächelte den gutaussehenden Detective höflich an, während er ihre Hände vom Ruß befreite, doch dann blickte sie abwesend weg, als sei ihre Aufmerksamkeit von etwas Faszinierenderem genau über seiner Schulter geweckt.

Was unsere gescheiterte Bekanntmachung betraf, schien diese längst vergessen zu sein. Nachdem der Trubel um Odalies geschickte Handhabe des Trunkenbolds abgeflaut war, reichte der Lieutenant Detective Odalie an Marie weiter, woraufhin ihr ein Schreibtisch zugewiesen und ein erster Polizeibericht zum Abtippen überreicht wurde. Den Rest des Tages beobachtete ich sie eindringlich von meiner Seite des Reviers aus, aber sie begegnete meiner Wenigkeit mit ungerührter Gleichgültigkeit und blickte kein einziges Mal auf oder spähte in meine Richtung. Umso besser, entschied ich. Ich erinnere mich, zu jenem Zeitpunkt gedacht zu haben, dass uns abgesehen von dem schlichten Umstand unseres Geschlechts keinerlei Gemeinsamkeit verband.

4

Natürlich schienen die Fehler anfänglich vollkommen echt und unbeabsichtigt zu sein und zogen nur sehr wenige unwiderrufliche Auswirkungen nach sich. Ich vermute, niemand schenkte den kleinen Tippfehlern viel Aufmerksamkeit, die hier und da auftauchten – falls die anderen sie denn überhaupt bemerkten. Mir hingegen entgingen sie nicht, doch noch kannte ich nicht die ganze Wahrheit, die hinter Odalies Taktik steckte, und ich ließ die Angelegenheit deshalb unerwähnt. Wie die meisten Menschen gelangte ich rasch zu der Annahme, Odalie sei bei ihrer Arbeit schlicht gedankenlos, und ermahnte mich, dies beim Sergeanten erst zur Sprache zu bringen, falls sich ihre Sorgfalt im Laufe der Zeit nicht besserte. Aus einem freiwilligen, jedoch unbeirrbaren Pflichtgefühl heraus nahm ich die Mühe auf mich, mit Argusaugen über Odalie zu wachen.

Hauptsächlich wird von uns Stenotypistinnen erwartet, dass wir zu keinerlei Fehlern fähig sind. Es ist ein merkwürdiges Phänomen: Sobald etwas zu Papier gebracht ist, wird es auf Gedeih und Verderb als Wahrheit angesehen. Ich saß ein paarmal bei Gerichtsverhandlungen und lauschte den Worten, die ich mit meinen eigenen zwei Händen getippt hatte und die nun vom Staatsanwalt laut vorgelesen wurden. Immer vermittelte es mir, die Information, die die Transkripte enthielten, sei ebenso akkurat und unantastbar wie die beiden Steintafeln, die Moses vom Berg Sinai mitbrachte – vielleicht sogar noch mehr als diese, denn immerhin zerschmetterte Moses jene Tafeln nach seinem Abstieg und musste Ersatz herbeischaffen, und erst diese Transkripte schienen unverwüstlich zu sein.

Noch interessanter ist für mich der Umstand, dass wenn das Geständnis vom Staatsanwalt laut vorgelesen wird, der Gerichtsreporter gleichzeitig dieselben Worte seinerseits notiert, nunmehr eine zweite, wiederholte Aufzeichnung der Wahrheit. Aus berufsbedingter Zuvorkommenheit würde ich niemals die Verlässlichkeit des Gerichtsreporters anzweifeln (so wie ich es nicht zu schätzen wüsste, würde jemand meine anzweifeln), doch man sollte über die Anzahl der Hände – *weibliche* Hände wohlgemerkt – und Maschinen nachdenken, die den Inhalt des Geständnisses behandeln, bis es in ein Urteil überführt wird und schließlich in ein Strafmaß. Dies ist natürlich unserer modernen Zeit geschuldet. Ob wir nun die weiseste Wahl getroffen haben oder nicht, bleibt abzuwarten, aber so oder so vertrauen wir unerschütterlich den Maschinen und halten blindlings das, was diese Gerätschaften hervorbringen, für ein unverrückbares Abbild des Originals. Ferner werden wir Stenotypistinnen als verlängerter Arm der Schreibmaschine und der mechanischen Neutralität all dessen betrachtet, was sie erzeugt. Sobald wir vor der Maschine Platz genommen haben, die Beine an den Knöcheln gekreuzt und sorgsam unter unseren Stühlen angewinkelt, die Finger entschlossen über den Tasten, wird von uns erwartet, dass wir unsere menschliche Natur abstreifen. Es ist unsere Pflicht, Diktate aufzunehmen und alles genau so zu transkribieren, wie es ist. Wir werden als bloße Empfänger erachtet, herrlich passiv und unfähig zu jedwedem Fehlverhalten.

Vermutlich ist dies auch das Paradox der Justiz. Die Entkörperlichung, meine ich. Dass die Justiz allsehend und zugleich blind sein soll. Von uns Stenotypistinnen wird erwartet, unsere Meinungen abzulegen, doch von Justitia wird wohl noch weit mehr erwartet, nämlich dass sie sich all ihrer Fähigkeiten entkleidet und ihr nicht einmal das Vorurteil des ersten Eindrucks zugesprochen wird. Justitia mag gezwungen sein zu erblinden, um ihrer Aufgabe angemessen nachzukommen, aber ich bin nicht sicher, ob ich diese spezielle Einschränkung ertragen könnte. Ich war schon immer eine kleine *Voyeurin,* und dafür schäme ich mich nicht sonderlich. Ich verstehe mich darauf, andere Menschen zu beobachten, und ich wage zu behaupten, diese Angewohnheit war für meine wahre Bildung in der Welt verantwortlich – vielleicht in mehr als nur einer Hinsicht.

Seit meiner frühesten Kindheit äußerten sich die Nonnen im Waisenhaus öfters zu meiner Fähigkeit, erfolgreich Informationen zu sammeln, indem ich schlicht und ergreifend stillhielt und unbemerkt spionierte. Natürlich drückten sie es so nicht aus. Sie nannten es nur dann *spionieren,* wenn ich ungezogen war, was jedoch höchst selten vorkam. Meistens sagten sie Dinge wie: *Oh, welch ein aufmerksames kleines Geschöpf du bist, Rose! Saugst alles in deiner Gegenwart auf! Pass auf, dass dir dein wachsames Wesen keine Schwierigkeiten einbringt, dann wirst du in deinem Leben noch weit kommen.* Ich beherzigte ihren Rat. Ich war immer ein gutes Mädchen. Ich wusste mich zu benehmen und hielt meine Hände und Fingernägel sauber. Niemals mussten sie mich wegen meiner häuslichen Pflichten tadeln oder mein Gesicht mit dem rauen, nassen Waschlumpen abschrubben.

Dort im Kinderheim lernte ich, dass Unscheinbarkeit ein Zeichen höchster Tugend ist. Zu meinem Glück kristallisierte sich bald heraus, dass ich ein besonderes Talent für Schlichtheit besaß. Ich war bei meiner Geburt mit keinerlei herausragenden angeborenen Talenten oder charakteristischen Merkmalen geschlagen, und diesen Mangel zu bewahren, bedeutete einfach, sie weiterhin brachliegen zu lassen. Ich erlernte meine Rolle der Unscheinbarkeit mit Eifer, und so kam es, dass ich viele der Nonnen für mich gewann. Während die Jahre verstrichen, bemühte ich mich, die Kriterien zu verinnerlichen, auf denen ihr

Urteilsvermögen fußte. Ihnen zufolge würde ein unscheinbares Mädchen niemals zu einer eingebildeten Frau heranwachsen und wäre dadurch auf ewig zumindest gegen eine der sieben Todsünden gefeit. Ein unscheinbares Mädchen verlangte nur wenig Aufmerksamkeit und war ebenso zufrieden, höflich Konversation zu betreiben, wie ein Buch aus den Taschen ihres Rocks zu ziehen und es still zu lesen. Ein unscheinbares Mädchen war kaum in Gefahr, romantische Flausen zu entwickeln – oder noch schlimmer, versehentlich selbst ihrem männlichen Gegenüber Grillen in den Kopf zu setzen – und somit einen Skandal auszulösen. *Wenn wir etwas mit Bestimmtheit von dir sagen können, Rose, dann, dass du uns niemals Schande machen wirst, indem du dich schamlos für den Milchmann herausputzt*, sagten sie anerkennend.

Der Milchmann, der uns täglich die Milch brachte, war ein vergnügter Bär von einem Mann, in dessen Augen ein dunkler Schalk aufblitzte, während er jedes Mädchen im Waisenhaus, das ihm über den Weg lief, beharrlich mit Schmeicheleien überhäufte, ungeachtet ihres Alters oder ihrer Stellung. Jedes Mädchen außer mir. Wann immer ich an der Reihe war, die Milch zu empfangen, und die Tür aufstieß, gefror sein breites Grinsen zu einer starren, eisernen Linie, und der schroffe Wortwechsel zwischen uns war zwar höflich, doch unverhohlen nüchtern. Ich belauschte einmal, wie ihn eines der anderen Mädchen fragte, woran es läge, dass er allein mich mit seinem anzüglichen Zwinkern und seinen Komplimenten verschonte. *Irgendwas stimmt nicht mit der*, stellte er entschieden und kopfschüttelnd fest. *Kann den Finger nicht genau drauflegen, aber es ist wie bei Milch: Selbst wenn sie noch nicht sauer ist, weiß man einfach, wann sie bald schlecht wird.* All jene mit einem empfindlicheren Naturell hätten an seinen Worten Anstoß genommen. Ich hingegen war von seiner Äußerung nicht im Geringsten vor den Kopf gestoßen, denn nur ein himmelschreiender Dummkopf würde sein Verhalten den hehren Idealen eines Milchmanns anpassen. Im zarten Alter von zehn besaß ich bereits die Geistesgegenwart, meine eigene intellektuelle und moralische Überlegenheit zu erahnen.

Die Nonnen schienen dies ebenfalls intuitiv zu begreifen. Ein paar Jahre bewiesen sie genug Umsicht, um mich nachmittags zu der ältlichen Gattin eines sehr wohlhabenden katholischen Geschäftsmanns zu schicken, bei der ich als Dienstmädchen arbeitete. Der Zweck war, mir Benehmen und gebührende Sorgfalt beizubringen, während ich gleichzeitig lernte, wie eine rechtschaffene Dame lebte. Meine Arbeitgeberin (ich benutze diesen Begriff sehr frei, immerhin wurde ich für meine Dienste nicht bezahlt – obwohl gesagt werden muss, dass das Waisenhaus im Laufe dieser Jahre ein paar zusätzliche Spenden erhielt) war eine silberhaarige, dünnlippige Frau, deren arkadische Vorfahren vor langer Zeit dem Saint Lawrence River aus den französischen Kolonien hinein in die britischen gefolgt waren, bis sie eines Tages erwachten und erkannten, dass sich die Welt um sie verändert und sich in ein neumodisches Geschöpf namens Amerika verwandelt hatte. Alle Straßen führen nach Rom oder etwas in der Art, und soweit ich es beurteilen kann, schlugen deshalb Mrs Abigail Lebruns Vorfahren wiederum einen östlichen Kurs ein, mit dem letztendlichen Ergebnis, dass sie sich in New York City niederließen.

Als ich Mrs Lebrun kennenlernte, verbrachte sie ihre Tage damit, ein weitläufiges, vierstöckiges Stadthaus in einem der Außenbezirke New Yorks zu führen, während Mr Lebrun eine der größten Pelzwerkstätten der Stadt leitete. Mrs Lebrun hatte eine Vielzahl anderer Dienstmädchen, aber es gelang ihr immer, Arbeit für mich zu finden. Unter ihrem wachsamen, schulmeisterlichen Auge lernte ich, Silber zu polieren, mit Pelz umzugehen, Diamanten ordentlich zu säubern, ohne sie aus ihrer Zargenfassung zu lösen, und die hauchzartesten Spitzenbordüren auszubessern. Ebenfalls lernte ich die wertvolle Tugend der Genügsamkeit von Mrs Lebrun, die eine Meisterin dieses Fachs war. Vermutlich glaubte sie, mir einen großen Dienst zu erweisen, und vielleicht war dem auch so. Ihr zufolge hatte sich meine Generation aufgeschwungen und die Welt zu einer Wegwerfgesellschaft gemacht – wir hatten sie mit billigem, kurzlebigem Tand überschüttet und versäumt, die Kunst zu erlernen, die Dinge nicht zu verschleißen. Indem sie mir beibrachte, das Leben dieses oder jenes mit Federn bestückten Huts oder seidenen Ballkleids zu verlängern, wollte Mrs Lebrun die Makel meiner Generation tilgen.

Die Nonnen waren hocherfreut über die positive Kritik, die mir für meine Mühsal als Hausmädchen zuteilwurde, und zogen wohl in Erwägung, dass noch mehr getan werden könne, um mir zu helfen. Während des Sommers meines zwölften Geburtstags hielten sie eine Kollekte ab, und es wurde entschieden, mich vom nächsten Schuljahr an täglich die Straße hinunter in die *Bedford Academy for Girls* zu schicken. Damit ich eine bessere Bildung bekäme als die farcenhafte, die uns in dem winzigen Klassenzimmer im Waisenhaus von Schwester Mildred angediehen wurde, einer Nonne, die unglückseligerweise neunundachtzig Jahre alt war und auf beiden Ohren fast taub. Ich erinnere mich immer noch, wie die Nonnen höchst beeindruckt von der Bildung waren, die ich in der *Bedford Academy* erhielt, was sie häufig mit Nachdruck äußerten: *Oh Rose, wie wunderbar du achtgibst, das p und das q richtig zu schreiben! Sie machen eine perfekte kleine Lady aus dir!* Ich weiß nicht, ob mich das zu einer perfekten kleinen Lady machte, aber vermutlich führte die *Bedford Academy* mich zum *Astoria Stenographers College for Ladies*, und demzufolge hatte die *Bedford Academy* die Finger im Spiel, zumindest eine perfekte kleine *Stenotypistin* aus mir zu machen (wenn ich mir anmaßen darf, das Wort *perfekt* in Bezug auf meine Fähigkeit beim Maschineschreiben zu benutzen). Ich habe es vielleicht schon erwähnt: Ich bin zugleich außerordentlich schnell und außerordentlich akkurat, was das Tippen anbelangt. Diese Präzision ist wohl schlicht das Ergebnis meiner angeborenen Neugier und meiner scharfen Augen.

Und so war es nur natürlich, dass ich diese scharfen Augen auf die neue Stenotypistin richtete. Ich beobachtete Odalie eindringlich seit dem ersten Moment, als sie auf dem Revier zu arbeiten begann, doch erst nach zwei Wochen fing ich mit dem schriftlichen Bericht über ihr Tun und Lassen an. Zunächst war alles sehr harmlos; ich notierte kleine Anekdoten über ihr Kommen und Gehen im Büro und hielt die Details unserer spärlichen Unterhaltungen auf den Seiten eines kleinen Notizbuchs fest, das ganz hinten in meiner Schreibtischschublade lag – genau neben der Brosche, die mir immer noch einen kalten Schauder versetzte (und vielleicht zeitgleich eine leichte Erregung), sobald ich einen Blick auf das Kleinod warf, das mich von seinem Versteck in der Schublade anglitzerte. Meine Aufzeichnungen zu Odalies Treiben waren einfach und aufrichtig. Nichts Ambitioniertes, nur eine kurze Zusammenfassung, nehme ich an, eine Aneinanderreihung kleiner Begebenheiten, die mich, so hoffte ich, der Entschlüsselung von Odalies Charakter einen Schritt näherbringen würden. Eine stichprobenhafte Auswahl könnte sich wie folgt lesen:

Heute, als O auftauchte, schüttelte sie das kleine Capelet von ihren Schultern, das sie wie eine Magierin trug, und der Innenstoff aus Satin leuchtete wie ein silberner Blitz auf. Eine etwas aufgesetzte Anmut, aber recht hübsch. Ihr Hereinkommen ist immer von theatralischem Gebaren begleitet. Allmählich freue ich mich auf ihre Ankunft am Morgen, wenn auch nur wegen der Show, die sie abzieht.

O erkundigte sich, wo ich für gewöhnlich zu Mittag esse. Könnte sein, dass sie nur einen gastronomischen Rat wollte, aber das bezweifle ich. Ich denke, sie versucht, all ihren Mut zusammenzunehmen, um mich irgendwann zu fragen, ob ich sie zum Essen begleite. Reagiert auf mich anders als auf Iris oder Marie oder die Streifenpolizisten. Sie ist offenkundig intelligent und hat vielleicht durchschaut, dass wir zwei uns vom Gros der anderen auf dem Revier unterscheiden. Nicht dass ich einsam wäre, doch es wäre schön, eine vernünftige Unterhaltung zu führen. Womöglich würde ich eine Einladung zum Lunch in Betracht ziehen.

Vage enttäuscht über Os Fähigkeit auf der Schreibmaschine – O hat heute zwei Berichte verpfuscht. Tippte an sechs Stellen ein »s«, wo eindeutig ein »a« hingehörte. Als ich sie auf ihre Fehler hinwies, gab sie der Schreibmaschine die Schuld und behauptete, die beiden Tasten hätten die Angewohnheit, sich zu verkanten. Habe die Schreibmaschinen ausgetauscht. Ihre scheint einwandfrei zu funktionieren.

Der Lieutenant Detective kam heute vom Mittagessen zurück und stellte ein kleines Päckchen Erdnusskrokant auf Os Schreibtisch. O reagierte sehr erfreut, aber wie immer bei O war es sehr schwer zu entscheiden, ob ihre Freude echt war. Er meinte, er sei an diesem Nachmittag »zufällig« im Süßwarenladen gewesen. Sonderbar, denn der Lieutenant Detective trinkt seinen Kaffee schwarz und ist noch nie mit Konfekt gesichtet worden.

O trinkt lieber Tee als Kaffee. Earl Grey, mit einem winzigen Schuss Milch. Trinkt ihn mit angewinkeltem kleinem Finger. Muss gestehen, mir gefällt diese Angewohnheit. Vielleicht ist sie doch eine Lady.

O durchschritt den Raum, um einen Bericht zurückzugeben, und blieb ungewöhnlich lang an meinem Schreibtisch stehen. Fragte mich, welche Art Musik ich möge. Vielleicht war ich ein wenig zu eifrig; ich sagte, mir würde alles gefallen. In Wahrheit kann ich den Großteil des modernen Lärms nicht ausstehen, den heutzutage die Orchester der Tanzlokale spielen, und ich mag eigentlich nur Bach und Mozart. Aber sie legte mir eine Hand auf die Schulter und sagte, wir müssten unbedingt einmal zusammen Musik anhören. Frage mich verwundert, ob wir tatsächlich irgendwann gemeinsam ein Konzert besuchen werden. Wäre vielleicht sogar geneigt, diese Stravinsky-Musik zu ertragen, wenn es bedeutete, im Gegenzug Os Gesellschaft zu genießen. Sie hat meine Neugier geweckt. Meine Instinkte sagen mir, dass sie eine sehr kultivierte Person ist.

Deutete heute bei O an, dass ich zum Imbissstand um die Ecke ginge und sie mich gerne begleiten könne. Sie schien auf meine Einladung nicht zu reagieren, aber ich denke, sie wartet einfach ab, bis sich uns eine hübschere Alternative bietet. Sie hat einen ausgesuchten Sinn für Geschmack, und ich bin sicher, sie will, dass unser erster gemeinsamer Lunch etwas Besonderes ist. Es war dumm von mir, anzudeuten, dass wir zu etwas so Billigem und Gewöhnlichem gehen sollten wie dem Imbissstand.

O richtete heute ihre Strümpfe, während sie mit dem Lieutenant Detective redete, und schien sich nicht daran zu stören, dass er ihre Beine anstarrte! Ich bin empört! Als O auf ihrem Stuhl saß, glitt ihre Hand zu ihrem linken Bein hinab, und sie begann, die Naht ihrer Kunstseide zurechtzurücken. Konnte sich gerade noch bremsen, um nicht unter ihren Rock zu greifen und die Strumpfhalter selbst zurechtzuzupfen.

Äußerst vulgär und unangebracht. Gut möglich, dass der Lieutenant Detective angetan war, aber der Sergeant hätte dieses schamlose Verhalten nicht geduldet. Dem Himmel sei Dank für den Sergeant. Es gibt sie noch, die moralischen und aufrechten Männer!

Heute telefonierte O mit einem Bekannten und blieb mehrere Minuten am Telefon, diskutierte die Pläne für den Abend. Ertappte mich dabei, wie ich sie beobachtete, als sie den Hörer auflegte, und wollte gerade zu einer Frage ansetzen, da wurde ich vom Lieutenant Detective unterbrochen, der mich brauchte, um im Vernehmungszimmer das Geständnis eines Verdächtigen zu tippen. Ich denke, sie wollte mich gerade bitten, mit ihr und ihrem Bekannten am Abend auszugehen. Bin mir fast vollkommen sicher.

O ließ ihre Handtasche zurück, als sie heute zum Mittagessen ging. Sah ein Päckchen Zigaretten, das einen Spalt herauslugte. Auf dem Päckchen war der Name Gauloises *gedruckt. Marke noch nie zuvor gehört, klingt ausländisch. Andererseits habe ich auch noch nie zuvor eine Zigarette geraucht. Habe die Gunst der Stunde genutzt, als niemand hinsah, und eine Zigarette aus der Packung stibitzt. Ging nach draußen in das Seitengässchen, um sie zu rauchen, bemerkte jedoch zu spät, dass ich weder ein Streichholz noch ein Wonderlite bei mir hatte. Legte die Zigarette in die Schublade neben Os Brosche. Hoffe, ihr fällt nicht auf, dass eine Zigarette fehlt. Sie sollte sowieso nicht rauchen. Sendet die falschen Signale aus. Tue ihr einen Gefallen. Wenn sie nur wüsste, welch eine gute Freundin ich ihr sein könnte. Sie hat das Zeug zu einer echten Lady. Braucht einfach jemanden mit einem scharfen Auge, der sie davon abhält, törichte Dinge zu tun.*

O hat Iris heute zum Lunch mitgenommen! Und nicht mich. Die alte, ausdruckslose Iris mit ihren unfemininen, kleinen Halstüchern. Als sie zurückkamen, war ich zuckersüß und stellte ihnen unzählige höfliche Fragen zu ihrem Mittagessen, welche O beantwortete, als hätte die ganze Situation nichts mit mir zu tun. Könnte es durchaus als Beleidigung ansehen, aber es kümmert mich nicht im Geringsten. Offenkundig habe ich O überschätzt. Sollen sie und Iris zusammen ruhig glücklich werden.

O kam heute volle zwölf Minuten zu spät. Ohne Entschuldigung. Der Sergeant sprach sie wegen ihrer Unpünktlichkeit an. Denke, sie riss einen Witz, doch ihre Stimme war zu leise, um sie von der anderen Seite des Raums aus zu verstehen. Sie lachte, und zu meinem Entsetzen kicherte auch der Sergeant ein wenig. Beginne allmählich, mich vor ihrem Auftauchen am Morgen zu grauen, mit all dem affektierten Theater, das mit ihr durch die Tür weht.

Ich glaubte immer, meine Aufzeichnungen seien bestenfalls lückenhaft und sporadisch, aber wenn ich sie nun überfliege, erkenne ich, wie geradezu gründlich ich war. In meinem Notizbuch gibt es noch eine Vielzahl weiterer Einträge – diejenigen, die ich hier beifügte, stellen nur eine stichprobenartige Auswahl dar. Aber es gibt keine Unregelmäßigkeit in meinem Interesse, nur in meinen Methoden. Von Beginn an war Odalie ein Ausbund an Charme und konnte sehr freundlich und überzeugend sein, wenn sie wollte. In diesen ersten Wochen entlockte ich ihr jedoch ein kleines Geheimnis: Sobald man Odalie aufmerksamer beobachtete, mit einem achtsamen Auge, erfasste man intuitiv, dass sie sich – trotz all ihres Charmes – für fast niemanden wahrhaft interessierte. Sobald sich jemand ihrem Schreibtisch näherte, kroch eine hauchzarte, wenngleich spürbare Anspannung in ihre Mundwinkel und läutete das strahlende Lächeln ein, das sie schließlich vordergründig auf ihr Gesicht zauberte, gemischt mit der selbstvergessenen, gleichgültigen Ruhe eines Menschen, der sich Butter auf seinen Toast streicht.

Und natürlich wollten die Leute immer mit ihr reden. Wenn sie nicht *mit* ihr reden konnten, fanden sie sich damit ab, *über* sie zu reden. Der Klatsch nahm seinen Anfang eines Tages während der Mittagspause, als ein paar von uns um die Handkarren standen, wo in Zeitungspapier eingewickelte Piroggen und kleine Papierbecher mit verwässertem Kaffee auf den Straßen vor unserem Revier verkauft wurden, und spitzte sich schwindelerregend zu:

»Ich hab gehört, sie is' mit einem Kerl nach Kalifornien durchgebrannt, aber der hat ihr gezeigt, dass er 'n rechten Haken wie Jack Delany hat. Also hat sie sein Geld gestohlen und is' abgehauen.«

»Ich hab gehört, sie hat mal 'nen Film gedreht. Soll neben Clara Bow die Hauptrolle gespielt haben.«

»Oh ja? Wie kommt's dann, dass wir den Film nie gesehen haben?«

»Will H. Hays hat ihn sich unter den Nagel gerissen und verboten. Meinte, er wär zu gewagt, um ihn in der Öffentlichkeit zu zeigen. Wär nicht *anständig* genug, wenn ihr versteht, was ich meine.«

»Nun, wie praktisch für dich.«

»Was willst'n damit sagen?«

»Ich sag bloß, das glaub ich erst, wenn ich den Film gesehen hab.«

»Und ich wiederhole bloß, was ich gehört hab.«

»Man sollte nicht alles glauben, was man hört. Ich finde, sie ist 'n nettes Mädchen.«

»Das stimmt. Sie ist elegant!«

»Nun, das kann ich nicht beurteilen. Ich hab gehört, sie ist das Liebchen eines Gangsters. Und deshalb hat sie auch all diese schicken Fummel – von *ihm*. Sie haben sie hier eingeschleust, um rauszukriegen, was wir wegen der Schwarzbrennereigeschichten planen. Ihr wisst schon, wie diese Gangsters sind – versuchen immer, einen Maulwurf unterzubringen.«

»Langsam mit den jungen Pferden«, warf dann häufig derjenige gutherzige Jemand ein, der sich aus einem Gefühl des Pflichtbewusstseins heraus zur Stimme der Vernunft aufschwang. »Das ist kein Spaß. Damit kannst du den guten Ruf anderer in den Dreck ziehen.«

»Ich sag ja nicht, dass es wahr ist, ich sag nur, dass ich's gehört hab ...«

So ging es die meiste Zeit über weiter. Einmal in Gang gesetzt, glich der Klatsch einem unentwegten Chor, der im Hintergrund summte und nicht verstummen wollte – es nicht konnte. Niemand rechnete es sich als Verdienst an, die Gerüchte in Umlauf gesetzt zu haben, aber fast jeder erzählte sie ohne Scham weiter. Vermutlich waren wir alle auf dem Revier den Trunkenbolden, Vergewaltigern und Schwarzbrennern überdrüssig geworden. Odalie hatte sich zu unserem einzigen Quell der Unterhaltung aufgeschwungen, und mit den Urhebern dieser Gerüchte (Grayben, Marie und Harley voran) gingen ihre romantischen Fantasien durch. Sie versuchten, Odalie in die jüngsten Schlagzeilen der Illustrierten zu pressen. Clara Bow, William H. Hays – es war alles zu frisch. Ebenso wie bei der Vaterschaft des kleinsten Kindes meiner Vermieterin stellte schon der zeitliche Ablauf dieser Behauptungen deren Wahrheitsgehalt in Frage.

Falls sich Odalie der Gerüchte um ihre Person bewusst war, ließ sie sich nichts anmerken. Ihr Charme ähnelte einer elektrischen Glühbirne, die sie beliebig an- und ausschalten konnte, und der Klatsch schien keinerlei Effekt auf die Lichtstärke zu haben. Doch trotz des unerschütterlichen Charismas, das Odalie im Überfluss besaß, lautete die überraschende Wahrheit, dass sie kein offenes Buch war und jegliche Vertrautheit mied. Das jedenfalls schloss ich intuitiv aus den Beobachtungen, die ich zu jener Zeit von ihrem Verhalten anstellte.

Wenn Marie die Berichte der Woche, die es abzutippen galt, auf Odalies Schreibtisch legte, versuchte sie stets, ein Gespräch aufkeimen zu lassen. Odalie war höflich, schmückte ihre Antworten jedoch selten aus und stellte Marie ihrerseits nie eine Frage – was für Marie ausgesprochen bitter zu sein schien. Vermutlich hieß ich Odalies Verhalten insgeheim auf irgendeine Weise gut, da ich selbst ein wenig zurückhaltend und wählerisch bin, was meine Gesellschaft anbelangt. Nun ja, ich hieß es wohl gut, bis sie mit aller Deutlichkeit offenbarte, dass ihr ein feines Gespür für Besonnenheit und Geschmack fehlte, da sie Iris als ihr erstes Lunchdate aussuchte. Vielleicht wäre es noch enttäuschender gewesen, wäre ihre Wahl auf Marie gefallen, aber oh – Iris! Die zugeknöpfte, farblose Iris mit ihrer Hasenscharte. Ich weiß, äußerlich mag ich schrecklich unscheinbar wirken, aber Iris ist einer dieser Menschen, die *innerlich* schrecklich unscheinbar sind. Einmal sagte sie zu mir: *Nur Kinder sollten Hobbys haben*, sie selbst habe natürlich keine. Keine Passionen, nicht einmal besondere Lesegewohnheiten, von denen ich wüsste – sie liest nichts weiter als die Zeitung und selbst das auf eine langweilige Weise. Sie liest die Zeitung in einem Schwung durch, von der ersten bis zur letzten Seite, ohne den kleinsten Absatz zu überspringen, weder den Anzeigenteil noch die Nachrufe. Und wenn sie mit Lesen fertig ist, äußert sie sich nur zu einer einzigen Sache: dem Wetter. Vielleicht bin ich die letzte Person, der in dieser Hinsicht ein Kommentar gestattet ist, aber selbst *ich* weiß, dass Iris eine langweilige, graue Maus ist.

Ich persönlich schätze Klatsch und Tratsch nicht sonderlich, und mir missfällt Maries neugieriges und wichtigtuerisches

Verhalten, aber etwas, das ich persönlich nicht tolerieren kann, sind Menschen, die mir ein schlechtes Gewissen einreden wollen, bloß weil man sich für Angelegenheiten anderer interessiert. Immerhin ist es nur menschlich, Neugierde für andere zu zeigen, und allein ein prüder Mensch würde das bestreiten. Iris ist eine solch prüde Zicke. Einmal, als ich anmerkte, dass der Sergeant schon seit über einer Woche keine Blechdose mit seinem Mittagessen dabeihatte, und mich laut fragte, ob zwischen ihm und seiner Gattin wohl dicke Luft herrsche, war Iris mit einer Stichelei schnell zur Hand: *Du meine Güte, Rose, diese Bemerkung ist unangebracht. Es ist besser, sich um seine eigenen Angelegenheiten zu kümmern, andernfalls könnten die Leute einen falschen Eindruck von dir und dem Sergeant bekommen. Oder haben sie in der Sekretärinnenschule vergessen, dir einen angemessenen Sinn für Professionalität zu vermitteln?* Ich hege eine tiefe Abneigung gegen Tratsch, aber was ich noch mehr hasse, sind Menschen, die so tun, als würden sie über all diesen Dingen stehen und hätten sich das Recht verdient, den Rest von uns mit Herablassung zu behandeln.

Nachdem Odalie und Iris von ihrer Mittagspause zurückkehrten, betrieb ich etwas höfliche, oberflächliche Konversation mit ihnen und wandte meine Aufmerksamkeit dann wieder dem Bericht zu, den ich gerade abtippte. Natürlich sagte ich mir, dass es mich keineswegs störte, von ihrer Einladung ausgeschlossen worden zu sein, aber irgendetwas nagte an mir. Ich war aufgewühlt, gereizt. Vielleicht hatte ich an jenem Tag zu viel Kaffee getrunken, denn meine Finger huschten heftig zitternd über die Tastatur der Schreibmaschine. Versehentlich drückte ich mehrmals eine falsche Taste, riss die Seite des Berichts aus der Schreibwalze und warf sie weg, führte ein neues Blatt ein und machte prompt denselben Flüchtigkeitsfehler. Vor Wut schäumend entschied ich schließlich, eine Pause einzulegen. Ich zog meine Handschuhe an, fischte die Zigarette aus meiner Schreibtischschublade und schob die Schmuggelware zum Handgelenk meines linken Handschuhs hinab. Der Handschuh war wie geschaffen, die gestohlene Zigarette zu verbergen. Niemand hob auch nur den Blick, als ich mich entschuldigte und hinausging.

Ich spazierte mehrere Blocks bis zu dem Gässchen, das ich schon bei meinem ersten Versuch, dieses blöde Ding zu rauchen, aufgesucht hatte. Diesmal hatte ich nicht vergessen, etwas mitzunehmen, um die Zigarette zu entzünden. Der Lieutenant Detective hatte den gesamten Vormittag auf dem Ende eines Streichholzes gekaut (das tat er oft, wenn er keinen Zahnstocher zur Hand hatte), und als er es auf seinem Schreibtisch liegen ließ, erlaubte ich mir, es meiner kleinen Sammlung an Nippes hinzuzufügen, die sich ganz hinten in meiner Schreibtischschublade angehäuft hat. (Dieser Absatz mag klingen, als wäre mir das Stehlen zur festen Gewohnheit geworden, aber ich versichere, dem ist beileibe nicht so. Man kann wohl kaum ein Streichholz besitzen – sie sind gefertigt, um von demjenigen benutzt zu werden, der eines benötigt. Und in Bezug auf die Brosche habe ich mich bereits gerechtfertigt, da sie eher ein *Fundstück* war, insofern ich sie nur vom Boden aufhob, wo sie achtlos herumlag.)

Als ich die Seitengasse erreichte, blickte ich mich verstohlen um. Mir war schmerzhaft bewusst, wie ich aussehen mochte. Mit zitternder Hand entzündete ich die Schwefelspitze des Streichholzes an der Ziegelmauer. Sie entflammte zischend. Ich hatte noch nie zuvor geraucht, aber ich hatte unzählige Male in Cafés beobachtet, wie Männer es taten. Ich hielt die Flamme an das eine Ende der Zigarette und sog leicht die Wangen ein. Augenblicklich erfüllte meine Lungen ein trockenes, heißes Knistern. Ich hustete äußerst unschicklich und blickte mich hastig in dem Gässchen um, immer noch darauf bedacht, von niemandem gesehen zu werden.

Die Zigarette schien ihre Wirkung zu entfalten. Mein Kopf begann sich zu drehen und kam mir vor, als habe er sich in einen Ballon verwandelt, der sich allmählich von meinem Kopf lösen wollte. Ich fragte mich, ob Odalie dasselbe Gefühl überkam, wenn sie ihre Zigaretten rauchte. Rauchte sie in Cafés? Bei Partys? War sie derart dreist? Meine Gedanken schweiften zu ihr, und ich versuchte, die Zigarette auf dieselbe Art zu halten wie sie. Mein Kopf wurde sogar noch leichter. Ich nahm mehrere lange, ausgiebige Züge von der Zigarette und betrachtete ihr Ende, das wie ein winziges, rot glühendes Stück Kohle glomm, während ich ein nach dem anderen Mal tief einatmete. Ein Gefühl der Entspannung legte sich über mich, bis jemand in einem der Apartments hoch über mir abrupt ein Fenster aufstieß. Erschrocken warf ich die Zigarette in eine trübe Pfütze und hastete so schnell ich konnte die Gasse hinab. Das abgehackte Geräusch meiner Absätze auf dem Gehsteig trieb mich mit einem lauten Klappern an, das nur dazu führte, dass ich noch mehr erschrak. Ich drosselte mein Tempo erst, als ich in der Nähe des Polizeireviers war. Während ich durch die Tür glitt und die Haupthalle betrat, versuchte ich, meine Nerven zu beruhigen und mich zusammenzureißen.

Glücklicherweise rief mein Kommen dasselbe Desinteresse hervor wie mein Verschwinden – niemanden kümmerte es genug, um in meine Richtung zu blicken. Ich gab mir redlich Mühe, wieder Atem zu schöpfen, straffte die Schultern und begann ruhigen Schrittes, den Raum zurück zu meinem Schreibtisch zu durchqueren. Meine Gedanken wirbelten um mein neues Geheimnis. *Ich habe geraucht! Ich bin eine zügellose, rauchende Frau – wer hätte das gedacht!* Der Lieutenant Detective wäre so unsäglich überrascht, dachte ich mit einer gewissen Genugtuung. Der Sergeant … nun … dies war ein weniger erbaulicher Gedanke. Ich schob ihn beiseite.

»Rose.« Ich hörte, wie jemand leise meinen Namen rief. Ich

fuhr zusammen, drehte mich um und erblickte Odalie, die mich ansah. Ein mattes Lächeln der Neugier zuckte auf ihren Lippen. »Alles in Ordnung?«

»Oh! Natürlich«, sagte ich. »Es ist gut – alles ist gut… Mir geht's gut.«

Sie musterte mich mit zur Seite gelegtem Kopf. »Sie haben gerade etwas erschrocken gewirkt«, sagte sie. Sie schnupperte in die Luft und lächelte noch ein wenig stärker, als die Neugier erstarb und einer Gewissheit Platz machte. Dann zuckte Odalie mit den Schultern, ließ mich scheinbar vom Haken und die Sache auf sich beruhen. »Nichts für ungut, wollte nur nachfragen«, sagte sie. Ihre Augen ruhten eine weitere Sekunde auf mir, bevor sie sich schließlich abwandte und zurück zu ihrem Schreibtisch ging. Da drehte ich den Kopf und bemerkte den Geruch von Zigarettenrauch, den ich nun in meinen Haaren mit mir herumtrug. Der Duft war wie die Schleppe eines Kleides, die mir den restlichen Tag überallhin folgte, und ich fragte mich verwundert, wie weit sie reichte.

Später an jenem Nachmittag wurde meine Frage beantwortet, als ich aus dem Aktenzimmer kam und ein Päckchen Zigaretten auf meinem Schreibtisch vorfand. Das Päckchen war neu und ungeöffnet, und ich wusste sofort, woher es stammte. Ich durchquerte den Raum und hielt es Odalie hin, die gerade mitten beim Abtippen eines Berichts war und mit einem selbstvergessenen Ausdruck zu mir hochblickte.

»Nein, danke«, sagte ich und wedelte mit dem Päckchen vor ihrer Nase herum. »Ich rauche nicht.«

»Oh. Sind Sie sicher?«

»Ja«, erwiderte ich, das Päckchen immer noch in Händen.

»Nun denn. Da muss ich wohl etwas durcheinandergebracht haben«, sagte sie, ohne im Entferntesten durcheinander zu klingen, und nahm die Zigaretten mit selbstgefälliger, träger Hand entgegen.

5

Während jener Zeit ereignete sich ein Vorfall, der kaum in direktem Zusammenhang mit Odalie stand, aber aus irgendeinem Grund aus meinen Erinnerungen hervorsticht, wenn ich mir Odalies erste Wochen auf dem Revier ins Gedächtnis rufe. Im Grunde wäre es wohl akkurater zu sagen, dass es überhaupt keinen Zusammenhang mit Odalie gab. Der Vorfall fand nicht einmal auf dem Polizeirevier statt – es war lediglich eine banale Belanglosigkeit, die sich in der Pension ereignete, nachdem ich mein Tagwerk längst vollbracht hatte.

An jenem Nachmittag war ich früher als gewöhnlich von der Arbeit nach Hause geschickt worden. Nach der Mittagspause hatte eine Flaute eingesetzt, während der sich eine träge Müßigkeit über das Büro gelegt hatte. Gegen halb vier schlenderte der Lieutenant Detective mit nonchalantem, schlaksigem Schritt zu mir und ließ sich halb sitzend, halb lehnend auf meinem Schreibtisch nieder und thronte nun auf der Arbeitsfläche, als wollte er ein Pferd im Damensattel reiten. Er schob die Unterlagen auf meinem Tisch mit übertriebenem Interesse herum, obwohl ich angesichts seines unfokussierten Blicks nicht glaubte, dass er auch nur eines der Wörter in den Berichten tatsächlich *sah*, die er anschaute. Er räusperte sich mehrmals und sagte schließlich:

»Wenn ich mich nicht täusche, haben Sie heute bereits die Arbeit von zwei Stenotypistinnen erledigt. Vielleicht sollten wir Sie lieber nach Hause schicken, bevor Sie sich noch entscheiden, den doppelten Lohn einzufordern.« Seine Augen glitten von den Berichten auf meinem Schreibtisch zu meinem Gesicht, doch fast, als würden sie von etwas verbrannt werden, das sie dort fanden, huschten sie ebenso schnell wieder weg.

»Ich kann mich nicht erinnern, dass der Sergeant erwähnte, ich dürfe heute früher nach Hause gehen«, sagte ich.

»Nun ja, wie Sie wissen, bin ich bevollmächtigt, Sie auf eigene Verantwortung zu entlassen. Und außerdem bin ich überzeugt, der Sergeant würde meine Entscheidung gutheißen«, fuhr der Lieutenant Detective fort, und in seiner Stimme schwang ein wohlwollender Ton mit. Er balancierte eine Heftklammer auf seiner Fingerspitze und tat so, als würde er sie eindringlich mustern. »Wir wollen keinesfalls einen Streit mit der Gewerkschaft vom Zaun brechen.« Dieser letzte Satz war als Witz gemeint. Es gab keine Gewerkschaft für Stenotypistinnen – oder im Übrigen für irgendeinen Beruf, wo das zarte Geschlecht die Mehrheit der Angestellten bildete.

»Na schön«, sagte ich brüsk, ohne über den Witz zu lachen. »Vorausgesetzt, der Sergeant hat nichts einzuwenden, werde ich mir den Nachmittag freinehmen.« Unverzüglich machte ich mich daran, den Schreibtisch aufzuräumen. Ich streckte mich nach den Papieren, auf denen der Lieutenant Detective saß, und riss ungerührt an ihnen. Mit hochgezogenen Augenbrauen stolperte er aus seinem Damensitz und blinzelte – ganz wie die Trunkenbolde, wenn sie aus unserem Gewahrsam entlassen werden und aus der Düsternis des Polizeireviers taumeln, nur um auf dem Gehsteig stehenzubleiben, sprachlos und vor völliger Verwirrung in die viel zu grelle Sonne starrend.

Als ich meine Handschuhe angezogen und mir meine Handtasche in die Armbeuge gehängt hatte, stand er immer noch blinzelnd da.

»Aber wohin werden Sie gehen?« Augenscheinlich verlief dieser Wortwechsel nicht so, wie der Lieutenant Detective geplant hatte.

Ich warf ihm einen eigentümlichen Blick zu. »Nun, nach Hause. Das sagten Sie doch gerade selbst.« Er antwortete nicht sofort. Ich wartete. Seufzend schob ich die Handtasche von meinem Arm und ließ sie mit einem *Plonk* in der Mitte meines Schreibtischs landen. »Außer natürlich«, sagte ich, »Sie haben sich nur einen Spaß mit mir erlaubt.« Gereizt zupfte ich an den Fingern meiner Handschuhe.

»Nein, nein«, beeilte sich der Lieutenant Detective zu sagen. »Es würde mir nicht im Traum einfallen, mir einen Spaß mit Ihnen zu erlauben.« Ein sonderbar verhärmter Ausdruck legte sich auf sein Gesicht, während er mir zusah, wie ich meine Handtasche vom Schreibtisch nahm und fortging. Er wirkte nervös, als stecke ein halb formulierter Satz in seinem Mund fest. Womöglich hatte er ein überschwängliches Dankeschön erwartet. Aber es war nicht meine Aufgabe, die Beweggründe seines rätselhaften Verhaltens zu entschlüsseln, und auf meiner Fahrt nach Hause schwor ich mir, mir weder Gedanken darüber zu machen noch mich mit Grübeleien zu quälen.

Schon bald näherte ich mich der Pension. Die Straße, die zu unserem Haus führte, war mit Ahornbäumen und Ulmen gesäumt, und als ich um den Block bog und das letzte Stück meiner Reise antrat, fand ich mich auf dem Gehsteig knöcheltief in späten Herbstblättern wieder. Sie hatten bereits ihre Farbenvielfalt eingebüßt und sich von ihren leuchtenden Rot- und Bernsteintönen in einen Berg spröden, graubraunen Schorf verwandelt, der beim geringsten Windhauch raschelte. Eine elektrisierende Eiseskälte lag in der Luft, und der Geruch von Schnee kündigte sich an: Der Winter stand vor der Tür. Als ich schließlich die Pension erreichte, spähte ich zu dem sandsteinfarbenen Stadthaus hoch, das nahtlos mit den Fassaden seiner Nachbarn verschmolz, und mich überkam beim Anblick des steilen Treppenaufgangs und der verschnörkelten, eisernen Balustrade ein Gefühl der Behaglichkeit. *Zuhause!* Und die

Dämmerung hatte noch nicht einmal eingesetzt. Mich kümmerte die Triebfeder des Lieutenant Detectives nicht mehr. Es *war* herrlich, mitten am Nachmittag nach Hause zu kommen. Ich verspürte einen Anflug trägen Müßiggangs in mir.

Als ich die Haustür aufdrückte, begrüßte mich ein vertraut warmer, von Brühe durchzogener Luftstoß. Doch an jenem Nachmittag löste er keine stickige Beklemmung in mir aus, sondern war tatsächlich ein angenehmer Duft, der die erste Ahnung von Hunger in meinem Magen weckte. Ich hängte meinen Mantel an einen Haken neben der Tür und blies mir in die Hände, um meine durchfrorenen Finger aufzutauen. Da ich Stimmen aus der Küche hörte, ging ich auf sie zu. Ich erkannte den Tonfall von Dotty und Helen, beide mitten in einer lebhaften Unterhaltung, die an Lautstärke anschwoll und wieder abfiel, wie zwei Insekten, die eifrig umeinanderschwirrten. Es könnte nett sein, dachte ich im Stillen, mich ausnahmsweise ihrem gemütlichen Tratsch anzuschließen. Ich wollte gerade die Küche betreten, da brachte mich etwas genau vor der zweiflügeligen Pendeltür zum Stehen: Es fiel mein eigener Name. Mein Herz machte einen Satz, und ich erstarrte, das Ohr instinktiv in Richtung des dünnen Lichtstreifens geneigt, der durch den Türspalt schimmerte.

»Nun, ich weiß nicht, was du an meiner Stelle getan hättest. Sie ist ein hoffnungsloser Fall, das versichere ich dir. Hoffnungslos!«

»Du könntest versuchen, ihr ein Vorbild zu sein«, hörte ich Dotty antworten. »Sie braucht eines.« Ich lehnte mich ein Stückchen nach rechts und konnte einen verstohlenen Blick durch den Türspalt werfen. Helen saß auf einem Stuhl, einen Becher mit Tee in der Hand. Hutnadeln standen in frechem Winkel aus ihren rötlichen Haaren ab, doch der Hut selbst – ein veraltetes und effektheischendes Ungetüm – lag auf dem Küchentisch neben ihrem Ellbogen. Indes stand Dotty mit dem

Rücken zum Raum da, holte etwas aus dem Ofen und erwiderte Helens Bemerkung zerstreut und über die Schulter, während sie gleichzeitig ihren hausfraulichen Verpflichtungen nachging.

»Oh, ich weiß – sie ist ein Waisenkind und meint es nur gut, und es ist so traurig und all das … Aber sie ist so entsetzlich langweilig. Mit ihr zu reden, ist dasselbe, als würde man Farbe beim Trocknen zusehen! Man kann es Lenny kaum verübeln, dass er sich über sie lustig gemacht hat, sobald sie außer Sicht war.« Dotty drehte sich vom Ofen um, und Helen starrte sie mit unschuldigem, rehäugigem Ausdruck an. Ich erkannte ihn sofort wieder aus dem Repertoire der Gesichter, die Helen häufig aufsetzte, während sie sich im Spiegel betrachtete. Als ihre Stimme wieder ertönte, klang sie sittsam und süß. »Du hältst mich für grausam, weil ich das gesagt habe, nicht?«

»Nun, du kennst die Redewendung: Man soll über niemanden urteilen, bis man nicht in seinen Schuhen gesteckt hat.«

»Igitt! Aber was für *hässliche* Schuhe das sind.«

»Ich habe auch gehört, ein gütiges Herz kleidet jede Frau«, sagte Dotty mit jener tadelnden Stimme, die normalerweise ihren Kindern vorbehalten war. Sie zog ein schmutziges Geschirrtuch unter der gusseisernen Kasserolle hervor, die sie gerade aus dem Ofen geholt hatte, und wischte sich die Stirn ab. »Nicht dass es viele gäbe, die mir im Lauf der Jahre mit Nächstenliebe begegnet wären, und du weißt doch auch, dass sie das eigentlich sollten, wegen Dannys Tod und der Kinder, und allem, du wirst es nicht glauben, aber Millicent Jasper, mit der ich vor Dannys Tod so dick befreundet war, besitzt nicht mal den Anstand, ein oder zwei Essen herüberzubringen oder mir anzubieten, mir gelegentlich mit den Kindern unter die Arme zu greifen. Und da ist natürlich auch Helena Crumb, die keinen Deut besser ist …«

Dotty listete nun die Menschen auf, die kläglich gescheitert waren, ihrem Witwertum und den Entbehrungen, ohne jede

Hilfe vier Kinder großzuziehen, mit uneingeschränkter Barmherzigkeit zu begegnen. Es war eine Liste, die ich schon häufig gehört hatte, und eine, die sie, wie ich wusste, im Geiste tagtäglich auf den neuesten Stand brachte. Helen hingegen war offenkundig nicht ebenso sehr an Dottys heroischen Streitigkeiten interessiert, wie es Dotty selbst war. Sie drehte den Salzstreuer auf den Kopf, sodass ein hauchzarter Strahl an hell leuchtenden Körnern herausrieselte, und begann dann, den winzigen schneeweißen Haufen mit der Fingerspitze über den Küchentisch zu schieben. Sie runzelte die Stirn, als sei sie tief in Gedanken versunken.

»Wirf etwas über die linke Schulter«, befahl Dotty, sobald sie Helens Treiben bemerkte. Helen kam der Aufforderung mit entrückter Miene nach, während sich die Gedanken, über die sie eben nachgegrübelt hatte, einen Weg zu ihren Lippen bahnten.

»Es ist unmöglich, einem Mädchen wie Rose ein Vorbild zu sein«, sagte sie. »Ihre Kleidung und ihr Benehmen sind einfach so *unscheinbar* … und sie gibt nicht mal *vor*, an weiblichen Dingen interessiert zu sein.«

»Was erwartest du, Helen? Lady Diana Manners? Das Mädchen wurde von Nonnen großgezogen. Sie legen dort keinen Wert auf verspielten Schnickschnack, das darfst du nicht vergessen.«

»Ich weiß … es ist nur … nun, sie ist nicht völlig *unansehnlich*. Es ist eine Schande, dass sie sich keine Mühe gibt und nicht mehr aus dem macht, was sie zu bieten hat. Stell dir vor, was ein kluges Mädchen mit diesen nachdenklichen Sarah-Bernhardt-Augen alles tun könnte.«

»Nicht alle Mädchen sind so klug wie du, meine Liebe. Und noch weniger sind klug *und* charmant«, ermahnte Dotty sie. »Du solltest deinem Schicksal danken und nett zu Mädchen sein, die weniger beliebt bei Jungs sind. Und vor allem kannst du nicht erwarten, dass alle Mädchen dieselbe …« Sie hielt mitten in der Bewegung inne, um das Geschirrtuch zu falten, und blickte auf der Suche nach dem richtigen Wort zur Decke hoch. »Dieselbe … nun ja – *Vorstellung* – romantischer Liebe haben … wenn du verstehst, was ich meine.«

»Was *meinst* du?«, fragte Helen und sah mit wiedererstarkter Neugier zu Dotty. Dotty zögerte und schaute sich rasch in der Küche um, als wolle sie sicherstellen, dass sie nicht belauscht wurden (wie sollte sie es ahnen?), dann schob sie sich näher an Helens Platz am Küchentisch heran. Sie glitt auf den Stuhl, der Helen gegenüberstand, und senkte die Stimme.

»Mir ist zu Ohren gekommen, dass Rose insbesondere einer Nonne eng verbunden war. Du weißt schon, *unerhört* eng. Eine junge Novizin namens Adele, und die Sache zwischen ihnen war ziemlich … *verworren.*«

Helen stieß ein kleines Keuchen aus. »Nein!«

Dotty nickte feierlich und versuchte, das boshafte Entzücken zu unterdrücken, das die Oberfläche ihres Gesichts zu durchbrechen drohte, während sie die »bedauerliche Neuigkeit« zum Besten gab. Sie beugte sich näher zu Helen und senkte ihre Stimme noch weiter. »Ich habe sogar den Brief gelesen, den sie ihr damals geschickt hat.«

»Sie? Du meinst die Novizin?«

»Ja. Sie hat Rose geschrieben, dass sie sie in Ruhe lassen und nicht mehr behelligen soll. Ich habe den Brief über dem Herd mit Dampf geöffnet und dann zurück in den Umschlag gesteckt und ein bisschen Mehl und Wasser draufgestreut, um ihn wieder zu verschließen.«

Das war mir neu. Eine zarte Schicht Schweißperlen brach mir auf der Stirn aus, als meine Temperatur eine wilde Berg- und Talfahrt vollführte. Meine Wangen brannten, während mir das Blut eiskalt durch die Adern schoss. Ich wusste genau, welchen Brief Dotty meinte. Aber ich wusste nicht, dass ihn irgendjemand außer mir gelesen hatte.

»Schrieb sie etwas über Roses Verhalten oder darüber, was Rose getan hatte?«

»Nein, sie schrieb nur …«

Ein lautes Klappern genau vor der Küchentür brachte die beiden zum Verstummen. Zu spät hatte ich nach dem Besenstiel gegriffen, ihn jedoch knapp verfehlt, sodass er mit einem *Rumms* auf die Dielen knallte.

»Was zum Teufel …?«, hörte ich Dotty sagen, als ich rasch die Treppe hinaufhastete. In dem Sekundenbruchteil, nachdem der Besenstiel gefallen war, hatte ich mir die Schuhe ausgezogen und trug sie bereits in der Hand, während ich auf Zehenspitzen nach oben huschte. Meine bestrumpften Füße glitten fast lautlos über die Stufen der Treppe. Zu dem Zeitpunkt, als Helen und Dotty ihre Köpfe aus der Küchentür streckten, fanden sie vermutlich nur den Besenstiel auf dem Boden, umgeworfen von einem unerwarteten Luftzug. Es war nicht schwer, mir die Szene in meiner Abwesenheit vorzustellen – die zwei, wie sie sich achselzuckend ansahen, den Besenstiel unwirsch aufrichteten und dann nahtlos an ihrer Unterhaltung anknüpften.

Oben in meinem Zimmer nahm ich einen Roman zur Hand, doch nach meinem unangenehmen Abgang war ich aufgewühlt und konnte mich nicht recht auf das konzentrieren, was Mr Darcy zu Elizabeth Bennet sagte – oder *nicht* sagte, wie so häufig in Ms Austens Büchern. Ich war entrüstet und entnervt. Das köstliche Gefühl, das eben noch den unerwarteten Segen freier Mußestunden begleitet hatte, war auf einen Streich von den boshaften Sticheleien eines Mädchens zunichtegemacht, das ich nicht einmal eine Freundin genannt hätte. Was kümmerte es mich, dass Helen nichts Besseres zu tun hatte, als sich über mich das Maul zu zerreißen? Doch der Gedanke ließ sich nicht abschütteln und fraß sich in mich hinein. Und noch schlimmer, Dotty hatte Adeles Brief gelesen. Eine Woge der Übelkeit rollte über mich hinweg, als ich an die Worte und Details dachte, die in diesem Brief niedergeschrieben waren, und aus dem Gedächtnis heraus las ich sie erneut und malte mir aus, wie sie in Dottys ignoranten Augen gewirkt haben mochten.

Vermutlich sollte ich das mit Adele erklären. Um ehrlich zu sein, verstehe ich, wie Leute das mit Adele *miss*verstehen können. Doch die Sache hatte nichts Verbotenes oder Unschickliches an sich, das versichere ich. Adele wäre wohl entsetzt, sollte sie erfahren, dass ihr Brief letztlich zu Dottys wundersamem Trugschluss geführt hatte! Hätte Adele geahnt, ein Fremder könne ihren Brief derart interpretieren, hätte sie ihn womöglich von vornherein nicht geschickt. Im Grunde war es ein überflüssiger Brief. Er enthielt nichts, was ich nicht längst gewusst hatte.

Ein klitzekleines bisschen lag Dotty richtig, was den Umstand anbelangte, wie nahe Adele und ich uns im Laufe der Jahre gekommen waren (nichts Widernatürliches, wohlgemerkt … wir waren ein Herz und eine Seele und bedeuteten einander so viel, gleich Schwestern – oder zumindest Busenfreundinnen). Ich vermute, es waren Schuldgefühle, die Adele nötigten, mir zu schreiben und die Dinge zu sagen, die sie schließlich zu Papier brachte. Die Schuldgefühle, die einen Menschen zwangsläufig plagen, wenn er innerlich zerrissen ist zwischen seiner sakralen Berufung und seinem … nun ja, *säkularen* Leben. Das Letztere war die Art Leben, die sie meines Erachtens mit mir führen wollte. Tief in ihrem Inneren, davon bin ich überzeugt, wollte Adele nichts weiter, als ihre Tracht ablegen, aus dem Kloster fliehen und einen Neuanfang wagen. Wir sprachen davon, Geld zu sparen und ferne Länder zu bereisen, nach Florenz zu fahren, um uns dort all die prächtigen Bilder in den Museen anzusehen, oder vielleicht ins exotische Konstantinopel, wo wir den lieben langen Tag in Türkischen Bädern frönen und auf den Basaren für lediglich ein paar Pennys unsere Einkäufe erledigen könnten. Nachdem ich dem Waisenhaus den Rücken gekehrt hatte, schrieb ich Adele in regelmäßigen Abständen von diesen Plänen – ich wollte keinesfalls den Anschein erwecken, sie aufgegeben zu haben, und es war mein voller Ernst, sie zu realisieren. Es ist möglich, dass ich vor schwärmerischer Begeisterung die Dinge in meinen Briefen ein wenig verklärte, und vielleicht erschreckte Adele mein romantischer Eifer, mit dem ich ihr unsere Zukunft ausmalte, aber ich versichere, dies waren unsere *gemeinsamen* Fantasien. Es war beileibe nicht so, als wäre ich eine Verrückte, die sich all das aus den Fingern gesogen hätte. Wie dem auch sei, vermutlich hatte die bloße Erwähnung, dass sie weglaufen und die Tracht ablegen könne, bei Adele zwangsläufig übermäßige Schuldgefühle geweckt, und da war ich, lockte sie mit meinen glühenden Geschichten über die Welt, die reif vor uns ausgebreitet lag, um gepflückt zu werden.

Damit will ich nicht andeuten, dass in meiner Jugend eine manipulative Kraft in mir gesteckt hätte – ich bin wohl kaum der Typ Mensch, der die Verführerin spielt –, und vielleicht sollte ich darauf hinweisen, dass ich die Jüngere von uns beiden war, als Adele und ich uns kennenlernten. Sie war sechzehn und ich vierzehn. Im Unterschied zu mir war sie keine Waise, sondern ein Mädchen, das ins Kloster kam, weil es eines Morgens erwachte und seiner Mutter erklärte, den Ruf erfahren zu haben, sein Leben dem Heiligen Vater zu weihen. Adeles Mutter reagierte prompt auf diese Verkündung und brachte sie geradewegs zu den Nonnen, die Adele unter der Bedingung aufnahmen, sie noch ein paar Jahre anzuleiten, bis sie mündig war und geistig und körperlich reif, um das Gelübde abzulegen, nach dem sie sich derart sehnte. Zufällig bekam ich eines Tages mit, wie sich die Nonnen über Adeles Mutter mokierten (man mag es nicht für möglich halten, aber auch Nonnen mokieren sich, wobei sie fast immer im Anschluss pflichtbewusst Buße tun) und die kopflose Hast der Frau beanstandeten, mit der sie sich der Kost und Logis ihrer Tochter entband. *Sehr vorteilhaft für das Haushaltsbudget*, höre ich sie in meiner Erinnerung sagen. Doch ich bin nicht sicher, ob dies den Beweggründen von Adeles Mutter gerecht wird. Ich vermute, die Überstürzung seitens ihrer Mutter war weniger einem ökonomischen Vorteil denn dem Umstand geschuldet, dass Adeles Stiefvater begonnen hatte, immer dann »zufällig« in den Waschraum zu stolpern, sobald sich Adele entkleidete, um ein Bad zu nehmen.

Adele erzählte mir eines Nachts, als wir allein waren, von diesen bedauerlichen Begebenheiten. Ich erinnere mich, wie überrascht ich über mein erzürntes Verlangen war, einem Mann, den ich nie zuvor getroffen hatte, körperliches Leid zuzufügen. Sie bestätigte meine Vermutung nie, aber ich denke, Adele beging den Fehler, sich wegen des Fehlverhaltens ihres Stiefvaters auch der alten Schwester Mildred anzuvertrauen, denn eines Nachmittags zogen sie sich mehrere Stunden in Schwester Mildreds winziges und meist muffig riechendes Büro zurück, das gleich an das Schulzimmer grenzte, und anschließend musste Adele eine sehr lange und beschwerliche Bußstrafe des Betens und Badens und Fastens ableisten, um »ihren Geist von unreinen Gedanken zu säubern«. Das hätte Schwester Mildred ähnlich gesehen – Adele die Schuld an dem Vergehen zu geben, das dem armen Mädchen widerfahren war.

Schwester Mildred entstammte einer langen Tradition von Mutter Oberinnen, die sehr versiert in der Kunst der Unterstellung waren, einer Frau würden niemals Annäherungsversuche gemacht werden, wenn diese sie nicht wünschte. Ihre Ansichten von der Welt waren veraltet, verkrustet, eine Kette längst überholter Vorstellungen. Offen gestanden, glaube ich, dass es nicht das kleine Zimmer war, sondern Schwester Mildred selbst, die muffig roch, weshalb ihr von den anderen Waisen scherzhaft der Spitzname Mildred, Schutzpatronin des Mehltaus, verliehen wurde.

Selbst wenn Schwester Mildreds Deutung auf etwas anderem gefußt hätte als ihrem antiquierten Weltbild, kann ich mir beim besten Willen nicht vorstellen, dass Adele jemals ein Verlangen nach diesem verabscheuenswerten Mann verspürt hätte. Ich war Zeugin, wie Adele in epischer Breite ihren Stiefvater beschrieb, und ich versichere, es gab nichts in dieser Schilderung, das ein junges Mädchen auch nur im Entferntesten hätte verleiten können, eine solche Person zu begehren.

Adeles Mutter schaffte sie so schnell wie möglich aus dem Haus. Ob dies nun einen Akt weiblicher Eifersucht oder mütterlichen Schutzes darstellte, vermag ich nicht zu sagen, da ich der Frau nie persönlich begegnet bin. Denn sie besuchte das Kloster kein einziges Mal, nachdem sie ihre Tochter in die fähigen Hände des Allmächtigen übergeben hatte. Ich vermute, dies ließ Adele mit einem Gefühl der Einsamkeit zurück. Ich habe keinerlei Erinnerungen an meine eigenen Eltern, weshalb ich mich nicht erdreisten will zu behaupten, ich könne genau nachvollziehen, was Adele durchlebte, aber ich habe eine lebhafte Fantasie und wollte mein Mitgefühl zeigen, indem ich ihr Zettel mit Worten der Ermunterung und gepressten Blumen zusteckte. Im Nu waren wir die dicksten Freundinnen.

Natürlich gab es eine Begebenheit, die mir zum ersten Mal vor Augen führte, wie sehr ich Adele wirklich liebte. Wir waren mit Schwester Hortense in der Küche und kneteten den Teig, der im Anschluss gebacken und für die heilige Kommunion benutzt werden sollte, als sich Adele jäh zu mir umdrehte und sagte: *Rose, in dir steckt ein solches Talent! Das Brot ist nie flach oder schmeckt mehlig, wenn du mit von der Partie bist. Es geht perfekt auf. Einfach absolut perfekt!* Verständlicherweise erschien eine ungebetene Röte auf meinen Wangen unter der zarten Mehlschicht, mit der mein Gesicht bestäubt war. Doch Adele lächelte bloß und plapperte warmherzig weiter, als wären ihre Gedanken eine Flüssigkeit, die sie in das Brot gab, um ihm einen zusätzlichen gütigen Geschmack zu verleihen. *Vielleicht hast du diese Gabe von deiner Mutter geerbt,* sinnierte sie, *oder vielleicht von deinem Vater – ja, stell dir nur vor: Vielleicht war dein Vater ein Bäckermeister! Oh, das würde natürlich alles erklären!*

Sobald Schwester Hortense diese Bemerkung hörte, schnaubte sie vernehmlich. Bestürzt wandte sich Adele zu ihr um und schien überrascht, aber ich war keine Närrin. Vor langer Zeit hatte ich ein paar der Nonnen zufällig belauscht, als sie das Thema meiner Herkunft erörterten. Mehrfach hatte ich mitangehört, wie sie sich die Umstände ins Gedächtnis riefen, die zu meiner Aufnahme ins Waisenhaus geführt hatten. Wenn man den Geschichten der Nonnen glauben mochte, gehörten meine Eltern beileibe nicht zu den unterjochten, vom Schicksal gebeutelten Verlierern, die bekanntermaßen die Romane von Charles Dickens bevölkern – womit ich sagen will, meine Geburt war keineswegs das unpässliche Resultat einer liebestollen Begegnung in einem Elendsquartier, und ich wuchs auch nicht deshalb im Waisenhaus auf, weil meine Vormünder auf tragische Weise bei einem großen Hausbrand ums Leben gekommen waren. Es heißt, das Leben schreibe die besten Geschichten, aber wenn man mich fragt, so ist die Wirklichkeit in dieser Hinsicht reichlich enttäuschend. In der Version der Wahrheit, die mir erzählt wurde, waren meine Mutter und mein Vater ein Ehepaar aus der Mittelschicht, die es zu einem gewissen finanziellen Wohlstand gebracht hatten. Höchstwahrscheinlich wäre ich bei meinen Eltern geblieben und großbürgerlich erzogen worden, hätte sich mein Vater nicht eine gewisse Geschlechtskrankheit zugezogen, die man sich nur einfängt, wenn man sich einer Vielzahl von … nun ja, ich will aufrichtig sein und sie der Einfachheit halber *Damen der Nacht* nennen … hingibt. Wie die Nonnen mir erklärten, »spendete« meine Mutter mich dem Waisenhaus, um sich an ihm zu rächen. Sie untersagte meinem Vater, den Versuch zu wagen, mich gegen ihren ausdrücklichen Befehl zu sich zu holen. Meines Wissens beugte er sich ihrer Bitte, was mich zu der Annahme verleitet, dass er eine gewaltige Angst vor ihrer Vergeltung hatte. Ihr Gerechtigkeitssinn war erbarmungslos, wenngleich von einer herrlichen Schlichtheit: Da er ihr nicht treu gewesen war, weigerte sie sich standhaft, seine Kinder zu behalten und großzuziehen.

Natürlich hätte ich einen tragischen Hausbrand diesem Bericht kleiner Eifersüchteleien und niederträchtiger Bosheit vorgezogen. Ich gebe zu, was die Geschichten von Waisenkindern betrifft, war meine nur leidlich faszinierend, deshalb denke ich, dass die Nonnen sich das alles nicht ausgedacht haben. Das Körbchen, in dem ich gefunden worden war, belegt den bürgerlichen Stand meiner Eltern, und meine Mutter hinterließ in dem Weidengeflecht einen Brief, der ausführlich die Verfehlungen meines Vaters aufzählte, während sie geflissentlich versäumte, mit ihrem Namen zu unterzeichnen oder ihre Identität preiszugeben.

Als Adele begann, über die Namen meiner Eltern zu spekulieren, rügte Schwester Hortense sie unverzüglich und gab ihr eine Kurzfassung der Missetaten meines Vaters und des Versuchs meiner Mutter, sie ihm zu vergelten. Schwester Hortense gehörte nicht zu denen, die Mädchen verzärteln, und vermutlich sollte ich den Nonnen dankbar sein, dass sie mich nicht wie ein Kleinkind behandelten und mich wegen meiner Herkunft anlogen. Trotzdem verzogen sich meine Lippen unwillkürlich zu einem hauchzarten, frohlockenden Lächeln, als Adele lautstark verkündete: *Schwester Hortense, schämen Sie sich! Wie können Sie auch nur mit einer Silbe andeuten, irgendjemand würde freiwillig solch ein wundervolles und kluges Mädchen wie Rose aufgeben?* Dann drehte sie sich zu mir, nahm meine Hand in ihre und sagte: *Wahrlich, Rose – diese grauenvolle Geschichte kann nicht der Wahrheit entsprechen. Du bist so viel wertvoller als das.* Schwester Hortense verdrehte nur die Augen, wickelte den Teig, den sie geknetet hatte, in ein feuchtes Mulltuch und legte den Klumpen in die Kühlkiste. Doch während ich immer noch Adeles Hand in meiner hielt, hätte ich nicht benommener oder berührter sein können, als wäre ich eben seitlich am Kopf von einer Abrissbirne getroffen worden. Etwas Besonderes war geschehen. Eine winzige Tür hatte sich in meiner Brust geöffnet. Ich erspähte eine Zukunft, in der ich nicht immerzu allein sein müsste, und ich wusste, auch Adele hatte sie gesehen.

Nachdem ich Dottys unzutreffende und verkommene Vermutungen gehört hatte, die sie unten in der Küche im Flüsterton gesäuselt hatte, und spürte, wie sich mir der Magen umdrehte, schwelgte ich nun in Erinnerungen und erkannte, dass ich Adele immer noch sehr vermisste. Ich saß da und dachte an sie, an ihre tiefbraunen Augen und das kleine Stirnrunzeln, scheinbar eingegraben in ihr Gesicht, an die Art, wie sie ein Lied anstimmte, sobald ihr die Nonnen Arbeit gaben, und wie ihre Hände von all der unentwegten Mühsal spröde waren und sie nie daran dachte, sich einen Schal umzubinden und sich sogar manchmal weigerte, einen Regenschirm mitzunehmen aus Sorge, der Wunsch nach trockenem Haar sei ein Zeugnis von Eitelkeit. Es gab so viele Erinnerungen. Ich saß in Tagträumen versunken da und hing jedem einzelnen Detail nach.

Als sich die Tür öffnete und Helen das Zimmer betrat, wurde ich jäh in die Realität zurückgerissen. Ich erkannte, dass ich die ganze Zeit über auf diesen Moment gewartet, angespannt verharrt und die Seiten meines Buchs blindlings umgeblättert hatte, ohne wirklich zu lesen, was dort stand. Helen wirkte äußerst erschrocken, als sie mich nun erblickte, wie ich auf meinem Bett hockte und ein Buch las, und ich denke, dies verschaffte mir ein leichtes Gefühl eitler Selbstzufriedenheit.

»Oh! Du bist zu Hause!«

»Ja.«

»Ich – Wir … Wir haben gar nicht gehört, dass du hereingekommen bist.«

»Hm.«

»Bist du schon lange zu Hause?«

»Ich durfte heute früher gehen«, sagte ich, »weil ich so hart gearbeitet habe.« Das war keine Antwort auf ihre Frage, und vermutlich hoffte ich, sie mit meinem Ausweichmanöver zu ärgern. Sollte sie doch ängstlich raten, welchen Teil ihres boshaften Geschnatters ich womöglich gehört hatte oder nicht! Helen durchschritt das Zimmer zu ihrem Toilettentisch, der an der mit Vorhängen markierten Grenze unserer zwei sich lautlos befehdenden Reiche stand. Ich starrte sie an, während sie sich herabbeugte, um mit nervöser Hand die Haarnadeln zu entfernen, die immer noch von ihren hutlosen Haaren abstanden.

»Früher nach Hause – du mit deinem klugen Köpfchen!« Sie stieß ein gezwungenes, schales Lachen aus, und ihre Augen huschten misstrauisch zu meinem Spiegelbild, dann zurück zu ihrem eigenen Gesicht. »Oh, du meine Güte! Sieh mich nur einer an! Als hätte ich den lieben, langen Tag in einer Salzmine geschuftet.« Als sie in den Spiegel blickte, sank ihr Körper mechanisch auf den Hocker, der vor dem Toilettentischchen stand, und sie begann, aufgeregt an ihrem Haar zu zupfen und sich in die Wangen zu zwicken. Ich wusste, sie versuchte angestrengt, mich zu ignorieren, aber ich starrte sie erbarmungslos an.

»Ich habe dich und Dotty gehört«, sagte ich mit leiser, bedachter Stimme. Für einen flüchtigen Moment flatterten Helens Lider, und ihr Mund verzog sich zu einem überraschten, kleinen *O. Sieg*, dachte ich. *Nun muss sie zu Kreuze kriechen*. Doch ebenso schnell rastete eine unsichtbare, automatische Feder ein, und sie gewann ihre Fassung zurück.

»Wie bitte? Was hast du gesagt, meine Liebe?« Ihre Stimme war ein zuckersüßer Hauch. Vielleicht glaubte sie, eine diplomatische Taktik gewählt zu haben, indem sie mir einen Weg aufzeigte, die Unannehmlichkeit einer direkten Auseinandersetzung zu vermeiden. Aber ich hatte keine Angst. Ich preschte voran.

»Ich sagte, ich habe dich und Dotty gehört, als ich hereinkam.«

Sie sog scharf die Luft ein. Etwas verfing sich in ihrer Kehle, und ein schwaches, ersticktes Husten schüttelte sie, das sie zu kontrollieren versuchte. »Wirklich?«, sagte sie mit wissbegieriger Arglosigkeit, nachdem es ihr gelungen war, sich zu räuspern. »Dann musst du wohl gehört haben, wie ich mich über dieses fürchterliche Mädchen Grace im Laden aufgeregt habe.« Sie kicherte nervös. »Wie schrecklich von mir. Du weißt, ich verabscheue Klatsch … aber, nun ja, vermutlich ist niemand von uns völlig dagegen gefeit.«

»Ich habe nicht gehört, dass du etwas über Grace gesagt hast. Doch ich habe gehört, dass du von jemand *anderem* gesprochen hast.«

»Oh, tut mir leid, aber ich bin nicht sicher, wovon du redest.« Sie lächelte – zu breit. Es war das unterwürfige Lächeln eines nervösen Dalmatiners. Dann drehte sie sich mit geschäftigem Getue weg und fuhr fort, sich vor dem Spiegel zurechtzumachen. Ich konnte es nicht glauben. Sie beharrte darauf, das Unschuldslamm zu spielen! Doch soweit es mich betraf, hatte sie längst ihre Karten auf den Tisch gelegt, und ich sah, wie ihre Hände zitterten.

»Ich nehme nicht an, dass es etwas gibt, wofür du dich entschuldigen müsstest?« Ich hörte die Worte aus meinem Mund schlüpfen und zuckte innerlich zusammen. Ich klang wie eine prüde, alte Schulmeisterin, während sich meine Stimme, bis ich das Ende des Satzes erreichte, mehrere wenig schmeichelhafte Oktaven in die Höhe schraubte. Ich wurde an Mrs Lebrun erinnert, die mich einmal ausgeschimpft hatte, als ich das Silber in die falsche Schublade geräumt hatte. Aber das kümmerte mich nicht. Helen und ich hatten alles ans Licht gezerrt, und ich war bereit für das erleichternde, unverblümte Wortgefecht. Ich wartete.

Helen wandte sich zu mir um und blinzelte in gespielter Verwunderung. Ich erkannte die Mimik aus ihrem Repertoire an Gesichtsausdrücken, die sie so häufig vor ihrem Spiegel probte. »Oh!«, sagte sie, als erinnerte sie sich jäh an etwas. »Natürlich, du hast recht. Das hätte ich fast vergessen.« Sie erhob sich vom Frisiertisch, durchschritt den Raum bis zum Kleiderschrank und holte etwas hervor. »Hier hast du deine Handschuhe zurück – es tut mir leid, dass ich sie so lange behalten habe.« Mit großmütiger Geste streckte sie die Hand aus und reichte mir ein Paar burgunderrot-brauner Lederhandschuhe, die ich seit letztem Jahr nicht mehr gesehen hatte. Ich erinnerte mich nicht, sie ihr geliehen zu haben. Ich hatte sie verloren geglaubt, und bevor der Winter einbrach, hatte ich mir etwas Geld vom Mund abgespart, um einen viel weniger hübschen Ersatz in Grau zu kaufen.

Jetzt wedelte sie mir mit meinen verschollen geglaubten Handschuhen vor dem Gesicht herum. Mit weißglühender Empörung, die weiter knapp unter meiner Haut schwelte, nahm ich die Handschuhe entgegen, deren Gewicht und Glanz den schmalen, schlaffen Leibern zweier kleiner Forellen glichen. So also wollte sie das Spiel spielen. Ich ermahnte mich, nicht länger darauf zu beharren, eine Entschuldigung von einem Mädchen herauskitzeln zu wollen, das zu sehr einem Wiesel ähnelte, als dass es sich eingestanden hätte, im Unrecht zu sein. Ich drehte mich um und begann, von ihr wegzugehen. Doch dann besann ich mich anders. Es war nicht fair, dachte ich, allein gelassen zu werden mit der Ungerechtigkeit dieser Situation. Ich bebte vor Wut, zitterte geradezu am ganzen Körper. Schwerfälligen, mechanischen Schrittes ging ich, fast einer Aufziehpuppe gleich, zurück zu Helen.

Ich marschierte direkt auf sie zu und stellte mich aufrecht vor sie, sodass sich unsere Nasen fast berührten. Mit einem huldvollen Lächeln blickte sie mir in die Augen. Dann, als habe jemand den Stöpsel aus einem unsichtbaren Abfluss gezogen, beobachtete ich, wie ihr die Farbe aus dem Gesicht wich. Genau in diesem Moment begriff sie vermutlich, was ich vorhatte – und wozu ich fähig wäre, sollte sie meinen Zorn noch weiter reizen. Mit einer Bewegung, der eine steife, automatische Eigentümlichkeit innewohnte, hob ich die Hand, die das Paar Handschuhe hielt, ließ sie durch die Luft schnellen, und das Leder landete mit einem köstlichen *KLATSCH!* auf Helens Wange.

Helen begann zu schluchzen und schleuderte mir sogleich verbittert entgegen: »Du Miststück!«

Doch ich hörte längst nichts mehr. Ruhig und wohlüberlegt zog ich die Handschuhe an. Fein säuberlich streifte ich sie über jeden Finger und verließ das Zimmer mit der Absicht, einen Abendspaziergang zu unternehmen.

Ich blieb mehrere Stunden fort, wanderte ziellos erst hierhin, dann dorthin, und kehrte erst weit nach dem Abendessen zurück. Sobald ich wieder oben auf unserem Zimmer war, sprang es sofort ins Auge, dass sich Helen zurückgezogen hatte. Ich konnte sie nicht sehen, da sie vollständig von dem Laken abgeschirmt war, das unser Zimmer teilte und das sie nun so gehängt hatte, um das größtmögliche Maß an Privatsphäre zu haben. Doch ich wusste, dass sie da war. Ich hörte ihr leises Schniefen – Überreste der, wie ich annahm, theatralisch überhöhten »Weinattacke«, die sie höchstwahrscheinlich gehabt hatte, während ich draußen spazieren gewesen war. Ich verstaute die Handschuhe in einer Schublade (wohl wissend, dass sie bald wieder verschwinden würden, da Helen eine unverbesserliche kleine Elster war) und kletterte unter meine Bettdecke, wo ich mir das Buch wieder vornahm, das ich zuvor versucht hatte zu lesen.

Eigentlich hätte es mir nun gelingen müssen, da ich Helen die Stirn geboten hatte und der Gerechtigkeit ein klein wenig Genüge getan worden war. Doch abermals ertappte ich mich, wie ich Seiten umblätterte, ohne sie wirklich zu sehen. Ich spürte Helen auf der anderen Seite des Lakens, die vermutlich glaubte, ihr sei großes Unrecht widerfahren. Gleich morgen früh würde sie es Dotty erzählen – falls sie es denn noch nicht getan hatte. Wahrscheinlich würde sie sich sogar die Mühe machen, die Geschichte an der einen oder anderen Stelle auszuschmücken. Das sähe den beiden ähnlich. Ich stand vom Bett auf, und einem vagen tyrannischen Impuls folgend, drehte ich das einzige elektrische Licht im Zimmer aus. Helen protestierte nicht. Ich kletterte zurück unter die Decke und schloss die Augen. Womöglich würde ich in dieser Nacht keinen Schlaf finden, aber eines wusste ich mit Gewissheit: Dies hier war kein Ort mehr für mich. Etwas musste passieren.

Mehrere Wochen verstrichen, bevor Odalies und meine Freundschaft weit genug vorangeschritten war, um sie wegen meiner Probleme mit Helen ins Vertrauen zu ziehen. Doch sobald es getan war, veränderte sich alles.

6

»Diese Helen scheint ein echter Einfaltspinsel zu sein. Ich verstehe nicht, warum du dich mit ihr abgibst. Du solltest zu mir ins Hotel ziehen«, beschloss Odalie auf ihre vergnügte, heitere Art, als ich die Geschichte wenige Wochen später zum Besten gab. Sie bedachte mich mit einem mädchenhaften Lächeln, das in seltsamem Gegensatz zu dem dünnen Rauchfähnchen stand, das sie sogleich aus ihren Lippen blies. Es hing einen Moment in der Luft, kräuselte und entrollte sich verführerisch, gleich jener berüchtigten Ur-Schlange, und stieg schließlich zu der luftigen Gewölbedecke des Restaurants empor. Sie fingerte die Zigarette aus einer eleganten, elfenbeinernen Zigarettenspitze und drückte den schwelenden Stummel in dem Kristallaschenbecher aus, wobei sie geflissentlich das *Ts-ts-ts* zweier silberhaariger, alter Schachteln überging, die sie von der anderen Seite des Zimmers anfunkelten. Ich hingegen wusste, dass die Zigarettenspitze das größtmögliche Zugeständnis darstellte, das Odalie an solche Damen machen würde, da sie es im Grunde vorzog, ohne Zigarettenspitze zu rauchen. Nun blickte sie zu mir auf, mit rosigem Teint und einem strahlenden Schimmer in den Augen, sodass ich den Gedanken nicht abschütteln konnte, sie sei von der Idee unseres Zusammenwohnens womöglich tief ergriffen. Mein Herz machte einen Satz.

Oh! Aber ich bringe alles durcheinander. Zuerst muss ich erklären, wie Odalie und ich überhaupt Freundschaft schlossen. Wie sie mich letztlich für sich gewinnen konnte und all das. Der Arzt, der mich im Moment behandelt, hat mir geraten, die

Dinge in der richtigen Reihenfolge zu erzählen. Er behauptet, die Dinge chronologisch wiederzugeben, sei hilfreich, um den Heilungsprozess des Verstandes zu unterstützen.

Und diese Begebenheiten sollten rasch zu erzählen sein, da ich sie aus der Distanz betrachtet stechend klar vor Augen habe. Die Tür zu unserer Freundschaft wurde auf eine ungemein leichte Weise aufgestoßen. Odalie ließ mich einfach in dem Luxus schwelgen, in epischer Breite über eines meiner Lieblingsthemen zu schwadronieren: den Sergeant. Ich frage mich nun, da ich einen weit tieferen Einblick in Odalies Charakter habe, ob sie meine Schwäche für den Sergeant erspürt und in einem geschickten Manöver zu ihrem Vorteil ausgenutzt hatte oder einfach nur zufällig über das Thema gestolpert und gerissen genug war zu erkennen, wie viel Freude es mir bereitete.

Ich weiß, ich habe bereits auf einige der Besonderheiten des Sergeants verwiesen – seinen gezwirbelten Schnauzer, seine kräftige Statur, seine Ablehnung jeglicher Albernheit, seinen Duktus erlesener Höflichkeit. Doch selbst die Summe all dieser Eigenschaften scheint nicht das wahre Wesen des Sergeants zu erfassen.

Natürlich hatten der Sergeant und ich vom ersten Moment an eine besondere Übereinkunft. Als das *Astoria Stenographers College for Ladies* mich zum Polizeirevier schickte, war es der Sergeant, der das Vorstellungsgespräch führte. *Ich kann den Inhalt dieser Akte lesen*, sagte er und drehte die Mappe aus Kartonpapier um, die die Schule dem Polizeirevier zuvor durch einen Botenjungen hatte zukommen lassen, *und mir von diesen Seiten erklären lassen, wer Sie sind. Dass Sie in einem Kloster erzogen wurden, dass Sie anständige Noten in der Schule hatten, dass Ihnen trotz des Umstands, ein Waisenkind zu sein, die übliche Litanei an Diebstählen und Betrügereien fehlt … oder* – er schnippte den Ordner zu und warf ihn auf seinen Schreibtisch, bevor er sich in seinem Stuhl zurücklehnte und eine Seite seines Schnurrbarts zwischen dem linken Daumen und Zeigefinger zwirbelte – *ich kann mich Ihnen einfach gegenübersetzen und sehr deutlich erkennen, dass Sie eine Lady mit reinem Gewissen und ehrlichem Gemüt sind.* Das war es. Unsere besondere Übereinkunft war getroffen und ich eingestellt. Als wollte er betonen, wie überzeugt er von meiner Eignung war, zog der Sergeant weder den Lieutenant Detective noch den Chief Inspector zu Rate, bevor er mir kräftig die Hand schüttelte und mich an Bord willkommen hieß.

Wenige Minuten später, während er mich zum Ausgang geleitete, legte er mir eine Hand auf die Schulter und drückte sie sanft. *Ich kann mir vorstellen, dass es für Sie nicht einfach war,* bemerkte er. Ich wusste nicht, was ich erwidern sollte, weshalb ich nur verhalten nickte. Der Sergeant lächelte, und seine väterliche Hand wärmte meine Schulter durch die Kunstseide meiner besten Bluse. *Ich versichere Ihnen, Rose, niemand wird Ihnen hier wegen Ihrer Herkunft Steine in den Weg legen. Obwohl Sie nur eine Frau sind, spüre ich, dass Sie sich sehr gut darauf verstehen, sich nützlich zu machen, und Ihr Fleiß wird in diesem Revier nicht ungewürdigt bleiben.* Es überraschte mich, wie sehr ich das Gewicht seiner schweren Pranke auf meiner Schulter genoss. Außerdem erinnere ich mich an ein Gefühl der Zuversicht. Nicht nur Zuversicht wegen des Umstands, mich mit Erfolg um diese Arbeitsstelle beworben zu haben, sondern der Zuversicht, dass gute und ehrbare Menschen – Menschen, die fest daran glaubten, einer besonnenen, unbefangenen Gerechtigkeit nachzukommen – immer noch existierten und in dieser Welt das Sagen hatten.

Damit will ich nicht andeuten, der Sergeant sei ein ängstlicher, markloser Mann. Genau das Gegenteil. Er ist ein Mann der Extreme. Selbst äußerlich betrachtet steht der Scharlachton seines permanent geröteten Antlitzes im scharfen Kontrast zu dem Eisblau seiner Augen. Aber da war immer – *ist* immer, sollte ich wohl sagen – ein Gefühl der Harmonie um den Sergeant, ein Eindruck, dass sich alle seine Gegensätze in einem ausgewogenen Gleichgewicht befinden.

Zu jener Zeit stand Odalies Schreibtisch auf dem Revier meinem genau gegenüber, und deswegen hätte man glauben können, dass zwischen uns eine natürliche Beziehung wachsen würde. Doch anfangs war da nur Schweigen. Wie schon gesagt, ich hatte vom ersten Moment, als ich sie traf, ein eigentümliches, ungutes Gefühl, was einer unmittelbaren Freundschaft im Wege stand. Und als sie erste Bande mit Iris knüpfte (und dann, um dem Ganzen die Krone aufzusetzen, sich ein wenig Marie zuneigte), hielt ich sie für eine Närrin und zeigte ihr die kalte Schulter, was, wie ich vermute, nicht unbemerkt blieb.

Daher war ich überrascht, als Odalie eines Tages aus dem Vernehmungszimmer kam und verkündete: »Er ist die Verkörperung von Recht und Gesetz, nicht wahr?« Da wir nicht die Angewohnheit pflegten, Konversation zu machen, blickte ich mich um, um zu sehen, mit wem sie sich unterhalten mochte. Die Tage wurden merklich kürzer. Wir standen auf der Schwelle der langen, finsteren Winternächte, und obwohl es erst vier Uhr war, färbte sich draußen der wolkige Himmel von Aschgrau zu Rußschwarz. Und dennoch herrschte im Büro eine Form von Lebendigkeit, eine eigentümliche Energie, die von menschlicher Tatkraft gespeist war und mit dem Einbruch der Dämmerung einherging. Die elektrischen Lichter brannten, und das Revier surrte mit den Geräuschen der Telefone, Stimmen, Papiere, Schritte und dem synkopierten Klappern mehrerer Schreibmaschinen, die allesamt gleichzeitig bedient wurden. Es hätte draußen ebenso gut Tag *wie* Nacht sein können, niemanden hätte es interessiert. In diesem Augenblick war jeder schrecklich beschäftigt, versunken in das, was er tat. Und da war Odalie – immer noch vor ihrem Schreibtisch, mir zugewandt, während ihre Frage (wenn auch eine rhetorische) unbeantwortet zwischen uns in der Luft hing. Ich sah zu ihr auf, und ich erinnere mich – an dieses Bild erinnere ich mich mit ausgesprochener Deutlichkeit –, dass die nackte Glühbirne, die über ihr baumelte, einen schimmernden Nimbus um ihren Kopf warf, einen perfekten Lichterkranz, der sich im Glanz ihrer seidenschwarzen Bobfrisur spiegelte.

»Ja«, stammelte ich nach einer Weile, »der Sergeant ist ein ausgezeichneter Mann.«

Odalie neigte den Kopf in meine Richtung. Ihre Augen musterten mich mit der eisernen Entschlossenheit einer Katze. »Ich bin neugierig«, sagte sie. »Was können Sie mir über den Sergeant erzählen?«

»Nun, ich vermute … er schnappt jeden Kerl, wie man so schön sagt«, erklärte ich. Ich stützte das Kinn in die Hand, wägte eine längere Antwort ab und war letztlich glücklich, weiterzureden. »Er ist ein Ausbund an Integrität und hat einen unfehlbaren Instinkt. Wann immer wir einen starrköpfigen Verdächtigen haben, der *augenscheinlich* schuldig ist, überlassen wir ihn dem Sergeant. Er hat noch nie versagt.«

»Aber ich meine, was wissen Sie vom Privatleben des Sergeants?« Ich versteifte, und Odalie, eine Meisterin auf diesem Gebiet, entging es nicht. »Ich hoffe, Sie halten mich nicht für plump«, fügte sie rasch hinzu und senkte ihre sehr langen schwarzen Wimpern. »Es ist nur … Sie scheinen … dem Treiben auf diesem Revier mit einem solchen *Scharfsinn* zu begegnen.«

»Ich weiß nichts über das Privatleben des Sergeants«, sagte ich schroff und wandte meine Aufmerksamkeit dem Bericht auf meinem Schreibtisch zu, der transkribiert werden sollte.

»Ach, sei's drum. Wahrscheinlich verhält es sich genau so, wie man erwarten mag. Eine liebreizende Gattin und liebreizende Kinder und so fort.«

»Nun …« Ein Reflex in mir gewann die Oberhand. »Es verhält sich nicht *wirklich* so … Der Sergeant ist überaus ehrenwert und moralisch tadellos, doch wenn Sie mich fragen, weiß seine Gattin solche Vorzüge nicht dermaßen zu schätzen, wie es sich gehört. Können Sie es glauben, dass der Sergeant letzte Woche *zweimal* ohne seine Lunchbox auskommen musste? Ich habe den Verdacht, sie hatten einen irgendwie gearteten Streit, und sie hat sie absichtlich nicht gepackt. Nun, *ich* kann mir nicht vorstellen, einen rechtschaffenen Mann wie den Sergeant so unverzeihlich gleichgültig zu behandeln! Wäre ich an ihrer Stelle, würde ich niemals …« Ich stutzte. Odalies Lächeln hatte sich von etwas Charmantem und Trostreichem in ein amüsiertes, zynisches, kleines Grinsen verwandelt, und die Veränderung brachte mich ein wenig in Verlegenheit. »Ich meine doch nur … Es ist bloß so … Nun ja, Sie wissen, wie Menschen dazu neigen, einen solchen Mann zu unterschätzen … Eine Schande!«

Zu meinem Glück wurden wir vom Lieutenant Detective unterbrochen, der mich bat, zum Schreibwarenhändler zu gehen und die Bestellung für das Papier, die Stenografierrollen, Farbbänder und den sonstigen Kleinkram aufzugeben, der unserem Revier nächsten Monat geliefert werden sollte.

»Und ich denke, sobald die Bestellung unter Dach und Fach ist, können Sie nach Hause gehen, Miss Baker«, sagte er mit einem Blick auf seine Armbanduhr, als er die vorgerückte Stunde bemerkte. Er begann, zu seinem eigenen Schreibtisch zurückzutrotten, dann kam ihm ein neuer Gedanke, und er kehrte noch einmal zurück. »Und nehmen Sie Miss Lazare mit, damit Sie ihr zeigen können, wie es funktioniert.« Odalie lächelte mich an und räumte ihren Schreibtisch auf, bevor sie zur Garderobe ging und in ihren Mantel, ihren Hut und ihre Handschuhe schlüpfte.

Gemeinsam nahmen wir die U-Bahn zum Times Square, wo die Gebäude unvermittelt in den Himmel schossen, das Tempo der Straße anschwoll und Reporter über die Bürgersteige zurück zu ihren Büros huschten, wo sie ihre Geschichten in fieberhafter Hast vor der mitternächtlichen Deadline tippen würden, wenn alle Zeitungen in den Druck gingen. Die Straßen waren immer noch trocken, aber der dunkle Himmel war schwer vor dicken Regenwolken, und als wir aus der U-Bahn traten, hallte ein leiser Donnerschlag über uns wider.

Im Schreibwarenladen machte ich die monatliche Bestellung und listete für Odalie all die Einzelheiten laut auf, die es zu bedenken galt. Zu meiner Überraschung holte sie nicht das kleine Notizbuch samt goldenem Stift hervor, das sie meines Wissens in ihrer Tasche mit sich herumtrug, und was ich als Fehler erachtete – sie war nicht der Typ, der etwas einfach im Gedächtnis behielt –, sondern starrte mich vielmehr die ganze Zeit mit einem Paar glasiger, ausdrucksloser Augen an. Nach einigen Minuten gab ich den Versuch auf, Odalie Instruktionen zu erteilen, füllte schweigend den Bestellschein für die Schreibwaren aus und reichte ihn dem Angestellten. Er nickte, nahm das Formular und dankte mir zerstreut.

Zurück auf der Straße wurden wir von einem Regenguss überrascht. Wir hatten beide keinen Regenschirm dabei und versuchten uns gemeinsam in dem Spiel, uns unter die Vorsprünge und Vordächer der Gebäude um uns herum zu ducken. Doch Wolkenkratzer – jene Symbole des Fortschritts, mit ihrer schlanken Silhouette und emporragender Größe – bieten eben wenig Schutz für Passanten auf der Straße. Schon bald sahen wir aus wie begossene Pudel. An einer Straßenecke waren wir gezwungen, auf das Umschalten einer Ampel zu warten, als ein Lebensmittellaster an uns vorbeiratterte und mich erbarmungslos mit einem Schwall dreckigen Wassers aus dem Rinnstein überschüttete. Odalie begann hysterisch zu lachen. Zutiefst verärgert drehte ich mich mit dem Vorsatz um, mich hier von ihr zu trennen. »Gute Nacht, Miss Lazare. Ich sehe Sie morgen auf dem Revier.«

»Warten Sie«, sagte sie und umfasste mein Handgelenk. Ihre

Augen huschten hastig an meiner Gestalt hinab. »Welch ein Bild für die Götter wir abgeben!«, rief sie. Immer noch lachend und mein Handgelenk umklammernd trat sie vom Gehsteig und winkte mit dem anderen Arm ein Taxi herbei. »Ich denke, ich weiß, wie man Abhilfe schaffen kann.« Da ich Taxifahrten als überflüssige Verschwendung empfand und sie mir selbst nur höchst selten gönnte, rang ich kurz mit mir, das Angebot abzulehnen. Doch meine ökonomischen Instinkte wurden rasch von meinem Überlebensinstinkt und dem Trieb nach Bequemlichkeit überwältigt, und als das Taxi schließlich vor uns hielt, spürte ich eine Woge der verzweifelten Dankbarkeit über meinen kalten, nassen, erschöpften Körper fluten. Ehe ich mich versah, war ich mit mechanischen Bewegungen eingestiegen und vernahm, wie Odalie dem Fahrer die Adresse eines Hotels nannte, das nur einen Katzensprung weiter nördlich lag.

Ich hatte schon von Mädchen gehört, die in Hotels wohnten, und meiner Erfahrung nach waren sie alle entweder sehr reich oder andernfalls sehr anrüchig. Bei dem Gedanken, Odalie könne eines davon sein – oder gar beides –, wurde ich nervös. Wollte ich vollkommen ehrlich sein, sollte ich wohl eingestehen, dass es mich zugleich ein wenig erregte. Als wir am Randstein hielten, bezahlte sie den Fahrer und bedachte ihn mit einem großzügigen Trinkgeld. Wie benommen folgte ich ihr aus dem Taxi.

»Bleiben Sie trocken, Misses«, sagte der Fahrer in einer gütigen, großväterlichen Stimme. Doch er hätte sich nicht sorgen müssen – wir tauchten unter einem elektrisch beleuchteten Vordach auf und gingen einen weichen roten Teppich entlang, der die Stufen hinauf bis zu der vergoldeten Drehtür des Hotels führte. In der Lobby spazierte Odalie selbstsicher zu den Aufzügen, die für mich wie ein Paar kunstvoll gefertigter Vogelkäfige aussahen. Überwältigt von dem unerwarteten Luxus meiner Umgebung folgte ich ihr wie ein Rehkitz auf schwankenden

Beinen. Sobald der Aufzug seine Talfahrt zur Lobby vollbracht hatte, stiegen wir ein, und Odalie schnurrte mit freundlichem Ton: »Wie immer, Dennis.« Offenkundig war »wie immer« der siebte Stock, denn in dieser Etage betätigte Dennis die Bremse und schob die goldenen Türen des Vogelkäfigs auf.

»Ma'am«, sagte er beschwingt und wandte sich mit einem Lächeln zu Odalie um, die es ihm mit einer Grimasse vergalt.

»Bäh«, blaffte sie, als wären wir längst außer Hörweite. »Ich hasse es, wenn man mich *Ma'am* nennt.« Sie berührte mit der Hand ihre Haare, die, feucht vom Regen, schlaff herabhingen. »Vielen Dank, Dennis«, sagte sie zu dem nun tief erschütterten Liftboy.

»Ma'am – Ich meine, Miss?«, sagte er untröstlich. Seine Trübsal wurde sogleich von den Pflichten des Hotellebens unterbrochen: Es ertönte ein Zinnglöckchen, und Dennis zog sich in seinen vergoldeten Käfig zurück, wo er den Hebel nach unten drückte. Odalie drehte sich zu mir, mit einem eher selten ehrlichen, schmallippigen Lächeln im Gesicht. *»Der Akne-Prinz«*, sagte sie mit einem Augenrollen, als würde das alles erklären, und unvermittelt beschlich mich der Eindruck, dass es sich um ein Zitat handelte.

Sie komplimentierte mich hastig einen langen Korridor hinab. Der Teppich unter meinen Füßen war üppig, dick, rot. Meine Knöchel wankten ein klein wenig, während ich darauf ging, was zu dem Gefühl passte, das längst meine Beine erfasst hatte. Es war alles eine Spur zu viel und die dampfige Hitze im Hotel erdrückend. Doch geködert von einer unerklärlichen Regung folgte ich Odalie, die vor einer Tür zum Stehen kam, sie entriegelte und aufstieß. Ein ausladendes Wohnzimmer mit modern anmutenden, grün-weiß gestreiften Möbeln erwartete uns. Selbst der Teppich war von einem satten, leuchtenden Grün und bedeckte den gesamten Boden. Ich erinnere mich, dass mir damals der Gedanke durch den Kopf schoss, dieser besondere Grünton habe etwas sehr Sauberes und Unverbrauchtes an sich. Es war die Farbe von frisch gemähtem Rasen – und zwar eines Rasens, der zu einer Golfanlage gehört oder zu der Sorte reichem Anwesen, von der ich bislang nur in Büchern gelesen hatte. Es war die Farbe des Geldes.

Ich stand verlegen in der Mitte des Zimmers, nutzlos wie ein vergessener Krocketball, der auf einer viel zu großen sattgrünen Fläche verlorengegangen war, immer noch tropfnass von dem Regenguss, und wagte nicht, eines der Möbelstücke zu berühren. Dann hörte ich Odalie hinter mir die Tür verriegeln und spürte ihre Hände fest an meinem Rücken.

»Kommen Sie«, sagte sie und lachte ihr melodiöses Lachen. »Befreien wir Sie aus Ihrer nassen Kleidung.« Ich bemerkte, dass sie mich in Richtung Badezimmer schob. Sobald wir dort waren, drehte sie hektisch die Wasserhähne auf und entfesselte eine dampfende Sturzflut, zauberte mehrere kleine Glasfläschchen und goldene Tuben hervor, die mit allen möglichen parfümierten Ölen und Salben gefüllt waren, und gab sie in unterschiedlichem Verhältnis ins Badewasser, als folge sie haargenau einem geheimen Rezept. Als ihr Hexengebräu schließlich mit einer Handbreit steifer, schäumender Blasen brodelte, drehte sie das Wasser ab, steckte mir die Haare hoch (ich stand wie erstarrt da, sprachlos, beobachtete alles im Spiegel), und reichte mir einen cremefarbenen Morgenmantel aus Seide. Vor knapp einer Stunde war diese Frau nur eine Bürogehilfin gewesen, eine andere Stenotypistin, und nun war ich hier, warf einen Blick auf ein Leben, das ich mir niemals erträumt hätte, und sollte in ihre Badewanne steigen und ihr meine regennasse Kleidung überlassen. Als Odalie meine Bestürzung sah, zuckte sie kichernd mit den Schultern.

»Na los – hüpfen Sie hinein. Ich suche Ihnen ein paar trockene Sachen, die Sie tragen können, wenn Sie wieder rauskommen«, sagte sie und verschwand den Gang hinab. Ich sah mich um, blickte zu dem schwarz-weiß gefliesten Boden, dem marmornen Waschbecken, den glänzenden Messingleitungen und zu der riesigen, freistehenden Emaillebadewanne auf Krallenfüßen, die nun regelrecht mit Badeschaum überquoll. Ich zögerte einen Moment, spähte nervös zur Wanne und knöpfte dann Bluse und Rock auf, die ich achtsam zu Boden gleiten ließ, rollte meine Strümpfe ab und glitt letztlich aus meiner Unterwäsche. Besonders der Morgenmantel aus Seide war das Sinnbild eines persönlichen Luxus, den ich nie kennengelernt hatte, und während ich das Kleidungsstück musterte, schwoll die Ehrfurcht, die ich anfangs in der Lobby und später in Odalies Foyer erfahren hatte, zu einem unerreichten Crescendo an. Obwohl ich mich sonst gut und gründlich wasche, muss ich gestehen, dass mein Baderitual von sehr kurzer Dauer und funktionalem Stil geprägt war. Dunkel wurde mir klar, dass ich mich sehr, sehr weit von der Welt wegbewegt hatte, die ich kannte, und in eine Art Wunderland eingetaucht war. Doch ein Schauder brachte mich in meinen Körper zurück, und kalt, wie mir war, lockte mich das heiße Badewasser inbrünstig, das sanfte Knacken der platzenden Seifenblasen war wie der Gesang einer Sirene. Ich stieg erst mit einem Fuß behutsam hinein, dann mit dem anderen, und spürte das Brennen von heißem Wasser auf meiner eisigen Haut.

Odalie überließ mich eine ganze Weile mir selbst. Es verstrich fast eine Dreiviertelstunde, bevor sie zurückkehrte, und zu diesem Zeitpunkt hatte sich ein Großteil des Schaums aufgelöst und das Wasser zu einer ausnehmend trüben, blassen Schattierung von Aquamarin gefärbt. Ich hörte Odalie summen, während sie den Gang hinabschlenderte. Schlagartig wurde mir bewusst, dass es nicht länger genügend Schaum gab, um meinen leidlich dürren, nackten Körper zu verbergen, und ich sprang, einem raschen Reflex nachkommend, in der Badewanne auf. Das Wasser spritzte lautstark und rauschte zu dem Vakuum, das ich hinterlassen hatte. Hastig griff ich nach dem Handtuch an dem Messinggestell, um mich züchtig zu bedecken.

»Wie wäre es damit?«, fragte sie, ohne meiner verlegenen Körperhaltung Beachtung zu schenken, und hielt einen Bügel hoch, daran hing ein entzückendes pfauenblaues Kleid, tief tailliert.

»Oh«, murmelte ich mit einem blinzelnden Blick auf das Kleid. »So könnte ich nicht nach Hause gehen. Aber wenn ich mir vorstelle … oh … Helen würde absolut grün vor Neid werden und tot umfallen.«

»Wer ist Helen?«, fragte Odalie unschuldig.

Und ich begann ihr, zum ersten Mal, seit wir uns begegnet waren, von Helen zu erzählen.

Diese Nacht markierte die erste Nacht unserer Vertraulichkeit. Immer noch gewärmt und entspannt vom Schaumbad, wurde ich ungewöhnlich redselig. Ich gab Odalie ein ausführliches Bild von Helen, samt all ihrer kleinen Diebstähle und beleidigenden Bemerkungen, die ich tagtäglich in meiner beklagenswerten Rolle als Helens Zimmergenossin ertragen musste. Odalie tätschelte mir den Arm und rief immer und immer wieder: *Welch ekliges kleines Miststück! Ich weiß nicht, wie Sie es mit ihr aushalten.* Im Rückblick verstehe ich natürlich, wie es Odalie zum Vorteil gereichte, mir vorbehaltlos zuzustimmen, mich zu hätscheln und zu bestärken und die lodernden Flammen meines Zornes auf Helen zu schüren. Aber selbst jetzt gebe ich mich der Hoffnung hin, sie hätte Helen so oder so uneingeschränkt missbilligt. In der Kunst der Manipulation konnte Helen ihr keinesfalls das Wasser reichen, da Odalie diese Fertigkeit zur Vollendung getrieben hatte. Doch Odalies Charisma steht auf einem anderen Blatt, ich greife schon wieder vor.

Odalie zog auch mich in ihr Vertrauen. Nun ja … damals glaubte ich es zumindest. Sobald ich trocken und angezogen war, setzten wir uns im Wohnzimmer auf die großen, samtenen Kissen vor dem Kamin und tranken aus einem Paar Becher heißen Tee, während ich die vielen Einzelheiten von Helens notorischen Fehltritten erzählte. Ich muss gestehen, ich war wie benommen und wusste kaum, wo ich mich befand. Es dauerte eine Weile, bis ich mich in dem überschäumenden Luxus von Odalies Apartment wohl fühlte, aber in jener Nacht lernte ich etwas Sonderbares über Luxus: Sobald man sich an ihn gewöhnt hat, kann man sich nicht vorstellen, dass man sich jemals wieder darin unwohl fühlt. Ich hatte es nicht eilig, nach Hause zur Pension in Brooklyn und zur höllischen Helen zurückzukehren, doch mein gesunder Menschenverstand und die gute Etikette sagten mir, die Zeit sei gekommen. Immer darauf bedacht, die Regeln des Anstands zu beachten, erhob ich mich und bereitete mich auf den Abschied vor, als Odalies kühle Hand zu meinem Arm schoss und sie mir mit ungemein strahlendem und ernstem Blick ins Gesicht sah.

»Bevor Sie gehen, sollte ich wohl eine Erklärung liefern, oder? Wegen des Apartments, meine ich.«

Natürlich hatte ich mich gewundert, doch meine guten Manieren zwangen mich zur Zurückhaltung, was bedeutete, dass ich niemals neugierig nachgefragt hätte. Ich blinzelte und hielt den Atem an, besorgt, dass wenn ich auch nur den kleinsten Laut von mir gäbe, ich sie davon abbringen könnte, mir die Tricks hinter der Magie zu offenbaren.

»Mein Vater bezahlt die Miete.«

Ich nickte.

»Meine Familie – wir sind ein wenig reich, müssen Sie wissen. Nicht ungehörig reich oder irgendwie geschmacklos, seien Sie versichert. Es ist nur so, mein Vater achtet darauf, dass ich wohlbehütet bin, und voilà, deshalb wohne ich hier.«

In der Hoffnung, noch mehr zu erfahren, schwieg ich verbissen und nickte erneut.

»Die Sache ist die«, begann Odalie mit schamhafter Stimme, dann zögerte sie. Mich beschlich das Gefühl, als würde ich bald um einen Gefallen gebeten werden. »Die Sache ist die, ich bin nicht sicher, ob es die anderen auf dem Revier verstehen würden. Aber Sie, Sie sind ein solch cleveres Mädchen, Rose, mit einem derart *aufgeklärten* Geist – das wissen Sie, nicht wahr? Oh, nun ja, Sie *sollten* es wissen, immerhin ist es die Wahrheit! Wo wir gerade davon sprechen, wie klug Sie sind ... Ich würde Sie gerne zum Kaffee mit meinen Künstlerfreunden einladen. Eine kleine Gruppe, echte Bohemiens, ein solch wundervoll intellektueller Haufen, und sie halten mich auf dem neuesten Stand über Bilder und Gedichte und all dieses Zeug. Sie würden sie bestimmt lieben!«

In einer freundlichen Geste nahm sie dabei meinen anderen Arm und schüttelte mich leicht an beiden Schultern, und ich spürte, wie mir eine vertraut kribbelnde Wärme in die Wangen kroch. Ich teilte nicht Odalies Überzeugung, ich könnte mich in eine Gruppe vermutlich heruntergekommener Gestalten verlieben, die sich als Intellektuelle ausgaben, aber ich gelangte immer mehr zu der Ansicht, dass ich mir gestatten würde, Odalies Charme zu erliegen. Sie lachte kurz auf, räusperte sich und sah mich wiederum mit ernstem Interesse an. »Aber zurück zum eigentlichen Thema, Rose. Ich wüsste es wirklich sehr zu schätzen, wenn wir niemandem erzählten, wo ich wohne. Oder *wie* ich wohne. Die anderen könnten sonst auf sonderbare Gedanken kommen.«

Vermutlich hätten in meinem Kopf mehr Warnglocken läuten müssen, als es damals der Fall war. Die ganze Begebenheit hatte wohl eine unstillbare Neugier in mir geweckt. Vielleicht, so dachte ich damals, kannte Odalie sehr wohl die Gerüchte, die ihr wie ein beharrlicher Schwarm Stechmücken folgte, der über einer Schüssel Obst schwirrte. *Sie möchte nur all diese albernen, unsinnigen Geschichten um ihre Person auf ein Mini-*

mum beschränken, sagte ich zu mir. Ich nickte mein konspiratives Einverständnis, und mit heftigem Widerstreben entfernte ich mich von der exklusiven Oase, die Odalies Apartment darstellte, und kehrte in die kalte graue Welt zurück.

Und mir nichts, dir nichts, hatte ich die Lotterie für Odalies Freundschaft gewonnen. Nach diesem schicksalhaften, stürmischen Abend machte Odalie es sich zur festen Gewohnheit, mich in regelmäßigen Abständen zum Lunch einzuladen. Iris und Marie warfen uns jeden Mittag schmollende Blicke zu, sobald wir unsere Mäntel anzogen und gemeinsam lachend aus der Tür und die Stufen des Polizeireviers hinabtänzelten. Oder zumindest glaubte ich, sie täten es, denn ich lernte rasch, dass jeder, der aus den Strahlen von Odalies ungeteilter Aufmerksamkeit trat, die Kälte einer dunklen Wolke spürte, die sich vor die Sonne schob. Ich vermutete, Odalie habe endlich erkannt, welch eine gefühlsrohe Langweilerin Iris war, und hatte Marie aus dem Grund verworfen, dass sie kein Geheimnis für sich behalten konnte und mithin nicht als Busenfreundin in Betracht gezogen werden durfte. Nun, so glaubte ich, gehörte Odalie ganz allein mir.

Odalie löste ebenfalls ihr Versprechen ein, mich ihrem »Freundeskreis an Bohemiens« vorzustellen. Sie nahm mich eines Abends nach der Arbeit zu einem rauchgeschwängerten Café nahe dem Washington Square mit. Ich bin nicht sicher, was Odalie mit diesem Treffen zu erreichen hoffte, außer sie wollte meine Tiefgründigkeit ausloten – die, wie sie wohl überrascht erkennen musste, sehr seicht ist. Ich ertrage nicht wirklich viel von dem neumodischen Firlefanz, der heutzutage als Kunst gilt, und ich finde, dass die Leute, die mich ermahnen, meinen »Horizont zu erweitern«, häufig einen beleidigend beschränkten Blick darauf haben, wie man diesem Ratschlag Folge leisten sollte. Meine persönliche Meinung lautet, dass den Menschen, die nicht in den Parametern der bedeutsamen, altehrwürdigen Tradition von Kunst arbeiten können, schlicht das nötige Talent und die Disziplin fehlt.

An dem Abend, an dem Odalie mich mitnahm, lasen und diskutierten ihre Bohemiens mit verzückter Begeisterung ein langes Gedicht, das vor über ein oder zwei Jahren in einem recht armselig anmutenden Magazin namens *The Dial* veröffentlicht worden war und offenkundig für Aufruhr gesorgt hatte. Wenn ich mich recht entsinne, hieß der Dichter Eliot Soundso, und das Gedicht selbst war ein zusammenhangloser Wortsalat, der Tobsuchtsanfall eines Verrückten. Doch sie verschlangen es mit überraschendem Eifer. An einer Stelle drehte sich die Frau zu meiner Linken zu mir und verkündete: »Die Poesie wird hiernach für immer verändert sein, nicht wahr?«

Ich suchte in ihrem Gesicht nach dem winzigsten Anzeichen von Sarkasmus, fand jedoch nur feierlichen Ernst. Ihre klaren braunen Augen und weißen Wangen leuchteten strahlender als die Reklametafeln auf dem Times Square. »Ja«, sagte ich, »die grandiose Institution der Poesie wird wohl einige Zeit brauchen, um sich von der gewaltigen Abrissbirne zu erholen, die dieser Gentleman mit gnadenloser Wucht in ihre Richtung geschwungen hat.« Es war nicht als Kompliment gemeint, doch die Frau kicherte ausgelassen und lächelte so breit, als hätte ich dem Gedicht eben meine tiefste Bewunderung ausgesprochen. Ich betrachtete die Frau vor unverhohlener Verwunderung. Sie zwinkerte mir zu und gestattete dem Mann, der uns gegenübersaß, ein Streichholz an ihre Zigarette zu führen.

Das war das erste und einzige Mal, dass Odalie mich zu ihrer »kleinen Gruppe von Künstlerfreunden« einlud. Während ich mich nicht wirklich inspiriert fühlte, kann ich heute nachvollziehen, warum es dennoch sehr clever von ihr war, mich mitzunehmen, da die Erfahrung stark zu dem Eindruck ihrer Person beitrug, der allmählich in meinem Kopf Kontur annahm. Mit diesem einen kurzen Abend, an dem ich in einem verrauchten

Café saß und ihr zusah, wie sie mit leidenschaftlicher Hingabe über im Exil lebende Poeten und spanische Maler diskutierte, hatte sie es mit subtiler Hand geschafft, das Licht zu verändern, das ihre Taten anstrahlen würde. Es revidierte die Geisteshaltung, mit der ich letztlich die künftigen Ereignisse wahrnahm. Dinge, die ich sonst als *gesetzeswidrig* erachtet hätte, wurden hiernach als *skurril* und *avantgarde* heruntergespielt. Ob ihr die grotesk anmutenden Experimente der spanischen Maler wirklich am Herzen lagen, wage ich zu bezweifeln. Ich weiß nun, dass ihr allein am Herzen lag, es so *aussehen* zu lassen, als lägen sie ihr am Herzen. Wie dem auch sei, sobald ich meine einmalige Dosis von *La vie de bohème* geschluckt hatte, machte sich Odalie nicht mehr die Mühe, mich weiter einzuladen. Sie war eine scharfsinnige Beobachterin der menschlichen Natur. Sie spürte zu jener Zeit, dass ich ihr nicht hinterhergetrottet war, weil ich mich nach künstlerischer Stimulation sehnte, sondern weil ich mich nach dem Privileg ihrer Gesellschaft sehnte. Schon zu jenem frühen Zeitpunkt war diese Einschätzung präzise.

Die ersten zwei Wochen unserer Freundschaft vergingen wie im Fluge, und mit einem Mal kam es mir vor, als könnte ich mich nicht mehr erinnern, wie das Leben gewesen war, bevor Odalie mich zum ersten Mal mit ihrem strahlend perlmuttartigen Lächeln beglückt hatte. Eh ich mich versah, saßen wir in einem Restaurant und starrten uns eindringlich an, während unser Mittagessen abgeräumt wurde. Die Worte *Du solltest einfach zu mir ins Hotel ziehen* hingen immer noch in der Luft.

»Ich hatte mir sowieso vorgenommen, eine Freundin zu fragen, ob sie nicht einen Teil der Miete übernehmen will«, sagte sie mit lebhafter, unbekümmerter Stimme.

»Bezahlt dein Vater denn nicht das Apartment? Er wird doch wohl denken, dass du dort alleine wohnst.«

»Oh, natürlich, aber er muss nichts von meiner Zimmergenossin wissen, wenn du verstehst, was ich meine«, sagte sie und beugte sich mit einem diabolischen Lächeln und koketten Augenzwinkern zu mir. Und ich verstand. Es folgten keinerlei rührselige Tränen. Dies war keine Einladung schwesterlicher Nähe, dies war ein rein geschäftliches Angebot. Mein Herz sank ein klitzekleines bisschen, aber nicht vollends. Wir waren zu jenem Zeitpunkt erst seit wenigen Wochen eng befreundet und verbrachten jeden Nachmittag in trauter Zweisamkeit. Als ich sie ansah, nahm der perfekt geschwungene Amorbogen ihres Mundes einen leicht verruchten, verschwörerischen Ausdruck an. »Die zusätzliche Einnahme wäre sehr zuträglich«, sagte sie und blickte mich von der Seite an, »für uns beide.«

Das war durchaus möglich. Ich war zu dem Ergebnis gekommen, dass Odalie im Grunde eine unverbesserliche Verschwenderin war. Womöglich könnte ich ihr die hohe Kunst der Sparsamkeit beibringen, dachte ich. Ich könnte ihr die Techniken vermitteln, in die Mrs Lebrun mich unterwiesen hatte. Während der bescheidenen Länge unserer Freundschaft – zu jenem Zeitpunkt eine Sache von wenigen Wochen – hatten Odalie und ich summa summarum schon in neunzehn recht einschüchternden und kostspieligen Restaurants gegessen. Und nicht nur zu Abend, auch zu Mittag! Dass es Menschen gab, die einen solch luxuriösen Aufwand wegen eines derart funktionalen Essens wie einem mittäglichen Imbiss betrieben, faszinierte mich zutiefst. Wir saßen an Tischen mit schneeweißen Tischtüchern und wurden von schmucken Obern bedient, die Frack und Handschuhe trugen. Es schien mir, als gäbe es für alles einen Angestellten, selbst jemanden, dessen alleinige Aufgabe darin bestand, mit einer silbernen Sauciere strammzustehen und fortwährend seinen Schöpflöffel anzubieten. Dies war haargenau die Sorte Restaurant, von der ich immer geträumt hatte, aber nie die Gelegenheit (oder Gesellschaft) gehabt hatte. Und bislang hatte ich noch keinen Blick auf eine Rechnung werfen dürfen. Wenn ich Odalie fragte, wie das alles möglich sei, winkte sie stets mit geziert hoheitlicher Hand ab und sagte immer dasselbe – es sei »kein Problem«. Wenn es etwas gab, das man von Odalie behaupten konnte, dann, dass es nie wirkte, als würde ihr irgendetwas Probleme bereiten.

Unser Essen an jenem Tag neigte sich seinem Ende zu. Mit einem Silbertablett in der einen Hand und einer weißen, sorgfältig gefalteten Serviette über dem anderen Arm brachte der Oberkellner das Kaffeeservice an den Tisch, samt einem diskreten Zettel, der auf Odalies Unterschrift wartete.

»Vielen Dank, Gene«, sagte sie und lächelte wieder auf ihre unschuldig strahlende, sonnige Manier. Ich hatte bereits bemerkt, dass Odalie mindestens einhundert unterschiedliche Arten des Lächelns in ihrem Arsenal hatte, doch dieses – die besondere Ausprägung dessen, das sie jetzt lächelte – war dasjenige, das sie am häufigsten aufsetzte. Gene nickte und verschwand. Sie senkte die Stimme: »Ich vertraue dir ein Geheimnis an: Ich kann mich nicht erinnern, ob sein Name wirklich Gene ist. Aber er hat nie etwas gesagt, und ich nenne ihn nun schon so lange bei diesem Namen, dass es ebenso gut stimmen könnte!« Sie stieß ein amüsiertes Kichern aus, und da ich das Bedürfnis hatte, mich mit ihr zu verbünden, stimmte ich mit meinem eigenen Lachen ein.

Ich blinzelte auf den Zettel, doch dort standen keine Zahlen, nur ein Leerraum, wo sie unterschreiben konnte. Sie griff sich den Füllfederhalter, der danebengelegt worden war, kritzelte etwas völlig Unleserliches hin und blickte dann zu mir auf. Sie lächelte immer noch, und es war immer noch ein ungemein strahlendes Lächeln, doch nun hatte es auch etwas Ausdrucksloses an sich, und ich wusste, dass Odalie längst in die Zukunft blickte und einen irgend gearteten Plan ausheckte. Sie rechnete. Ihre Lippen verharrten in ihrem fröhlichen Schwung, aber etwas flackerte hinter ihren Augen.

»Wie viel bezahlst du im Moment?«

»Bitte?«

»Für das Zimmer. In der Pension. Wie viel bezahlst du? Sagen wir mal, neun oder zehn Dollar die Woche?«

»Oh. So ungefähr, vermutlich.« Meine Antwort klang verhalten. Die Nonnen hatten mir stets eingeschärft, es sei unhöflich, über Geld zu reden, und schlichtweg verwerflich, genaue Summen zu nennen.

»Nun, was auch immer es sein mag, zieh bei mir ein und zahl mir einfach dasselbe.«

»Ist das dein Ernst?«

»Natürlich«, sagte sie mit einem Zucken ihrer kleinen, schmalen, knabenhaften Schultern. »Ich würde einen Vorteil aus der Sache ziehen, und deine Situation würde sich ebenfalls stark verbessern.« Ich fuhr zusammen, wie es jede gute Amerikanerin täte, wenn jemand unverhohlen auf ein Ungleichgewicht der Vermögenswerte anspielte. Sie warf mir einen offenen, unverfrorenen Blick zu. »Nun, du *hast* es ja schon gesehen.« Es stimmte. Ich rief mir den Abend meines Schaumbads in Erinnerung. »Du hättest viel mehr Platz, und es ist nicht so, als hättest du im Moment ein Zimmer für dich allein«, fuhr sie fort. »Und außerdem kann ich dir versprechen, dass es mit mir weit mehr Spaß gibt als mit dieser verbitterten, kleinen Unschuld vom Lande, dieser Helen mit ihren lächerlichen hysterischen Anfällen.«

Ich zögerte und sorgte mich dann sogleich, Odalie könne mein Zögern spüren. Ehrlich gesagt wollte ich das Angebot unbedingt beim Schopfe packen. Es war nicht länger nur Neugier. Odalie stellte nun etwas Neues für mich dar. Ich hatte mich bereits … nicht ganz wie ich selbst bei ihr gefühlt. Dieses Empfinden war erfrischend, als würden sich unerforschte Möglichkeiten vor mir eröffnen. Ich war nicht bloß Rose – ich war Odalies Freundin, und jedes Mal, wenn mir dieser Gedanke durch den Kopf schoss, verspürte ich einen Anflug von Stolz.

Außerdem war Odalie für mich zu einer Vertrauten geworden. Ich hatte ihr so viel über meine Kindheit erzählt und die schreckliche Behandlung, die mir durch den Tratsch von Dotty und Helen widerfahren war (wobei ich taktvoll die Ohrfeige und die Geschichte mit Adele aus dem Spiel gelassen hatte). Als sie die Idee aussprach, ihr Hotelzimmer zu teilen, so muss ich gestehen, beschwor meine Fantasie gleich einen endlosen Strom durchwachter Nächte herauf, in denen wir uns, wohlig warm unter den Decken, Geheimnisse zuflüsterten, während die rosige Dämmerung allmählich durch die Fensterscheiben sickerte. Als diese Bilder mein Gehirn erfüllten, überkam mich ein Anflug blinden Frohlockens. Die Vorstellung war zugleich aufregend und beängstigend. Bisher hatte ich noch nie woanders gewohnt als im Waisenhaus oder der Pension, und in beiden Fällen war das Wohnarrangement für mich vereinbart und vermittelt worden. Ich blickte zu Odalie empor. Falls sie meinen kurzen Moment des Zögerns bemerkt hatte, entschied sie, ihn geflissentlich zu übergehen.

»Was soll ich nur Dotty sagen?«, fragte ich und knabberte gedankenverloren am Fingernagel.

»Ist doch völlig egal«, erklärte Odalie und entzündete sich eine neue Zigarette. Ich wusste, dass wir zu spät zum Revier zurückkehren würden. Ich runzelte die Stirn. Wir waren bereits zweimal diese Woche zu spät vom Mittagessen zurück gewesen.

»Was, wenn sie furchtbar beleidigt ist?« Ich stellte mir Dotty vor, die auf der Suche nach mir mit einem hungrig aussehenden, stiernackigen Anwalt aufs Polizeirevier stürmte. »Vielleicht hat sie Rechte«, murmelte ich.

»Na aber sicher«, erwiderte Odalie, und in diesem Moment offenbarte sich eine Form von Wahrheit – sie wusste bereits, dass ich zu ihr ins Hotel ziehen würde. Als ich erneut zu ihr blickte, erkannte ich, dass ich es ebenfalls wusste.

7

Nachdem Odalie ihre Einladung mehrfach wiederholt hatte, zog ich in der folgenden Woche bei ihr ein. Wie vorhergesehen, war der Auszug aus der Pension der heikelste Teil. Dotty stand im Türrahmen meines Zimmers, ihre dreijährige Tochter Franny auf der Hüfte tragend, und beäugte jeden Gegenstand mit besitzergreifendem Argwohn, der in meinem Koffer landete, als sei es durchaus möglich, dass ich der Physik trotzen und einen Lampenschirm oder gar ein Nachtkästchen in meine kleine Reisetasche packen könnte, sobald sie mir den Rücken zukehrte. Franny ihrerseits schrie und schluchzte die ganze Zeit. Frannys Weinen galt nicht meiner Abreise, sondern eher der Süßigkeit, die Helen unten im Salon aß und nicht teilen wollte. Dotty war sich dieses Umstands wohl bewusst und hätte den Tobsuchtsanfall leicht unterbinden können, hätte sie Franny mit einem winzigen Teelöffel voll Himbeermarmelade aus der Speisekammer gefüttert, doch ich vermute, sie genoss das Gefühl selbstgerechter Entrüstung, das davon beflügelt wurde, ein kreischendes Kind im Arm zu halten. Diese Angewohnheit war mir schon zu früheren Gelegenheiten aufgefallen. Wann immer zum Beispiel ein Geldeintreiber ins Haus kam oder ein Nachbar an der Tür klopfte, um sich wegen des heulenden Hundes im Hinterhof zu beschweren, neigte Dotty dazu, dasjenige Kind auf die Hüfte zu hieven, das gerade am unglücklichsten war.

Obwohl das kleine Mädchen bereits drei Jahre alt war, brüllte Franny immer noch mit der hemmungslosen Hingabe eines Säuglings, und ihre Schreie reichten von unmenschlichen, gutturalen, animalischen Lauten bis zu einem schrillen, durchdringenden Kreischen. Die Szene war, gelinde ausgedrückt, kein angenehmer Abschied. Doch da ich keine nennenswerten materiellen Dinge besaß, kostete es mich nicht viel Zeit, alles in meinem Koffer zu verstauen, und bevor ich mich versah, hatte ich die rissigen Lederriemen festgezurrt und befand mich auf der Treppe ins Erdgeschoss.

»Dotty hat immer vermutet, dass du einmal so etwas tun wirst«, waren Helens einzige Worte an mich, als ich den Salon durchschritt, in dem sie eine Zeitschrift las. Ich warf einen letzten Blick in ihr aufgedunsenes Gesicht. Sie stopfte sich ein Stück ebenjener Süßigkeit in den Mund, die noch vor wenigen Minuten Frannys Geschrei ausgelöst hatte, und lutschte daran, während sie mich mit zusammengekniffenen Augen anstarrte, und diese Gestik verriet, was sie mir in Wirklichkeit sagen wollte: *Ts, ts, ts, eine Kriegswitwe einfach im Stich zu lassen …*

Doch dies rührte nicht an meinem felsenfesten Entschluss. Ich ertrug es im wahrsten Sinne des Wortes nicht mehr, dort zu sein. Nicht bei Dotty oder bei Helen und bei den beiden, die sich flüsternd in der Küche über mich und Adele das Maul zerrissen, wobei sie die Letztgenannte nicht einmal kannten, sich jedoch erdreisteten, sie zu beurteilen. Inzwischen war mir Dotty die Treppe nach unten und in den Salon gefolgt, und sobald Franny Helen sah, die genüsslich ihre Süßigkeit aß, brach sie in ein weiteres Sirenengeheul aus, das eine ganz neue Bandbreite an kreischenden Soprantönen präsentierte, sodass ich fürchtete, die zarten Membranen tief im menschlichen Ohr könnten platzen. Dieses Kreischen war alles, was ich brauchte, um jene letzten paar Stufen aus der Tür und die Treppe zur Straße hinuntergeschubst zu werden. Ich eilte rasch die Straße entlang, ohne mich ein einziges Mal umzudrehen oder einen letzten Blick auf das heruntergekommene Sandsteinhaus zu werfen, das viele Jahre mein Zuhause gewesen war.

Zwei U-Bahnzüge später erreichte ich Odalies Hotel. Unter dem Vordach auf dem Bürgersteig spähte ich zu meinem neuen Zuhause empor, dessen goldene Türen im grellen Scheinwerferlicht erstrahlten. Ich spürte, wie mir angst und bange wurde. Alles an dem Umzug fühlte sich mit einem Schlag erschreckender an, nun, da ich den Schritt tatsächlich gewagt hatte. Ich erklomm die mit Teppich ausgelegte Steintreppe und hievte mein Gepäck zögerlich, einer dunklen Ahnung gleich, durch die Drehtür. Viele Apartment-Hotels waren recht… funktional. Im Grunde unterschieden sie sich kaum von einer Pension. Besonders die Hotels für Frauen. Aber Odalies Hotel war ein echtes Etablissement für Touristen. Es hatte an jenem schicksalsschwangeren, verregneten Tag meines ersten Besuchs einen Schauder der Erregung in mir ausgelöst, doch an diesem offiziellen Umzugstag sorgte der Luxus nur für ein schreckhaftes, nervöses Flattern. Gekleidet in einen schweren Mantel und mit meinem sperrigen Koffer in der Hand erwies sich die Bewältigung der Drehtür als ein einziger Kampf. Mein großer Auftritt in der Lobby wurde zu einem peinlichen Stolpern und Straucheln, nachdem mich die Drehtür ausgespuckt hatte, als wäre ich etwas Bitteres.

Das Personal erkannte mich nicht wieder. Ich konnte es ihnen kaum verübeln. Mein vorangegangener Besuch war mein einziger gewesen, und wie schon erwähnt, hatte ich vor langer Zeit die hohe Kunst der Unscheinbarkeit perfektioniert. Sie bereiteten mir Schwierigkeiten, als ich mich zum Aufzug begab, und letztlich mussten sie in Odalies Zimmer anrufen, mit der Bitte, sie möge nach unten kommen und mich abholen. Jeder schien Odalie zu kennen – oder zumindest von ihr gehört zu haben –, und es war allgemein bekannt, dass die Aussage, sie sei bald unten, eine gewisse Zeit in Anspruch nähme. Der Concierge wies mir ein Sofa zu und zeigte mit den Worten: »Falls es jemanden gibt, den Sie anrufen möchten…« auf eine Kabine, in der ein Fernsprechapparat hing. Doch er hätte sich nicht die Mühe zu machen brauchen. Ich kannte niemanden, der ein eigenes Telefon besaß – allein der Gedanke war geradezu abwegig!

Fünfundzwanzig Minuten verstrichen. Endlich sank der kleine goldene Vogelkäfig von einem Lift herab, und Odalie betrat die Lobby. Ich kam nicht umhin, die Wirkung zu bemerken, die sie auf ihr Publikum hatte. Sobald das fröhliche *Ding!* der Aufzugtüren ertönte, schossen sämtliche Köpfe in Richtung des Lifts und blieben wie festgefroren an Odalies Gestalt hängen. Sie hielt kaum merklich inne – eine Pause, die mit bloßem Auge kaum zu erfassen war –, machte dann süffisant lächelnd einen schwungvollen Schritt vor und durchmaß in ihrem mädchenhaften Schlendern die Lobby. Alle Köpfe drehten sich in einem Gleichklang synchroner Verzückung, der normalerweise Tennisspielen vorbehalten war. Als ich mich erhob, um Odalie zu begrüßen, schob sie den Arm in meinen. Ich errötete, konnte mich jedoch des stolzen Lächelns nicht erwehren, das sich auf meinen Lippen formte.

»Prägt euch dieses liebreizende Gesicht ein, Jungs«, sagte Odalie und meinte damit mich. »Rose hier ist gekommen, um zu bleiben.« Sie geleitete mich zu allen Hotelmitarbeitern und stellte mir jeden einzelnen vor, ähnlich wie der Lieutenant Detective Odalie an ihrem ersten Tag auf dem Polizeirevier herumgeführt hatte. Sie schien alle Namen zu kennen – oder zumindest wehrten sie sich nicht gegen ihr Umtaufen, gleich dem armen »Gene« im Restaurant – und ich schüttelte jedem die Hand, wobei meine nackten Finger von einem weißen Handschuh nach dem anderen gehalten wurden. Es war ein Ding der Unmöglichkeit, nicht verlegen zu sein. Mir war bewusst, dass meine Kleidung sowie mein gesamtes Erscheinungsbild in der mondänen Atmosphäre des Hotels eher darauf schließen ließen, ich sei zum Schrubben der Böden gekommen, und nicht, um mich dort häuslich niederzulassen. Schließlich bat Odalie einen milchgesichtigen Hotelpagen, der entweder Bobby hieß oder von Odalie umbenannt worden war, meinen Koffer nach oben zu tragen. Ich wollte schon Einspruch erheben, aber mein Arm schmerzte, hatte ich doch die Reisetasche die U-Bahn-Treppen hinauf- und hinuntergezerrt, und der Gedanke, eine andere Person könne mir diese Strapaze abnehmen, erfüllte mich mit tiefer Erleichterung. Als wir das Apartment erreichten, schleppte Bobby den Koffer herein, und Odalie gab ihm ein Zehncentstück für seine Mühe. Wahrscheinlich hätte er einen Kuss vorgezogen, so wie er mit den Augen an ihren Lippen hing, während sie ihm ein Lächeln schenkte. Er trödelte einen winzigen Moment, dann verschwand er wohlgemut, als verstünde er mit einem Schlag, wie weit hergeholt seine Ambitionen waren.

Sobald wir allein in dem Raum standen, der mein neues Schlafzimmer sein sollte, hob Odalie den Koffer und ließ ihn mit einem Knall auf das Bett plumpsen, das ordentlich und hübsch gemacht war, mit einer Tagesdecke aus Chenille und türkisblauen Satinkissen.

»Das ist deins«, sagte sie. »Ich hoffe, es ist in Ordnung.«

Es war mehr als nur in Ordnung. Ich sah mich um. Bei meinem letzten Besuch hatte ich einen Blick durch den Türrahmen geworfen und ein Arbeitszimmer ausgemacht, voller Bankerlampen mit grünem Schirm und einem schwer wirkenden Mahagonischreibtisch. Doch seitdem hatte sich der Raum in ein behagliches Schlafzimmer verwandelt. Ein mit Blattgold umrahmter, orientalisch anmutender Paravent, auf den schwarze Silhouetten langbeiniger Kraniche gemalt waren, stand an einer Wand neben dem Bett. Auf dem Nachtkästchen befand sich eine große Vase aus geschliffenem Kristallglas, die vor weißen Lilien nur so überquoll und deren Blütenblätter sich vor sinnlicher Reife rollten. Ein altes Grammophon thronte auf dem gegenüberliegenden Nachttisch, dessen wuchtiger Trichter wie eine riesige Windenblüte geformt war, ebenso wohlgestaltet und begierig, mit den Lilien zu konkurrieren. Odalie bemerkte meinen Blick.

»Oh! Ich hoffe, du verzeihst mir dieses uralte Ding. Ich stelle es hierhin und dorthin und bin nie wirklich sicher, wo sein bester Platz ist. Völlig überholt, heutzutage! Ich habe die neueste Victrola, und die steht in meinem Schlafzimmer, aber natürlich bist du herzlich willkommen, dort jederzeit Musik zu hören.«

Ich war um eine Antwort verlegen. Odalies Annahme, mein Blick könne Geringschätzung bedeuten, hatte den Kern der Sache völlig verfehlt. Ich hatte nie ein Grammophon besessen – neu *oder* alt –, es mir jedoch sehnlichst gewünscht. »Ich ... Ich habe keine Platten«, stammelte ich recht tölpelhaft.

Odalie lachte – ein melodiöses Trillern, für das sie weder ein Grammophon noch Platten brauchte.

»Ich habe haufenweise von dem Zeug. Platten kommen mir praktisch aus den Ohren«, sagte sie mit einem Fingerzeig auf einen großen Berg Papierhüllen, die sich auf einem nicht weit entfernten Bücherregal stapelten. »Du kannst alles abspielen, was du willst, wenn du dieses uralte Teil erträgst!«

Jäh schlug ihre Laune um, und sie wurde still, neigte den Kopf und sah mich tief in Gedanken versunken an. Und dann ... brach ein klassisches Odalie-Lächeln auf ihrem Gesicht aus, als würde die Sonne hinter dunklen Wolken hervortreten. Sie klatschte unvermittelt in die Hände und wirkte wie ein kleines Kind, dem man gerade ein Überraschungsgeschenk zum Geburtstag überreicht hatte. »Weißt du was? Das ist ein großes Ereignis! Wir sollten den heutigen Tag gebührend feiern!« Sie nahm meine Hand und zog mich in ihr Schlafzimmer. Meine Gedanken huschten zu Odalies Bohemien-Freunden und dem Lebensstil, dem sie meines Erachtens frönten, und mit einem Schlag spürte ich, wie sich meine Muskeln bei der Aussicht dessen verkrampften, was nun bevorstand.

»Wir gehen aus! Lass uns passende Kleidung für dich heraussuchen«, rief sie und riss ihren Kleiderschrank auf. Mein Puls kehrte zu seinem normalen Takt zurück. Ich war herzlich wenig in Stimmung zum Ausgehen, aber das behielt ich lieber für mich. Sie wählte ein sehr modernes fliederfarbenes Hängerkleid mit einem tiefsitzenden schwarzen Band um die Hüften, das zu einer schlaffen Schleife gebunden war. Odalie hielt es hoch und drückte mir das Kleid unter den Hals. Ich versuchte, mir einen kritischen Blick zu verkneifen. Es war kürzer als alles, was ich bisher getragen hatte. »Hmm. Ja. Ja. Das könnte vielleicht klappen«, sagte sie stirnrunzelnd, mehr zu sich selbst.

»Ich kann das nicht anziehen«, keuchte ich. Als Odalie mich nach dem Grund fragte, war es mir unmöglich, das zu sagen, was ich wirklich dachte: *Weil es unanständig ist*. Doch ich stehe nur ungern in anderer Menschen Schuld, und als ich mich in dem opulenten Apartment umsah, das mein neues Zuhause war, fühlte ich mich zwangsläufig ein wenig verpflichtet und von Ehrfurcht erfüllt. Im nächsten Moment war ich überstimmt und das Kleid an meiner Person.

Ich war keineswegs sicher, wohin Odalie mich ausführen wollte. Unten in der Hotellobby befahl sie auf ihre majestätische, wenn auch hinreißende Art einem der Pagen, ein Taxi für uns zwei herbeizuwinken, und sobald wir uns in hektischem Gebaren auf der Rückbank niedergelassen hatten, mit unseren skandalös kurzen, knielangen Röcken, die wir zum Schutz gegen die klebrigen Ledersitze artig unter unseren Allerwertesten zogen, und unseren Armen, die einen schweren Duft nach Puder absonderten, gab sie eine Adresse an, die nicht weit vom Polizeirevier entfernt war. Dies erschien mir sonderbar. Ich kannte nicht viele Unterhaltungsetablissements in der Lower East Side. Um ehrlich sein, kein einziges, Punktum.

Nachdem das Taxi bezahlt war und wir erfolgreich die Bordsteinkante überschritten hatten, blickte ich mich um, sah jedoch nichts. Oder besser gesagt nichts, das der Art von heiterem Vergnügen und ausgelassener Fröhlichkeit glich, die ich erwartet hatte. Kein Gemisch aus Musik und Gelächter wehte aus einer offenen Tür, kein Flimmern eines elektrischen Lichts ergoss sich aus den Fenstern über uns. Wir schienen uns an einem Straßenzug voller Läden und Geschäfte zu befinden, die allesamt längst geschlossen hatten. Jedes verlassene Schaufenster war dunkel und erfüllt von einer sonderbar satten, zugleich trägen Schwere, als stünden wir inmitten einer Reihe schlafender Riesen. Doch unser endgültiges Ziel schien sogar noch wunderlicher und geheimnisumwitterter zu sein.

»Wo um alles in der Welt …?«

»*Schsch!!*«

Odalie beugte sich in der leeren Straße vor und warf einen hastigen Blick in beide Richtungen. Unvermittelt beschlich mich das eigentümliche Gefühl, jemand könne uns beobachten. »Sehr schön. Die Luft ist rein«, erklärte sie in einem charmanten, rauchigen Flüstern. »Aber wir sollten uns dennoch lieber ruhig verhalten.« Sie nahm meine Hand, und wir betraten ein Gässchen, von dem ich sicher war, es sei eine Sackgasse. Meine Knöchel schwankten ein wenig in den Riemchenpumps, auf die Odalie beharrt hatte, obwohl sie mir eine Nummer zu groß waren. Ich spürte, wie sich die eisige Kälte der Nacht um meine nackte Haut legte, und als ein matter Windhauch meinen Rock erfasste, flatterte er gegen meine Oberschenkel und rief mir ins Gedächtnis, dass dies genau die Stelle war, wo er endete. Weiter das Sträßchen hinab lichteten sich die Läden, was kaum überraschend war. Abgeschiedene Gassen waren natürlich nicht einträglich fürs Geschäft. Doch dann machte ich einen Laden aus, ganz hinten am anderen Ende. Als wir uns näherten, bemerkte ich erstaunt, dass er immer noch geöffnet hatte. Es war ein Perückengeschäft, schmutzig und schlecht erleuchtet, mit einem einzigen Angestellten, der an der Kasse schlummerte. Odalie kicherte, ein aufgeregtes Kichern, und schob sich durch die Eingangstür, woraufhin ein Glöckchen über unseren Köpfen bimmelte. Sobald wir das Geschäft betraten, fuhr der junge Mann, der über der Ladentheke zusammengesackt war, hoch.

»Kann ich Ihnen bei irgendwas behilflich sein, Ma'ams?« Er war ein sonderbar aussehendes Geschöpf, mit langen, fettigen Haaren, die ihm über die Augen und befremdlich bunte Hosenträger fielen. Mir entging nicht, dass er das Wort *Ma'ams* eigentümlich betonte. Es hörte sich wie *Mums* an, als sei er Brite. Immer noch jung genug, eine *Miss* zu sein, war ich es nicht gewohnt, als *Ma'am* angesprochen zu werden, und ich bin überzeugt, Odalie erging es ähnlich. Aber ich gehörte nie zu der Sorte Frau, die mit blindem Eifer auf ihre Jugend pochte, und für einen flüchtigen Moment verspürte ich eine leise Ahnung von Autorität.

»Aber ja-a«, antwortete Odalie mit entrückter Miene, während ihr Blick über die Auslagen des Ladens glitt. Sie drehte sich in einem kleinen Kreis, schien offenkundig nach etwas Bestimmtem zu suchen. Aufgereiht in den Regalen entlang der Wände standen die körperlosen Köpfe von Schaufensterpuppen, jeder trug eine anders gestaltete Perücke, und jeder Kopf lächelte dasselbe pink bemalte Lächeln. Ich war entgeistert. Odalie besaß die üppigsten, herrlichsten, dunkelsten Haare aller Mädchen, die ich jemals gekannt hatte. Ich konnte mir beim besten Willen nicht vorstellen, was sie mit einer Perücke wollte. Schließlich streckte sie die sonnengebräunte Hand samt schmalem Gelenk aus. Mit einer geschickten Bewegung pflückte sie eine Perücke und legte den kahlen Schädel der entseelt starrenden, weiterhin lächelnden Besitzerin frei. Die Perücke selbst war ein abstoßendes Ding: ein kunstvoll gesteckter Dutt, der womöglich Frauen wie Helen angesprochen hätte, wäre er nur nicht in einem solch schrecklich eintönigen Eisengrau gehalten. Odalie brachte die abscheuliche Perücke zu dem Angestellten und schleuderte sie auf die Ladentheke neben die Kasse.

»Wie mir zu Ohren gekommen ist, soll diese hier in Kastanienbraun wunderhübsch sein …«, sagte sie gespielt theatralisch zu dem Mann. Ungläubig musste ich mitansehen, wie ihr Mund einen koketten Zug annahm. »Aber Mahagoni ist doppelt so schön«, beendete sie ihren Satz mit einem Zwinkern. Ich blinzelte. Das war purer Unsinn. Der Angestellte hingegen schien das Gegenteil zu denken. Als hätte Odalie gerade etwas unerhört Geistreiches gesagt, sah er sie gebannt an und drückte mit geschäftsmäßigem Gehabe ein paar Tasten auf der Kasse. Nachdem er die letzte Taste berührt hatte, ertönte ein sehr lautes, metallisches *Klonk*, und ein Stück der Vertäfelung an der Wand in seinem Rücken schwang auf und gab einen dunklen, mit rotem Samt ausgelegten Gang preis. Vergnügte Stimmen wehten heraus, ein An- und Abschwellen gemurmelter Gesprächsfetzen, nur hier und da von weiblichem Gelächter und durchdringendem Gläserklirren durchbrochen. Der Gesang von Al Jolson, der tapfer gegen das tönende *Ta-Ta* der Trompeten und beschwingte Zupfen der Gitarren ankämpfte, wurde von einem unsichtbaren Grammophon abgespielt.

»Sie dürfen eintreten, Ma'ams.«

Eine Flüsterkneipe. Ich hatte schon von ihnen gehört, doch da ich noch nie eine mit eigenen Augen gesehen hatte, war ich baff erstaunt. Der gesamte Perückenladen war nur Tarnung. Die Besitzer des Geschäfts – wer auch immer sie sein mochten – hatten ihr Lebtag wohl keine einzige Perücke verkauft oder höchstens aus purem Versehen. Odalie lächelte den jungen Mann hinter dem Tresen an und betrat den Korridor, nun bloßgelegt durch die geöffnete Vertäfelung. Der Angestellte beobachtete ihre aufreizenden Bewegungen, und im Gegenzug beobachtete ich ihn, wie er sie beobachtete … bis ich mit einem

Mal bemerkte, dass sie in der Dunkelheit verschwunden war und ich immer noch erstarrt vor der Ladentheke stand. Der junge Mann wandte nun mir seine Aufmerksamkeit zu und sah mich mit skeptisch hochgezogener Augenbraue an.

»Ma'am? Rein oder raus, aber schnell. Indiskretion ist nicht gut fürs Geschäft, müssen Sie wissen«, meinte er in Bezug auf die offene Tür, die er sicher am liebsten längst wieder geschlossen hätte. Etwas an seinem herrischen und zugleich unterwürfigen Verhalten erregte meinen Zorn. Ich warf ihm einen mordlüsternen Blick zu (was die skeptische Augenbraue noch höher schießen ließ und im nächsten Moment in ein Fragezeichen der Angst verwandelte, wie ich mit unverhohlener Genugtuung erkannte), dann betrat ich den düsteren Gang in Richtung von Odalies Verschwinden. Sobald ich die Türschwelle überschritten hatte, schloss sich die Wandvertäfelung hinter mir. Meine Augen brauchten eine gewisse Zeit, um sich an die Finsternis zu gewöhnen, und ich wagte mich nicht zu bewegen, bis ich den Boden vor mir undeutlich ausmachen konnte, aus Furcht, ich würde andernfalls stolpern.

»Hierher, Rose.«

Ich trippelte in Richtung von Odalies Befehlston, der nun klang, als sei er von einem Stimmengewirr verschluckt und würde durch die samtenen Vorhänge am anderen Ende des Korridors dringen.

Die Szene, die sich mir nun darbot, traf mich völlig unvorbereitet. Ich taumelte in eine ausgelassene Party. Der Raum überwältigte mich. Die Wände waren mit burgunderrotem Pannesamt bezogen. Der Mangel an Licht ließ die Decke wie ein dunkles, höhlenartiges Gewölbe emporragen, und von der Mitte einer kunstvoll gefertigten Stuckumfassung hing überraschend ein Kristalllüster. Das ganze Zimmer war warm und schwül von Körpern, und der durchdringende Geruch nach vergorenem Wacholder (durch meine Zeit auf dem Polizeirevier wusste ich sehr wohl, dass dies das unverkennbare Aroma von selbstgebranntem Gin war) hing in der Luft.

Der Raum war so brechend voll, dass man nicht alle Anwesenden zugleich ausmachen konnte, und ich hielt mich an die Details einiger weniger, die sich aus der Menge abhoben. Zwei Mädchen tanzten in fieberhafter Ekstase einen Charleston. Eine weitere junge Frau schlürfte dem Anschein nach überschäumenden Champagner aus einem eigentümlich geschliffenen Glas in Form eines Stöckelschuhs, und ihr Kleid funkelte mit Glasperlen, die, aufgefädelt auf herabhängende Schnüre, von dem sehr modernen, viereckigen Ausschnitt baumelten. Zwei gedrungene, stämmige Männer pafften an Zigarren und klopften einander auf den Rücken, während sie in hysterisches Gelächter ausbrachen, die Gesichter knallrot und verzerrt vor Anstrengung, jeder Schlag auf den Körper des anderen intimer und freundschaftlicher als der vorangegangene. Auf der anderen Seite des Raums saß eine Frau auf einem Klavier und wurde von einem kleinen Publikum eindringlich genötigt, sich ihrer Schuhe und Strümpfe zu entledigen. Nach mehreren halbherzigen und offenkundig geheuchelten Versuchen des Protests schlüpfte sie aus der gewünschten Kleidung und führte, was sich wie die spontane Darbietung des »Flohwalzers« anhörte, allein mit den Zehen auf.

»Was möchten Sie?«

Da bemerkte ich, dass ich angesprochen wurde. Ich blickte in Richtung der Stimme, die entschieden von unten kam, und erschrak, als ich einen Zwerg mit roten Hosenträgern und einem Filzhut entdeckte, der zu mir emporstarrte. Auberginefarbene dunkle Ringe rahmten seine Augen, und er bedurfte dringend einer Rasur. Ich mühte mich um eine Antwort.

»Keinen Selbstgebrannten für die hier«, trällerte Odalies Stimme. Sie tauchte an meiner Seite auf und legte mir geschmeidig den Arm um die Hüfte. »Bei ihr sollten wir mit etwas Zivilisierterem beginnen. Wie wäre es mit einem hübschen Champagnercocktail, Redmond?«

Redmond nickte kaum merklich, dann wirbelte er herum und watschelte steifen Schrittes auf seinen dicken, abgeschnittenen Beinen davon.

»Redmond ist ein Schatz.«

»Wohin hast du mich gebracht?«

Odalie lachte nur. »Komm schon, ich möchte dir jemanden vorstellen.« Den Arm immer noch um meine Hüfte geschlungen, bugsierte sie mich zur gegenüberliegenden Ecke des Raums, wo sich eine Gruppe adrett gekleideter Männer um einen Roulettetisch drängten. Stumm beobachtete ich das poliert schimmernde, silberne Drehkreuz des Roulettekessels, das in der Luft schwirrte und, während es langsamer wurde, aufblitzte. Odalie blieb knapp vor einem hochgewachsenen, dunkelhaarigen Mann in einem teuer aussehenden Anzug stehen.

»Rose, ich würde dir gerne Harry Gibson vorstellen.« Beim Klang seines Namens wandte sich der Mann zu uns um, und ohne den Versuch, es zu kaschieren, beäugte er mich mit wölfischer Skepsis von Kopf bis Fuß.

»Man nennt mich Gib«, sagte er und reichte mir höflich und gleichgültig die Hand. Ich schüttelte sie argwöhnisch, und sobald die Geste vollzogen war, kehrte Gibs Aufmerksamkeit zurück zum Roulettetisch. »Komm schon … *komm schon*«, murmelte Gib vor sich hin. Seltsamerweise schien er keine Zahl im Speziellen anzufeuern, sondern war generell *gegen* alle. Ich beobachtete, wie seine Augen funkelten, als der Roulettekessel allmählich zum Stehen kam und sich nur noch träge vorwärtsschleppte.

»Ihr Drink, Miss?«

Ich blickte hinab und sah Redmond, zusammen mit was auch immer Odalie bestellt hatte. Er war mit den Drinks da, aber ohne eine Rechnung, und schon bald sollte ich lernen, dass die Dinge bei Odalie immer auf dieselbe Art funktionierten: Getränke, Essen, Eintrittskarten für Shows – Odalie bekam alles, während sie den Austausch von Geld für Waren so diskret handhabte, dass er fast unsichtbar wurde. Und nun, allein aus dem simplen Vorteil, ihre Gesellschaft zu genießen, wurde mir dieselbe Behandlung zuteil, und ich erhielt all diese Dinge umsonst. Die diffuse Erkenntnis eines unverhofften Geldsegens stieg in mir auf, während ich den winzigen Kellner begutachtete. Seine stämmigen Arme schafften es nicht ganz, den Abstand zu seinem Kopf zu überbrücken, aber dennoch streckte er stolz ein Silbertablett mit zwei Sektflöten hoch, in denen trüber Champagner mit einem leichten Grünstich perlte. Odalie nahm eines der Gläser vom Tablett, führte es direkt an ihre Lippen und nippte mit höflicher Anerkennung. Ich wusste, anständige Mädchen würden nie in einer Flüsterkneipe beim Trinken erwischt werden, doch ich spürte ebenso, dass ich einem Test unterzogen wurde. Ich durfte in diesem Moment einfach nicht ablehnen.

»Was ist das?«, fragte ich, als ich mit zögernder Hand das zweite Glas vom Tablett nahm.

»Ein kleiner Schuss Himmel«, erwiderte Odalie. Ich warf ihr einen Blick zu. Sie lachte. »Ein Teil Absinth, zwei Teile Champagner. Versuch es – es ist absolut göttlich.«

»Ich … Ich trinke nicht. Was würde der Sergeant nur sagen?«, platzte es aus mir heraus.

Odalie lachte wieder, und der Klang ihrer Stimme hob sich von dem lärmenden Raum ab. Die weiße Kugel im Roulettekessel kam schließlich mit einem letzten Hüpfer zum Stillstand, und ein kleiner Tumult erscholl vom Tisch. Gib drehte sich zerstreut zu uns um und musterte mich wegen der Verkündigung meiner Abstinenz mit zerfurchter Braue.

»Wer ist deine Freundin?«, fragte er Odalie, als stünde ich nicht neben ihr.

»Eine andere Stenotypistin. Vom Polizeirevier.«

Er zuckte zusammen und nahm mich nun genauer in Augenschein. »Ist sie sauber?«

Mit ungehaltener Miene funkelte Odalie ihn an – ein Ausdruck, den ihr liebreizendes Gesicht nur selten zeigte. »Ich würde meine Hand für sie ins Feuer legen, wenn es das ist, was du meinst.«

»Du kannst nicht einfach irgendjemanden hierherbringen«, zischte er mit leiser, warnender Stimme. Doch es war eine leere Warnung, seine Aufmerksamkeit galt längst wieder der Roulettekugel, die ins Spiel zurückgeworfen worden war und auf einer neuen Bahn kreiselte.

»Nimm einen Schluck von deinem Cocktail, Rose, und beweis Gib hier, dass du nichts Böses im Schilde führst«, schlug Odalie vor. Ich spürte, dass es zwingend erforderlich war zu trinken, deshalb tat ich es und kämpfte den Drang nieder, den sprudelnden, nach Lakritze schmeckenden Champagner, der meine Kehle verbrannte, sofort wieder auszuspucken. »Braves Mädchen«, sagte Odalie wohlwollend, obgleich ich erneut den Eindruck hatte, dass der Satz nicht an mich gerichtet war.

»Na schön, wie du willst«, sagte Gib mit majestätischem Gebaren.

»Oh, Rose, verschwinden wir von diesen schrecklich langweiligen, spielsüchtigen Junggesellen!«, rief Odalie unvermittelt, zwinkerte Gib zu und zog mich wiederum an sich. »Ich will mich unters Volk mischen.« Sie drängte sich so nah an mich, dass ich keine andere Wahl hatte, als mich im Gleichklang mit ihr zu bewegen, gleich einem fügsamen Haustier. Der Cocktail hatte längst glühende Kohlen unter die Haut meiner Wangen geschoben, und ich spürte, wie sie mich innerlich wärmten.

Sobald wir auf der anderen Seite des Raums angelangt waren, fragte ich schließlich: »Wer ist das?« Ich meinte Gib. Odalie verstand mich auf Anhieb.

»Er leitet diesen Laden. Nun ja, zumindest für den Moment. Du brauchst keine Angst vor ihm zu haben. Das weiß er nicht zu schätzen. Außerdem gibt es nichts, wovor man sich fürchten müsste. Sobald du ihn besser kennst, wirst du merken, dass er keiner Fliege was zuleide tut.« Sie zögerte, lächelte in sich hinein und feilte an den Worten, die ihr eben durch den Kopf geschossen waren. »Außerdem ist er mein … mein … nun ja, man könnte wohl sagen, dass wir *entlobt* sind.«

Ich war nicht sicher, ob ich das richtig verstand. Ich hatte nie bemerkt, dass sie einen Ring getragen oder von einer Verlobung gesprochen hätte, und Gibs Verhalten war mir so unwirsch vorgekommen, dass ich mir kaum vorstellen konnte, wie er auf Knien um jemandes Hand anhielt. Ich warf einen Blick zu Gib hinüber. Als ich das düstere, grüblerische Glitzern in seinen Augen und den dunklen Schatten eindringlicher musterte, der auf seinen schlecht rasierten Wangen lag, erkannte ich, wie sehr mich die Vorstellung kränkte, ein solcher Mann könne mit dem wunderbaren Wesen, das neben mir stand, verlobt sein. Es ergab keinen Sinn. Odalie erklärte nichts weiter, zwinkerte mir nur verschwörerisch zu und stellte mich dann den, wie sie sie nannte, bedeutenden Persönlichkeiten im Raum vor. Eine Vielzahl der anwesenden Männer arbeitete im Filmgewerbe, entweder als Regisseur oder Produzent, und ein paar der Mädchen waren als Schauspielerinnen im Hintergrund von mehreren großen Produktionen zu sehen gewesen. Ein Mädchen mit ungewöhnlich blonden Haaren war sogar als Statistin in einem Charlie-Chaplin-Film aufgetreten. Vielleicht bildete ich es mir nur ein, aber ich glaubte, sie wiederzuerkennen, nicht von dem Film, immerhin war ich noch nie in einem Lichtspielhaus gewesen, sondern von einer Fotografie, auf die ich einmal im *Tattler* einen flüchtigen Blick geworfen hatte. Es gab auch Künstler und Musiker und Leute, deren Tätigkeit sich mir nicht ganz erschloss. Mir drängte sich der Eindruck auf, dass je weiter der Abend voranschritt, die Menschen, denen Odalie mich vorstellte, die Frage nach ihrem Lebensunterhalt zunehmend vager beantworteten, aber natürlich war Redmond zu jenem Zeitpunkt schon mehrmals mit seinem Tablett zurückgekehrt, und der ganze Raum schien längst wie ein Schiff zu schwanken, das der rauen See hilflos ausgeliefert war.

Meine Erinnerung an die Ereignisse jenes Abends nahm zu einem gewissen Zeitpunkt schlagartig an Zuverlässigkeit ab. Wenn ich mich nicht recht täusche, bin ich irgendwann mit Odalie auf die Tanzfläche gestürmt. Ich weiß gar nicht, wie man den Charleston tanzt, dennoch drängt sich mir die trübe Erinnerung auf, ebendies getan zu haben. Und ich habe eine verräterisch lebhafte Vorstellung vom Geschmack einer Zigarre. Außerdem kann ich mir eine Szene ins Gedächtnis rufen, in der ich auf einem Sofa saß und mit einem Mann mit eindringlichen Gesichtszügen redete, der offenkundig den Drang verspürte, mich belehren zu müssen, und mir in epischer Breite den Unterschied zwischen Aktien und Anleihen erklärte. Ein sehr beschwipstes Mädchen, das ganz in unserer Nähe stand, unterbrach immerzu unser Gespräch, nur um pausenlos zu bemerken: *Sir, Sie haben die interessanteste Nase, die ich jemals gesehen habe … Das ist ein Prachtstück von einer Nase.*

Ich bin nicht sicher, zu welch später Nachtzeit Odalie und ich die Party endlich verließen. Aber ich erinnere mich deutlich, dass sich mein Magen bereits drehte, als wir im Taxi Richtung Hotel saßen.

»Darf. Nie mehr. Zu solchen. Etablissements. Mitkommen«, gelang es mir zu murmeln. »Nichts. Für. Brave. Mädchen.«

»Oh, sei still«, sagte Odalie, und mit einem nachdrücklichen *Schsch* tätschelte und rieb sie mir die Hand.

»Der Sergeant würde das niemals gutheißen«, murrte ich. »Muss ihm sagen, dass es mir leidtut.« Ich ließ den Kopf zur Seite rollen und schloss die Augen. Plötzlich spürte ich zwei sehr starke, eiserne Hände, die sich wie ein Schraubstock um meine Schultern legten und einen Anflug von Nüchternheit in mich rüttelten. Mit Gewalt riss ich die Augen auf und fand Odalie über mir, die mir ins Gesicht starrte.

»Du hörst mir jetzt gut zu, Rose«, sagte sie mit kühler, kontrollierter Stimme. »Dem Sergeant wird nichts von all dem hier erzählt!« Meine Lider begannen sich zu senken und wieder zu schließen, was sie wohl kränkte, denn sie schüttelte mich erneut. Ich bemerkte, dass sich die Stimmung zwischen uns verändert hatte. Irgendetwas hatte die ausgelassene Heiterkeit des Moments zerstört. Odalie war wütend und meinte es ernst. Ein wenig verängstigt spähte ich arglos in ihr Gesicht empor und erkannte, dass sie mir auf einmal wie eine Fremde vorkam. Sie versuchte, mir etwas verständlich zu machen, und ich spürte, dass ich ihr unbedingt fest in die Augen sehen musste, als Beweis, dass ich ihre ernste Botschaft billigte. In meinem berauschten Zustand verbot ich meinen Augäpfeln, das zu tun, was sich wie ein unaufhaltsames Rollen anfühlte. Es kostete mich einige Mühe, da es mir schien, als würden meine Augen in ihren Höhlen herumwirbeln, von links nach rechts, links nach rechts, links nach rechts.

Vielleicht machte das einen schrecklich mitleiderregenden Eindruck auf Odalie, denn auf einmal lachte sie, seufzte schwer und lockerte den Griff um meine Schultern. »Was soll ich nur mit dir anstellen?«, kam die rhetorische Frage, gefolgt von einem weiteren Kichern. »Wahrscheinlich ist es dumm von mir, mich zu sorgen.« Nun war ihr Tonfall freundlich, mütterlich – schwesterlich. »Du würdest natürlich niemandem etwas verraten. Und außerdem«, fügte sie hinzu, »hast du dich gerade erst eingelebt. Es wäre eine echte Schande, müsstest du dir schon nach so kurzer Zeit wieder ein neues Zuhause suchen.« Verschwommen erfasste ich die Drohung, die so hübsch und elegant in ihre Worte gefädelt war. »Ich kann mir nicht vorstellen, dass Dotty dich mit offenen Armen empfangen würde, nicht wahr?«

Wir kannten beide die Antwort auf diese Frage. Ich blickte zu Odalie, aufs Neue ergriffen von dem Grad an Abhängigkeit, in die ich mich durch meine neue Situation manövriert hatte, doch dann vollführte mein Magen eine beeindruckende Abfolge an Leibesübungen, und ich war gezwungen, meinen Kopf aus dem Taxi zu stecken und mich eines Teils des abendlichen Champagners und Absinths zu entledigen.

8

Ich gehörte immer derjenigen Sorte Mensch an, die ihr Leben nach klaren Regeln lebt. Mangels einer Familie aus Fleisch und Blut habe ich im Laufe der Jahre viele Regeln verinnerlicht, die mir als Mutter, als Vater, als Verwandter, selbst als Geliebter dienten – falls es denn so eine Art von Liebe überhaupt gibt, die aus dieser einseitigen Hingabe an mein Regelwerk entstehen könnte. Es ist wahr, niemand steckte die Decke an meinem Bett fest, doch es verschaffte mir ein gewisses Maß an Behaglichkeit, die strikte Regel einzuhalten, tagtäglich das Licht um neun zu löschen. Und niemand las mir Geschichten vor, während ich allmählich in den Schlaf glitt, aber es gab die Liste mit Gebeten, die es aufzusagen galt, und die Liste mit morgendlichen Hausarbeiten, die ich im Kopf durchgehen musste. Regeln boten mir Sicherheit. Indem ich mich immer streng an die Regeln hielt, wusste ich mit unerschütterlicher Gewissheit, dass die Nonnen mich kleiden und ernähren, die Sekretärinnenschule mir eine Arbeit besorgen und das Polizeirevier mich weiterbeschäftigen würde. Bis ich Odalie traf, kannte ich keinen anderen Gott als den Gott der Zehn Gebote.

Weshalb es im Grunde meinem Naturell rigoros widersprach, mit Odalie auf einmal die Regeln zu brechen, die ich früher so hoch geachtet hatte. In gewisser Hinsicht war wohl meine Liebe für die Regeln von meiner Liebe für Odalie verdrängt worden, und mich selbst überraschte die Geschwindigkeit, mit der dieser Austausch stattfand. Die Sache mit Regeln ist die. Wenn man eine bricht, ist es bloß eine Frage der Zeit, bis man auch weitere bricht, und die strenge Architektur, die einen ehemals beschützte, stürzt unweigerlich wie ein Kartenhaus über einem zusammen. Ich kann nur sagen, dass ich es aus Liebe zu ihr tat, obwohl der Arzt, den ich im Moment aufsuche, diese Antwort kaum akzeptieren will.

Und natürlich haben die Zeitungen Odalie seit dem Vorfall als Opfer stilisiert. Laut ihnen bin ich diejenige, die korrumpiert, die gelogen und letztlich die unaussprechliche Tat begangen hat. Da ich meinen Anspruch verspielt hatte, immer den Regeln gefolgt zu sein, habe ich mich diesem Angriff geradezu schutzlos ausgeliefert. Sie sollen ruhig sagen, was sie über mich sagen wollen, und das tun sie auch. Sie weigern sich, mir zu glauben, Odalie könne mich behext haben, doch mir fällt kein gebührlicheres Wort ein, womit ich die Wirkung beschreiben sollte, die sie auf mich hatte. Kurz gesagt, ich habe noch nie einen Menschen mit mehr Anziehungskraft als Odalie getroffen und bezweifle, dass es jemals passieren wird.

Während dieser frühen Zeit unseres Zusammenlebens war ich von dem Gedanken besessen, ein tieferes Verständnis von Odalie zu erlangen, deren Herangehensweise an Kleidung, Trinken und Tanzen eine zwanglose Anspruchshaltung an den Tag legte, die mir völlig fremd war. Es geschah häufig, dass ich Odalie beobachtete, wie sie einen Raum betrat – der Flaum auf ihren Armen leuchtete golden gegen ihre sonnengebräunte Haut – und sie mit kindischem Gebaren die Hand ausstreckte, um die schon ihrem Zweck zugebrachte Zigarette aus den Lippen eines Mannes zu stibitzen, den sie noch nie zuvor getroffen hatte. Sie wurde kein einziges Mal zurechtgewiesen, und der Mann – ich wähle hier bewusst das Wort *Mann* als Oberbegriff, da es viele verschiedene waren – stellte sich ausnahmslos immer vor und griff in sein Jackett, um ein Feuerzeug und eine Ersatzzigarette herauszufischen, während Odalie an ihrer ergaunerten Trophäe paffte und den Gentleman mit einem verschlagenen, verschmitzten Ausdruck ansah, als wolle sie ihm versichern, dass nichts, egal was er aus seiner Tasche ziehen möge, das einzigartige Kleinod ersetzen könnte, das sie gerade entwendet hatte. Während unserer gemeinsamen Zeit war ich gezwungen, Odalie unzählige Stunden zu beobachten, und kam zu dem Schluss, dass ihre kleinen, notorischen Schrullen, etwa ihre besitzergreifende Art mit den Zigaretten der Männer, niemals grausame oder geringschätzige Gesten sein sollten. Sie spiegelten schlicht ihren Charakter wider.

Dann gab es allerdings auch viele mir tief vertraute Verhaltensweisen, die andererseits nicht zu Odalies Repertoire gehörten. Erröten, zum Beispiel, konnte Odalie gar nicht. Ebenso zögerte oder zauderte sie niemals. Ihre Antwort auf jedwede Einladung, ungeachtet ihrer möglichen Legalität, war immer das zwanglose, schlaksige Schulterzucken eines vorpubertären Teenagers, eine Attitüde, häufig begleitet von einem melodiösen, trillernden Lachen.

Und in keiner Situation war diese unbeschwert beiläufige, indifferente Haltung schockierender, als wenn es den körperlichen Akt der Liebe betraf. Ich werde wohl nie genau sagen können, wen Odalie als Liebhaber nahm oder nicht, doch ich weiß, dass sie mit skandalöser Gleichgültigkeit dem Treiben der leichten Mädchen zusah, die häufig Harry Gibsons Flüsterkneipe besuchten. Sie tat so, als sei es für eine Frau das Natürlichste von der Welt, das zu tun, was sie wollte, mit wem auch immer es ihr gefiel. Dies verwirrte mich.

Doch damals wusste ich noch nicht, was ich jetzt weiß, nämlich: Nur die sehr Reichen und die sehr Armen praktizieren Sex mit unbeschwerter, unbeteiliger Hingabe. All jene von uns, die sich irgendwo in der Mitte wiederfinden – und ich sehe meinen Platz genau hier verankert, denn obwohl ich in einem Waisenhaus aufwuchs, haben die Nonnen ihr Bestes gegeben, mich mit den prüden Wertvorstellungen einer braven Bürgerin zu versehen (ich beschleunigte stets meinen Schritt, sobald ich an derben Anzüglichkeiten aus den Mietskasernen vorbeihastete) – nur jene von uns in der Mittelschicht fühlen sich bemüßigt, ein Konstrukt von Moral und Takt aufrechtzuerhalten, wenn es um Sex geht. Besonders wir jungen Damen sind diejenigen, von denen erwartet wird, dass wir den Blick senken und während lehrreicher Vorträge über die menschliche Anatomie vor Scham erröten. Wir sind diejenigen, die vor Entrüstung *ts!* und *unverschämt!* rufen müssen, sobald uns ein junger Mann ein eindeutiges Angebot macht. Uns wird nahegelegt, wir seien die höchsten Hüter sexueller Sittlichkeit, und ich, gleich allen anderen anständig unterwiesenen Schulmädchen, verspürte das aufrichtige Gefühl, es sei etwas Heiliges, diese zu wahren. Für manch einen war es eine Bürde, ich hingegen verstand es als ein Privileg.

Ich wusste rein gar nichts über Odalies Kindheit und darüber, wie sie erzogen worden war. Ich vermute, selbst dann hätten mir solche Einblicke keine echte Erkenntnis gebracht, da mich die sexuellen Gepflogenheiten der sehr Armen erschreckten und die der Oberschicht ein nebulöses, unscharf umrissenes Geheimnis darstellten. Aber Tatsache war, dass Odalie weder die Bürde noch das Privileg verspürte, die Sexualmoral aufrechtzuerhalten, und soweit es ihr eigenes Verhalten betraf – nun, sie tat, was ihr gefiel, ohne das kleinste bisschen Reue. Auf Partys verschwand sie in dunklen Hinterzimmern. Sie ließ sich willkürlich von jedem, der ihr zusagte, in Automobilen chauffieren. Wenn wir einen Dinnerklub besuchten, war öfters ein besonderes ihrer unzähligen Lachen zu hören – ein kokett aufreizendes Kichern, das für ihre männliche Begleitung bestimmt war –, und das aus den vier Wänden der Garderobe drang, nur leicht abgeschwächt durch eine Schicht Pelz und Kaschmir. Ich bin nicht sicher, weshalb ich ein solch lebhaftes Interesse für Odalies sexuelles Verhalten an den Tag legte (oder besser gesagt *Fehl*verhalten), doch dem war so. Ich missbilligte ihre Ungezügeltheit zutiefst, aber ich war eine stille Richterin, dazu bestimmt, ihr zu folgen und sie zu beobachten. Dem Impuls zu widerstehen, Odalie betrachten zu wollen, war schier unmöglich, da ihm eine überaus mächtige und dunkle Anziehungskraft innewohnte.

Schreckliches Unheil zeichnete sich sozusagen bedrohlich an meinem Horizont ab, doch von dem allerersten Moment an, seit ich Odalie kannte, war ich ohnmächtig, irgendetwas anderes zu tun, als zuzuschauen, wie es auf mich zuraste. Aber wenn ich alles in der richtigen Reihenfolge erzählen will, so wie ich es geschworen habe, gibt es andere Dinge, von denen ich zuerst berichten sollte.

Wir hatten an einem Wochentag die Flüsterkneipe aufgesucht, und am nächsten Morgen war mir noch immer schlecht. An jenem Morgen, als ich ins Polizeirevier spazierte und mir der übliche berauschende Geruch nach billigem Whiskey und altem Wein entgegenschlug, der tagtäglich hereingetragen wurde, zog sich mein Magen augenblicklich krampfhaft zusammen und wappnete sich gegen eine weitere Darbietung seiner gestrigen gymnastischen Nummer. Dank höchster Konzentration gelang es mir, mein Frühstück am rechten Ort zu belassen. In gewisser Hinsicht war ich geradezu dankbar für die Tatsache, dass mein Arbeitsplatz regelmäßig von solch gärendem Aroma erfüllt war, da der Gestank all jener Schwarzhändler und Trunksüchtigen, die durch das Revier gescheucht wurden, meinen eigenen Geruch überdeckte, der mich sicher umgab. Zu meinem Glück konnte mir der Sergeant an ebenjenem Tag keinerlei Aufmerksamkeit schenken. Ich wäre beschämt im Boden versunken, hätte der Sergeant meinen Zustand wahrgenommen, doch er war viel zu beschäftigt.

Zu meinem Leidwesen war es der Lieutenant Detective nicht.

Irgendwann an jenem Vormittag flanierte er durch den Raum, um Odalie einen Stapel Berichte zu übergeben, und im Vorbeigehen warf er einen Blick auf mich und war gezwungen, zweimal hinzusehen.

»Wie es scheint, könnte hier jemand etwas Konterbier gebrauchen«, sagte der Lieutenant Detective mit einem Grinsen in meine Richtung.

»Ich weiß beim besten Willen nicht, wovon Sie reden«, sagte ich und brachte gerade noch ein spöttisches Lächeln zustande, bevor ich meinen pochenden Kopf in beide Hände nahm. Immer noch grinsend näherte sich der Lieutenant Detective meinem Schreibtisch und setzte sich in altvertrauter Manier darauf.

»Irgendwie habe ich das Gefühl, Sie wissen es doch«, sagte er. Ich hob den Kopf lange genug, um ihn mit einem hochmütigen Blick zu bedenken. Odalie gab vor, mit gebannter Faszination in die Berichte, die der Lieutenant Detective ihr eben überreicht hatte, vertieft zu sein, aber ihre Ohren folgten natürlich jeder Silbe unseres Gesprächs. »Hören Sie«, sagte er, »ich bin kein anmaßender Kleingeist. Ich habe mich gelegentlich in ähnlicher Lage befunden.« Meine Nasenflügel blähten sich. Welch eine Dreistigkeit! Anzunehmen, es würde mich interessieren, was er dachte! Anzunehmen, wir beide – der Lieutenant Detective und ich – hätten irgendetwas gemein! Blind für meine Entrüstung fischte er etwas silbrig Schimmerndes aus seiner Tasche, legte es flach auf den Schreibtisch und schob es mit verstohlener Geste langsam zu mir, während er die ganze Zeit über schief lächelte. Verschwommen erkannte ich allmählich, dass er mir einen Flachmann anbot. »Ein paar Schlucke hiervon«, sagte er, »und Sie schaffen es durch den Tag.«

Augenblicklich rümpfte ich die Nase und wich schaudernd zurück. »Entschuldigen Sie bitte, Lieutenant Detective …«

»Frank«, fiel er mir ins Wort, beugte sich noch näher und

fügte hinzu, »oder Francis. Aber im Grunde nennt mich niemand Francis.« Er hielt inne und errötete leicht. »Außer meine Mutter.«

»Verzeihen Sie bitte, *Lieutenant Detective*«, beharrte ich. Er zuckte zusammen, als hätte ich ihn eben gebissen. »Ich bin wohlauf und wäre Ihnen durchaus dankbar, wenn Sie Ihr *Hab und Gut* dort von meinem Schreibtisch räumen würden, damit niemand glaubt, es könnte tatsächlich meines sein.«

Er zögerte, griff dann nach dem Fläschchen und ließ es zurück in die Tasche seines Jacketts gleiten. Während er dies tat, lief mir ein kleiner Schauer der Panik die Wirbelsäule hinunter, und ich blickte mich verzweifelt um, aus Sorge, der Sergeant könne in unsere Richtung schauen. Ich wäre vor Scham gestorben, hätte den Sergeant auch nur eine Ahnung befallen, dass der Lieutenant Detective den Versuch wagte, mir bei der Arbeit einen Flachmann zuzustecken. Bei der Arbeit oder im Grunde zu jedem anderen Zeitpunkt. In dem Sergeant glaubte ich, mein moralisches und tugendhaftes Gegenstück gefunden zu haben, und er hatte mich immer so behandelt, als beruhe der Respekt auf Gegenseitigkeit. So sehr ich Odalie gefallen wollte, war ich doch mindestens ebenso besessen davon, das Wohlwollen des Sergeants zu bewahren und hätte es nicht ertragen, wäre er zu dem Schluss gekommen, ich hätte mich in eines dieser leichtlebigen, modernen Mädchen verwandelt, deren Lebensstil er in jeder Hinsicht verachtete.

Doch in jenem Moment war es nur die Missbilligung des Lieutenant Detectives, unter der ich zu leiden hatte. Er stand in seinem zerknitterten Anzug und den weißen Gamaschen vor meinem Schreibtisch, schob den Flachmann noch tiefer in seine Tasche und strich sich dann eine lange Locke aus den Augen. Seine Lippen bewegten sich still, als versuche er krampfhaft, Wörter aus dem tiefen Brunnen seiner Kehle zu schöpfen. Schließlich kam auch ein Geräusch heraus.

»Hier stehe ich und dachte schon, Sie hätten sich vielleicht doch in ein menschliches Wesen verwandelt«, fauchte er. »Aber ich sehe, Sie sind ein ebenso kaltherziger Automat wie eh und je.« Er fixierte mich mit seinem ernsten Blick und drehte sich auf dem Absatz um. Ich sah ihm nach, bis ich zusammenfuhr, als mich ein stechender Schmerz zwischen den Augen traf. Ich senkte meinen pulsierenden Kopf zurück auf die kühle Haut meiner Hände und vernahm schwach, dass Odalie neben mir auflachte. Ein spöttisches Trillern hallte in ihrer Stimme wider, keine besonders sanftmütige Spielart eines Lachens.

»Du kleine Närrin«, säuselte sie. »Er wollte nur ein Gentleman sein, und was er zu bieten hatte, hätte dir enorm geholfen.« Sie meinte natürlich den Inhalt des Flachmanns. Doch da ich auf diesem Gebiet keinerlei Erfahrung besaß, wollte mir nicht einleuchten, wie er meine Lage auch nur im Geringsten hätte verbessern können. Ich nahm eine aufrechte Pose ein und stapelte schroff einige Papiere. Dann legte ich ein leeres Blatt in die Schreibmaschine und begann mit vehementem Schwung einen Bericht zu tippen, wobei mein Gehirn bei jedem lauten *KLACK* irgendwo tief in meinem Schädel erschauderte. Doch ich empfand den qualvollen Schmerz als eigentümliche Wohltat. Das sollte meine Buße sein, war ich der festen Überzeugung.

In jenem Moment setzte eine, wie ich zum damaligen Zeitpunkt nicht vorhersehen konnte, lange und sich wiederholende Tradition ein, bei der ich feierlich schwor, Odalie zu meiden, und dieses Versprechen sogleich wieder brach. Es war schwierig, ihr zu widerstehen. Sie schien immer eine Kleinigkeit zu besitzen, die man wollte, oder eine Kleinigkeit, die einem das Gefühl gab, als schulde man es ihr. In Wahrheit war der Pakt zwischen uns in dem Augenblick geschlossen, als ich zustimmte, bei ihr einzuziehen. Womöglich sogar schon früher. Vielleicht war die Sache in genau der Sekunde unterschrieben und besiegelt, als ich die Brosche aufhob, die Odalie am Tag ihres Vorstellungsgesprächs fallen gelassen hatte, und es versäumte, sie ihr zurückzugeben.

Mit einem Achselzucken tat Odalie die kleine Szene zwischen dem Lieutenant Detective und mir ab und kümmerte sich ohne jeden weiteren Gedanken wieder um ihre Arbeit. Ich hingegen brütete den restlichen Morgen und bis weit in den Nachmittag über meine missliche Lage. Kurz vor Feierabend hatte ich mir mehrere wohldurchdachte Argumente zurechtgelegt, die ich Odalie präsentieren wollte, hieb- und stichfeste Gründe, weshalb ich nie wieder eine Flüsterkneipe besuchen würde, nicht zuletzt weil es illegal war und eine wahre Lady nie in einer aufgegriffen werden sollte, ganz zu schweigen eine Lady, die für ebenjene Polizeieinheit arbeitete, deren Aufgabe es war, diese Art Etablissement auffliegen zu lassen. Als uns jede verstrichene Sekunde näher an die fünf Uhr brachte, untermauerte ich meine moralische Haltung und sprach mir Mut zu. Doch ich bekam nie die Gelegenheit, meine Gründe vor Odalie vorzutragen, und mein eloquentes rhetorisches Geschick kam nicht zur Geltung. Sobald wir unsere Sachen gepackt hatten und aufbruchbereit waren, überrumpelte sie mich auf die wohl entwaffnendste Art, indem sie mich unterhakte und zu einem Lichtspielhaus entführte.

Ich war fest entschlossen gewesen, Odalies nächstes Angebot entschieden abzulehnen, egal worum es sich handelte, doch hier war ich unwiderlegbar im Nachteil, da ich noch nie ein Lichtspielhaus besucht hatte. Ich verstehe nun, warum die Menschen so hingerissen waren von der Silberleinwand. Ich saß neben Odalie in der samtenen Dunkelheit, berauscht von den wunderschönen ovalen Gesichtern und dicken, flatternden Wimpern der Starlets und den kohlschwarz geränderten Augen der Bösewichte, die in einem schimmernden Schauer silbrigen Lichts erstrahlen. Auf einem Podest linkerhand der Bühne spielte ein hochgewachsener, dünner Mann mit schmaler, kantiger Nase Klavier, und seine spinnengleichen Hände huschten mit fieberhafter Fingerfertigkeit im Gleichklang zum Film. Als ich den Blick nach oben wandte, starrte ich in den phosphoreszierenden Mondstrahl, der über unsere Köpfe projiziert wurde, und war verzückt.

Doch selbst unter dem verlockenden Zauber des Zelluloids spürte ich, wie meine Aufmerksamkeit abdriftete und meine Gedanken zurück zu dem Mädchen glitten, das neben mir saß. Normalerweise machten mich geheimnisvolle Menschen nervös, und ich versuchte, sie zu meiden. Ich verstand nicht, warum es bei Odalie das Gegenteil war. Ähnlich wie alle anderen Narren in ihrer Umgebung hatte ich Geschmack an ihrer Art Geheimnis gefunden.

Es war ein schöner Abend, und als wir das Lichtspielhaus verließen, entschieden wir, zu Fuß zurück zum Hotel zu gehen. Odalie war überzeugt, ein Spaziergang täte mir gut. Wir flanierten die Avenues entlang, schlängelten uns an den Rattanstühlen der Straßencafés vorbei. Wahrscheinlich war es einer der letzten Abende des Jahres, die warm genug waren, um im Freien zu speisen, und ein flirrendes Surren hing in der Luft von all den erwartungsvollen Gästen, die sich nach einer letzten lauen Zerstreuung sehnten. Gelbes Licht quoll unter jedem Vordach hervor, was unseren Füßen einen Goldschimmer verlieh und die Gesichter der Männer und Frauen, die an den Tischen aßen, wie Kürbislaternen erstrahlen ließ. Wir spazierten und nahmen unbewusst hie und da Gesprächsfetzen sowie den vom Wind getragenen Geruch nach butterigen Knoblauchgerichten auf und genossen die Straße auf eine zerstückelte, fragmentarische Weise, wie die Tauben, die unwillkürlich denselben Weg wie wir einschlugen und Krumen aufpickten. Die gemästeten Vögel stoben in alle Richtungen, wenn wir zwischen sie traten, nur um sich in gewissem Abstand hinter uns wieder zu sammeln, gleich den Gezeiten, die unaufhaltsam wiederkehrten.

Als wir uns dem Central Park näherten, verbreiterten sich die Gehsteige ein wenig, und es war nun leichter, neben Odalie zu gehen. Ich wollte sie unverblümt fragen, wollte ein für alle Mal einige der Gerüchte beilegen, die sich um sie rankten. Ich habe gute Manieren bei Menschen schon immer bewundert und halte mich strikt an den Gedanken, dass es Dinge in dieser Welt gibt, die mich schlicht und ergreifend nichts angehen. Wegen all dieser Gründe und mehr habe ich – bis zu diesem Moment – Odalie keine einzige Frage über ihre Vergangenheit gestellt. Zuvor war es mir zu aufdringlich erschienen, doch jetzt waren wir Zimmergenossinnen, und ich fühlte mich ermächtigt, mehr zu erfahren. Zudem verbrachten wir unser gegenwärtiges Leben gemeinsam, und mir wurde die Tatsache zunehmend bewusst, dass ihre Vergangenheit womöglich meine Zukunft beeinflussen könnte. Ich nahm all meinen Mut zusammen.

»Dein Freund – Gib, nicht wahr?«, begann ich. Ich war bedacht, nicht *Verlobter* zu sagen, angesichts des Umstands, dass Odalie in jener Nacht das Wort *entlobt* mit einem ironischen Augenzwinkern betont hatte und ich nicht sicher war, wie ich die Sache einschätzen sollte. Beim Klang seines Namens drehte Odalie den Kopf und hob überrascht eine Braue. Ich schluckte schwer und fuhr fort: »Er … äh, erwähnte gar nicht, wovon er seinen Lebensunterhalt bestreitet …«

»Oh, ja, nun«, sagte Odalie und machte eine vage Handbewegung. »Ich vermute, man könnte ihn als Geschäftsmann bezeichnen. Export und Import und all das. Das Übliche.« Die Antwort beruhigte mich keineswegs. Sie lächelte, doch ihr Ausdruck glich einer Maske. Mich beschlich das Gefühl, sie habe mir einen Korb gegeben und dass dies zu einem Dauerzustand mutieren würde, sollte ich auch weiterhin versuchen, mehr über Gib herauszufinden. Ich fragte mich: Stimmten die Gerüchte womöglich? Ich musste die überaus reale Möglichkeit in Betracht ziehen, dass Odalie tatsächlich das »Liebchen eines Schwarzbrenners« war, wie der Tratsch auf dem Revier behauptet hatte, und ihre Arbeit bei der Polizei allein ein Mittel war, um ihn im Bilde zu halten. Ich wusste, die Umstände sprachen nicht für Gib. In der Flüsterkneipe war so viel Alkohol geflossen und in solcher Mannigfaltigkeit. Jemand musste ihn herstellen oder zumindest beschaffen oder gar beides, und mit einem Mal kam mir der Gedanke, dass Gib wie der Kopf der Party gewirkt hatte. Die ganze Nacht hindurch hatten ihn Leute aufgesucht, als seien sie Gäste, die dem Gastgeber ihre Aufwartung machten. Ich dachte darüber nach, Odalie unverhohlen zu fragen, ob Gib ein Schwarzbrenner sei, doch sie schien meinen inneren Kampf zu spüren, eine solche Frage zu formulieren.

»Sieh nur!«, rief sie und zeigte mit dem Finger, als wir uns dem Plaza-Hotel näherten. »Lass uns eine Victoria-Kutsche durch den Park nehmen! Ich habe schon seit einer Ewigkeit in keiner Pferdekutsche mehr gesessen.« Sie winkte den Fahrer herbei, und eh ich mich versah, starrte ich in die großen schokoladenbrauen Augen eines gescheckten grauen Zugpferds, das den Hals reckte, um über seine Scheuklappen zu spähen, als wollte es seine zukünftigen Passagiere inspizieren und gutheißen, bevor es sie jenseits des Parks chauffierte. Wir stiegen ein, und ich spürte das holprige Federn der Kutsche, die sich gegen unser Gewicht stemmte.

Der Fahrer schüttelte die Zügel, und schon rollten wir an. Es war eine offene Kutsche, und die Nachtluft wurde allmählich eisig. Ich zog meine Jacke fester um mich und betrachtete die Bäume, die stetig vorbeiglitten und in deren Ästen die letzten Flammen des Herbstes bunt brannten.

»Du solltest es dem Lieutenant Detective nicht so schwer machen«, sagte Odalie. Ich sah sie an, schockiert von dieser forschen, ungebetenen Bemerkung. Ich öffnete den Mund, doch keine Erwiderung fiel mir ein. Odalie sah mich nicht an, sondern blickte gedankenverloren zu den Bäumen. »Er war nett zu dir, sogar nachdem du ihn kompromittiert hast.«

Ich war verwirrt. Nachdem ich den Lieutenant Detective und seinen Flachmann von meinem Schreibtisch gescheucht hatte, hatte er den restlichen Tag kein Wort mehr mit mir gewechselt. »Wie meinst du das?«, fragte ich mit gefurchter Stirn.

»Oh, nichts«, sagte Odalie und wandte den Blick von den Bäumen zu mir. »Es ist nur so, dass er Marie nie hat zur Ruhe kommen lassen. Hat ihr all diese kleinen Aufträge gegeben, hat sie stets auf Trab und von deinem Schreibtisch ferngehalten.« Ich zuckte mit den Schultern. Ich sah nicht, was das mit mir zu tun haben mochte. Odalie verdrehte die Augen, als sei ich ein hoffnungsloser Fall. »Wenn Marie bemerkt, dass du getrunken hast – wie lange, glaubst du, würde es dauern, bis *jeder* weiß, dass du getrunken hast?« Für eine Sekunde gefror mir das Blut in den Adern. Das hatte ich nicht miteinberechnet. Odalie las in meinem Gesicht, und ein feines, höhnisches Lächeln breitete sich auf ihren Lippen aus. Sie spähte zurück zu den vorbeiziehenden Bäumen. »Und was Marie weiß, weiß auch der Sergeant«, sagte sie mit matter, deutlicher Stimme, in der eine unverhohlene Warnung hallte.

Auf der anderen Seite des Parks stiegen wir aus der Pferdekutsche, Odalie steckte dem Fahrer ein paar Münzen zu, und gemeinsam gingen wir schweigend die restlichen paar Blocks zum Hotel. Als wir zu Hause waren, erkannte ich mit einem winzigen Hauch des Triumphs, dass ich endlich vollkommen nüchtern war.

9

Ich habe noch nicht von dem kleinen Fauxpas meiner beruflichen Schweigepflicht erzählt, der zum Gegenstand einer peinlich genauen Prüfung wurde. Damit meine ich den nun berühmt-berüchtigten Bericht, den ich auf dem Revier abgelegt hatte und der die gestandenen Verbrechen eines Mr Edgar Vitalli umriss.

Der Vorteil des Rückblicks liegt naturgemäß darin, dass man im Nachhinein die Abfolge der Dinge sieht, die kleinen Wendepunkte, die sich schließlich zu einer endgültigen, daraus resultierenden Richtung summieren. Ich habe bereits die Ermunterung meines Arztes angesprochen, ich solle meine Taten mit einem stärkeren Akzent auf die *Chronologie* beschreiben. Das Leben ist eine Aneinanderreihung von Kettenreaktionen, sagt er, und die Beziehung zwischen Ursache und Wirkung darf nicht unterschätzt werden. Und so erkenne ich *jetzt* natürlich ganz klar, dass der Vorfall mit der Brosche ein solcher Wendepunkt war und der Umzug zu Odalie ein weiterer, doch das Tippen des Geständnisses von Edgar Vitalli war von der schwerwiegendsten Sorte, da es den Punkt markierte, an dem es kein Zurück mehr gab.

Sollte man mich fragen, ob mir Edgar Vitalli leidtue, so muss ich gestehen, nein. Ich bin vollkommen sicher, dass Mr Vitalli in die Kategorie gehört, denen moderne Kriminalisten den Terminus Serienmörder aufdrücken würden, und es fällt mir schwer, für einen solchen Mann Mitleid zu empfinden. Ich verstehe nun, dass ich falsch gehandelt habe, aber ich bereue keineswegs, wie es ausging. Dass ich eine gewisse Rolle bei der Verurteilung von Mr Vitalli gespielt habe, erfüllt mich mit Genugtuung. Insgeheim bedaure ich nur, dass seine endgültige Bestrafung noch nicht ausgeführt wurde. Ich sage *insgeheim*, denn ich weiß, sollte ich dem Doktor mein Entzücken beichten, würde ich als durchtriebenes Monster gelten, weshalb ich meine Freude für mich behalte. Wohlgemerkt, ich bin keine blutrünstige Barbarin. Aber wie jedem wahrhaft moralischen Menschen sagt es mir zu, wenn die Gerechtigkeit siegt.

Der Stimmigkeit und akkuraten Wiedergabe der Dinge willen sollte ich wohl berichten, was dazu führte, dass ich Mr Vitallis Geständnis transkribierte. Es ist schwierig, den Anfangspunkt korrekt zu benennen, aber am besten erzähle ich wahrscheinlich ein wenig über Mr Vitalli selbst.

Es heißt, manche Männer seien für die Ehe einfach nicht geschaffen. Bei Edgar Vitalli verhielt sich das anders. Mr Vitalli war vielleicht *zu sehr* für die Ehe geschaffen – laut den Gerichtsberichten heiratete er fünf Mal in vier Jahren. Obwohl Mr Vitalli ein gutaussehender Mann von jugendlichem Aussehen ist, gehörten seine Ehefrauen einem anderen Schlag an, sie waren älter und vorteilhaft verwitwet. Und das war noch nicht alles, was seine Gattinnen gemein hatten. Sie teilten darüber hinaus die eigentümliche und unheimliche Tatsache, dass sie allesamt beim Baden einen tödlichen Unfall erlitten und rücksichtsvollerweise kurz vor ihrem Tode um ihr Vermögen erleichtert worden waren.

Ich vermute, es war Mr Vitallis Haltung, die den Sergeant bis aufs Blut reizte. Man muss verstehen, Mr Vitalli war die schlimmste aller Drecksratten (um den Jargon des Sergeants beizubehalten) – die Sorte, die sich mit Quacksalbereien den Anschein eines Heiligen gibt. Er war ein Hochstapler, nicht sonderlich gebildet, doch mit einer Aura, die darauf schließen ließ, dass er sich sehr clever vorkam. Man kann wohl behaupten, Mr Vitalli hielt sich für ein Genie, denn er deutete dies während seiner Verhöre mit dem Sergeant bei mehr als einer Gelegenheit an. Jeder, der ihm auf dem Revier begegnete, war sofort von seiner Schuld überzeugt, und wir wollten alle unbedingt, dass der Gerechtigkeit Genüge getan würde, und das schnell. Doch zweimal war er vor Gericht gekommen, zweimal hatte er sich selbst vertreten, und zweimal hatte er die Sympathien der Jury für sich gewonnen.

Während seines zweiten Prozesses war ich neugierig, ob ein solcher Hohn auf die Gerechtigkeit sich wiederholen konnte. Ich saß einen Tag in den Reihen der Zuschauer und beobachtete, wie Mr Vitalli bei der Jury zu Werke ging und ihre Vorurteile mit der nonchalanten Präzision eines Chirurgen entfernte, als schnitte er die Mandeln eines Patienten heraus. Bei den Männern auf der Geschworenenbank spielte er den sympathischen Zechkumpan, den Prototyp eines Durchschnittsmenschen, frei jeder Schuld, sich darüber zu freuen, den keifenden, zerstörerischen Zwängen der Ehe entkommen zu sein (*oh*, deutete er an, *können Sie das denn nicht verstehen?*). Bei den Frauen, die im Publikum saßen, leckte er sich einfach über die vollen, verschmitzt rosafarbenen Lippen, die unter seinem schwarzen Schnurrbart hervorlugten, und lächelte mit seinen langen, lüsternen weißen Zähnen, als wolle er jeder einzelnen Dame im Saal sagen: *Mein einziges Verbrechen gegen die Menschheit besteht darin, dass ich mit einer gehörigen Portion Charme gesegnet wurde, und mein gutes Aussehen kann man mir schlecht zum Vorwurf machen.* Die Frauen schienen ihm zuzustimmen, und vielleicht als Beweis seines ansprechenden Äußeren waren sie Mr Vitallis Fall sogar noch zugeneigter als die Männer. Schlussendlich ging es ihm kaum noch um Belege dafür, am Ertrinken seiner Gattin nicht beteiligt gewesen zu sein. Stattdessen verwendete er sein ganzes Geschick darauf, zu beweisen, dass selbst *wenn* er daran beteiligt gewesen wäre –

natürlich rein hypothetisch gesprochen (zwinker, zwinker) –, ihn keinerlei Schuld träfe. Als ich dies sah, wurde mir wahrscheinlich zum ersten Mal bewusst, dass es verschiedene Definitionen von Schuld gab. Mr Vitalli konnte seine Unschuld zwar nicht beweisen, doch er konnte beweisen, dass man ihm nichts vorwerfen konnte, zumindest soweit es diesen willfährigen Popularitäts-Klub namens Gerichtssaal betraf.

Mr Vitallis immenses Grundkapital lag auch in seiner Liebe zum Detail, da er niemals die kleinen Regeln des Anstands vergaß. Er teilte sein tintenschwarzes Haar mit mathematischer Genauigkeit und hielt es mit Pomade in Form. Er hatte einen Spazierstock mit silbernem Griff in Händen, mit dem er wie eine Art mondäner Zirkusdirektor gestikulierte, während er seine Verteidigung vortrug. Als die Gerichtsstenografin einmal in ihrem Tippen innehielt und nieste, machte Mr Vitalli mit vornehmer, katzenhafter Eleganz einen Satz durch den Gerichtssaal und winkte mit einem weißen Seidentaschentuch vor ihrem überraschten Gesicht, bevor der stammelnde Richter ihn zurück zu seinem Platz verweisen konnte. Doch vor allem, da bin ich sicher, erregte die schroffe Rüge des Richters in der Jury noch mehr Mitleid für Mr Vitalli, da es wie saure Trauben schmeckte, dass der Richter ihn für etwas bestrafte, das jedem wohlerzogenen Gentleman von Kindesbeinen an beigebracht wird.

Meiner Meinung nach wurde die Gerechtigkeit letztlich von zwei Prinzipien untergraben. Erstens, Mr Vitalli war stets in der Lage, Zeugen aus dem Hut zu zaubern – manchmal mehrere Zeugen, stets weiblichen Geschlechts, im Grunde eine Schar schnatternder Gänse –, die bestätigten, ihn etwa zum Todeszeitpunkt seiner Frau irgendwo draußen gesehen zu haben (ich sollte wohl lieber sagen, zum Todeszeitpunkt seiner *Frauen*, Plural). Und zweitens war jeder von Mr Vitalli entzückt, geblendet von diesen weißen Zähnen und manierlichen Umgangsformen, so dass sie sich schlicht nicht vorstellen konnten, wie er eiskalt eine Frau bis an die Schwelle des Todes unter Wasser gedrückt hatte.

Doch der Sergeant und ich, wir wussten es besser. Wir konnten es uns lebhaft vorstellen und hatten uns eine eigene Meinung über Mr Vitallis *Fähigkeiten* gebildet. Immerhin waren es fünf Ehefrauen gewesen! Nachdem eine Gattin nach der anderen auf genau dieselbe eigentümliche Weise verstorben war, hatten wir Mr Vitalli bis zum Überdruss verhört. Und in dieser Funktion hatten wir ein Repertoire an Gefühlen miterlebt, die ihm versehentlich entschlüpft waren. Wir hatten gesehen, wie er Krokodilstränen vergoss, wir hatten gesehen, wie er höhnisch feixte, wir hatten gesehen, wie er es mit der Angst zu tun bekam, wir hatten gesehen, wie er die Nachwirkungen zweier Freisprüche auskostete. Wir wussten ohne den geringsten Zweifel, dass Mr Vitalli im Grunde seines Wesens ein echter Barbar war.

Hinzu kommt: Ich vermute, Mr Vitalli konnte entweder einfach nicht anders oder es war ihm allmählich zur Gewohnheit geworden, uns mit dem Tatort zu verspotten. Die frisch verschiedenen Gattinnen wurden nämlich allesamt in genau derselben Pose in der Badewanne aufgefunden – ein Zufall, den man schier unmöglich übersehen konnte. Ohne Luft in ihren Lungen sanken sie zum Boden der Wanne, wo sie reglos emporstarrten, die Wasseroberfläche über ihnen wie eine Glasscheibe, die die Lebenden von den Toten trennte. Ihre Arme, die vermutlich in jenen letzten Sekunden ihres Lebens wild um sich geschlagen hatten, waren stets über der Brust verschränkt, gleich einer perversen Version der Lady von Shalott. Ihre Knöchel waren ebenfalls verschränkt, und die Fotografien, die von den fünf Tatorten geschossen wurden, vermittelten eine erschreckend enervierende, entrückte Atmosphäre. Die Krönung – ein Fläschchen Laudanum, das eine Armlänge von der

Wanne entfernt thronte – war so auffallend platziert, dass die Szene gänzlich gestellt wirkte.

Zum Zeitpunkt meines Berichts hatte es sich eingespielt, dass Mr Vitalli das Revier in regelmäßigen Abständen aufsuchte, da er jedes Mal vorgeladen wurde, wenn man eine seiner Gattinnen blaugesichtig und starr in einer Wanne voll erkaltetem Badewasser aufgefunden hatte. Ich verlor den Überblick über die Male, an denen wir ihn hereinspazieren sahen, doch mit jedem Erscheinen war er adretter und dandyhafter als beim letzten. Beim fünften Todesfall scheute Mr Vitalli keinerlei Mühen, vorsätzlich mit uns zu spielen, obwohl das nicht sofort ins Auge stach.

Auf unsere Bitte hin kam er freiwillig aufs Revier, oder zumindest schien es so. Ich erinnere mich, ihn beobachtet zu haben, als er am Tag nach dem Tod seiner fünften Gattin eintrat. Er schälte sich nonchalant aus seinem Mantel und hängte ihn an die Garderobe, eine Geste, die mir grotesk vertraut und gelassen vorkam. Lächelnd sah er sich mit besitzergreifender Miene im Raum um. Seine Körpersprache deutete tatsächlich an, dass er unser Revier als sein Zuhause betrachtete und wir alle Besucher seien, die er in seinen Salon geladen habe in der heuchlerischen Hoffnung, wir seien zu seiner Unterhaltung hier. Er war nicht mit schwachen Nerven ausgestattet, zumindest verriet das kein Molekül seines Körpers. Ebenso wenig schien er seine Gattin zu betrauern, die er erst kürzlich verloren hatte. Der Sergeant, der vielleicht mit dem Gedanken spielte, Mr Vitalli aufzurütteln, blickte ihm in die Augen und sagte mit fester Stimme: »Der Verlust muss Sie entsetzlich mitgenommen haben.« Doch falls der Sergeant ihn hatte einschüchtern wollen, verfehlte er sein Ziel, denn Mr Vitalli setzte schlicht ein Lächeln auf und drückte sich die Hand aufs Herz.

»Sie war ein solches Prachtexemplar von einer Frau«, erwiderte er, wobei er versäumte, seine verstorbene Gattin mit

Namen zu nennen (hatte er ihn bereits vergessen?), »dass ich nicht weiß, ob ich es jemals über mich bringen könnte, mich neu zu vermählen.« Die Worte trieften vor Melodramatik, und die Zeit stand schrecklich still, als es flüchtig den Anschein machte, er habe seine Aussage mit einem Zwinkern untermalt.

In diesem Moment war ich sicher, dass der Sergeant nichts lieber getan hätte, als die Faust zu ballen und sie Mr Vitalli mitten ins Gesicht zu bohren, doch ein solch unehrenhafter Verstoß gegen seine polizeiliche Befehlsgewalt hätte dem Sergeant unsäglich missfallen, und er war durch und durch ehrenhaft. Die Muskeln in seinem Kiefer spannten sich sichtbar, während er vor Wut mit den Zähnen knirschte, aber der Sergeant zwang seine Lippen zu einem höflichen Lächeln und ging die Formalitäten durch – schüttelte Mr Vitalli die Hand, geleitete ihn zum Verhörzimmer und bot ihm der guten Umgangsformen willen ein Glas Wasser an. Als der Sergeant rasch den Finger in meine Richtung krümmte (dieselbe Geste, die Odalie im Laufe der vergangenen Woche mindestens bei einem halben Dutzend Kellnern vollführt hatte), wusste ich, dass ich den beiden Männern folgen sollte. Ich nahm einen Stapel Stenografierpapier vom Büromaterialtisch und trottete gehorsam hinter ihnen her.

Während wir uns in der Enge des Vernehmungszimmers niederließen, betrieb der Sergeant weiterhin höflich Konversation mit Mr Vitalli, der ungemein redselig war, wenn es um Smalltalk ging. Doch dann veränderte sich die Stimmung, der Sergeant leitete schlagartig zum Verbrechen an sich über. Kurzerhand verwandelte sich Mr Vitalli in einen Stein, saß einfach schweigend da und lächelte, als wäre er eine Katze, die einen Wellensittich gefangen hatte. Er wollte keinen Pieps mehr von sich geben, was sein gutes Recht war. Es war ein einziger Hohn: sich die Mühe zu machen, zum Polizeirevier zu kommen, nur um dort stur – ganz zu schweigen von selbstgefällig – jede Antwort zu verweigern, die irgendwie mit dem Tod seiner Ehefrau zusammenhing. Der Sergeant, das wusste ich, war empört. Er schmeichelte, er drohte, er bettelte. Was mich betraf, saß ich hellwach an der Stenografiermaschine, angespannt und bereit, das Geständnis zu tippen, das Edgar Vitalli nicht über die Lippen kommen wollte. Dieser finstere, tragisch-komische Zustand zog sich fast eine halbe Stunde hin, bis der Sergeant schließlich mit Brachialgewalt die Hand auf den Holztisch knallte, was Mr Vitalli und mich gleichermaßen abwehrend zusammenzucken ließ. Mit glühenden Augen beugte sich der Sergeant vor, bis seine Stirn die von Mr Vitalli beinahe berührte.

»Zur Hölle mit Ihnen! Verdammt noch mal, verschwinden Sie von hier«, knurrte der Sergeant durch zusammengepresste Zähne. Mr Vitalli machte keinerlei Anstalten, sich zu entfernen, und mir entging nicht, dass der Schnurrbart des Sergeants bebte. Sein Stuhl kratzte mit markerschütterndem Quietschen über den Boden, und im Hinausstürmen riss der Sergeant die Tür zum Vernehmungszimmer mit solcher Wucht auf, dass ich fürchtete, die Glasscheibe würde zersplittern, als die Tür gegen die Wand knallte.

Mehrere Sekunden war ich wie versteinert, erschüttert von den Kraftausdrücken des Sergeants (ich hatte ihn noch nie zuvor fluchen gehört). Allmählich wurde mir bewusst, dass ich nun allein im Zimmer mit Mr Vitalli saß. Unwillkürlich flackerte mein Blick in seine Richtung, und ein Schauder glitt über meine Haut. Sobald man hinter den Vorhang von Mr Vitallis Charme sah, bemerkte man es – etwas derart Tiefgreifendes fehlte ihm, dass man schon bei seiner bloßen Erscheinung eine Gänsehaut bekam. Auf der Stelle bereute ich, in seine Richtung geblickt zu haben, denn nun drehte er sich zu mir und fixierte mich mit seinen Augen. Ein Lächeln kroch auf seine obszön babyhaften, lachsroten Lippen, und sein schwarzer Schnurrbart zuckte.

»Gütiger Himmel! Es war nicht meine Intention, den guten Mann zu verärgern«, log Mr Vitalli mit gespielt naiver Stimme.

Ich überging seine Bemerkung und sammelte meine Sachen vom Stenotypistentisch auf, um zu gehen. »Glauben Sie, dass er mir jemals verzeihen wird?«, fuhr Mr Vitalli fort, und der Klang von groteskem Entzücken in seinem Tonfall wurde kühner. »Ich bin untröstlich wegen meiner Ehefrauen, müssen Sie wissen, und genieße diese Freundschaftsbesuche beim Sergeant aus vollem Herzen.« Er streckte die Hand aus, und ich erkannte, dass er mein Handgelenk ergreifen wollte. Für den Bruchteil einer Sekunde war ich wahrhaft erschrocken – doch nur für einen Moment, denn fast zeitgleich überkam mich ein anderes Gefühl, das ich nicht recht zu beschreiben weiß. Kurz bevor seine Hand mich erreichte, erwachte meine eigene Hand zum Leben und umklammerte *sein* Gelenk mit eisernem Griff. Eine Gewalt, die von außerhalb meines Körpers zu kommen schien, riss ihn am Handgelenk und zerrte ihn zu mir, sodass wir uns von Angesicht zu Angesicht gegenüberstanden.

»Ich weiß, Sie sind es gewöhnt, den Tyrannen zu spielen, und Tyrannen hören nicht gerne zu, aber Sie sollten mir jetzt lieber zuhören, wie Sie noch nie in Ihrem Leben jemandem zugehört haben«, zischte ich. Meine Stimme klang sonderbar, ich erkannte sie nicht wieder. Und dennoch verspürte ich einen Anflug köstlicher Wonne, als ich sah, dass ich nun Mr Vitallis volle Aufmerksamkeit erregt hatte.

»Sie mögen ein Tier sein ohne Kontrolle über sich selbst«, fuhr ich fort, »aber glauben Sie mir, sogar Tiere bekommen, was ihnen rechtmäßig zusteht, und es ist nur eine Frage der Zeit, bis der Sergeant Sie aus Ihrem Elend befreien wird.«

Die Luft zwischen unseren ineinander verwobenen Augen war schwer vor fast greifbarer Anspannung. Es kam mir vor, als starrten wir uns durch eine durchsichtige Ziegelwand an. Meine Hand – die weiterhin einen eigenen Willen zu haben schien – drückte Mr Vitallis Handgelenk noch fester. Seine Augen weiteten sich, und mit einem Mal spürte ich einen Tropfen von etwas Warmem und Feuchtem. Ich senkte den Blick und musste feststellen, dass ihm meine Fingernägel eine blutende Wunde zugefügt hatten. Vier winzige rote Halbmonde schimmerten entlang seines Handgelenks, und ebenso unvermittelt, wie ich in meine Trance geglitten war, wachte ich aus ihr auf. Ich ließ sein Handgelenk fallen und sah auf das Blut an meinen Fingerspitzen.

»Oh!«, stammelte ich. »Oh!« Ich blickte wieder zu Mr Vitalli und bemerkte, dass sich seine verängstigte Miene veränderte. Dieser neue Gesichtsausdruck war wohlbekannt, und mit unverhohlenem Entsetzen stellte ich fest, dass es das stille Lächeln eines Menschen war, der einen alten Freund traf, den er schon lange nicht mehr gesehen hatte. Ich rannte aus dem Zimmer, geradewegs den Gang hinunter, und stürzte durch die Schwingtür der Damentoilette.

Ich sah nicht, wie er ging. Selbst heute weiß ich nicht, ob Mr Vitalli das Polizeirevier unbegleitet verließ oder ob er dem Sergeant jemals von dem kleinen Vorfall erzählte, der sich zwischen uns zugetragen hatte. Sobald ich in der Damentoilette war, verharrte ich dort eine geraume Weile, zitternd. Ich drehte den Wasserhahn auf und ließ das Wasser laufen, tauchte meine Hände in den frostkalten, schmerzenden Schwall, getrieben von einer halb wahnsinnigen Hoffnung, dass der Schmerz des eisigen Wassers mehr wegwaschen würde als jene Tropfen von Mr Vitallis Blut. Irgendwann bemerkte ich, dass jemand die Damentoilette betreten hatte und hinter mir stand. Wie ein verschrecktes Tier huschten meine Augen zu der dunklen Gestalt im Spiegel, wild entschlossen, mich falls nötig auf sie zu stürzen. Doch zu meiner Erleichterung war es nur Odalie. Ihre fein säuberlich nachgezogenen Augenbrauen waren gefurcht, und mich überkam eine Welle der Scham. Ich drehte den Hahn ab und ließ meine pochenden, gefrorenen, blau geäderten Hände ins Waschbecken tropfen. Meine Gelenke schmerzten, meine

Haut brannte. Ich griff nach dem schmutzigen Stück Handtuch, das an einer Stange hing, und tupfte sie trocken. Dann stand ich einfach da, nervös herumhantierend, verunsichert, was ich tun sollte. Ich spürte Odalies Augen über meinen Körper gleiten.

Sehr besonnen und bedächtig – als würde sie langsam um eine trübe Pfütze steigen – näherte sich Odalie und löste das Handtuch aus meinen Händen. Mein Griff lockerte sich, und die raue Textur des mehlsackartigen Handtuchs rutschte durch meine Finger, während Odalie es wegzog. Sie hielt inne, und ich brachte den Mut auf, den Kopf zu heben und ihrem Blick zu begegnen. Sie nahm eine Ecke des Handtuchs und rieb mir etwas von der Wange. Ich starrte zum Spiegel, während sie mein Gesicht mit dem Tuch bearbeitete, und nun begriff ich, dass ein Spritzer Blut direkt auf meinem rechten Wangenknochen getrocknet war. Ich musste mir ins Gesicht gefasst haben, irgendwann nachdem ich Mr Vitalli verletzt, jedoch bevor ich mir die Hände im Waschbecken gewaschen hatte, und schien diese Bewegung nicht bewusst wahrgenommen zu haben. Odalie wischte meine Wange sauber und reichte mir das Handtuch. Lächelnd ruhte ihr Blick auf mir. Dann wandte sie sich um und verließ die Damentoilette, ohne ein einziges Wort von sich gegeben zu haben.

10

Wenn ich meine Notizen durchsehe, verstehe ich, wo die Idee keimte, die mich letztlich ins Verderben zog, und wie Odalie selbst diesen überaus subtilen und arglosen ersten Samen säte. In vielerlei Hinsicht setzten die Schwierigkeiten tatsächlich mit jenen Tippfehlern ein, die ich bereits erwähnte. Odalie unterliefen sie ständig, und in der Rückschau erkenne ich, welch eine clevere Methode es war, mich so zu testen, zu ermitteln, ob ich aufmerksam achtgäbe oder nicht, und herauszufinden, ob ich ihre Fehler anzeigen, sie selbst korrigieren würde oder schlicht stehenließe. Und je näher wir uns kamen, desto geneigter war ich natürlich, das Letztere zu tun.

Anfangs war die Zunahme kaum spürbar. Im Laufe der Zeit nahmen einfache Tippfehler die Gestalt völlig neuer Formulierungen an – der Sorte, die man immer noch leichtsinniger Nachlässigkeit zuschreiben konnte, jedoch nicht mehr einem so unabsichtlichen und mechanischen Versehen wie einer beschädigten Schreibmaschine mit ein paar klemmenden Tasten. Odalie entwickelte eine sehr sonderbare Angewohnheit des, nun ja … vermutlich könnte man es als eine Art des *Übersetzens* bezeichnen. Und ihre Beweggründe waren mir völlig schleierhaft. Wenn sie Berichte transkribierte, konzentrierte sich der Lieutenant Detective in den handschriftlichen Aufzeichnungen auf einen bestimmten Punkt, während Odalies Maschineschreiben einen anderen hervorhob. Ferner beaufsichtigte ich sie mehrmals im Vernehmungszimmer und musste eine Diskrepanz zwischen den Worten des Verdächtigen feststellen, die laut ausgesprochen wurden, und den Worten, die Odalie auf ihrer Stenografiermaschine tippte.

Zu jenem Zeitpunkt wusste ich nicht, was ich von dieser Entwicklung halten sollte, doch weil Odalie und ich so prächtig miteinander harmonierten (ganz zu schweigen von meinem Umzug in ihr Apartment), wies ich sie kaum auf die eigentümlichen Ausschmückungen hin, die sich zunehmend in ihren Berichten häuften. Da sie gewöhnlich nur unbedeutende Details betrafen und insgesamt nicht die Akkuratesse des Geständnisses veränderten, beachtete ich sie häufig nicht. Spielte es wirklich eine Rolle, fragte ich mich, solange letztlich die richtigen Menschen im Gefängnis landeten? Es war mir nicht unmittelbar ersichtlich, dass irgendjemand durch diese Nachlässigkeit Schaden nehmen könnte. Mein Arzt hier spottet, wenn ich behaupte, damals derart naiv gewesen zu sein, doch es entspricht der Wahrheit. (*Kommen Sie, Sie sind nicht der naive Typ*, sagt er dann zu mir.) Dies war natürlich, bevor ich erkannte, wie das Verdrehen der Wahrheit dazu führt, sie zu brechen, und wie Odalie die Wahrheit schließlich auf die eine Art beugte und ich auf die andere.

Doch all das folgte später.

In der Zwischenzeit kam und ging der dunkelste Tag des Winters, und dennoch nahmen wir kaum Notiz davon. Odalie und ich verbrachten unsere Abende in trauter Zweisamkeit im hellen, heiteren Inneren dieser weißen Hochzeitstorte von einem Hotel. Wir lagen auf dem saftigen smaragdgrünen Plüschteppich im Salon, ausgestreckt über den neuesten Modemagazinen (Odalie erhielt sogar alle Pariser Zeitschriften – natürlich war sie die Einzige von uns beiden, die des Französischen mächtig war, aber ich betrachtete dennoch mit Vergnügen die Illustrationen). Manchmal, wenn sie besonders wohlwollend gestimmt war, vollführte Odalie eine kleine Hypnose an mir, polierte mir die Nägel oder bürstete mir die langen Haare, während wir vor dem Kamin saßen. (Sie behauptete, ihre eigenen langen Haare zu vermissen, obwohl ihr Beharren auf ein regelmäßiges Spitzenschneiden im Schönheitssalon, um ihren Bob modisch kurz und elegant zu halten, vom Gegenteil zeugte.) Ich kann immer noch hören, wie die schwelenden Scheite im Kamin knisterten und unregelmäßig knackten, wie Knochen, die splitterten. Wenn ich nun darüber nachdenke, erkenne ich, dass ich es mir viel zu bequem machte. Wir waren verzogene, verschwenderische Gören. Wir drehten die Ventile der Heizungsrohre bis zum Äußersten auf und spazierten in nichts weiter als unserer Unterwäsche herum. Wir aßen süße, kleine, französische Pralinen, die mit Ganache oder Blattgold verziert waren, und die Verwirrung, die ein einziger Bissen verursachte, brach einem schier das Herz. (Zu jenem Zeitpunkt kamen mir Helen und ihre kümmerlichen Süßigkeiten in den Sinn, und für einen kurzen Moment wünschte ich beinahe, sie könne an unseren Kostbarkeiten teilhaben.) Besonders fiel mir während jenes Winters allmählich auf, dass mit ausreichend Geld und einer modernen Dampfheizung ein milder Sommertag zu jeder Jahreszeit erzeugt werden konnte. Gemeinsam brachten Odalie und ich einen ganzjährigen Sommer hervor.

Zwei- oder dreimal die Woche besuchten wir eine Flüsterkneipe oder eine Privatparty mit ähnlich ausgelassener Stimmung. Wir stapften grazil über festgefahrenen Schnee, umhüllt von Pelzmänteln, die Kragen hochgeschlagen, die Haare drahtig und unbezähmbar durch die kalte, elektrisch geladene Winterluft. Odalie klemmte uns Ohrringe an unsere weichen Ohrläppchen – herabhängende Diamanten, denn es sei »unsere Pflicht, das Funkeln des Schnees zu übertrumpfen«, wie sie auf ihre verführerische, charmante Art erklärte –, und dieser frostige Flitter baumelte übermütig knapp über unseren Mantelkrägen, streifte die flaumigen Spitzen des Pelzes. Sobald wir drinnen waren, wiederholte sich immer dieselbe Szene: Odalie schob mich durch den Raum, stellte mich mit überschäumender Ausgelassenheit den Anwesenden vor, als sei sie ein junges Mädchen, das mit ihrem Bräutigam tanzt. Freudig erwähnen will ich noch, dass sich mein Alkoholkonsum seitdem immer in Maßen hielt.

Und dennoch verflüchtigte sich das Gefühl des Erstaunens nie völlig, das mich an meinem ersten Besuch einer Flüsterkneipe beschlichen hatte. Jedes Mal, wenn Odalie mich zu einer ansonsten glanzlosen Ladenfront oder einem dubios anmutenden Stehimbiss führte und sich eine Kellertür oder ein dunkler Durchgang öffnete, um wiederum eine weitere versteckte, üppige und übermütige Party zu offenbaren, war ich gleichermaßen von Überraschung und Neugierde erfüllt wie an unserem ersten Tag. Es mag absurd klingen, aber ich konnte nicht mit Bestimmtheit sagen, ob es sich stets um dieselbe Flüsterkneipe handelte oder viele verschiedene. Was ich hingegen wusste, war, dass ich häufig dasselbe Grüppchen Menschen – zumindest mehr oder weniger – vorfand, trotz des Umstands, dass sich die Örtlichkeit änderte. Und natürlich war Gib immer irgendwo anzutreffen, in seiner stoischen, markanten Männlichkeit in der Mitte des Geschehens. Zu jener Zeit glaubte ich, er sei der Gastgeber dieser Partys. Oder ein Strohmann oder etwas in der Art. Langsam entwickelte sich zwischen Gib und mir ein verdrießliches Vertrauensverhältnis. Oder zumindest so viel von einem Vertrauensverhältnis, wie jemand dir schenken kann, der dich als einen ständigen Konkurrenten betrachtet.

Ich bin nicht sicher, was der richtige Gedanke gewesen wäre, aber es war offensichtlich, dass Gib in Bezug auf Odalie und mich den falschen hatte – ähnlich wie Dotty meine Gefühle für meine Freundin Adele falsch eingeschätzt hatte. Was heißen soll, dass Gib in Bezug auf *mich* auf falsche Gedanken gekommen war. Ich will eingestehen, dass eine gewisse Einsamkeit in meinem Leben vorgeherrscht und diese Frau geholfen hatte, diese zu lindern. Jene neumodischen Anhänger von Freud mögen behaupten, meine Bedürftigkeit habe etwas mit meiner Mutter und dem Umstand zu tun, dass sie mich aus reiner Boshaftigkeit ausgesetzt hatte. Sie unterstellen womöglich, dass mein Verlangen, zuerst Adele und später Odalie nah zu sein, etwas Unnatürliches an sich habe. Aber ich schere mich keinen Deut um diese dreckig-anzüglichen Diagnosen.

Ich genoss es mehr als alles andere, Odalie aus der Ferne zu beobachten. Vermutlich störte es mich nicht, wenn sie mir die Haare bürstete oder mit sanftem Finger kleine Kreise auf die Innenfläche meiner Hände zeichnete. Es störte mich nicht, wenn sie die Lippen befeuchtete und sich zu mir beugte, wann immer ich redete (als würde ich etwas ungeheuer Fesselndes erzählen, nur dass ich es selbst nicht wusste.) Und ich gebe zu, ich wollte die ganze Zeit in Odalies Sichtweite sein. Aber wer wollte das nicht? Es war schlicht ein Nebeneffekt ihrer Schönheit. Oder vielleicht ist *Schönheit* ein zu plumpes Wort. Eher war es ein Nebeneffekt der Art, wie Odalies Schönheit von Leben beseelt war, ein Phänomen ganz eigenen Zuschnitts. Ich habe Gib dabei ertappt, wie er sie aus den Augenwinkeln beobachtete und eingehend verfolgte, mit wem sie sich in der Flüsterkneipe unterhielt, höchstselbst ein voyeuristischer Falke. Ich bin sicher, Sie haben es schon hunderte Male gehört: Die Menschen, an denen man am meisten auszusetzen hat, sind häufig diejenigen, mit denen man am meisten gemein hat.

Gib war genau der Falsche für Odalie – ich bin sicher, dies war jedem offenkundig, der sie zusammen sah. Sie gaben ein absurdes Paar ab: Odalie mit ihrer königlichen Vornehmheit, während man Gib bestenfalls als verschlagen aussehend bezeichnen konnte. Abgesehen von der Flüsterkneipe – für deren Schalten und Walten, wie ich damals annahm, Gib sorgte, wohingegen Odalie nur zu ihrem Amüsement vorbeikäme – erkannte ich keine großen Gemeinsamkeiten. Ich konnte mir Gib bei einem kleinen Treffen mit Odalies Bohemiens kaum vorstellen, und noch weniger, wie er sich in epischer Breite über Kunst oder Poesie ausließe. Und ich fragte mich, wo sie sich kennengelernt haben mochten. Sie waren gelinde gesagt ein sonderbares Pärchen, und ich hielt es nur für eine Frage der Zeit, bis ich ihn wieder loswäre. Doch im Laufe der Wochen, nachdem ich zu Odalie gezogen war, begann ich zu realisieren, dass Gib schon seit längerem ein fester Bestandteil in Odalies Leben war und dies auch zukünftig sein wollte.

Gib und ich bauten langsam ein gegenseitiges Toleranzverhältnis auf, ähnlich wie manche Menschen allmählich eine Resistenz gegen bestimmte Gifte entwickeln. Gegen Ende meines ersten Monats in Odalies Apartment hatten wir gelernt, die Sorte höflicher Konversation zu betreiben, die zwei Menschen womöglich führen, die an derselben Straßenbahnhaltestelle warten. Gegen Ende des zweiten Monats hatte ich gelernt, meine in gewisser Hinsicht untergeordnete Stellung als neuester Zuwachs in Odalies Apartment zu akzeptieren. Immerhin musste Gib nicht gesagt werden, in welchem Schrank sich das frische Leintuch für seine Dusche befand, und er war den Liftboys in unserem Hotel kein Fremder, sie nannten ihn beim Vornamen – im Gegensatz zu dem höflichen, wenn auch unspezifischen *Miss*, das sie mir unaufhörlich entgegenschleuderten. Diese Dinge zu akzeptieren, bedeutete gleichfalls, den Umstand zu akzeptieren, dass es Abende gab, an denen ich nach dem Geräusch lauschte, dass er sich aus dem Apartment entfernte, es jedoch nicht hörte, und es Morgen gab, an denen ich erwachte und ihm zusehen musste, wie er an unserem Frühstückstisch heißen Kaffee aus einer von Odalies kleinen weißen Porzellantassen schlürfte. Ähnlich wie bei allen anderen unleidlichen Dingen versuchte ich mein Bestes, nicht an die anrüchigen Widerwärtigkeiten zu denken, die während der Nacht geschehen sein mochten, und wahrte stets eine höfliche Fassade.

Es war an einem dieser Morgen, dass Gib Informationen über Odalies Vergangenheit preisgab. Oder zumindest eine gewisse Version davon. Flügeltüren führten vom Esszimmer auf einen weitläufigen Balkon, der sich um die Ecke des Apartment-Hotels schmiegte. An jenem Morgen starrte Gib aus dem Fenster, nippte an seinem Kaffee und ließ dann den Blick über die großen Schneeklumpen gleiten, die allmählich schmolzen und ein matschiges Durcheinander auf dem Balkon veranstalteten. Er runzelte die Stirn. »Wir sollten das verglasen lassen«, sagte er. »Im Winter ist es eine solche Verschwendung, und mit etwas Glas wäre es eine verdammt hübsche Orangerie.«

»Würde Odalies Vater das gutheißen?«, fragte ich, während ich eine Scheibe Toast über die Spüle hielt und die geschwärzte Schicht abkratzte. *Honeymoon Toast* pflegten es die Nonnen zu nennen, wenn ich den Toast in der Waisenhausküche anbrennen ließ. Eine ironische Wortwahl, hatte ich immer gedacht, für dieses Grüppchen Frauen, die doch keinerlei Einblick ins Eheleben hatten.

Gibs Rücken wurde kerzengerade. Erstaunt blickte er auf. »Odalies Vater?«

»Natürlich«, sagte ich, legte den Teller mit Toast auf den Tisch und glitt auf einen Stuhl. Trotz meines gründlichen Kratzens waren die Brotscheiben immer noch mit winzigen schwarzen Flecken übersät. »Bezahlt ihr Vater denn nicht die Miete für dieses Apartment? Ich nahm nur an, dass wir seine Zustimmung bräuchten.«

Gib neigte den Kopf zur Seite und betrachtete mich eindringlich mit einem Auge, als sei er ein Papagei, der den Anblick eines neuen Fremden auf sich wirken ließe. Dann breitete sich eine fast sarkastische Fassungslosigkeit auf seinem Gesicht aus.

»Oh. Nennt sie ihn jetzt ihren Vater?«, fragte Gib. »Wie interessant. Ich war derart daran gewöhnt, dass sie ihn als *Onkel* bezeichnet.« Er wandte sich mit nüchternem Gebaren der Zeitung zu, die vor ihm lag, und schlug sie auf.

Ich blinzelte. »Was meinen Sie?« Ich stammelte in die dünne Wand aus Zeitungspapier, die uns trennte. »Wollen Sie etwa sagen, Odalies Vater ist… ist nicht…« Ich mühte mich, die richtigen Worte zu finden, doch es gab keine für diese Wende der Ereignisse. »… nicht ihr Vater?«

Gib senkte die Zeitung ein paar Zentimeter und musterte mein Gesicht. Ich kann mir nicht vorstellen, was er dort gefunden haben mag, aber nach einer Minute hatte er offenkundig das Ausmaß meiner Ignoranz ausgelotet und erkannt, dass er weitere Erklärungen liefern musste. Er seufzte tief und nahm stirnrunzelnd eine Scheibe Toast, während er das Brot sorgfältig prüfte und anschließend zurück auf die Servierplatte legte. »Wenn Sie bei *Vater* das Wort in seiner biologischen Bedeutung meinen, dann – nein. Der Mann, der das Apartment bezahlt, ist nicht Odalies *Vater*.« Gib machte eine Pause und musterte mich abschätzend, als müsse er eine Entscheidung treffen. »Natürlich«, fuhr er schließlich fort, »wäre es durchaus im Rahmen des Denkbaren, ihn ihren *Daddy* zu nennen.« Nachdem er das Wort *Daddy* eigentümlich betont hatte, stieß er ein verächtliches, selbstgefälliges Schnauben aus. Ein kühler Streifen Frühlingssonne glitt durch das Glas der Verandatür und fiel auf seine Wange, was die vielen Pockennarben auf seiner nachlässig rasierten Haut deutlich hervorhob. Sonderbarerweise trug diese Unvollkommenheit dazu bei, Gibs Gesicht zu verschönern, ähnlich wie die Narbe über der Augenbraue des Lieutenant Detectives. Gib blickte mich erneut an und rieb sich nachdenklich das Kinn. »Mir war nicht bewusst…«, setzte er an, doch dann verhallten seine Worte. Die Zeitung, die vor ihm schwebte, sackte noch weiter herab, und schließlich, mit einem

Seufzen und mehreren geschickt eingeübten Drehungen des Handgelenks faltete er das Blatt wieder zu einem fein säuberlichen Rechteck.

»Hmm. Wie ich sehe, sind Sie verwirrt«, sagte er. »Vermutlich ist es nicht zweckmäßig, Sie völlig im Dunkeln zu lassen.« Und dann räusperte er sich und fing in seiner ungelenken Art an, mir die Geschichte von Odalies »Onkel« zu erzählen. Sobald Gib zu reden begann, schmolz das Bild, das ich bisher mit solcher Sorgfalt im Geiste von Odalie heraufbeschworen hatte, schneller als die von Regen bearbeiteten Schneeklumpen auf dem Balkon, und ein neues Bild formte sich und nahm seinen Platz ein.

Hier muss ich paraphrasieren, da ich durchaus nicht sicher bin, ob ich exakt dieselben Worte wiedergeben könnte, die Gib benutzte. Seit ich meinen Arzt sehe, habe ich diese Geschichte schon so unzählige Male vorgetragen, dass es mir vorkommt, als habe sie schon immer zu mir gehört und als sei ich immer diejenige gewesen, die sie erzählt habe.

Laut Gib war die Französisch sprechende, allzeit modisch frisierte Frau, die ich als Odalie Lazare kannte, als Odalie Mae Buford geboren worden, und ihre Eltern besaßen einen Drugstore vor den Toren Chicagos. Der Laden war ein kleiner Familienbetrieb, und Odalie erwies sich von Kindesbeinen an als nützlich hinter der Ladenkasse, mit ihrer Begabung, im Kopf rasch zu rechnen und den Kunden gleichzeitig von unter jenen übernatürlich langen, dunklen Wimpern Blicke verschlagener Neugier zuzuwerfen. Doch die Familie durchlebte schwere Zeiten, als Odalies Vater einen Schlaganfall erlitt und verstarb und Odalies Mutter – eine drahtige, schmallippige Frau namens Cora-Sue – infolgedessen durch den langen Hals einer Flasche in ein Fass ohne Boden fiel. Odalie, kaum zehn zu jenem Zeitpunkt, versuchte tapfer, wenn auch von ihrem jugendlichen Alter beschränkt, die Bücher zu führen, aber jeder Hauch eines Profits wurde effizient und zügig von Cora-Sue vertrunken, die tiefer und immer tiefer versank in etwas, das mein Arzt hier in der Anstalt wohl als Zustand der Melancholie bezeichnen würde. Odalie und ihre Mutter waren letztlich genötigt, den Drugstore an die Bank zu überschreiben. Eine drückende Armut zwang sie aus den Vororten von Chicago ins Zentrum der Stadt, wo Cora-Sue feststellen musste, dass sie nur eingeschränkte berufliche Fertigkeiten aufzuweisen hatte und umgehend in ein Gewerbe der anderen Art umsattelte.

Das Haus, in dem Cora-Sue Anstellung fand, war von unerlässlich anrüchiger Sorte, dennoch hatte es den guten Ruf, sehr »traditionell« zu sein. Was bedeutete, es war ein Freudenhaus der alten Salon-Tradition, und die meisten Damen, die dort arbeiteten, verbrachten ihre müßigen Stunden, wenn sie nicht mit einem Kunden zu Werke waren, in dem Salon, wo sie wie richtige Damen ausharrten, bis man sie umwarb. Nun, vielleicht Damen mit derben Manieren, denn Gib erklärte mir unverhohlen, die »Damen« hätten sich hauptsächlich die Zeit damit vertrieben, vulgäre Witze zu reißen und Karten zu spielen. Doch trotz der Gossensprache und des Glücksspiels herrschte eine gewisse Salon-Atmosphäre vor. Gelegentlich war sogar ein Mann namens Lionel zugegen, ein Student von der Musikakademie, der einen Ort zum Üben benötigte und auf dem Klavier spielte, abwechselnd fest in die Tasten haute oder zart trillerte. Sein Repertoire reichte von modernen Stücken der Musikkapellen bis hin zu zauberhaften, kleinen Beethoven-Sonaten, womit er dem vorherrschenden Ambiente einen Hauch jovialer Eleganz verlieh.

Die Besitzerin des Etablissements, ein schriller Rotkopf, die unter dem Namen Annabel bekannt war (Gerüchten zufolge lautete ihr Taufname Jane, den sie jedoch ändern musste, um früheren juristischen Schwierigkeiten zu entgehen), missfiel die Vorstellung, Frauen mit Kindern im Schlepptau einzustellen, aber als sich die kleine Odalie höchstpersönlich Annabel vorstellte, mit einem koketten Knicks und einem Augenzwinkern, erkannte Annabel sogleich das Potential der frivolen Miniaturversion einer Animierdame, die womöglich die Gäste unterhalten könnte, indem sie ihnen Getränke reichte.

Und so geschah es, dass die beiden Buford-Damen Anstellung fanden und zumindest für eine kurze Weile ein Dasein fristeten, das Cora-Sue nicht am selben Tag vertrinken konnte. Cora-Sue steckte für ihre Leistung im Obergeschoss Dollars ein, während die Männer unten ihre Limonaden oder Whiskeys von einem Silbertablett nahmen und Pennys oder einen gelegentlichen Nickel in Odalies klebrige Handfläche schoben, wobei sie die winzige Hand leicht drückten. Gibs Beschreibung, dass Odalie bei den Kunden ein durchschlagender Erfolg gewesen war, überraschte mich nicht im Geringsten. Als geborene Entertainerin gab sie kostbare, kleine Tanzeinlagen zum Besten, sofern sie glaubte, sie könne damit jemandem Vergnügen bereiten, und von Lionel lernte sie sogar, ein paar Melodien auf dem Klavier zu klimpern. Die Männer ergötzten sich an ihrem beherzten Naturell, und es war kein ungewöhnlicher Anblick, sie am Kartentisch vorzufinden, auf den Knien eines vergnügten Kunden sitzend, wo sie an seiner statt eine Runde Poker spielte. Während Gib dieses Kapitel von Odalies Geschichte erzählte, nahm in mir die Idee Gestalt an, dass diese Ära für Odalie eine Art frühkindliche Bildung gewesen sein müsse, da es während ihrer Zeit im Freudenhaus war, dass sie ihre manipulative Macht über Menschen, besonders über Männer, zu verstehen und zu vervollkommnen begann.

Es gab einen *Habitué* (ein Begriff, der laut Gib zu Odalies Lieblingswörtern gehörte – Französisch, wie mir gesagt wurde, für *Stammgast*), der schließlich ein inbrünstiges Interesse an Odalie zeigte. Der Mann, ein Mr Istvan Czakó, war ein eleganter Ungar mittleren Alters von kleiner Statur, aber mit sehr tiefen Taschen und einem fast barocken Faible für etwas, das man vielleicht als zivilisierte Perversion bezeichnen mochte. Kurz nachdem die Buford-Frauen ihre Arbeit aufnahmen und bei Annabel einzogen, fand Czakó kaum mehr die Zeit, den Weg nach oben in den ersten Stock des Bordells anzutreten, war er doch zufrieden, seiner neuen, kleinen Muse beim Tanzen und Singen zuzusehen und sie gelegentlich auf seinen Schoß zu ziehen, wann immer sie sich dazu bereit erklärte. Anfangs störte es Annabel nicht, da Czakó stundenlang verweilte und ebenso viel Geld für Getränke ausgab, die er in Odalies Gesellschaft konsumierte, wie es der Fall gewesen wäre, hätte er die privaten Dienste einer der *reiferen* Damen des Hauses in Anspruch genommen. Doch als sich herausstellte, dass Czakó Odalie heimlich Geld zusteckte (und noch dazu eine stattliche Summe in Scheinen und nicht wie sonst in Form von klimpernden Münzen), war Annabel entrüstet und verlangte ihre handelsübliche Provision. *Die Polizei wäre sicher an seiner Vorliebe für das jüngere Geschlecht interessiert*, gab Annabel mit einem verräterisch hartherzigen Glitzern in den Augen zu bedenken.

Man kann kaum sagen, dass Odalie gekidnappt wurde, denn als Czakó sich entschied, nach Frankreich zu segeln, um der von Annabel angekündigten strafrechtlichen Verfolgung zu entgehen, packte Odalie ihre sieben Sachen und stahl sich durchaus freiwillig davon. Womöglich gab es den einen oder anderen Moment der Reue und des Kummers wegen der dem Alkohol zugeneigten, hilflosen Mutter, die sie zurückließ, doch all diese Rührseligkeiten verpufften in einer Wolke glamourösen Zigarettenrauchs, sobald sie und Czakó Paris erreichten. Czakó, der früher schon einmal viele Jahre in Paris gewohnt hatte, war nun geradezu davon beseelt, seine junge Unschuld vom Lande mit den Sehenswürdigkeiten und dem schillernden Lärmen der Stadt zu beeindrucken. Gemeinsam besuchten sie Museen, Konzerte, literarische Salons und Straßencafés. Es war während jener Zeit, dass der Mythos ihrer Verwandtschaft erstmalig in Umlauf gebracht wurde. Genötigt, die Gegenwart eines jungen Mädchens in seiner Gesellschaft zu erklären, begnügte sich Czakó, Fremde glauben zu lassen, sie sei seine Tochter. All jenen alten Bekannten, die ihn von früher kannten, versicherte er beiläufig, sie sei seine Nichte, das Kind einer fernen amerikanischen Verwandten und seiner Obhut aus Gründen übergeben (vermutlich mit meisterhaft inszenierten Anspielungen), die zu traurig seien, um sie näher zu erläutern.

Sie verbrachten den größten Teil von Odalies prägenden Jahren in Frankreich und lebten geruhsam von Czakós riesigem Vermögen. Laut Gib beteuerte Odalie immerzu, Czakó sei ein wie auch immer gearteter ungarischer Aristokrat, was nach meinem angelesenen Wissen über Aristokraten zum Teil seine Perversion erklären mochte. Schließlich wurde Odalie sogar zur Schule geschickt und mit der bebänderten Mütze, dem gestärkten weißen Matrosenkragen, marineblauen Bundfalten und den dunklen Kniestrümpfen einer richtigen kleinen *Française* ausgestattet (eine Uniform, wohlgemerkt, die sie für Czakó gelegentlich auch an schulfreien Tagen tragen musste). Am Ende ihrer Jugend war sie zu einer vornehmen, jungen Dame mit vielen Talenten herangewachsen. Sie sprach fließend Französisch und Englisch (und hatte zu jenem Zeitpunkt auch ein wenig Ungarisch aufgeschnappt, allerdings kaum in salonfähigem Maße). Sie hatte ihr Können auf dem Klavier vorangetrieben, das sie vor langer Zeit mit Lionel begonnen hatte, und obwohl sie keine sonderliche Begabung an den Tag legte, war stets auf sie Verlass, dass sie ein munteres, kleines Lied aus dem Ärmel schütteln konnte.

In den Tagen ihrer Kindheit in den Vororten Chicagos war Odalie immer ein kleiner Wildfang gewesen, und selbst nach ihren Jahren in Frankreich, die ihr den »letzten Schliff« gaben, war sie im Grunde ihres Herzens eine Athletin, hatte nie diese hoch aufgeschossene, sorglose Eleganz verloren, die ihr mit in die Wiege gelegt worden war. Czakó brachte sie im Sommer häufig in den Süden, wo sie beim Tennis und Golf brillierte und den anderen Hotelgästen leise Bewunderungsausrufe wegen ihrer Furchtlosigkeit entlockte, weil sie weiter zum goldgesprenkelten Horizont des Mittelmeers hinausschwamm als alle anderen. Unterdessen blickte ein stolzer und besitzergreifender Czakó von seinem Liegestuhl aufs Wasser, einen borstigen Teppich eisengrauen Haares auf der entblößten breiten Brust, die dumpf im Sonnenschein der Riviera glänzte.

Dies waren – so wagte Gib zu vermuten, während er die Geschichte erzählte – wohl die glücklichsten Tage im Leben des Ungarns. Vielleicht gestattete er sich auch zu glauben, Odalie würde niemals erwachsen werden und dass der Krieg – der zu jener Zeit in Europa ausgebrochen war – sie niemals wirklich beträfe. Erst als die *Lusitania* sank, sahen sie sich letztlich genötigt, eine größere physische Distanz zwischen sich und die Kampfhandlungen zu bringen, und gemeinsam traten sie, die Nerven gespannt wie Drahtseile, die Reise zurück über den Atlantik an. Sie erreichten New York, das durch die Politik des Ersten Weltkriegs an Lautstärke gewonnen hatte. Männer standen auf Seifenkisten und bejubelten die unterschiedlichen Interessen von Theodore Roosevelt und Woodrow Wilson, doch eine Weile gelang es Czakó und Odalie, einen großen Bogen um all den Trubel zu machen und mit dem Fahrstuhl zu der abgeschirmten Oase ihres Apartments hinaufzufahren, das Czakó für sie an der Park Avenue erworben hatte.

Doch ihre Atempause währte nicht lange. Der Ärger, den die Schwarze Hand bei Beginn des Krieges gestiftet hatte, machte sich bemerkbar, allmählich taten sich Risse in den bedeutenden Burgen Ungarns auf. Die Aristokratie hatte ihren Zenit überschritten und verlor einen Teil ihrer Beliebtheit. Das Chaos, das durch den Zwist zwischen Anarchisten und Monarchisten hervorgerufen worden war, ließ Czakós Privatbankier sein wahres Gesicht zeigen: nämlich das eines Kapitalisten. Czakó sandte ein Telegramm nach dem anderen, jedes zunehmend verzweifelter. Aber nach drei Wochen war es offensichtlich, dass der Bankier verschwunden bleiben wollte. *Oh*, lamentierte Czakó wochenlang voll Wehmut, nachdem ihn die Erkenntnis getroffen hatte, dass sein Bankier wohl niemals aufgespürt werden würde, *ich hätte alles kommen sehen müssen und meinen Reichtum in die Hände der Amerikaner oder noch besser der Schweizer legen sollen!*

Es ist nicht völlig klar, ob Odalie zu jenem Zeitpunkt in Erwägung zog, Czakó zu verlassen. Da ich sie nun allerdings ein wenig besser kenne, vermute ich das. Doch falls ihr aufrührerische Ansichten durch den Kopf gingen, behielt sie sie für sich. Vielleicht, da sie immer noch ein latent schlechtes Gewissen ihrer Mutter gegenüber hatte, die sie am Tiefpunkt ihres gemeinsamen Unglücks verlassen hatte, blieb sie bei Czakó und überzeugte ihn, genügsamer zu leben (er war unerfahren, was das Sparen anbelangte, und brauchte Anleitung – obwohl ich nur schwer glauben konnte, dass Odalie auf diesem Gebiet selbst eine Expertin war), ihre Ausgaben zurückzuschrauben und das, was von seinem Vermögen noch übrig war, in Liberty Bonds zu investieren.

Mit Ende des Krieges und der Ratifizierung des Volstead Act sah Odalie eine neue Möglichkeit für eine gewinnbringende Geldanlage und unterbreitete Czakó ihren Vorschlag. Zu jenem Zeitpunkt hatte sie längst die letzten Spuren ihrer Kindheit abgestreift, und die Dynamik, die die zwei zusammenhielt, veränderte sich. Czakós Ausflüge in ihr Bett hatten über die Jahre proportional zur Anzahl ihrer Geburtstage abgenommen, doch seine Hochachtung für ihr finanzielles Geschick war gewachsen. Zum ersten Mal in ihrem Leben wurde Odalie ein eigenes Apartment gewährt – womöglich eine stille Geste von Czakó, um sich selbst zu schützen. Czakó war sich bewusst, dass ihr neues geschäftliches Unterfangen nicht direkt legal war, und kam wohl zu dem Entschluss, je weniger er wüsste, desto besser.

»Sie ist in vielerlei Hinsicht ein weiblicher *Selfmademan*«, bemerkte Gib anerkennend bei Beendigung seiner Geschichte. »Ich meine, ebenso sehr wie John D. Rockefeller oder im Grunde jeder Einzelne dieser Faulenzer.«

Mit weit aufgerissenem Mund starrte ich Gib an, während ich immer noch versuchte, die Flut an Informationen aufzunehmen, die er mir gerade offenbart hatte. Die Vorstellung, dass ich mit einer Frau zusammenwohnte, die wahrscheinlich die führende Schwarzbrennerin der Nation war, traf mich wie ein Schock. Ein sonderbares Magnetfeld hatte sich über mich gesenkt und meinen moralischen Kompass zum Rotieren gebracht. Es war das eine, sich gelegentlich heimlich in eine Flüsterkneipe zu schleichen, doch es war etwas ganz anderes, ein solches Etablissement zu beliefern und einen stolzen Profit einzuheimsen. Monatelang hatte ich an Odalies Rockzipfel gehangen und Champagner geschlürft, eingelullt von der Annahme, dass, falls jemandes Hände schmutzig wären, dann Gibs Hände und Gibs Hände allein. Diese revidierte Version meiner Abende mit Odalie war nur sehr schwer zu verkraften.

»Und … und Czakó?«, stammelte ich.

»Oh ja«, erwiderte Gib mit einem amüsierten Lächeln. »Er ist immer noch mit von der Partie. Schaut regelmäßig vorbei und nimmt sich sein Stück vom Kuchen. Immerhin darf man nicht vergessen, dass das Startkapital von ihm stammt. Aber es wäre nichts daraus geworden – Sie verstehen sicher –, hätte es Odalie nicht gegeben.«

Ich blickte in Gibs Gesicht. Wenn er lächelte, ein Ereignis, das nur höchst selten vorkam, legte sich ein echtes Strahlen über seine Züge. Nun, während er eine Pose annahm, als würde er voll Stolz über Odalies Leistungen nachgrübeln, leuchtete sein Gesicht im morgendlichen Sonnenschein. Ich wollte all das tunlichst verurteilen – Gib, Odalie, einfach alles –, war jedoch in einem noch mächtigeren Zustand ehrfurchtsvoller Neugier gefangen.

Natürlich konnte ich damals nicht wissen, was Gibs Lächeln insgeheim andeutete – dass diese Geschichte ganz genau das sein könnte, nämlich nichts weiter als eine Geschichte, und dass sich Odalies Bewunderern die Wahrheit über ihre Kindheit womöglich niemals offenbaren würde, geschickt verborgen von einer Lage Lügen nach der nächsten. Es ist sonderbar. Ich habe mir häufig ausgemalt, wie anders die Welt durch Odalies Augen aussehen muss, da ihre die einzigen sind, die einen unverstellten Blick auf die Tricks hinter der Magie haben. Einmal habe ich in einer Zeitschrift von Houdini gelesen und wie er bekanntermaßen sagte, sein Arbeitsdasein sei nichts weiter als eine immerwährende Darstellung von Desillusionen, und ich frage mich, ob Odalie die Welt um sich herum auf dieselbe Art sah. Wenn ich heute zurückblicke, muss ich sagen, dass dies durchaus im Bereich des Möglichen liegt.

11

Auf dem Balkon eines sehr hohen Gebäudes zu stehen und über die Kante zu blicken, insgeheim wissend, dass es in der eigenen Macht steht zu springen, hat etwas unheilvoll Aufregendes. Zu springen ist selbstverständlich sehr unklug – ein Akt, dem eingeschrieben ist, mit der völligen Selbstvernichtung zu enden. Da darf man sich keiner Illusion hingeben. Und trotzdem zieht man das Wagnis in Betracht. So war es bei mir im späten Frühjahr des Jahres 1925, als sich mir die Gelegenheit zu einem metaphorischen Sturz bot, einem Sturz, von dem ich mich, das spürte ich insgeheim, nie mehr erholen würde.

Wahrscheinlich ließe es sich folgendermaßen beschreiben: Bei meiner Arbeit auf dem Revier tat sich so etwas wie eine Weggabelung auf, und ich war wider Erwarten innerlich zerrissen, krankhaft, mit der hemmungslosen Hingabe einer Liebenden zu dem dunklen moralischen Abgrund, wie Mina, die sich auf selbstzerstörerische Weise von ihrem Grafen Dracula angezogen fühlt.

Zwei Monate waren verstrichen, seitdem wir – der Sergeant und ich – Edgar Vitalli verhört hatten. Ich weiß noch, dass der Winter in jenem Jahr rasch vorüberging, wie ein Partygast, dem auf einmal bewusst wurde, dass er länger als erwünscht geblieben war. Im April schien die Sonne bereits mit heftiger Intensität, und die frischen Frühlingsbrisen hatten etwas von den schwülen Vorboten des heißen, feuchten Sommers, der noch kommen sollte. Das helle Licht am Morgen stand im Kontrast zu meinen dunklen Nachmittagen im Revier, die mit mehr grausigen Einzelheiten scheußlicher Geständnisse als gewöhnlich angefüllt zu sein schienen. Es hing eventuell damit zusammen, dass das Arbeitspensum innerhalb unserer Gemeinschaft an Stenotypistinnen auf gewisse Weise umverteilt worden war. Marie befand sich wieder in anderen Umständen, sodass der Sergeant ihre Pflichten auf die einfachsten Ablagetätigkeiten beschränkt hatte, da man meinte, von Vergewaltigungen und Morden zu hören, könne sie aus der Fassung bringen, sodass das Baby vielleicht vor seiner Zeit käme. Die Aussicht, bei einer Frau würden die Geburtswehen einsetzen, während sie auf dem Revier war, hinterließ bei den Männern ein mulmigeres Gefühl als alles, was ein Mordverdächtiger je äußern könnte.

»Dies ist ein perfektes Beispiel«, sagte der Sergeant, sobald er uns in einem Kreis um sich versammelt und uns unsere Aufgaben neu zugewiesen hatte, »weshalb Frauen einer anderen Arbeit nachgehen sollten als Männer.« Wir alle nickten ernst. Ich vermute, dass Odalie ebenfalls nickte, auch wenn sie hinter mir stand und ich sie nicht sehen konnte. »Ich verstehe, dass das hier keine leichte Arbeit für Frauen ist. Ginge es nach mir, würde ich wohl keine einzige von Ihnen Damen überhaupt je den Vorgängen auf diesem Revier aussetzen«, fuhr der Sergeant fort. »Aber natürlich funktionieren wir hier nicht, wenn niemand zum Tippen und Aktenablegen da ist, und die Wachtmeister und Streifenpolizisten haben sich in der Beziehung als völlig hilflos erwiesen.« Er bedachte Marie mit einem gutmütigen Patriarchenblick. »Außerdem dürfen wir nicht vergessen, meine Liebe, dass Sie stets den besten Kaffee gekocht haben«, sagte er, und der lobende Tonfall entging Marie nicht, deren käsige Wangen sich zu einem Lächeln aufblähten. »Ich vermute, dass Sie das gewiss auch weiterhin tun und sich mit der Aktenablage beschäftigen können, und dies wird immer sehr geschätzt werden.« Der Sergeant ließ uns mit einem Winken abtreten, und die Menschentraube um ihn herum löste sich auf.

Marie, Iris, Odalie und ich gingen getrennter Wege und machten uns wieder an die Arbeit.

Der Lieutenant Detective war an jenem Morgen nicht da, doch keine von uns fand es ungewöhnlich. Er war der Vertreter unseres Reviers, der am häufigsten direkt zum Tatort geschickt wurde, und er nutzte das häufig aus, um seinem eigenen Zeitplan folgen zu können. Es war kein Geheimnis, dass er sich nicht gern an regelmäßige Bürozeiten hielt, und wir gingen alle davon aus, dass er im Laufe des Nachmittags ins Revier geschlendert kommen und nur so tun würde, als sei er am Vormittag in einer offiziellen polizeilichen Angelegenheit unterwegs gewesen.

Doch im Laufe der Woche erfuhr ich, dass der Lieutenant Detective in ein Hotel in einem anderen Bezirk gerufen worden war, weil man seine Meinung zu einer Frau hören wollte, die man in einem Hotelzimmer ertrunken in einer Badewanne aufgefunden hatte. Ihre Leiche war in einer vertrauten Pose zurückgelassen worden, und ihr Hotelsafe war leergeräumt. Natürlich wussten wir alle auf dem Revier sofort, wer dahintersteckte, doch es dauerte beinahe eine Woche, bis der Sergeant und der Lieutenant Detective genügend Beweismaterial zusammengetragen hatten, um zu belegen, dass Mr Vitalli das Opfer auch nur kannte, da er diesmal nicht mit der ertrunkenen Frau verheiratet gewesen war. »Er nimmt sich nicht einmal mehr die Zeit, sie zu heiraten«, hörte ich den Lieutenant Detective mit gedämpfter Stimme zum Sergeant sagen. »Geht direkt zu Mord und Diebstahl über. Er kommt gewaltig in Fahrt. Wir haben es ihm zu bequem gemacht.«

Es dauerte mehrere Tage, doch dank schierer Hartnäckigkeit gelang es ihnen, Mr Vitalli zu einem Verhör zu zwingen, und schließlich wurde er erfolgreich aufs Revier zitiert. Doch unsere Freude darüber währte nicht lange. Von Anfang an war klar, dass Mr Vitalli – der unverhohlen grinste – mit einer getreuen Wiederholung seiner früheren Verhöre rechnete. Während der Lieutenant Detective Mr Vitalli in den Verhörraum führte (den er diplomatisch das *Befragungszimmer* nannte, was natürlich freundlicher klang), erschien unerwartet der Chief Inspector auf der Bildfläche, wie ein Geist, der auf ein Reiben der Flasche reagierte, und trat aus einer Wolke aus Pfeifenrauch, die den Türrahmen seines Büros ausfüllte.

»Irving«, bediente er sich des Vornamens des Sergeants und legte ihm seine spinnenhafte Hand mit den langen Fingern auf die Schulter, »ich muss Ihnen nicht erst sagen, wie entscheidend es für diesen Fall ist, ein Geständnis zu erhalten.«

Der Schnurrbart des Sergeants zuckte. »Nein, Gerald, das müssen Sie nicht.«

»Viel Glück. Vergessen Sie nicht – er ist gewieft. Am besten gehen Sie schlau vor, stellen ihm eine Falle …«

Während der laue, nutzlose Rat des Chief Inspectors verhallte, entfernte sich der Sergeant entschlossenen Schrittes. »Rose?«, rief der Sergeant über die Schulter, mein Stichwort, ihm zu folgen. Mein Herz fing zu klopfen an. Nach dem, was beim letzten Mal passiert war, erfüllte mich die Aussicht mit Schrecken, wieder mit Vitalli im Verhörraum zu sein, doch ich sah keinen Ausweg. Mit zitternden Knien ging ich hinter dem Sergeant her. Die sonstige lärmende Geschäftigkeit um uns herum war zum Stillstand gekommen aus Respekt vor der Aufgabe, die nun vor uns lag. Sämtliche Köpfe drehten sich in unsere Richtung. Es war, als überquerten wir eine Bühne.

»*Psst*«, flüsterte Iris in meine Richtung und steckte mir zuvorkommend eine zusätzliche Rolle Papier für die Stenografiermaschine zu. »Hoffen wir, dass der Sergeant diesmal etwas aus ihm herauskriegt«, sagte sie leise, wobei das Halstuch an ihrer Kehle erbebte und sich ihr winziger vogelartiger Mund noch nicht einmal zu bewegen schien. Ich ging an Odalie vorbei, die eine Augenbraue in die Höhe zog – eine skeptische Geste, die, wie ich im Laufe der Zeit bemerkt hatte, nicht unfreundlich gemeint war, sondern vielmehr ein Gefühl von Kameradschaft zum Ausdruck bringen sollte. Ich kam an Marie vorüber, die bereits ziemlich rosig im Gesicht war und einen runden Bauch hatte, obwohl ihre Schwangerschaft erst vor ein paar Tagen verkündet worden war. Sie zwinkerte mir zu und nickte nachdrücklich, als befände ich mich auf dem Weg zu einem Kampf mit Mr Vitalli, bei dem ich höchstpersönlich in den Ring steigen sollte.

Im Verhörraum zog ich die Tür schwungvoll hinter mir zu, durchquerte rasch den Raum und ließ mich so unauffällig wie möglich hinter den winzigen Stenografenschreibtisch gleiten. Mr Vitalli war bereits dabei, in seinem Stuhl zurückgelehnt Hof zu halten und lieferte einen lauten Monolog, in dem er die Vorzüge des Ehelebens mit denen des Junggesellentums verglich. Selbstverständlich war das Gesagte nicht sonderlich höflich, und ich werde es an dieser Stelle nicht wiederholen. Ich ersetzte die leere Rolle Stenografiermaschinenpapier mit derjenigen, die Iris mir gereicht hatte (sie musste es gewusst haben; allein sie hatte stets einen Überblick über diese Dinge!), und wartete ab. Mr Vitalli warf einen Blick in meine Richtung und hielt mitten im Satz inne, während sich seine Augen zu Schlitzen verengten, als sich unsere Blicke trafen. Mir wurde bewusst, dass ich diesen Moment gefürchtet hatte, ich nervös gewesen war, ihm erneut von Angesicht zu Angesicht gegenüberzutreten. Offenkundig hatte Mr Vitalli den kleinen Vorfall zwischen uns bei niemandem gemeldet, doch instinktiv verstand ich, dass es sich um keine komplizenhafte Geste handelte. Er wartete lediglich auf die günstigste Gelegenheit und war noch nicht fertig, mich zu taxieren.

»Sie sind ein verheirateter Mann, Sergeant, nicht wahr?«, fragte Mr Vitalli herablassend, obwohl er die Antwort kannte. Gewöhnlich hätte der Sergeant nicht zugelassen, dass ein Verdächtiger ihn auf diese Weise in ein Gespräch verwickelte, doch der Sergeant wollte Mr Vitalli mit allen nötigen Mitteln am Reden halten. Er räusperte sich.

»Das bin ich.«

»Ach. Ja.« Mr Vitalli hob die Hände, als habe der Sergeant soeben den perfekten Beweis für seine These geliefert. »Dann sind Sie in den Umstand eingeweiht, dass Frauen nicht immer die Engel sind, die sie zu sein vorgeben.«

»Ach ja?«, meldete sich der Lieutenant Detective mit entspannter, freundlicher Stimme zu Wort, weil er eine Gelegenheit witterte, das Gespräch zu steuern. »Denken Sie da an eine bestimmte Ihrer Ehefrauen?«

»Oh, ich würde nicht sagen, *eine bestimmte* … eher wohl im Allgemeinen.« Mr Vitalli drehte sich um, musterte den Lieutenant Detective von Kopf bis Fuß und entblößte seine Wolfszähne in einem wissenden Lächeln. »Und Sie sind natürlich Junggeselle, nehme ich an?« Der Lieutenant Detective versteifte sich und warf rasch einen argwöhnischen Blick in Richtung des Sergeants, der ihm ganz leicht, fast unmerklich zunickte.

»Ja.«

»Dann können Sie die unansehnlichen Geheimnisse des schönen Geschlechts nicht so kennen wie der Sergeant und ich«, fuhr Mr Vitalli fort. Beim Sprechen hob er eine Hand, um sich den Schnurrbart zu bürsten. »Sie können nicht wissen, dass jeder Engel von einer Frau gleichzeitig auch das geheime Gesicht eines Dämons in sich trägt. Das tun sie alle. Doch man sieht diese dämonische Seite nicht, es sei denn, man heiratet die Betreffende.« Er hielt inne. »Oder man wird auf andere Weise mit ihnen *vertraut*.« Er lachte lüstern vor sich hin, als erwöge er die verschiedenen Arten von Vertrautheit, die ihm untergekommen waren. Dann hüstelte er höflich und fuhr fort. »Sie alle verbergen diese Seite vor der Öffentlichkeit, wissen Sie?« Als sein Blick durch den Raum schweifte, landete er wieder auf mir und verweilte dort. Auf einmal verengten sich seine Augen.

Mein Herz hämmerte jetzt so laut, dass mein Puls in meinen Ohren zu einem Donnern anschwoll. »In sehr seltenen Fällen unterläuft einer Dame natürlich ein Fehler, wenn sie es gerade nicht erwartet, und sie zeigt schamlos ihr dämonisches Gesicht einem Wildfremden.«

Nun wusste ich, dass er die Begebenheit nicht auf sich beruhen lassen würde, er es auf mich abgesehen hatte, und mir brach der kalte Schweiß auf der Stirn aus. Nur Vitalli sah mich an. Der Sergeant und der Lieutenant Detective waren weiterhin völlig von ihm gefesselt, und darum war ich dankbar.

Sein Tonfall war beiläufig, doch sein Blick war weißglühend vor Gehässigkeit. »Nehmen Sie Ihre junge Stenotypistin hier. Rose, nicht wahr? Ich wette, so gefasst, wie sie sich im Moment gibt, glauben Sie doch, dass sie immer ganz die wohlerzogene *Dame* ist, oder etwa nicht?«

»Na schön!«, meinte der Lieutenant Detective streng. »Das reicht jetzt. Es wird Zeit, dass Sie sich zum vorliegenden Thema auslassen und uns von Ihren Ehefrauen erzählen, nicht von unseren Stenotypistinnen.«

Mr Vitallis Augenbrauen schossen in die Höhe, er sah den Lieutenant Detective an, drehte sich dann zu mir und schließlich wieder zurück zum Lieutenant Detective. Belustigte Erkenntnis spiegelte sich auf seinem Gesicht wider, als sähe Mr Vitalli uns beide unvermittelt zum ersten Mal.

»Du meine Güte!«, sagte er in unschuldigem Tonfall und mit boshaftem Lächeln. »Ich hatte keine Ahnung, dass Sie in der Liebe bereits fündig geworden sind, Lieutenant. Und sogar am Arbeitsplatz. Wie gewagt von Ihnen. Ich sollte Ihnen wohl gratulieren.«

»Es reicht, habe ich gesagt!«

Ich spähte zum Lieutenant Detective, doch er wich dem Blickkontakt mit mir aus. Seine Augen waren unverwandt auf das Notizbuch gerichtet, das vor ihm auf dem Tisch lag. Eine

Reihe hingekleckster roter Rosen rankten sich nun von seinen Wangenknochen bis zu seinem Haaransatz und kletterten auf und um die rosafarbenen Ränder seiner Ohren. Selbst in meiner Verzweiflung versetzte es mir einen winzigen gekränkten Stich, da ich annehmen musste, dass ihn der bloße Gedanke mit Scham erfüllte, jemand könne uns für ein Liebespaar halten.

»Immer mit der Ruhe, Vitalli«, erklang die kühle, gelassene Baritonstimme des Sergeants. »Wir haben Ihnen Ihren Spaß gelassen. Ich fürchte, nun ist es an der Zeit, dass Sie anfangen, uns die Wahrheit zu erzählen. Wenn Sie reinen Tisch machen, können wir Ihnen vielleicht behilflich sein, eine akzeptablere Regelung zu finden, was das Strafmaß betrifft.«

Doch wie sich herausstellte, hielt sich Mr Vitalli nicht für hilfsbedürftig. Indem er die Strategie wiederholte, die schon früher ausgezeichnet funktioniert hatte, saß er einfach da und lächelte jedes Mal schweigend, wenn sie ihm eine Frage zu den Morden stellten. Zwei Stunden lang befragten der Sergeant und der Lieutenant Detective einen Mann, der ebenso gut eine Schaufensterpuppe hätte sein können. Das Schweigen, das jeder Frage folgte, war so nichtssagend, dass es in unseren Ohren höhnisch widerhallte. Der Sergeant und der Lieutenant Detective gingen abwechselnd in dem Zimmer auf und ab, während es mich juckte, die Kurzschrifttasten zu drücken. Meine Handgelenke schwebten in der Luft, und meine Nerven waren angespannt, als könne die Stenografiermaschine vor mir wie eine Kanone losgehen. Doch während die Minuten vertickten und die Fragen von Vitalli abprallten wie Gummibälle, die gegen eine Backsteinmauer geworfen wurden, ließ die Entschlossenheit im Raum allmählich nach.

Vitalli redete nur so viel, wie nötig war, um uns davon abzuhalten, endlich aufzugeben. Sein Geständnis schien in greifbarer Nähe zu sein, aber stets gerade noch außer Sichtweite. Während einer besonders langen Flaute im Verhör streckte

Mr Vitalli schließlich die Hand über den Tisch aus, griff nach einem Tatortfoto und betrachtete es mit einer Miene beruflichen Interesses.

»Haben Sie das gemacht?«, erkundigte er sich beim Lieutenant Detective. Der Lieutenant Detective hob eine Augenbraue und nickte verhalten.

»Unser Fotograf war draußen, da ihm übel wurde.« Der Lieutenant Detective hielt inne und legte den Kopf schräg, als sei ihm gerade eine neue Taktik in den Sinn gekommen. Seine Haltung entspannte sich, das Stirnrunzeln verschwand, und die Narbe an seiner Stirn glättete sich. Er grinste freundlich. »Aber ehrlich gesagt bin ich nicht sonderlich gut im Umgang mit einem Fotoapparat. Und wie Sie sich vorstellen können, ist es schwierig, eine gute Fotografie zu erzielen, wenn man gezwungen ist, nichts durcheinanderzubringen. Also bitte ich um Verzeihung, wenn ich Ihrem Werk beim Abbilden nicht gerecht geworden bin.«

Mr Vitalli lächelte höflich über den Köder. Statt die Anschuldigung zu bestätigen oder abzustreiten, räusperte er sich, als sei ihm soeben ein ganz anderes Thema durch den Kopf geschossen. »Oh. Natürlich. Aber wo habe ich denn meine Manieren? Sie wollen meine Aussage, richtig? Wie ungehobelt von mir. Bitte gestatten Sie mir, meine Aussage zu machen.« Er räusperte sich. Der Sergeant und der Lieutenant Detective wechselten rasch einen Blick, der die unwillkürliche Gier zweier hungriger Tiere erkennen ließ. Sie beugten sich vor, und es kostete sie Mühe, weiterhin skeptisch dreinzublicken. Mr Vitalli lächelte und setzte sich zufrieden in seinem Stuhl zurück.

»Also dann. Hier ist meine Aussage: Offiziell halte ich Sie in der Tat für recht talentiert, Lieutenant Detective. Im Ernst. Ich bin ganz aufrichtig. Die Bilder haben etwas Geniales – sozusagen eine gewisse kreative Finesse. Ich sehe in diesem Bereich eine große Zukunft für Sie. Sie sollten ein Atelier anmieten, künstlerische Studien betreiben. Sich eines dieser reizenden kleinen Stative zulegen und Landschaftsaufnahmen in freier Natur anfertigen. Sie könnten vielleicht sogar diesem Stieglitz Konkurrenz machen …« Sein höhnischer Monolog dauerte noch etliche Minuten. An einer Stelle schlug der Lieutenant Detective auf den Tisch und sprang von seinem Stuhl auf, als würde er sich gleich in einem Wutanfall auf Vitalli stürzen. Doch im nächsten Moment fasste er sich wieder und hielt inne. Er erstarrte und sackte auf den Stuhl zurück, während Vitalli mit einem Lächeln vor sich hin sah. Der Schnurrbart des Sergeants zitterte vor Ärger, dann stieß er schließlich ein Seufzen aus.

»Frank, ich möchte, dass Sie kurz mit mir vor die Tür treten.« Der Lieutenant Detective nickte und erhob sich erneut von seinem Stuhl, diesmal auf sichtlich schlaffere Weise. »Mr Vitalli«, fuhr der Sergeant fort. »Danke, dass Sie sich nicht von der Stelle rühren. Und Rose – Sie können eine Kaffeepause machen.«

»Oh, Kaffee, wie zivilisiert«, sagte Mr Vitalli. Er wandte sich an mich. »Aber danke, *Rose*, ich hätte sehr gern einen.« Er lächelte, und ich betrachtete das Gesicht des Sergeants: Hatte er mir tatsächlich aufgetragen, diesem niederträchtigen Geschöpf Kaffee zu bringen? Der Schnurrbart des Sergeants zuckte, doch seine Miene war undurchschaubar, also handelte ich nach meinem eigenen Gutdünken und erlaubte mir, Mr Vitallis Bitte abzuschlagen. Der Sergeant verließ den Raum, ohne ein weiteres Wort zu verlieren, der Lieutenant Detective wartete hingegen, bis ich hinter dem Stenografenschreibtisch hervorgekommen war, und hielt mir die Tür auf. Sobald wir uns wieder im Hauptflur des Reviers befanden, verschwand er im Büro des Sergeants, wo die beiden wohl hofften, eine neue Verhörstrategie aushecken zu können, und ich schlich mich zurück zu meinem Schreibtisch.

»Herrje, macht ihr finstere Gesichter! Ich gehe mal davon

aus, dass er noch immer nicht redet«, bemerkte Odalie am Schreibtisch neben mir.

»Kein einziges Wort, es sei denn, um uns mit Geplapper über das Wetter zu verhöhnen«, sagte ich. »Ich fühle schrecklich mit dem Sergeant mit. Er arbeitet doch so hart. Und jeder weiß, dass dieser Schurke schuldig ist!«

»Keine Möglichkeit, es ihm abzuluchsen? Er gibt keinen Schritt nach?«

Ich schüttelte den Kopf. »Er sagt keinen Pieps mehr, meint, er kenne seine Rechte und all das. Er ist stur. Und, Junge, Nerven wie Drahtseile hat der Kerl! Keiner kann ihm die Zunge lösen.«

Geistesabwesend schob Odalie sich das Radiergummiende eines Bleistifts zwischen die Lippen, als rauche sie eine Zigarette. Sie blickte nachdenklich in die Ferne. »Aber ihr seid euch *sicher*, dass er schuldig ist.«

»Schuldig wie die Sünde. Er hat schon zweimal vor Gericht gestanden, findet aber ständig einen Weg, sich wieder herauszuwinden, diese Schlange.«

»Und ein Geständnis würde alles ändern?«

»Oh ja. Ein Geständnis könnte vielleicht all diese Dummköpfe abschrecken, die gewillt sind, für ihn zu lügen und ihm ein Alibi zu verschaffen.«

»Na dann.« Endlich rissen sich Odalies Augen von dem winzigen Gegenstand los, den sie weit weg am Horizont betrachtet hatte. Auf einmal gab sie sich ganz geschäftsmäßig, als habe sie unser Dilemma gelöst. »Dann solltest du besser sein Geständnis tippen.«

Ich sah sie an, mit einem Mal verärgert. »Ich habe doch gesagt, er redet nicht«, rief ich ihr ins Gedächtnis. »Keine Silbe über seine Ehefrauen oder diese Frau im Hotel.«

»Wer sagt denn, dass er über sie reden muss? Kriegt ihn dazu, von sonst etwas zu schwafeln. Wichtiger ist, was du *tippst*.«

Bitte??? Ich blinzelte. Mir stand der Mund dümmlich offen. »Ich … ich kann nicht einfach …«

Odalie unterbrach mich, indem sie die Augen verdrehte. »Kannst du sehr wohl. Was auch immer du tippst, darauf werden Sie bei Gericht schauen, und das weißt du. Er wird behaupten: ›*Ich habe diesen Unsinn niemals gesagt*‹, doch man wird ihm die Mitschrift zeigen und sagen: ›*Oh, aber Mr Vitalli, wir haben es alles abgetippt hier direkt vor uns – wie können wir über den Bericht verfügen, wenn Sie es nicht jemandem gesagt haben? Diese Dinge tippen sich nicht von alleine, wissen Sie …*‹« Sie brach ab, sah mich dann an und beugte sich ganz nah zu mir. Ihre Augen funkelten bedeutungsvoll.

»Aber … aber der Sergeant, der Lieutenant Detective. Sie werden wissen, dass es nicht das war, was er gesagt hat. Sie werden wissen, dass es nicht … dass es nicht … die *Wahrheit* ist.«

»Der Sergeant wird dich nicht rügen, wenn du den Mut hast zu tun, wovon ihr beide wisst, dass es rechtens ist. Letztlich wird er sich wahrscheinlich sogar bei dir bedanken.« Ich war sprachlos und starrte Odalie dumpf an. Meinem Entsetzen gegenüber genauso gleichgültig wie eh und je, zuckte sie mit den Schultern und wandte sich wieder dem Stapel an Berichten auf ihrem Schreibtisch zu. »Wenn es die Wahrheit ist, ist es die Wahrheit, ob sie nun aus deinem Mund kommt oder aus seinem.«

»Glaubst du wirklich, er wird …«

»Ja«, erwiderte Odalie mit absoluter Gewissheit, bevor mir auch nur die Gelegenheit blieb, meine Frage zu formulieren.

Leicht wankend erhob ich mich. Die Tür zum Büro des Sergeants war immer noch geschlossen, doch meine Kaffeepause würde nicht ewig währen. Wenn Odalie recht hatte, stand ich kurz davor, mir eine Gelegenheit entgehen zu lassen, Vitalli ein für alle Mal aufzuhalten und die Sache in Ordnung zu bringen. In meinem Kopf schwirrte eine frisch geschliffene, messerscharfe Unsicherheit herum. Ich begab mich auf die Toilette, wo ich mir ein wenig Wasser ins Gesicht spritzte und mir ein langes Blickduell mit dem unscheinbaren, aber verwirrten Mädchen lieferte, das vor mir im Spiegel stand.

Was war Gerechtigkeit denn letztlich anderes als ein bestimmtes Ergebnis?

Dann starrte mich für den Bruchteil einer Sekunde Odalies Gesicht von der Stelle an, wo eigentlich mein eigenes hätte sein sollen. Erschrocken zuckte ich vom Waschbecken zurück und warf einen Mopp um, der dagegen gelehnt hatte. Während ich meine Fassung wiedererlangte, wurde mir allmählich bewusst, was ich gleich tun würde. Ich blickte erneut in den Spiegel, doch diesmal sah ich nur mich. Als nach ein paar Minuten klar wurde, dass das Blickduell auf ein Patt hinausliefe, schüttelte ich den Bann meines Zwillingsabbildes jenseits des Spiegels ab. Es war an der Zeit, Mut zu schöpfen und meine Aufgabe zu erledigen, wie ich es immer hatte tun wollen, aber stets zu furchtsam dazu gewesen war.

Der Sergeant und der Lieutenant Detective befanden sich immer noch im Büro des Sergeants, als ich zu meinem Tisch mit der Schreibmaschine ging. Niemand warf auch nur einen Blick in meine Richtung, was bedeutete, dass meine Blässe und die zitternden Hände zu meiner großen Erleichterung kein Aufsehen erregten. Ich nahm Platz und erkannte, dass meine Entscheidung gefallen war. Jetzt musste ich nur noch den Bericht transkribieren. Ich hoffte, es würde niemandem auffallen, dass sich neben mir kein langer Streifen Stenografierpapier befand. Da tippte ich los, anfangs zögerlich, während ich die ersten Einzelheiten hervorlockte, dann mit wachsender Geschwindigkeit, bis ich hektisch tippte, während meine Einbildungskraft mit überraschender Klarheit eine Ereignisfolge aneinanderreihte.

Die Tür zum Büro des Sergeants flog auf, und der Lieutenant Detective stürmte allein durch das Revier. Er durchschritt den Hauptraum und eilte zum Eingang hinaus. Wahrscheinlich hatten sie sich darüber gestritten, wie mit Vitalli umzugehen sei, und der Lieutenant Detective hatte entschieden, dies sei Anlass für etwas frische Luft und eine Zigarette. Ich hielt lediglich für eine Sekunde mit dem Tippen inne und sah ihm nach, dann fuhr ich rasch fort. Mein Getippe war mittlerweile absolut fieberhaft. Ich glaube, hätte jemand mit einer Stoppuhr die Zeit gemessen und die Wörter gezählt, hätte ich vielleicht einen neuen Geschwindigkeitsrekord aufgestellt. Sobald ich es hatte – oder zumindest genug von dem, was benötigt würde –, griff ich zur Walze der Schreibmaschine und zog das Papier mit einem Jubelruf heraus, riss mich dann jedoch zusammen, um nicht noch mehr Aufmerksamkeit zu erregen. Odalie sah zu mir herüber und bedachte mich mit einem ausgesprochen genüsslichen, zufriedenen kleinen Lächeln, das ich gerne erwiderte. Es war vollbracht. Ich hatte es getan. Meine Hingabe an diesen lebhaften Gerechtigkeitssinn war so stark, dass mir mein verzücktes Wissen schier den Atem raubte.

Mit den von mir ins Leben getippten Worten in der Hand ging ich quer durch den Raum zum Büro des Sergeants und klopfte an den Rahmen der offenen Tür. Der Sergeant blickte zu Boden, und seine Arme befanden sich hinter seinem Rücken, während er auf und ab ging. Mit bebender Hand hielt ich ihm den Bericht hin, doch zuerst schenkte er ihm keine Beachtung.

»Wir müssen es schaffen. Wir werden einfach dranbleiben«, murmelte er, als erteile er sich selbst Anweisungen. »Wir peilen es von einem anderen Blickwinkel aus an. Wo steckt Frank?« Mit unvermitteltem Eifer hob er den Kopf. »Jemand soll den Lieutenant Detective suchen gehen. Wir können nicht zulassen, dass Vitalli da drinnen sitzt und sich hämisch über seinen Sieg freut. Diesmal müssen wir ihm wirklich die Daumenschrauben anlegen.«

»Sergeant«, befahl ich. Ohne mein Zutun erscholl meine Stimme in ebendiesem kühlen, beherrschten Tonfall, den ich schon bei meinem Angriff auf Vitalli unwillkürlich angeschlagen hatte, und wie schon damals erschrak ich über die Fremdheit. Meine Hand war immer noch in Richtung des Sergeants ausgestreckt, und die Seiten erbebten ein klein wenig in meinem zitternden Griff. »Ich habe seine Aussage abgetippt«, sagte ich. Der Sergeant warf einen viel zu kurzen Blick auf die Seiten und legte die Stirn ärgerlich in Falten. Unwillkürlich stahl sich ein höhnisches Grinsen in sein Gesicht, und ich erwartete, dass er seine Wut jetzt an mir auslassen würde.

»Haben Sie das, Rose?«, sagte er voll hässlichem Sarkasmus. »Gut gemacht, ja wirklich. Was für eine Aussage! Wir können nichts von dem Gefasel verwenden, das er uns aufgetischt hat. Es ist der reinste Blödsinn! Der Bastard weiß, dass er uns in der Tasche hat.« Er wollte gehen, doch auf einmal geschah etwas mit mir, und meine andere Hand schnellte vor und packte ihn am Ellbogen. Bei ein paar Gelegenheiten hatte der Sergeant mich früher im Vorübergehen an der Schulter berührt, aber dies war das erste Mal, dass ich einen Körperkontakt selbst herbeiführte. Als ich die Hand ausstreckte und den Sergeant berührte, wurde mir bewusst, dass ich es mir immer anders ausgemalt hatte. Mein Griff hatte etwas seltsam Kraftvolles. Sein Blick wanderte verblüfft von meinem Gesicht nach unten, wo ich ihn am Ärmel gepackt hielt. Vor meinem geistigen Auge huschten Erinnerungen an das unglückselige Zwischenspiel vorüber, das mir erst vor ein paar Wochen mit Mr Vitalli unterlaufen war, doch ich verdrängte sie und fasste mich wieder. Ich ließ den Ellbogen des Sergeants los, hielt ihm jedoch den Bericht noch nachdrücklicher entgegen.

»Sir, ich habe Mr Vitallis Aussage abgetippt. *Ich glaube, Sie sollten wirklich lesen, was darin steht.*«

Nach einem Stirnrunzeln und einem Seufzen wurde mir der

Bericht endlich aus der Hand genommen, und ich beobachtete, wie sich der Blick des Sergeants darüber hinwegbewegte. Ihm war anzusehen, dass ihn der Inhalt verblüffte – zumindest anfangs. Er las ihn mehrmals durch, während seine Augen die ganze Zeit vom Bericht zu meinem Gesicht und wieder hinunter zum Bericht huschten, als begreife er nicht recht, wie die beiden Dinge, die er vor sich hatte, miteinander zusammenhingen. Seine Stirn zog sich in Falten, glättete sich und faltete sich abwechselnd. Schließlich schien ihn Verständnis zu durchtränken wie Wasser ein Tuch. Seine Schultern entspannten sich, seine Haltung wurde gerade. Jetzt lag da ein sehr regloser, sehr gelassener Blick in seinen Augen – so reglos und gelassen, dass er beinahe tödlich war. Er räusperte sich.

»Ich verstehe«, sagte er mit dunkler Stimme. Wir sahen einander lange an, ohne etwas zu sagen. Er erfasste nun mein Angebot in seiner Gesamtheit, hatte es allerdings noch nicht angenommen. Kurzzeitig hatte ich einen Kloß im Hals und konnte nicht schlucken, fürchtete ich doch, ich hätte seinen Sinn für Anstand verletzt und er würde mich sogleich verhaften lassen. Es wäre mir wohl ehrlich gesagt ein eigentümlicher Trost gewesen, da es mein blindes Vertrauen in den Sergeant und sein unerschütterliches Befolgen von Regeln bestätigt hätte. So hingegen wurde schnell deutlich, dass er meinen Vorschlag ernsthaft erwog. »Sie begreifen, dass das hier höchst unkonventionell ist«, stellte er leise fest. Falls es sich um eine Frage gehandelt haben sollte, blieb ich eine Antwort schuldig. »Was ich damit sagen will, ist, dass es nicht gerade der korrekten *Konvention* entspricht …« Ich nickte. »Wir müssen dazu absolut sicher sein, dass er unser Mann ist.«

»Ich hege keine Zweifel«, sagte ich, und ein Blick auf den Sergeant verriet mir, dass es ihm ebenso erging. Es war an der Zeit, Argumente für meine Sache ins Feld zu führen. Ich gab mir eine souveräne Haltung und räusperte mich vor dem Sprechen. »Nur eines wäre – moralisch gesprochen – noch ekelhafter als die Taten dieses Mannes: Wenn wir nicht auf unser Gewissen hören und ihm gestatten würden, ungestraft zu entwischen.« Ich sagte nicht, *wie wir es bisher getan haben*, doch dem Sergeant war anzusehen, dass er es dachte.

Eine weitere Beratung in der Angelegenheit wurde unterbrochen, da der Lieutenant Detective in unsere Richtung zurückgeschlendert kam. »Na gut, na gut«, sagte der Lieutenant Detective, lockerte die Schultern und streckte die Arme, als habe er soeben eine Reihe Freiübungen absolviert. »Es tut mir leid, dass ich ihn zu nah an mich habe herankommen lassen. Lassen Sie es uns noch einmal probieren.«

»Frank«, sagte der Sergeant, der weiterhin mit dieser dunklen Stimme sprach. Er packte den Lieutenant Detective auf vertrauliche Weise an der Schulter. »Frank, wir haben es gleich hier.« Er reichte ihm den Bericht, und der Lieutenant Detective las ihn durch. Die Narbe an seiner Stirn legte sich in Falten, während er angesichts des getippten Geständnisses die Stirn runzelte.

»Sie haben all das hier aus ihm herausbekommen, während ich draußen war?«

Der Sergeant sah mich an und blickte mir mehrere Sekunden lang in die Augen, bevor er antwortete. »Ja«, sagte er mit fester Stimme. »Das haben wir.«

Bei dem Wort *wir* drehte der Lieutenant Detective sich um und bemerkte meine Anwesenheit von Neuem, als wäre ich den ganzen Vormittag über nichts weiter als ein Möbelstück gewesen, eine Verlängerung ebenjenes Apparats, mit dem ich meinen Lebensunterhalt verdiente. Er zog eine Augenbraue in die Höhe. Die Anschuldigung war wohl schon zu diesem Zeitpunkt formuliert, doch der Lieutenant Detective nickte nur, ohne etwas zu sagen.

12

Könnte ich es noch einmal tun, hätte ich andere Dinge in das kleine Tagebuch geschrieben, das ich über Odalies Leben führte. Lese ich jetzt wieder Einträge von damals, wird ersichtlich, dass ich gewisse Einzelheiten über Odalies Treiben nicht erwähnte, die mich in meiner jetzigen Situation nun entlasten würden. Zwar hörte ich in unserer gemeinsamen Zeit niemals ganz auf, Odalies Aktivitäten aufzuzeichnen, doch während die kriechende Hitze des Frühsommers die Frühlingstulpen zu nichts weiter als den gezackten, blütenblätterlosen Staubgefäßen machte, die die Köpfe schlaff von den gummiartigen Stielen hängen ließen, war ich bei dem, was ich niederschrieb, deutlich weniger gründlich geworden. Nun ja, vielleicht ist *gründlich* das falsche Wort. Vielleicht ist es zutreffender zu sagen, dass ich bei meinen Niederschriften immer noch gründlich vorging, allerdings viel *selektiver* war und mir somit strategische Auslassungen gestattete. Zu dem Zeitpunkt war mir wohl allmählich bewusst geworden, dass es ein paar Aktivitäten gab, die am besten nicht im Tagebuch stehen sollten, da sie von gesetzlicher Warte aus gesehen eventuell ein schlechtes Licht auf Odalies Benehmen werfen könnten, und ich hatte meiner Freundin gegenüber einen gewissen Beschützerinstinkt entwickelt.

Deshalb sind meine Tagebucheinträge aus jener Zeit (ich sehe sie gerade durch) vielleicht ein wenig oberflächlich und belanglos, da sie sich ein bisschen wie eine Frauenzeitschrift lesen und sich fast ausschließlich auf die Auflistung von Schönheits- und Moderatschlägen konzentrieren. Hier sind ein paar:

Heute kaufte O mehrere Strümpfe in diesem skandalösen neuen »nackten« Farbton Honigbeige. Hat mir ein Paar vermacht. Hat mir gezeigt, wie man modisch Puder auf die bestrumpften Beine aufträgt, da glänzende Kunstseide absolut ekelhaft ist, wie sie behauptet. Laut O sollten Beine niemals stärker glänzen als das Chrom an einem Modell T.

War heute mit O zum ersten Mal in der Oper. Habe noch nie zuvor so ein vornehmes Schauspiel zu sehen bekommen! Schwer, sich die Oper selbst anzuschauen und nicht einfach nur all die herausgeputzten Zuschauer in ihrer feinsten Garderobe, auch wenn ich zugeben muss, dass mich die vielen Diamanten ein wenig irritierten. Bei der Aufführung selbst handelte es sich um eine farbenprächtige, allerdings irgendwie hässliche Angelegenheit namens Pagliacci *über einen Clown, der seine Frau mit Eifersuchtsanfällen terrorisiert. Anschließend unterhielten O und ich uns ausgiebig über Treue. Sie schien meine Ansichten voll und ganz zu verstehen, und es war ein Trost herauszufinden, dass wir tatsächlich einer Meinung sein könnten. Ich wusste doch, dass es nicht falsch war, sie zu meiner Busenfreundin zu erwählen!*

Heute statteten O und ich dem Schönheitssalon einen Besuch ab. O ließ sich wieder die Spitzen schneiden, um ihren Bob ordentlich zu halten. Ich bekam eine Dauerwelle. O schlug vor, ich könnte mir die Haare eines Tages wie ihre schneiden lassen, damit wir besser zueinander passten, doch ich meinte, ich wüsste nicht recht. Begreife nicht, warum Mädchen es heutzutage so eilig haben, sich die ganzen Haare abschneiden zu lassen. Sie denken wohl, dass sie dann mutig wirken. Zwischen mutig und unbesonnen besteht ein ziemlich großer Unterschied. Zwar sagte ich es nicht, aber insgeheim mag ich mein langes Haar und all die Werte, die damit einhergehen, recht gern. Merke allmählich, dass ich altmodischer bin, als ich vielleicht zugegeben habe. Und ich glaube, O ist es ebenfalls, tief in ihrem Innern, wo sie es nicht zeigt. Eines Tages wird sie das Leben als modernes Mädchen leid sein, und ich habe vor, an ihrer Seite zu sein, wenn es so weit ist. Welch ein Leben wir haben werden!

Bevor O und ich heute Abend in die Mondscheinkneipe gingen, steckte ich mir die Haare hoch, um auszuprobieren, wie es wäre, ebenso kurze Haare wie sie zu haben. Habe außerdem Rouge und Lippenstift aufgetragen. Ich konnte nicht anders und fand es sehr aufregend, wie O angezogen zu sein, denn seit unserer ersten Begegnung frage ich mich, wie es wohl wäre, sie zu sein. Ein paarmal im Laufe des Abends traten verschiedene Gentlemen an mich heran, da sie mich mit O verwechselten – was bedeutet, dass es sehr dunkel gewesen sein muss, oder aber, dass sie sehr betrunken waren, denn ich bilde mir nicht ein, O sonderlich ähnlich zu sehen. Dennoch traten sie an mich heran, sehr freundlich, und flüsterten Os Namen. Als ich mich später darüber beschwerte, wo die Männer mich mit den Händen berührt hatten, lachte sie mit einem Schulterzucken und sagte einfach, das Ganze sei eine Frage der Intelligenz, und wenn sie die Männer austricksen könne, dann könne ich das schon lange. Bin mir da nicht so sicher, denn wenn ich sie wäre, hätte ich gewusst, wie mit solchen Männern umzugehen ist, doch anstatt sie lachend abzutun und sie dazu zu bringen, mir Drinks zu besorgen und ihnen ihre Zigaretten zu stibitzen, schlug ich ihre Hände weg wie eine verklemmte alte Jungfer und kam mir im Nachhinein doch töricht vor …

Die Temperaturen steigen beständig. O hat mich heute in das große elegante Kaufhaus Lord & Taylor an der Fifth Avenue mitgenommen, um Badeanzüge zu kaufen, mit dem Ziel vor Augen, dass wir vielleicht auf Gartenfeste gehen könnten und zum Sound Beach. Gemeinsam suchten wir etwas aus, das ich früher niemals in Betracht gezogen hätte. Die Nonnen pflegten zu sagen, wie viel Haut ein Mädchen zu zeigen gewillt sei, verhalte sich direkt proportional dazu, wie schwarz sein Herz sei und wie wenig Charakterstärke seine Seele besitze. Doch als ich dies Odalie gegenüber wiederholte, blickte sie gleichzeitig entsetzt und belustigt drein, und auf einmal kam ich mir klein und dumm vor. Sie zeigte mir, wie man den Saum der Badeanzüge für die patrouillierenden Ordnungshüter, die gewiss am Strand sein würden, nach unten rollt, und wie man den Saum mit Häkchen »sichert«, um ihn modischer hochzuschieben, wenn die Zensoren wegsehen. Schließlich kauften wir identische Badeanzüge aus einem sehr athletischen Jerseystoff, wobei gesagt werden muss, dass sie in ihrem um einiges besser aussieht als ich in meinem. Ich hätte sie den ganzen Tag lang im Spiegel der Umkleidekabine betrachten können, so wunderbar und lebendig und frisch wirkte sie, als würde sie gleich einen Schwalbensprung von dem Hocker in der Umkleidekabine machen. Ich kann nun – endlich – aufrichtig sagen, dass ich das Gefühl habe, eine Busenfreundin zu besitzen, und ich bin vernarrt in sie! Oh, aber ich muss es sein lassen, auf diese Weise von ihr zu sprechen …

Da folgen noch viele Einträge, die sich kaum von diesen unterscheiden. Es reicht, um sich einen allgemeinen Eindruck zu verschaffen. Es gibt auch andere Einträge, von deren Wiedergabe ich an dieser Stelle Abstand nehmen werde. Es genügt wohl zu sagen, dass ich nun zu der Einsicht gelangt bin, viel Zeit darauf verbracht zu haben, Odalie zu beschreiben, bis hin zum kleinsten Detail, und dabei recht überschwänglich mit meinem Lob für ihre verschiedenen Eigenschaften war. Es wäre gewiss nicht dienlich, diese Einträge den Behörden zu zeigen. Sie haben bereits eine falsche Vorstellung von meinen Gefühlen für Odalie, und jene Einträge würden diesen Eindruck lediglich verschlimmern – das begreife ich jetzt.

Die Liste von Odalies Liebhabern, die ich in meinem Tagebuch notierte, würde diesen Eindruck auch nicht sonderlich abmildern. Während der Frühling in den Sommer überglitt, wurde aus mir eine richtige kleine Listen-Schreiberin. Ich betrachte gerade eine solche Liste. Sie lautet:

16. April – *Harry Gibson*
20. April – *Neville Eagleston*
29. April – *Harry Gibson*
1. Mai – *Lonnie Eisenberg*
3. Mai – *Owen McKeill*
3. Mai *(am selben Abend) – Harry Gibson*
10. Mai – *Jacob Isaacs*
15. Mai – *wieder Gib (nach lautem Streit)*
23. Mai – *Bobby Allister*
4. Juni – *wieder Gib*

Und so fort.

Vielleicht halten Sie mich für primitiv, weil ich derlei Aktivitäten festhielt. Wäre ich eine richtige Suffragette, würde ich wohl darauf beharren, Odalie sei »Herrin über ihren eigenen Körper«, wie es heutzutage in all den Kampagnen zur Geburtenkontrolle heißt, und es dabei bewenden lassen. Doch ich habe mich nie im Leben als Suffragette gesehen oder so getan, als habe ich sonderlich viel für Margaret Sanger und Menschen ihres selbstgerechten Schlags übrig. Ich hege keinerlei Interesse an Frauen, die sich für die politischen Anliegen des schönen Geschlechts einsetzen – Hungerstreiks, Demonstrationen auf der Straße. All dieser politische Unsinn übt keinerlei unwiderstehlichen Reiz auf mich aus, entfesselt keinen empörten Gerechtigkeitssinn in meinem Herzen. Ich bin alles andere als eine emanzipierte Frau. Ja, ich würde so weit gehen und einräumen, dass ich ein wenig prüde sein kann.

Natürlich sind diese Listen nicht hundertprozentig akkurat. Oft verschwand Odalie von der jeweiligen Party oder aus der Mondscheinkneipe, die wir gerade besuchten, und es war unmöglich zu wissen, wohin sie ging oder was sie trieb und mit wem. Und es kam auch vor, dass Odalie die ganze Nacht aus war und ihr am nächsten Morgen bei ihrer Rückkehr ins Apartment gerade noch genug Zeit blieb, in frische Kleider zu schlüpfen und am Frühstückstisch in kleinen Schlucken eine Tasse Kaffee zu trinken, bevor sie auf dem Revier erscheinen musste.

Weshalb mochte ich Odalie so sehr? Selbst jetzt versuche ich immer noch, es zu formulieren. Wurde ich auf einer Party allein gelassen, beschuldigte ich Odalie nie, eine schlechte Freundin zu sein, selbst wenn es vielleicht mein gutes Recht gewesen wäre. Stattdessen blieb ich, ohne mich selbst in zu hohen Tönen loben zu wollen, ungemein gleichmütig. Zu dem Zeitpunkt kannte ich Odalies Wesen bereits gut genug, um zu begreifen, dass es unbedingt erforderlich war, nicht zu klammern, keine Forderungen zu stellen, denn andernfalls würde sie sich mir für immer entziehen. Folglich entwickelte ich eine Routine. Jedes Mal, wenn ich bemerkte, dass Odalie fort war – die eine Minute noch an meiner Seite, in der nächsten verschwunden in einer Wolke aus Musik, Rauch und kreischendem Gelächter –, und es offensichtlich wurde, dass sie nicht so bald wieder auftauchen würde, ging ich gewöhnlich nach Hause (selbstverständlich allein) und machte mir eine Tasse Tee. Doch eines überraschenden Abends, als ich gerade aufbrechen und zur Tür hinausschlüpfen wollte, nachdem ich wieder einmal ohne Odalie dastand, erkannte ich ein Gesicht, das mich aus einiger Entfernung beobachtete. Bei seinem Anblick erstarrte ich. Die vertraute Erscheinung durchquerte den Raum und kam auf mich zu.

»Das ist aber eine Überraschung, Sie hier anzutreffen.«

»Lieutenant …« Meine Stimme verlor sich. Ich war fassungslos.

»In Anbetracht unserer Umgebung fände ich es besser, wenn Sie von Ihren eisernen Grundsätzen Abstand nähmen und mich Frank nennen würden. Wenigstens vorläufig«, sagte er mit einem Lächeln, indem er erst vorsichtig über die linke und dann über die rechte Schulter spähte, um sicherzugehen, dass es niemand gehört hatte.

Doch die Mühe hätte er sich sparen können. Kein Mensch beachtete uns weiter. Die Menge war wie gewöhnlich mit ausgelassenem Feiern beschäftigt. Eine Mädchenschar in Kleidern, die ausschließlich aus schwingenden Perlenschnüren bestanden, tanzte auf einem Tisch in der Nähe den Shimmy und zog sehr viel Aufmerksamkeit auf sich. Die perlenbesetzten Kleider waren so hell reflektierend, dass die Leiber der Mädchen in einem blassen Zauber erglänzten, wie die schillernden Schuppen frisch gefangener Forellen. In dem Raum herrschte ein dichtes Gewühl, und ich befand mich auf Augenhöhe mit der Brust des Lieutenant Detectives, da die Menge uns aneinanderdrängte. Instinktiv suchte ich das Meer an Gesichtern nach Gib ab, weil ich nervös war, wie er auf die Gegenwart des Lieutenant Detectives reagieren würde. Doch er war anderweitig beschäftigt und beobachtete mit einem skeptischen Stirnrunzeln einen Mann, der laienhafte Zauberkunststücke vor einer kleinen Gruppe vorführte, die sich in einer Zimmerecke eingefunden hatte. Neben Gibs Ellbogen wartete Redmonds kleine Gestalt mit Filzhut auf die nächste Getränkebestellung seines Chefs. Im Moment verloren der Lieutenant Detective und ich uns in der Menge.

»Sind Sie uns gefolgt?«, fragte ich und erinnerte mich an das seltsame Gefühl, das ich in den vergangenen Wochen beim Bummeln durch die Stadt empfunden hatte. Mir war aufgefallen, dass in letzter Zeit etwas nicht stimmte, eine seltsame Ahnung, die mich dazu veranlasste, gelegentlich einen Blick nach hinten zu werfen, während Odalie und ich weiterzogen. Es hatte sich angefühlt, als sei etwas ständig gerade außer Sicht – das Aufblitzen einer vertrauten Gestalt, die sich hier und dort in einem Schaufenster brach, sich aber gleich in Luft auflöste, sobald ich versuchte, ihren Standort auszumachen.

»Weshalb sollte ich das tun?« Es war eine Erwiderung, aber alles andere als eine Antwort, und das sagte ich ihm auch. Er ignorierte meinen Vorwurf, beugte sich nach ein paar Minuten näher zu mir und berührte meinen Ellbogen auf vertrauliche Weise. »Hören Sie«, sagte er leise. »Ich denke, es wäre am besten, wenn Sie hier verschwinden, und zwar auf der Stelle.«

Ich sagte ihm nicht, dass ich mich bereits vor ein paar Minuten dazu entschieden hatte, nach Hause aufzubrechen. Seine Ermahnung hatte etwas in mir getroffen, etwas Raues und Stures und Unzugängliches. Auf einmal verspürte ich den Drang zu bleiben. Ich sah zu Redmond hinüber und winkte ihn herbei. Der Zwerg tapste in unsere Richtung, überraschend geschickt darin, sich einen Weg durch das Menschengewühl zu bahnen. Schon bald war er neben mir, und seine freundlichen, wachsamen Pupillen glitzerten aus den dunkelvioletten Schatten empor, die seine Augen stets umgaben.

»'n Abend, Miss Rose«, sagte er. »Sie sehen heute reizend aus.« Ich wusste die Bemerkung zu schätzen, ließ sie mir aber nicht zu Kopf steigen. Ganz wie ich selbst war Redmond allzeit ein Wesen mit guten Manieren.

»Danke, Redmond«, sagte ich, indem ich Odalies charakteristischen singenden Tonfall nachahmte. »Ich denke, ich könnte einen weiteren Champagnercocktail gebrauchen, immerhin ist die Nacht noch jung.«

»Natürlich.« Redmond warf einen Blick zum Lieutenant Detective, konnte sich jedoch gerade noch zurückhalten, ihn zu fragen, ob er ebenfalls einen Drink wolle. Redmond wartete kurz auf eine Vorstellung oder ein freundliches Wort meinerseits, doch da er meiner Miene entnahm, dass mir der Lieutenant Detective alles andere als willkommen war, zuckte Redmond die Achseln und wandte sich zum Gehen. Was die Geheimnisse des menschlichen Benehmens betraf, war Redmond gerissen und besaß jene Mischung aus Einblick und Gleichgültigkeit, die nur Menschen innehaben, denen regelmäßig mit Herablassung begegnet wird.

»Ich spiele hier kein Spielchen«, sagte der Lieutenant Detective, sobald Redmond außer Hörweite war. »Ich denke wirklich, dass Sie so bald wie möglich von hier verschwinden sollten.«

»Warum? Weil das hier kein Ort für ein *braves* Mädchen ist?« Ich war nun überheblich, empört. »Ich wette«, setzte ich an, zögerte aber, jäh eingeschüchtert von dem, was mir auf der Zunge lag. Dann wurde ich von Bosheit gepackt und beschloss, den Satz doch zu beenden. »Ich wette, es würde Sie nicht stören, wenn Ihnen hier *Odalie* über den Weg liefe. Es wird Ihnen leidtun, das zu hören: Sie ist schon weg. Und der Gentleman, in dessen Begleitung sie heute Abend wegging, wirkte *sehr* unterhaltsam.« Der Lieutenant Detective sah überrascht aus, allerdings nicht gekränkt oder verärgert. Mit neugieriger Miene musterte er mich kurz.

»Nein, Rose, Sie begreifen nicht.« Er legte einen Arm um mich und drehte mich um die eigene Achse, sodass wir beide in Richtung des Eingangs blickten. »Heute Abend wird es eine Razzia geben, und ich denke, es wäre das Beste, wenn Sie nicht hier wären«, sagte er leise, wie um mich zu ermuntern, auf das zu achten, was vor mir ablief. Meine Augen glitten zu einer Handvoll sauertöpfischer Männer, die sich dort versammelten. Die verstreute Gruppe versuchte gleichgültig zu erscheinen, während die Männer den Blick durch den Raum schweifen ließen. Auf einmal wurde mir bewusst, was der Lieutenant Detective meinte. »Wir haben schon zu viel Zeit vertrödelt. Die stehen kurz davor, die Tür zu versperren und werden jeden Augenblick das Signal geben. Wir müssen Sie hier herausbringen.«

Wir? Warum half er mir? Eigentlich hätte ich angenommen, dass er es lieber gesehen hätte, wenn man mich ins Gefängnis warf und er sich hinter den Gitterstäben an meinem Unglück weiden könnte. Doch ehe ich mich versah, griff der Lieutenant Detective nach meinem Oberarm und lenkte mich durch den Raum. Mein Kopf schoss wild herum. Ich suchte nach Gib oder Redmond, um zu sehen, ob sie die verdeckten Polizisten bemerkt hatten, die jetzt in strategisch wichtigen Ecken der Mondscheinkneipe Stellung bezogen. Als wir uns dem Eingang näherten, begriff ich, dass der Lieutenant Detective die Sache mit mir würde erklären müssen.

»Warten Sie«, sagte ich. Mir fiel etwas ein, das Odalie mir bei unserem letzten Besuch der Mondscheinkneipe in diesem besonderen Gebäude gezeigt hatte. »Es gibt einen besseren Weg nach draußen.« Der Lieutenant Detective blieb stehen und nickte. Er lockerte den Griff um meinen Arm, ließ aber nicht ganz los, und gestattete mir, ihn zu einer winzigen Kammer weiter hinten zu führen.

Sobald wir uns in dem Hinterzimmer befanden, sah mich der Lieutenant Detective sogleich bestürzt an. Es war ein kleines, klaustrophobes Zimmer mit vom Boden zur Decke reichenden Regalen an sämtlichen Wänden. Die Regale waren voller etikettenloser Flaschen.

»Himmel, Rose, was ist das hier? Dafür haben wir keine Zeit!«

»Moment.« Ich trat an eine der Wände mit Flaschen und

suchte nach der leeren, die Odalie mir gezeigt hatte. Ich hob eine hoch und blickte dahinter: nichts. Ich hob noch eine hoch.

»Rose…«

»Aha!« Hinter der letzten Flasche, die ich versuchte, befand sich der Griff. Ich streckte die Hand aus und zog an dem Hebel, doch er war stur. Leichte Panik stieg in mir hoch. Ich zog fester, und auf einmal spürte ich, wie er nachgab. Das mit Flaschen beladene Regal schwang an zwei robusten Angeln auf, als wiege es nichts. Ich drehte mich zum Lieutenant Detective um. Im Dunkeln sah ich seine Augen, die weit und groß waren, während er erfasste, dass da soeben ein neuer Ausgang vor ihm aufgetaucht war.

»Ich sollte wohl nicht überrascht sein.« Er schüttelte sich und verfiel wieder in seine Befehlshaberrolle. »Kommen Sie, gehen wir.« Erneut nahm er mich am Ellbogen und wollte den Durchgang betreten.

»Ich bin mir nicht sicher, wohin er führt.«

»Weg von hier wäre schon mal nicht schlecht.«

Ich trug ein Kleid von Odalie, das in einem kurzen Matrosen-Faltenröckchen mit einer Chiffonschicht endete, und als das Flaschenregal hinter uns zuschwang, bauschte sich der Chiffon und verfing sich in der sich schließenden Tür. Zu spät versuchte ich, die Tür zurückzuschieben. Der Riegel schnappte mit einem lauten *Klack* ein.

»Mein Rock!«, sagte ich in die Dunkelheit. Der Lieutenant Detective holte ein Feuerzeug aus der Jackentasche, machte es über seinem Kopf an und besah sich die Situation. Gemeinsam suchten wir nach einer Möglichkeit, die Tür zum Durchgang wieder zu öffnen, doch es ließ sich kein spiegelverkehrter Griff oder Riegel finden.

»Na schön. Hmm. Tja.« Er holte tief Luft und hob den Blick von meinem Rock, um mir in die Augen zu sehen. »Es tut mir schrecklich leid«, sagte der Lieutenant Detective und langte in seine Gesäßtasche.

»Was tut Ihnen leid?«

Ohne zu antworten, zückte er ein Opinel-Klappmesser und schnalzte es mit einer fließenden Bewegung des Handgelenks auf. Beim Anblick der Klinge zuckte ich unwillkürlich zusammen und wich zurück.

»Immer mit der Ruhe.« Er griff nach meinem Rock, raffte den Stoff, der im Türrahmen klemmte, und durchtrennte den Chiffon mit einem raschen, festen Schnitt. Das Messer musste sehr scharf sein, denn der Chiffon löste sich, als wäre er nur ein Blatt Papier, das durchgerissen wurde. Ich war frei. Der Rest meines Rocks senkte sich wieder, wobei die eben abgetrennte Stelle ein unbeholfenes Büschel bildete, das kaum meinen Allerwertesten bedeckte. »Wie schade«, sagte der Lieutenant Detective, den Mund zu einer sonderbaren Art von Lächeln verzogen, das ich noch nie in seinem Gesicht gesehen hatte. »Es war ein hübsches Kleid.«

»Meines ist es nicht. Es gehört Odalie«, entfuhr es mir unbeholfen.

»Ach. Tja, sollen wir?«

Wir legten den Rest des Tunnels schweigend zurück, während das Feuerzeug des Lieutenant Detective uns den Weg wies und die Flamme beim Weitergehen gespenstisch in die Länge gezogene Gestalten unserer eigenen Schatten an die Tunnelwände warf. Zu guter Letzt gelangten wir an eine Holztür. Der Lieutenant Detective öffnete etliche Riegel, Schlösser, die nur von unserer Seite der Tür aus zu erreichen waren, und auf einmal traf uns ein feuchter, schwüler Schwall der Sommernacht. Wir traten aus dem Durchgang in eine äußerst unscheinbare Gasse. Mir wurde bewusst, dass ich keine Ahnung hatte, wo ich mich befand.

»Gerissen«, stellte der Lieutenant Detective fest, während er immer noch die Tür untersuchte, durch die wir soeben herausgekommen waren. »Beide Türen lassen sich nur von innen betätigen. Man kann hinaus, aber niemals hinein. Ideal für geheime Fluchtgänge.«

»Sie klingen beeindruckt.«

»Das bin ich.«

»Haben Sie die Razzia heute Abend organisiert?«, fragte ich.

Der Lieutenant Detective blickte mir etliche Sekunden in die Augen. Es war Vollmond, und ich sah das kalte, klare Blau seiner Augen und die wächsern-glatte Haut der Narbe an seiner Stirn im silbrigen Licht schimmern.

»Nein«, sagte er nach einer Weile. Er zuckte die Achseln. »Ich missbillige Örtlichkeiten wie … wie diese hier nicht.« Ich schwieg, und er fuhr fort, während die Wörter mit unsicherer Stimme aus ihm hervorsprudelten. »Im Grunde habe ich da eine Theorie.« Seine Augenbrauen fuhren nervös in die Höhe, als begehe er nun Hochverrat und sei ganz berauscht von seiner eigenen Unverfrorenheit. »Sehen Sie, meine Theorie lautet, dass die Gesellschaft solche Orte braucht. Orte, an denen man Dampf ablassen kann, verstehen Sie? Die Prohibition ist nicht praktikabel. Sie verwandelt einfach mehr Bürger in Kriminelle.« Es folgte ein langes Schweigen, und die Schultern, die er während des Redens aufgeregt hochgezogen hatte, waren jetzt heruntergesackt. Er ahnte wohl meine nächste Frage, noch bevor ich sie stellte.

»Aber warum …«

»Warum ich eingewilligt habe, heute Abend an der Razzia teilzunehmen?«

Ich nickte.

Sein Blick richtete sich in die Ferne, auf das Ende der Gasse. »Keine Ahnung.« Er schwenkte den Blick wieder auf mich und zögerte, als wiege er seine nächsten Worte ab. Dann schenkte er mir ein schuldbewusstes Grinsen und winkte mit einer Hand in

Richtung meines abgeschnittenen Rocks. »Man weiß nie, wann man einer Jungfrau in Nöten zu Hilfe eilen kann.«

Es war ein anbändelnder Spruch. Doch ich verstand nicht, warum es der Lieutenant Detective bei mir mit einer Schäkerei versuchen sollte, und war ein wenig schockiert. Noch schockierender war, wie er nach seinen Worten den Blick auf den Gehsteig senkte und verlegen von einem Fuß auf den anderen trat. Ich konnte nicht glauben, dass es ihm vielleicht ernst sein könnte. Die damenhafte Reaktion wäre gewesen, Mitleid mit seinen unbeholfenen Annäherungsversuchen zu empfinden, so linkisch sie auch sein mochten, doch das schaffte ich nicht. Es mag aufschlussreich sein, dass meine natürliche Reaktion auf das Geständnis des Lieutenant Detectives die einer Katze war, die eine verletzte Feldmaus erspähte.

»Natürlich. Ich habe vergessen, mich bei Ihnen wegen meines Kleids zu bedanken, das Sie ruiniert haben.« Es entfuhr mir mit noch mehr sarkastischer Häme als beabsichtigt. Doch anstatt mich zu entschuldigen, rieb ich sogar Salz in die Wunde, indem ich einen bösen, spöttischen Knicks andeutete.

»*Odalies* Kleid«, verbesserte er mich mit ebenso kampflustiger Miene. Mitten in meinem Knicks starrte ich ihn zornig an, und er starrte zurück. Wieder sahen wir einander unverwandt in die Augen, doch diesmal steckte unvermittelt aufflackernde wilde, weißglühende Wut dahinter. So verharrten wir etliche Sekunden, als hätte uns der silbrige Schein des Mondes versteinert und in zwei sich anknurrende Statuen verwandelt. Merkwürdigerweise löste sich unsere angespannte Gesichtsmuskulatur ganz plötzlich und synchron – wir schenkten einander ein spiegelbildliches Grinsen. Es überraschte mich zu hören, wie meine eigene Stimme mit der des Lieutenant Detectives mitlachte.

Als unser Gelächter verklungen war, wurde mir deutlich bewusst, dass der Lieutenant Detective näher herangetreten war.

Instinktiv lehnte ich mich weg. »Ich sollte in unser Apartment zurück. Sie wissen schon, um Odalie die tragische Nachricht wegen ihres Kleids zu überbringen.« Auf einmal wollte ich mich unbedingt verabschieden, nicht nur, weil mir die zunehmende Nähe des Lieutenant Detectives Unbehagen bereitete, sondern auch, weil ich fürchtete, er könne versuchen, mich nach Hause zu begleiten. Damals wusste jeder auf dem Revier, dass Odalie und ich Zimmergenossinnen geworden waren, doch ich hatte mir Mühe gegeben, die Lage und den Luxus des Apartments geheimzuhalten. Ich wollte keinen Fehler begehen und die Sache vermasseln, nur weil sich der dumme junge Detective hier als Gentleman aufspielte.

»Ich dachte, Sie meinten, sie habe bereits eine passende ... *Zerstreuung* für den Abend gefunden.«

»Sie ist bestimmt schon längst zu Hause«, log ich mit überheblicher Stimme. Der Lieutenant Detective trat zwei Schritte des Grenzgebietes zwischen uns ab. »Sie fragt sich wahrscheinlich, wo ich stecke.«

»Dann sollten wir Sie nach Hause bringen.« Er marschierte auf den Eingang der Gasse zu und stieß einen tiefen Seufzer aus. Ich wusste, dass ich ihm Odalies Apartment nicht zeigen durfte, doch als er meine Einwürfe mit einer überraschend knappen, bestimmten Art unterband, wurde mir bewusst, dass er mich so oder so begleiten würde, und ich entschied mich, mir meine Proteste für ein andermal aufzuheben. Und als wir das langgezogene, klagende *WAHHHH* von Polizeisirenen vernahmen, die sich auf den harmlosen Eingang der Mondscheinkneipe zubewegten, war ich insgeheim froh über die ehrbare Gesellschaft.

13

Als ich den Schlüssel im Schloss drehte, stellte ich zu meiner Bestürzung fest, dass Odalie tatsächlich zu Hause war. Damit hatte ich nicht gerechnet. Sie war in einen Bademantel gehüllt, der aus mehreren Lagen hauchdünnem saphirblauem Stoff bestand, und ihr hoch aufgeschossener, katzenhafter Körper räkelte sich der Länge nach auf den smaragdgrün-weiß gestreiften Polstern des Diwans. Die Hitze des Tages hing noch im Zimmer, und Odalie hatte die Fenster aufgerissen, um die Nachtluft einzulassen. Die durchschimmernden weißen Gardinen, die vor den Schiebefenstern hingen, verstärkten den überaus katzenartigen Eindruck der Szene, da sie aufgrund der Brise ab und an eine synkopische, schnelle Bewegung machten – ganz im Tempo einer verärgerten Hauskatze, die träge mit dem Schwanz schlug. Im Gegensatz zu dem tintenschwarzen Nachthimmel, der hinter Odalie in den Fensterscheiben drohte, sah sie selbst sehr lebhaft und heiter aus, wie sie sich in aufeinander abgestimmten Juwelentönen auf dem Diwan zurücklehnte.

Sie las eine Zeitschrift und aß schokoladenüberzogene Kirschlikörpralinen aus einer seidenen Konditoreischachtel. Odalie hatte eine seltsame Art, Konfekt zu essen. Diese unterschied sich vehement von Helens Methode. Helen aß ihre Süßwaren mit schuldbewusster, verstohlener Miene, die an ein paranoides Eichhörnchen erinnerte, das sich verzweifelt eine Nuss sichern wollte, bevor ein Vogel oder ein größeres Tier vorbeikäme und es zum Teilen zwänge. Im Gegensatz dazu aß Odalie ihr Konfekt träge, willkürlich. Manchmal aß sie mit einem gleichgültigen, zerstreuten Gebaren, hielt die Nascherei mit schlaffem Handgelenk wie eine bereits in Vergessenheit geratene Angelegenheit, während sie einen genaueren Blick auf die neuesten Hüte aus Paris warf. Dann wiederum gab es Momente, in denen sie mit Leib und Seele bei der Sache war. Sie scheute sich nicht, ein *Mmm* oder *Ohh* von sich zu geben, wenn sie etwas besonders vorzüglich fand. Für Helen war die Süßigkeit selbst die wertvolle Sache, wohingegen das Wertvolle bei Odalie ihre *Reaktion* auf die Praline zu sein schien. Vielleicht waren diese Unterschiede sinnbildlich für einen weiteren Klassenunterschied, in den ich keinen Einblick hatte. Immerhin geizte Helen mit ihren Süßigkeiten, da ihr Vorrat begrenzt war, aber Odalie konnte es sich leisten, großzügig und sogar ein wenig verschwenderisch zu sein. Im Laufe der Monate, die wir zusammenlebten, hatte ich zahlreiche halb geleerte Pralinenschachteln unter Odalies Bett hervorgezogen, nur um tadelnd mit der Zunge zu schnalzen und sie in den Abfall zu werfen, da sie, offen und unbeachtet, mit einer pelzigen, weißlich grünen Schimmelschicht überzogen waren.

»Oh!«, sagte sie, als sie aufblickte und uns sah. Ihr war anzumerken, dass es sie ungeheuer erstaunte, einen Mann in ihrem Eingangsbereich stehen zu sehen. Besonders verblüfft war sie, da es sich um den Lieutenant Detective handelte, aber ich glaube, dass sie bei absolut jedem Mann zumindest ein wenig überrascht gewesen wäre. Ich hatte nie zuvor einen Gentleman in das Apartment mitgebracht und litt immer noch an der Demütigung durch das ausgiebige süffisante Grinsen und die hochgezogenen Augenbrauen des Hotelpersonals, das Zeuge unseres Hereinkommens geworden war, als wir das Foyer zum Aufzug durchquerten. Trotz meiner wiederholten Proteste hatte der Lieutenant Detective darauf bestanden, mich den ganzen Weg bis hierher zu begleiten. Jetzt lungerte er im Eingangsbereich herum und starrte mit leicht geöffnetem Mund ins Wohnzimmer. Er war wohl ein wenig verblüfft von der Fahrt nach oben und wusste noch immer nicht recht, was er von dem exklusiven Foyer, den goldenen Aufzügen und dem modisch eingerichteten Apartment, in dem er sich nun befand, halten sollte. Odalie warf mir einen vorwurfsvollen Blick zu, und ich begriff: Indem ich dem Lieutenant Detective gestattet hatte, mich nach Hause zu begleiten, hatte ich meinen Eid gebrochen, ihre Wohnsituation geheimzuhalten. Offensichtlich war sie keineswegs begeistert von dieser Entwicklung. Doch nachdem sich ihre Gesichtszüge verärgert verzogen hatten, fasste Odalie sich wieder, und sie lösten sich zu einer freundlichen, gelassenen Miene auf. Sie erhob sich geschmeidig, um uns zu begrüßen.

»Ach du meine Güte! Tja, Lieutenant Detective, Sie treten besser ein und fühlen sich wie zu Hause.«

»Ich habe mich nur darum gekümmert, dass Rose sicher nach Hause gelangt.«

»Unsinn. Sie sind jetzt hier. Bleiben Sie ein wenig.« Benommen taumelte der Lieutenant Detective vorwärts, als Odalie sich bei ihm einhakte und ihn auf den Diwan setzte, auf dem sie sich nur Sekunden zuvor geräkelt hatte. Er schien sich dieser letzteren Tatsache allzu deutlich bewusst zu sein und rutschte höflich zur Seite, um auf der äußersten Kante des gepolsterten Sitzes zu hocken. Odalie bedachte ihn mit einem abschätzenden Blick, und ihr Mund kräuselte sich unwillkürlich auf eine Art, die bedeutete, dass sie sich fragte, wie sie die Situation unter Kontrolle bringen könnte. Ich wusste, dass sie beunruhigt bliebe, bis sie die stillschweigende Gewähr erlangt hätte, dass der Lieutenant Detective ihr Geheimnis nicht preisgeben würde. Um das zu bewerkstelligen, musste sie ihn zuallererst prüfend taxieren. »Ich könnte Ihnen etwas zu trinken anbieten«, sagte sie. Er sah sie an. »Etwas, um Ihre Nerven zu beruhigen«, fügte sie hinzu. Es war klar, dass sie weder Kaffee noch

Tee meinte, und er schien zu spüren, dass es im Grunde die Nerven seiner Gastgeberin beruhigen würde, nähme er einen Cocktail an.

»Sicher.«

Als Odalie sich erhob, um die Drinks zu mixen, folgte der Lieutenant Detective ihr mit den Augen, und ich ergriff die Gelegenheit, schlich mich den Flur entlang in ihr Schlafzimmer. Falls Odalie den grausam zerfetzten Saum des Kleides, das ich mir geborgt hatte, bemerkt haben sollte, war es ihr entweder egal oder sie wollte nichts dazu sagen. Ich wusste, es war unwahrscheinlich, dass sie mir auch nur die geringsten Vorwürfe machen würde. Trotzdem hatte ich ein schlechtes Gewissen, da ich etwas ruiniert hatte, von dem ich wusste, ich könnte es mir nicht leisten, es zu ersetzen. Aus dem anderen Zimmer erklang das Zischen der Seltersflasche in mehreren Stakkato-Stößen. In den Monaten seit meinem Einzug waren Odalie und ich darauf verfallen, uns einen großen Schrank zu teilen, und ich stand nun davor und musterte seinen Inhalt. Während ich nach frischer Kleidung stöberte, vernahm ich, wie Odalie ein Tablett mit Drinks zum Beistelltisch brachte und das Eis darauf klirrte, während sie das Zimmer durchmaß. Der scharfe Geruch von frischer Limette zog vom Wohnzimmer ins Schlafzimmer, und ich tippte darauf, dass sie sich entschieden hatte, Gin Rickeys zu mixen. Odalie, die niemals die Gebräue aus Ethanol und Wacholdersirup trank, welche in den Mondscheinkneipen verkauft wurden – gemeinhin als Badewannen-Gin bezeichnet –, hatte höchstwahrscheinlich die letzte Flasche echten englischen Gin benutzt, die wir in der Bar unserer Kleinküche aufbewahrten (ihr war vorherbestimmt, gleich am folgenden Tag auf rätselhafte Weise ersetzt zu werden). Seltsamerweise lief mir vor Erwartung das Wasser im Mund zusammen, ein Phänomen, das ich noch nie erlebt hatte, da ich in Bezug auf Alkohol im Grunde eine Dilettantin war.

Ich starrte die Wand aus hängender Kleidung an und versuchte, mich zu beeilen. Wäre der Lieutenant Detective diskret nach Hause gegangen, wie es die Anstandsregeln eigentlich vorschrieben, hätte ich einfach mein Nachthemd angezogen, um es mir für den Abend bequem zu machen. Doch das schloss ich sofort aus. Mein übliches Nachthemd war an sich kein unschickliches Kleidungsstück. In der Tat wies es gewisse Kennzeichen auf, die an die geschlechtslosen Hemden erinnerten, die wir im Waisenhaus tragen mussten: gebleichtes weißes Leinen der kratzigen Sorte, ein hoher gestärkter Kragen und lange Ärmel mit Kordelzügen an den Handgelenken. Doch ich wusste, dass ich lieber sterben würde, als mich vor dem Lieutenant Detective in irgendeinem Nachtgewand zu zeigen, ganz zu schweigen von diesem hier. Ich suchte nach etwas Angemessenerem.

»Das sind zwei sehr schöne Armbänder«, hörte ich den Lieutenant Detective zu Odalie sagen. Auf der Stelle wusste ich, welche er meinte. Früher am Abend hatte sie sie nicht getragen, doch ich hatte sie an ihren Handgelenken funkeln sehen, als wir eingetreten waren. Es handelte sich um zwei Diamantarmbänder, wie ich sie in meinem zugegebenermaßen provinziellen Leben noch nie zuvor zu Gesicht bekommen hatte. Sie übertrafen bei weitem alles, was ich in Mrs Lebruns Schmuckkästchen erblickt hatte, als sie mir beibrachte, wie man Edelsteine und Fassungen sachgemäß reinigte. Wahrscheinlich werde ich mein Lebtag nie wieder etwas sehen, das Odalies Armbändern das Wasser reichen könnte. Damals hatte es mich seltsam berührt, dass ich Odalie sie nie draußen tragen sah. Stattdessen hatte sie die sonderbare Angewohnheit, die Schmuckstücke anzulegen, wenn sie zu Hause blieb, und trug sie im Apartment, während eine andere Sorte Frau vielleicht einen Hauskittel überstreifen würde.

»Sind die echt?«, fragte er. Ich hörte Odalies Lachen, und

der melodiöse Klang ihrer Stimme traf eine absolut zweideutige Note, die gleichzeitig *ja, natürlich* und *nein, seien Sie nicht töricht* ausdrückte. Ich hatte mich schon selbst gefragt, wie die Antwort zu dieser Frage lauten mochte, war aber nie so verwegen gewesen nachzufragen. Endlich fand ich tief unten im Schrank vergraben etwas, das mir gehörte. Ich zog ein sehr unscheinbares blaues Baumwollkleid über und kehrte ins Wohnzimmer zurück, hielt mich aber im Türrahmen, knapp außer Sichtweite, um von meinem Aussichtspunkt, an dem sie mich wahrscheinlich nicht bemerken würden, zu ihnen zu spähen.

»Wissen Sie«, Odalie beugte sich aufgeregt vor, »sie waren ein Geschenk. Ich habe nie nachgefragt, ob sie echt sind oder nicht.« Sie lachte erneut. Mir fiel auf, dass sie das Wort *Geschenk* scharf ausgesprochen hatte, als habe es einen bitteren Nachgeschmack. Dem Lieutenant Detective entging dies ebenfalls nicht.

»Tatsächlich? Ein Geschenk?«

»Ja. Nun. Genauer gesagt ein *Verlobungsgeschenk.*«

»Oh, Verzeihung. Ich stand unter dem Eindruck, Sie seien …« Er suchte nach dem harmlosesten Wort und fand keines. »… Junggesellin«, schloss er endlich, indem er den vertrauteren (und merklich weniger anstößigen) maskulinen Begriff verweiblichte. Odalie lächelte zufrieden und sphinxhaft.

»Das bin ich auch.«

»Oh, ich bitte um Verzeihung. Nochmals.«

Odalie erwiderte auf diese letzte Bemerkung nichts, sondern streckte stattdessen die Handgelenke vor den Augen des Lieutenant Detectives aus. »Aber sie sind wirklich beachtlich, nicht wahr.« Es war keine Frage. Sie drehte die Handgelenke bedächtig nach links und dann nach rechts, sodass die Diamanten das ganze Farbspektrum ihrer winzigen prismenförmigen Flämmchen abfeuern konnten. Er betrachtete die Schmuckstücke voll Anerkennung.

»Ich habe noch nie eine Frau gesehen, die an beiden Handgelenken Armbänder trägt, die derart zueinander passen.«

Sie verzog den Mund wieder bissig, während sie das beeindruckte Gesicht des Lieutenant Detectives anlächelte und ein schrilles Lachen ausstieß. »Ja, sie sehen ein wenig wie … wie *Handschellen* aus, nicht wahr?« Sie legte die Handgelenke übereinander und posierte. Der Lieutenant Detective zuckte angesichts dieses finsteren Vergleichs zusammen und warf Odalie einen überraschten Blick zu. Sie beugte sich näher zu ihm. »Ich verrate Ihnen ein Geheimnis: Genau das sind Verlobungsgeschenke immer, auf die eine oder andere Art.« Spielerisch legte sie den Kopf schräg, aber das Düstere in ihren Worten wirkte nach. Ich spürte, wie sich in mir etwas Besitzergreifendes kribbelnd regte, doch ich war nicht ganz sicher, welcher Partei dieses Gefühl galt.

Ich hielt den Atem an, als Odalie die wenigen Zentimeter Abstand zwischen ihnen noch verringerte. »Man kann etwas herausputzen, so viel man will, aber es lässt sich trotzdem nicht ändern, was es ist. *Was uns Rose heißt, wie es auch hieße, würde lieblich duften …*«, sagte sie kokett. Meinen Namen zu hören, versetzte mir einen gewissen Stich. »Glauben Sie, irgendwelche Verdächtigen auf dem Revier wären neidisch, wüssten sie, dass meine Handschellen kunstvoller sind als ihre?« Jetzt grinste Odalie lüstern, ihre rot geschminkten Lippen dehnten sich weit über ihre weißen Zähne, und sie berührte beinahe den Körper des Lieutenant Detectives. Da packte mich der Drang, das Zimmer zu betreten. Ich hüstelte.

Ruckartig richtete sich ihre Aufmerksamkeit auf mich, zwei Waldbewohner, die sofort erstarrten, als ihnen bewusst wurde, dass sie sich nicht allein im Unterholz befanden. Das Gesicht des Lieutenant Detectives rötete sich bis zu den Ohren, und abwehrend erhob er sich vom Diwan.

»Oh! Ja. Nun. Ich sollte mich auf den Weg machen. Ich

bin sehr froh, Sie sicher nach Hause gebracht zu haben, Miss Baker.«

»Danke, Lieutenant Detective. Für all Ihre …« Ich suchte nach dem richtigen Wort, zuckte lahm die Schultern und murmelte schließlich: »… *Hilfe*.« Ich hatte es nicht sarkastisch gemeint, doch ihm war anzusehen, dass er es so verstand. Er richtete sich kerzengerade in einer gekränkten Art auf, die gleichzeitig nahelegte, dass ihm die Geschehnisse des Abends aufrichtig leidtäten – erwischt worden zu sein, Odalie schöne Augen zu machen, das Kleid ruiniert zu haben, vielleicht sogar die Razzia selbst. Er griff nach seinem Hut.

»Oh, aber *Frank*, bleiben Sie doch noch ein wenig. Sie haben Ihren Drink gar nicht ausgetrunken«, beschwerte sich Odalie, indem sie auf das Glas wies, das immer noch halb voll mit Gin Rickey war. Sie streckte eine Hand nach oben und zog scherzhaft am Ärmel seines Jacketts. Die Art, wie sie den Vornamen des Lieutenant Detectives aussprach, hatte etwas Mühelos-Vertrautes an sich. Es war, als habe sie ihn bereits viele Male auf diese Weise gesagt. Während ich das Bild der beiden dort im Wohnzimmer auf mich wirken ließ, kam mir in den Sinn, dass der Lieutenant Detective nicht so überwältigt und irritiert von seiner Umgebung schien, wie ich ursprünglich erwartet hatte. Zum ersten Mal beschlich mich ein bestimmter Verdacht.

»Nein, nein. Es ist spät, und ich habe heute Abend schon mehr als genug getrunken, nicht nötig, vor dem Heimweg noch aufzutanken.« An ebender Stelle, wo er ruckartig vom Diwan aufgesprungen war, unternahm er nun einen halbherzigen Versuch, seinen zerknitterten Anzug glattzustreichen. Trotz seiner Bemühungen hing der Anzug immer noch auf seine charakteristisch schlaffe Art an ihm herunter. Ich hatte wohl schon immer gewusst, dass der Lieutenant Detective etwas von einem gutaussehenden Schurken an sich hatte, doch genau in dem Augenblick, als er zu mir aufblickte, die Narbe an seiner Stirn im

Lampenschein gerunzelt und den Anflug eines schiefen Grinsens auf den Lippen, erkannte ich, warum so häufig Aufhebens um ihn gemacht wurde, wenn er sich in der Gesellschaft von Damen befand.

»Außerdem«, fügte er hinzu, »ist es ein recht ereignisreicher Abend gewesen.« Daraufhin sah Odalie ihn misstrauisch an. »Ich werde Rose – Verzeihung, ich meine Miss Baker – die Einzelheiten erzählen lassen.«

Odalie brachte ihn zur Tür. »Die andere Seite ... nach rechts«, hörte ich sie leise rufen, als er die falsche Richtung einschlug, um zum Aufzug zurückzufinden. Der Verdacht, der nur Minuten zuvor in meinem Gehirn gekeimt war, legte sich ein wenig. Ich glaube nicht, dass seine Orientierungslosigkeit das Ergebnis von zu viel Alkohol war. Soweit ich wusste, war es sein erster Besuch in dem Hotel, und die Leute waren bei ihrem Antrittsbesuch in Odalies Apartment oft überwältigt.

Odalie kehrte ins Wohnzimmer zurück, und ihr verändertes Benehmen verdeutlichte mir sofort, dass sie eine gründliche Einsatzbesprechung bezüglich meiner jüngsten Verflechtung mit dem Lieutenant Detective erwartete. »Es war sehr *nett* von ihm, dich so nach Hause zu begleiten«, stellte sie fest. Sie warf sich wie ein nasses Laken über den Diwan. Ihre Bewegungen hatten stets etwas Fließendes, obwohl sie hauptsächlich aus langen Linien und spitzen Winkeln bestand. Ich wollte nun schon seit Monaten dieses Paradox ergründen, und ich war nicht die Erste, die dieses Geheimnis zu entschlüsseln versuchte.

»Und keine Sorge«, fuhr sie fort, als ich ihr eine Antwort schuldig blieb. »Ich werde mich schon nicht zu sehr bei ihm einschmeicheln.« Ich wusste sofort, dass dies eine Lüge war. Sie beugte sich vom Diwan vor und streckte den Arm aus, um mir den Rücken der Hand zu tätscheln, die auf meinem Knie ruhte. »Ich sehe schon, dass dir das nicht recht wäre.« So, wie sie es sagte, schwang Aufregung in ihrer Stimme mit, und mir wurde bewusst, dass der Lieutenant Detective seit kurzem in Odalies Augen eine echte Anziehungskraft entfaltet hatte. Doch in dem Moment war es mir gleich, da eine weitere Angelegenheit von großer Bedeutung zu besprechen war.

»Odalie«, setzte ich zögernd an. »Heute Abend hat es im Klub eine Razzia gegeben.«

Sie war gerade mitten dabei, einen Schluck von dem übrig gebliebenen Gin Rickey des Lieutenant Detectives zu trinken, da spuckte sie ihn als einen feinen Dunst wieder aus. Der harzige Duft nach Gin und Limette machte sich breit. Sekunden später hing sie am Telefon und blaffte eine Telefonnummer nach der anderen einer verwirrten Telefonistin entgegen, die – wie es klang – immer wieder mit der inakzeptablen Nachricht antwortete, dass keiner der gewünschten Gesprächsteilnehmer zu erreichen sei.

14

Der Sergeant hatte *wir* gesagt. Als der Lieutenant Detective fragte, ob es dem Sergeant irgendwie gelungen sei, auf sehr zügige Art und entgegen aller Erwartung, Mr Vitalli ein Geständnis abzuringen, hatte der Sergeant mich (bedeutsam!) angesehen und gesagt: *Das haben wir.* Ich hatte das Gefühl, diesen drei einfachen Worten hätte niemals mehr Gewicht innegewohnt.

Denn sehen Sie, im Laufe der Jahre, die ich den Sergeant kannte, hatte er höchst selten *wir* gesagt. Sein gewohnheitsmäßiger Geiz mit diesem besonderen Wort führte nur dazu, dass mein Respekt ihm gegenüber an Gewicht und Größe zunahm. Dieses Verhalten ist wohl ziemlich verbreitet. Wir schätzen immer diejenigen Menschen, die uns das Gefühl vermitteln, es sei etwas Besonderes, ihre Freundschaft zu genießen, ihrem Klub anzugehören. Der Sergeant hatte im Geiste ein sehr genaues Lineal, mit dem er die Menschen maß. Er verhehlte es seinem Gegenüber nie, wenn man seinen Ansprüchen nicht genügte, und er scherte sich keinen Deut darum, wie man sich deswegen fühlte. Seiner Meinung nach war das nicht sein Problem. Es war deines.

Ich erwähne das jetzt, denn als er mich mit diesem Blick bedachte und *wir* sagte, wusste ich, dass es etwas zu bedeuten hatte. Dass es sich um einen Augenblick von großer Tragweite handelte! Ich glaubte von ganzem Herzen, der Sergeant sei ein Mann, der sich stets an die Vorschriften hielt, und hier war er und ließ sich dazu herab, mit mir gegen die Regeln zu verstoßen. Mit *mir*! Ich wusste, dass er einen stark ausgeprägten moralischen Gerechtigkeitssinn besaß und nur unter den extremsten Umständen und mit ganz besonderen, gleichgesinnten Menschen es jemals wagen würde, die Dame Justitia zum Handeln zu zwingen. Das Wort *Bürgerwehr* sagt mir nicht sonderlich zu, da es einen besonders anarchischen und rebellischen Klang in sich trägt und von daher keineswegs zum Sergeant passt. Der Sergeant war etwas feiner Konzipiertes, auf einen höheren Ruf abgestimmt. Und Sie mögen mich für verrückt halten, aber ich glaube – besser gesagt, ich *glaubte*, denn die Vergangenheitsform ist in diesem Fall angebrachter –, als er das Wort *wir* benutzte, war das seine Art zu sagen: *Aber ja, Rose, wir sind aus demselben Holz geschnitzt.*

Ich weiß, ich sagte es bereits, aber ich will es gerne wiederholen: Seien Sie versichert, zwischen dem Sergeant und mir spielte sich nie etwas Ungebührliches ab. Es gab absolut keine, sagen wir mal, *Händel* zwischen uns. Ebenso wenig gab ich ihm je »den Scheck zum späteren Einlösen«, wie es Odalie häufig von Versprechen zu sagen pflegte, die sie Verehrern gegenüber äußerte, deren Wünsche sie nicht sofort erfüllen wollte. Nein, das Band, das den Sergeant und mich vereinte, war von viel reinerer Art. Zusätzlich dazu, dass er sich beruflich vorbildlich verhielt, war er Ehemann und Vater, und obwohl ich zugebe, dass ich manchmal ungeheuer neugierig und geringschätzig dem Wesen gegenübertrat, das seine Ehefrau war (der ich nebenbei bemerkt nie begegnet bin), wollte ich nicht zwangsläufig, dass er aufhörte, all dies zu sein. Ich sah mich nicht als seine Geliebte. Aber ja, bei ein paar (sehr seltenen!) Gelegenheiten erlaubte ich mir das Gedankenspiel, wie es wohl wäre, mit dem Sergeant verheiratet zu sein, wenn er nach Hause käme und eine Mahlzeit zu sich nähme, die ich extra für ihn gekocht hätte, auf der Haut von seinem Schnauzer gekitzelt zu werden, wenn er sich herabbeugte, um mich auf die Wange zu küssen. Von seinem Schnauzer gekitzelt zu werden, Punktum. Oh! Aber ich kann Ihnen versichern, ich hing diesen Fantasien nur äußerst selten nach und nur zu besonderen Anlässen.

Selbstverständlich verriet ich nie, dass mir solche Bilder durch den Kopf gingen. Auf der Arbeit war ich immer ganz schickliches Benehmen und berufliche Etikette. Obwohl allen bewusst war, dass ich mich in letzter Zeit Odalie und ihresgleichen angeschlossen hatte, glaube ich dennoch, der Sergeant wusste, dass ich nicht anfällig war, eine solch leichtfertige, emanzipierte Frau im Stile der Flapper zu werden oder ein verabscheuungswürdiges Gangsterliebchen. Zwischen uns hatte es nie sonderlich viele Worte gegeben, aber wir hatten ihrer auch nie bedurft. Ich hatte stets gefühlt, dass er mich kannte, seit jenem ersten Bewerbungsgespräch. Und beim Tippen von Mr Vitallis Geständnis wusste ich, dass ich etwas getan hatte, das die Grenze beruflicher Etikette deutlich überschritt. Wir waren beide nicht sonderlich religiös, doch ich denke, auf eine seltsame Art teilten wir den gemeinsamen Glauben, Gottes Werk zu tun. Wir waren zwei moralisch aufrechte Seelen, die die Welt von einer schrecklichen Ungerechtigkeit befreiten. Ich hielt den Sergeant und mich für ein wenig sauberer als die übrigen Leute um uns herum und irgendwie erhaben über die schmutzigeren Winkelzüge des Lebens. Aus all diesen und noch weiteren Gründen stimmte es mich natürlich nervös, nach der Razzia in der Mondscheinkneipe das Revier zu betreten.

Am Abend der Razzia war Odalie nicht in der Lage, per Telefon viel zu regeln. Die meisten Informationen, die sie sich hatte beschaffen können, stammten von einem vierzehnjährigen Straßenkind namens Charlie Whiting, der gelegentlich Botschaften für Gib und Odalie überbrachte. Man bezahlte Charlie dafür, in einem Hinterzimmer zu sitzen und wie eine Büroaushilfe ans Telefon zu gehen, um geheimnisvolle Aufträge niederzuschreiben wie *Philadelphia, 110* (was Charlie gewöhnlich »Filladelfeea« schrieb) oder manchmal *Baltimore, 50* (was Charlie gewöhnlich »Bawlamore« schrieb). Charlie war an jenem Abend aus dem Hinterzimmer geschlichen, um Gib eine Nachricht auszurichten, und war anschließend in der Hoffnung geblieben, ein paar Schlucke Gin abzubekommen, bevor jemand eine missbilligende Bemerkung bezüglich seines Alters machte. Er war ein eher kleiner, beinahe elfenhafter Junge, selbst für einen Vierzehnjährigen zierlich, und hatte diese Tatsache schon immer lautstark beklagt. Doch in dem Chaos der Razzia hatte Charlie von seiner kleinen Statur profitiert und es geschafft, aus einem Kellerfenster zu schlüpfen.

Es dämmerte bereits, als jemand sehr entschuldigend an unsere Tür klopfte – die Telefonleitung sei besetzt, erklärte der Hotelpage, und man brauche uns unten, um den recht jugendlichen »Gast« loszuwerden, der uns aufsuchen wolle. Wie Charlie so in der widerhallenden Kathedrale der Lobby stand, die Zeitungsjungenmütze weit auf seinem Kopf zurückgeschoben, und ehrfurchtsvoll seine derzeitige Umgebung beäugte, wirkte er kleiner und jünger denn je. Doch Odalie scherte sich offensichtlich nicht um die Zerbrechlichkeit wahrer Jugend. Sie marschierte direkt auf ihn zu und schnippte mit den Fingern vor seinem nach oben gerichteten Gesicht, woraufhin er blinzelte, als erwache er aus einer hypnotischen Trance. Beinahe sofort leierte Odalie eine Namensliste herunter, indem sie einen nach dem anderen an den Fingern abzählte. Bei jedem Namen sagte Charlie abwechselnd *ja*, *nein* oder aber *glaub' schon, Ma'am,* um anzudeuten, wen die Polizei »geschnappt« hatte, wie er sich auszudrücken pflegte. Sobald die Sonne aufgegangen war und wir uns zu einem neuen Arbeitstag auf dem Weg ins Revier befanden, hatte Odalie eine Art lückenhafte Liste zusammengeschustert.

Als wir eintrafen, machte Odalie sich eine Tasse Kaffee und ging sehr langsam in Richtung des Haftraums, wobei sie stillschweigend und wie beiläufig durch die Gitterstäbe blickte. Es war, als sei sie eine Besucherin, die durch ein gewaltiges widerhallendes Museum schlenderte und kühl die weniger bekannten Werke eines großen Meisters betrachtete. Genauso passiv und reserviert benahmen sich Gib, Redmond und die vielen anderen vertrauten Gesichter, die ich aus den Mondscheinkneipen kannte. Unbeirrbar hielten sie Odalies Blick stand, verharrten aber ruhig, und keiner ließ sich auch nur im Geringsten anmerken, dass sie mit der Frau bekannt waren, die sie von der anderen Seite der Gitterstäbe aus anstarrte. Intuitiv ahnte ich, dass hier ein ausgefeiltes Gespräch im Gange war, obwohl kein einziges Wort fiel. Ich beschloss, Odalie im Laufe des Tages genau im Auge zu behalten, denn ich war neugierig, wie ihr Plan lautete. Denn dass sie einen Plan hatte, stand außer Frage.

Natürlich war ich an jenem Vormittag nervös, was mein eigenes Schicksal betraf. Obwohl ich aus den stillschweigenden Blickwechseln zwischen Odalie und den Männern in der Verwahrungszelle schloss, dass Odalies Anonymität gewährleistet war, fühlte ich selbst mich nicht so sicher. Sogar der Lieutenant Detective gab mir Grund zur Sorge, da er weder Verhaftungen vorgenommen noch jemandem auf dem Revier sein verdächtiges Fehlen zu Beginn der Razzia erklärt hatte. Würde mein Name fallen? Ich kannte ihn als einen Mann, der es mit der Wahrheit durchaus nicht so genau nahm, wenn es seiner Sache diente, doch ich bezweifelte, dass er dem Sergeant gern eine Handvoll glatter Lügen auftischen würde.

Aber wie sich herausstellte, hatte ich mir in dieser Hinsicht völlig umsonst Sorgen gemacht. Ich spürte eine Woge der Erleichterung, als man mir sagte, der Lieutenant Detective habe eben angerufen und käme den Vormittag nicht. Er vermeldete, eine unvermittelte und sehr unangenehme Magenerkrankung habe ihn dazu gezwungen, sich vorzeitig von der Razzia zurückzuziehen, und da sie sich noch nicht gelegt habe, würde er sich den Tag vom Revier fernhalten. Das Lügen fällt einem wohl weniger schwer, wenn es per Telefon geschieht. Ich finde es interessant, wie die Fortschritte der Technik die Praxis der Täuschung auf viele Arten erleichtert und verfeinert haben.

Auf irgendeine Weise gelang es Odalie, jeden einzelnen Fall zugewiesen zu bekommen, der mit dieser Mondscheinkneipe zusammenhing. Wie ich mir schon gedacht hatte, wurde mit Gib angefangen. Es war eine der klugen Verhörtaktiken des Sergeants. Das Schema war einfach, und er ging stets gleich vor: Er fing beim »großen Fisch« an und führte ein Gespräch darüber, was die Konsequenzen sein könnten, falls der große Fisch nicht reinen Tisch machte. Dann wurde der große Fisch wieder in die Verwahrungszelle zurückgebracht, wo er immer nervöser werden sollte, während ein kleiner Fisch nach dem anderen herausgeholt und zum Verhörraum abgeführt wurde. Vor Tagesende redete der große Fisch normalerweise, da er fürchtete, die kleinen Fische hätten ihn längst verpfiffen. Ich war sicher, Odalie würde die Ruhe verlieren, wenn sie Gib aus dem Haftraum schleppten und ihn unsanft vor sich herstießen, wie es stets der Fall war. Doch sie ließ sich nichts anmerken. Odalie zeigte nicht einmal das geringste Zeichen gestiegenen Interesses. Stattdessen erhob sie sich, sammelte ungerührt ein paar Ordner und Rollen Stenografiermaschinenpapier ein und *klack-klack-klackte* auf ihren hohen Absätzen den Flur entlang, dem Sergeant gelassen folgend.

Und dann geschah es.

Ich sage, *es* geschah, da ich mir bis heute immer noch nicht völlig sicher bin, was Odalie tat, auch wenn ich jetzt mit dem Vorteil der Rückschau über eine Handvoll sehr einleuchtender Theorien verfüge. Was ich *weiß*, ist Folgendes: Eine Viertelstunde, nachdem Odalie Gib und dem Sergeant in den Verhörraum gefolgt war, vernahmen wir Schritte auf dem Flur und drehten uns danach um, überrascht, dass jemand so früh herauskam. Es überraschte uns besonders, Gib zu erblicken, der sich allein und beiläufig schlendernd in Richtung des Reviereingangs bewegte. Sämtliche Köpfe drehten sich nach ihm um. Anscheinend war er auf freiem Fuß. Ich weiß noch, dass er deswegen schier ausgelassen war, was zu seinem Charakter passte, denn schließlich genoss Gib es durchaus, hämisch zu sein. Mit einer gewissen arroganten Einfachheit pfiff er ein Lied und setzte sich wieder seinen anthrazitgrauen Filzhut auf, die Krempe, wie es seine Gewohnheit war, ein klein wenig schräg. Er schob sich mit einem Schulterschwung durch die Eingangstür, und das Letzte, was wir von ihm sahen, war die Silhouette seines Hutes, die mehrmals hintereinander aufblitzte, als sich Gibs Abbild in der mosaikartigen Scheibe der Eingangstür des Reviers brach. Mit jeder Sekunde, die verstrich, löste sich seine Gestalt in noch mehr Splitter auf, während er die Treppe hinunter- und von dem Gebäude fortschlenderte.

Ich blickte zu Marie, die auf der anderen Zimmerseite Berichte ablegte. Zwar war Marie schon immer eine korpulente Frau gewesen, doch nun schien sie über Nacht sichtbar schwanger geworden zu sein, und ihr Bauch dehnte bereits den Stoff ihres Kleides mit der eigenartigen, völlig glatten Rundheit eines Ballons. Ihre wässrig blauen Augen wirkten aufgrund der fleckigen Röte ihres Teints noch blauer. Selbst ihre Haltung hatte sich mit einem Schlag verlagert: Beim Stehen hatte sie fast immer eine Hand zur Faust geballt und stemmte sie sich ins Kreuz, tief ins Fleisch, als wolle sie Druck auf die Wirbelsäule ausüben. Sie sah mir in die Augen, schob die Unterlippe vor und zuckte mit den Schultern, wie um zu sagen: *Wer weiß schon, was diese Männer im Schilde führen? Ich fand auch, dass er schuldig aussah.* Dann widmete sie sich wieder der Aktenablage.

Nach Gibs Verschwinden schwoll erneut der Lärm um mich herum an. Was könnte Odalie wohl gesagt haben, um Gibs Freilassung zu erreichen? Sie musste doch dem Sergeant etwas gesagt haben, das ihn dazu bewegte, Gib guten Gewissens ziehen zu lassen. Damals machte für mich nur Sinn, dass Odalie etwas recht Raffiniertes eingefallen war, denn schließlich war der Sergeant ein aufrechter Mann, dem nicht mit etwas beizukommen war, das sich auch nur entfernt nach albernem Gewäsch anhörte. Sicher, dachte ich, er hatte mit mir gemeinsame Sache gemacht, als es galt, Vitallis Geständnis auf die Sprünge zu helfen, aber das war etwas ganz anderes gewesen. Wie schon gesagt, existierte zwischen dem Sergeant und mir ein Band, und gemeinsam folgten wir einer höheren Berufung. Bei der Vitalli-Affäre ging es darum, sicherzustellen, dass die Gerechtigkeit nicht durch die Maschen schlüpfte. Nicht eine Sekunde lang konnte ich glauben, dass es bei dem Sergeant und Odalie anders wäre. Nein, dachte ich, Odalie hatte bestimmt das Beste hervorkramen müssen, das ihre Vorstellungskraft zu bieten hatte, doch wenn Odalie eines war, dann kreativ.

Natürlich war mir deswegen in Anbetracht meiner Loyalität dem Sergeant gegenüber ein wenig mulmig zumute. Odalie täuschte ihn, und im Grunde war sie ans Revier gekommen, um ebendas zu tun. Zu jenem Zeitpunkt hatte ich endlich akzeptiert, was ich eigentlich längst gewusst hatte. Die Gerüchte um Odalie waren richtig gewesen – oder zumindest halb richtig. Sie hatte die Stenotypistinnenstelle angetreten, um das System zu manipulieren, doch der Schwarzhändler, den sie letzten Endes schützte, war sie selbst. Bitte verstehen Sie mich nicht falsch: Ich will damit nicht andeuten, dass ich diese Tatsache erst zu dem Zeitpunkt begriff. Ich bin keine völlige Närrin. Seit dem ersten Abend, an dem Odalie mich in die Mondscheinkneipe mitnahm, verstand ich die schlichte Wahrheit, dass Odalie tatsächlich auf beiden Seiten des Gesetzes wandelte, auch wenn ich vielleicht dem Glauben nachhing, sie sei in der Mondscheinkneipe lediglich Gast und nicht Kopf der Sache. Nicht klar war mir, dass ich, indem ich meine Hand in ihre legte und durch diesen allerersten Vorhang trat, ich *selbst* zu einer Frau wurde, die auf beiden Seiten des Gesetzes stand. Am Tag nach der Razzia, als Odalie den Sergeant mit irgendeinem Kniff dazu bewegte, ihre Kumpanen zu befreien, konnte ich kaum Einspruch erheben.

Was auch immer Odalie dem Sergeant sagte, erzielte seine Wirkung. Den restlichen Nachmittag über wiederholte sich der Freispruch, der es Gib erlaubt hatte, sich den ganzen Weg zur Eingangstür des Reviers und die offene Veranda hinunter hämisch zu freuen, noch etliche Male bei anderen Männern aus der Zelle. Das Verfahren wurde zur Routine: ein kurzes Verhör, gefolgt von einer schnellen und oberflächlichen Entlassung. In der Mondscheinkneipe verhaftete Verdächtige gingen mit Odalie und dem Sergeant in das Verhörzimmer und kamen nach kaum zehn oder fünfzehn Minuten wieder heraus, um durch den Hauptraum des Reviers zu schlendern und durch die Eingangstür zu schweben.

Ich hätte wohl froh sein müssen, und es hätte Grund zum Feiern sein sollen. Es gab einen Moment, an den ich mich noch sehr deutlich erinnere, als Redmond freigelassen wurde (und zwar nicht dank meiner eigenen Bemühungen) und er an meinem Schreibtisch vorüberging und mir in die Augen sah mit einer finsteren Miene, die besagte: *Recht herzlichen Dank auch, Miss Rose – oh, ich sehe schon, wie weit Sie für Ihre »Freunde« gehen würden.* Mich überlief ein leichter Schauder der Erleichterung, weil es Odalie gelungen war, diese Männer zu befreien. Ich hatte wirklich ein schlechtes Gewissen wegen Redmond. Unsere letzte Unterhaltung war meine Getränkebestellung gewesen, dann war ich los und direkt vor der Razzia verschwunden und hatte ihn sich selbst überlassen. Und auch ich war nur knapp einer Verhaftung entgangen, und falls ich erwischt worden wäre, hätte mein verzweifeltes Verlangen nach Freiheit ganz sicher jeglicher moralischen Überlegenheit, die ich möglicherweise für mich beanspruchen kann, den Garaus gemacht. Beim Anblick des freigelassenen Redmond frohlockte ich einen Moment und zog in Erwägung, dass das, was Odalie da tat, vielleicht doch nicht so verwerflich war.

Später am Abend, als die Ereignisse des Arbeitstages endlich hinter uns lagen, nahmen wir ein Taxi zum Apartment. Seitdem ich bei Odalie eingezogen war, hatte ich keinen Fuß mehr in die Subway gesetzt. Wir fuhren stets mit dem Taxi zur Arbeit und wieder zurück. Daran dachte ich jetzt und merkte, dass das Bild der vielen Subway-Bahnsteige, auf denen ich früher allzu häufig herumgegeistert war, nur noch schwach in meiner Erinnerung nachhallte, so als hätte ich sie nur geträumt. Ich starrte nachdenklich aus dem Taxifenster, während wir durch die Straßen von Manhattan rollten, nahm all meinen Mut zusammen und fragte Odalie, was sie dem Sergeant gesagt hatte, um die Freilassung der Männer zu bewirken.

»Was meinst du?«, fragte sie.

»Du weißt schon. Es muss etwas ziemlich Handfestes gewesen sein. Der Sergeant ist nicht leicht zu überzeugen.«

Odalie drehte den Kopf vom Fenster und betrachtete mich aufmerksam. Ich hatte sie noch nie direkt zu den Geschichten befragt, die sie von sich gab. Mein Puls beschleunigte sich, denn ich fürchtete, womöglich den Pakt der Komplizenschaft zwischen uns verletzt zu haben. Doch Odalies Reaktion überraschte mich. »Rose«, sagte sie, »du setzt insgesamt zu großes Vertrauen in den Sergeant. Das solltest du wirklich nicht tun.« Sie richtete den Blick wieder auf die Wolkenkratzer, die an uns vorbeizogen. »Du tätest gut daran, meine Liebe, nicht zu vergessen, dass er auch bloß ein Mann ist«, murmelte sie ein wenig geistesabwesend.

Ich stellte Odalie keine weiteren Fragen zu dem Thema, doch ihre rätselhafte Aussage quälte mich den restlichen Abend. Ich spürte jedes Mal Unbehagen, wenn ich dahinterzukommen versuchte, was Odalie bezüglich des Sergeants gemeint haben könnte. Ich entschied, nicht länger darüber nachzudenken, war aber nur bis zu einem gewissen Punkt erfolgreich in meiner Entschlossenheit, da mir die Frage weiterhin im Kopf herumspukte. Sie müssen wissen, der Zweifel ist eine Plage, die man nur unglaublich schwer loswird, und er ist schlimmer als jeder andere Schädlingsbefall. Er kann leise hereinkriechen und zwar durch die winzigsten Ritzen, und hat er sich erst einmal eingenistet, lässt er sich kaum je vollständig entfernen.

Nach dem Abendessen verbrachte ich den Abend allein auf meinem Zimmer und versuchte mich abzulenken, indem ich las und mir etwas auf dem Plattenspieler anhörte. Fünf Mozart-Schallplatten und neun Kapitel von *Der scharlachrote Buchstabe* später hatte mein Geist immer noch keinen Frieden gefunden. Seufzend schaltete ich die elektrische Lampe aus und kroch ins Bett. Es war nach Mitternacht, und ich war müde, doch die Erschöpfung steckte mir zu tief in den Knochen, und nun wollte sich der Schlaf nicht einstellen. Ich ärgerte mich. Ich hatte immer die Gabe besessen einzuschlafen, sobald mein Kopf das Kissen berührte, und Schlaf war einer der süßen Genüsse, auf die ich mittlerweile fest zählte. In der Tat konnte ich mich nur an zwei Gelegenheiten während all der Jahre im Waisenhaus erinnern, bei denen ich Schwierigkeiten beim Einschlafen gehabt hatte. Beide Male hatte Adele meinen Ärger gespürt und an meinem Bett gewacht und mich mit Märchen unterhalten, um mich schläfrig zu stimmen. Einmal hatte sie sich sogar in die Küche geschlichen und ein wunderbares Gebräu aus Milch, Zimt und Muskat erwärmt, das sie mir zum Trinken reichte.

Bei dieser Erinnerung fielen mir die recht geräumige und gut ausgestattete Küche in unserem Apartment sowie die stets großzügigen Vorräte ein (Odalie bekam jeden dritten Tag frische Lebensmittel geliefert). Höchstwahrscheinlich würde ich sämtliche Zutaten vorfinden, die nötig waren, um Adeles beruhigendes Heilmittel nachzukochen – Milch, Zimt, Muskat. Ich schlüpfte in meine Pantoffeln und tapste in Richtung Küche. Doch als ich das Apartment durchquerte und in dieses Zimmer trat, stellte ich fest, dass bereits Licht brannte und sich schon jemand darin befand.

»Oh!«, sagte Odalie. »Welch ein Zufall, dir hier zu begegnen!« Sie trug einen cremefarbenen, mattweißen Satinmorgenmantel. An ihr wirkte er mehr wie ein Abendkleid, betonte manche Stellen und schmeichelte anderen. Sie stieß ein mädchenhaftes, leises Lachen aus und ergriff meine Hand, als wären wir uns gerade eben in einem vollen Restaurant in Uptown Manhattan über den Weg gelaufen. Als ihre sonnengebräunten Handgelenke aus den Ärmeln hervorlugten, bemerkte ich, dass Odalie wieder die Diamantarmbänder trug. Das kam mir seltsam vor. Ich fragte mich, welch geheimnisvolles Verlangen sie dazu veranlasst haben mochte, sie überzustreifen. »Der Sandmann war noch nicht da, um dich abzuholen?«

Ich stieß ein skeptisches Ächzen aus. »Bin wohl versetzt worden«, entgegnete ich trocken, indem ich die Metapher aufgriff. »Du auch?«

»Ja. Aber ich weiß da genau das Richtige!« Ich ließ mich auf einen Küchenstuhl sinken und sah zum Herd, wo sie stand. Etwas wirkte unpassend, und als ich mit den müden Augen blinzelte, begriff ich, dass ich Odalie noch niemals vor einer Küchengerätschaft hatte stehen sehen, schon gar nicht vor einer, die in Betrieb war. Der Duft nach Zimt stieg mir in die Nase, und ich zuckte zusammen, da ich zu meiner Verblüffung eine Version ebenjenes Gebräus roch, das ich selbst hatte kochen wollen. »Vertrau mir, das hier ist göttlich«, sagte sie, während sie den Inhalt eines Kochtopfs in zwei Becher goss. Sie stellte einen vor mich hin, und eine Schneckenspur aus Dampf schlängelte sich nach oben auf meine Nasenlöcher zu.

»Vorsichtig, es ist heiß«, sagte sie unnötigerweise, als ich den Becher hob. Ich blies über den Rand, um ihr zu zeigen, wie willens ich war, mich in Geduld zu üben. Sie ließ sich auf den Küchenstuhl mir gegenüber gleiten. Ich musterte sie eingehend, während wir darauf warteten, dass sich unsere Schlummertrunke abkühlten. Sie sah sehr gefasst aus, selbst zu einer so unchristlichen Zeit. Ihr Teint war sonnengebräunt und glatt, ihr tintenschwarzer Bob glänzte, als sei er frisch gebürstet. Bisher war mir das fundamentale Missverhältnis ihrer Gesichtszüge noch nie aufgefallen: Ihre Augen waren überaus groß, ihr Mund sehr klein, und alles drängte zur Mitte ihres Gesichtes, als liefe es allein auf ihre sauberen, rosenknospenförmigen Lippen hinaus. Mich durchzuckte ein Schauder der Bewunderung, versetzt – wie das bei Bewunderung meist der Fall ist – mit einem Anflug von Neid. Und dann fiel mein Blick wieder auf ihre Handgelenke.

»Die machen wirklich etwas her, nicht?«, meinte sie, als sie mich bei der Betrachtung ihrer Armbänder ertappte. Ich nickte. Einen flüchtigen Moment spielte ich mit dem Gedanken, sie nach dem Verlobten zu fragen, der ihr die Schmuckstücke geschenkt hatte und den sie dem Lieutenant Detective gegenüber erwähnt hatte. Doch bevor sich die Frage den Weg von meinem Gehirn bis zu meinen Lippen bahnen konnte, ergriff Odalie das Wort. »Wir haben sie geschenkt bekommen, meine Schwester und ich«, sagte sie, indem sie das Armband an ihrem linken Handgelenk träge mit einem Finger herumschob. Ungläubig starrte ich sie an. Allmählich dämmerte mir, dass mein Lauschen unbemerkt geblieben war. Odalie glaubte keine Sekunde lang, dass ich gehört hatte, was sie dem Lieutenant Detective erzählt hatte, so viel stand fest. Sie wollte mir nicht die Geschichte erzählen, wie sie die Armbänder als Verlobungsgeschenk erhalten hatte. Seufzend fuhr sie fort.

»Es war unser Erbe. Mein Vater gab eines mir und eines

meiner Schwester«, erklärte sie. Als sie das Wort *Schwester* aussprach, nahm ihr Gesicht einen sehr theatralisch trostlosen Ausdruck an. Ich unterdrückte ein empörtes Schnauben. Das sollte wohl ein Scherz sein, dachte ich. Genau solch einen Ausdruck hatte ich öfters auf Helens Gesicht gesehen, wenn auch viel amateurhafter ausgeführt. Doch Odalie seufzte erneut, und mir wurde bewusst, dass sie keine Witze machte. »Er war ein Spieler. Hat viel Geld mit Stahl gemacht, es aber alles wieder bei der Eisenbahn verloren.« Kurzzeitig hatte ich das Gefühl, die neueste Schlagzeile in der *Times* zu lesen. »Er starb, als wir noch ganz klein waren«, sagte sie mit feierlicher Grabesmiene, »und hat uns nur die hier hinterlassen – für jede von uns eines. Wir trugen sie immer und überall. Sie machten uns zu Zwillingen. Wir leisteten einander alle möglichen dramatischen Schwüre, dass wir sie niemals abnehmen würden.« Sie legte einen Finger über den diamantenen Streifen, der an ihrem Handgelenk glitzerte. »Natürlich hinterließ er uns auch seine Schulden«, sagte sie und lächelte bitter mit jener beharrlichen Fröhlichkeit der Mittellosen, die andeutet, die Trägerin habe viel mehr lange Nächte und magere Tage miterlebt als man selbst. »Sie hieß Violet«, sagte Odalie. »Und sie war süß und lieblich, genau wie das Veilchen, ebendie Blume, nach der sie benannt war.« Sie sann über diesen Satz nach, scheinbar wurde ihr seine Bedeutung erst jetzt wieder bewusst. »Oh – wie du!«, sagte sie und tat so, als käme ihr plötzlich die blumenspezifische Ähnlichkeit meines Namens in den Sinn. Und dann wurde Odalie recht ernst. Sie zog die Mundwinkel nach unten, was ich noch nie an ihr gesehen hatte. Für ihre Gesichtszüge war es eine ganz unnatürliche Haltung. »Violet hat sich sehr um mich gekümmert, hat viele Opfer gebracht.«

Sie sprach mit wohlüberlegter Berechnung. Wenn sie derlei Aussagen machte, fragte sich ihre Zuhörerschaft, worin diese Opfer wohl bestanden hatten, und man nahm das Schlimmste an. Es war, als käme ein Lichtstrahl vom Himmel herab, um die vorübergehende Erscheinung, ihre imaginäre Heilige von einer Schwester, zu beleuchten. Die langgezogenen, klagenden Töne eines Streichinstruments hätten das Bild vervollständigt.

»Weißt du, ich habe mir schon immer gedacht, dass die Liebe von Frauen viel echter ist als die Liebe von Männern«, sagte sie. »Weißt du, was ich meine?« Ich nickte höflich. Während sie Atem holte, huschte ihr Blick zu meinem Gesicht, und sie sah mir direkt in die Augen, als quäle sie nun eine heftige Erinnerung. »Violet gab mir im Sterben ihr Armband und sagte, ich solle je eines an jedem Handgelenk tragen und uns bis in alle Ewigkeit vereint denken. Selbst als ich so tief in Bedrängnis steckte, wie ich es nie für möglich gehalten hätte, habe ich höchstens flüchtig mit dem Gedanken gespielt, die hier zu verkaufen«, schloss sie mit wogender Brust, als wäre sie eben erst von einer abgelegenen Küste hergeschwommen. Auf einmal wollte ich lachen, die Augen verdrehen und mich lustig machen über dieses lächerliche Geschöpf, das in diesem Moment vor mir saß. Doch ich stellte nicht die offensichtliche Frage: Nun, wenn Odalies Schwester im Sterben lag und ihr doch so unsäglich viel bedeutete, wäre es da nicht sinnvoller gewesen, die Armbänder zu verkaufen und alles Nötige zu veranlassen, um für das weitere Wohlergehen ihrer Schwester zu sorgen? Stattdessen biss ich mir auf die Lippe und pustete weiter auf den winzigen, sich kräuselnden See in meinem Becher. Immer noch abwägend, ob ich meinen Unglauben äußern sollte oder nicht, trank ich einen Schluck. Unvermittelt durchzuckte mich heftige Freude.

»Oh!«, rief ich aus. »Das *ist* aber gut!«

»Sollte es auch sein. Ich habe Kondensmilch benutzt, um es zu süßen«, erläuterte sie und lächelte mich an, als sei ihr tragischer Monolog unvermittelt in Vergessenheit geraten. »Siehst du, Rose, du und ich, wir sind jetzt wie Schwestern«, fuhr

Odalie leise schnurrend fort. Bevor ich etwas erwidern konnte, sprach sie weiter. »Es war richtig, dass du im Vitalli-Fall eingegriffen hast. Du hast nur getan, was ein rechtschaffener Mensch tun sollte. Ich finde dich deswegen sehr mutig. Wirklich. Ich bewundere dich! Und noch etwas, was Schwestern betrifft.« Sie hielt inne und lächelte mich lieblich an. »Schwestern behalten die Geheimnisse der anderen für sich. Ich bin mir sicher, falls der Zeitpunkt kommt, wirst du meines für dich behalten.«

Bei dieser letzten Äußerung lag etwas Eisiges in ihrer Stimme. Kurzzeitig sah ich mich als den Mann, der den Boden seines Hauses zu streichen begonnen hat und schließlich in der letzten, noch nicht fertig gemalerten Ecke feststeckt.

»Oh, aber schau deswegen nicht so ernst drein!«, rief Odalie aus. »Ich will damit nur sagen, dass ich dich mittlerweile als meine engste Freundin betrachte. Meine *liebste* und *vertrauteste* Freundin auf der ganzen Welt.« Sie streckte den Arm über den Tisch hinweg aus und drückte mir die Schulter. »Ich bin so froh, dass wir einander gefunden haben, Rose. Es fühlt sich an, als hätten wir schon immer zusammengehört.« Sie griff sich an das rechte Handgelenk und öffnete das Armband. »Hier«, sagte sie, indem sie meine Hand ergriff. Kurzzeitig war ich scheu, wusste ich doch, dass meine Handflächen kalt und verschwitzt waren, ihre hingegen warm und weich. Bevor ich Einspruch erheben konnte, hatte sie mir das Armband ums Handgelenk gelegt und machte den Verschluss zu. »Hier – zum Beweis, wie ernst es mir damit ist.«

Ungläubig blickte ich auf den Schatz, der an meinem Handgelenk glitzerte. Die Diamanten fingen den trüben Schein der Glühbirne über uns auf und entfachten selbst aus dem kleinsten bisschen Licht eine Million winziger Prismen. Hundert Sterne zwinkerten zu mir empor, als hätte sich die Milchstraße selbst um mein Handgelenk gelegt.

In meinem ganzen Leben hatte mir noch nie jemand ein derart schönes Geschenk gemacht. Ehrlich gesagt hatte ich noch nie ein Schmuckstück dieses Kalibers überhaupt aus der Nähe gesehen. Die Brosche, die in meiner Schreibtischschublade auf dem Revier lag, war ebenfalls sehr hübsch, aber sie zählte nicht wirklich – Odalie hatte sie fallen lassen, und ich hatte immer noch vor, sie ihr letzten Endes zurückzugeben. Im Gegensatz zu der Brosche, die ich bloß gefunden hatte, oder ihren Kleidungsstücken, die ich mir nur auslieh, war hier etwas, das sie mir *schenkte*. Bei dem Gedanken wurde mir schwindelig. Meine Lippen bebten tonlos, während ich versuchte, ihr zu danken. Als Odalie meinen Zustand begriff, lachte sie, und das Geräusch wogte in einer musikalischen Welle durch die Küche. Wir saßen dort, hielten uns an den Händen und verglichen unsere zueinander passenden Handgelenke, während wir uns die ganze Zeit über mit irrsinnigem Entzücken angrinsten. Ich betrachtete Odalies Lächeln und fühlte mich kurzzeitig von einer Art euphorischem Abgrund verschluckt.

Wie ich später herausfand, waren es genau solche Momente, die mich letztlich in den Untergang führen sollten.

15

Schlagartig wurde es heiß, und auf einmal konnte jedermann in Manhattan bloß noch über das Wetter reden. *Heiß genug für Sie?*, sagten O'Neill und Harley jedes Mal mit einem langen Pfeifen, wenn sie ins Büro zurückkehrten, nachdem sie zu Fuß auf Streife gewesen waren. *Mannomann, kann es überhaupt noch heißer werden?* Oberlippen glänzten schweißnass. Wangen und Nasen glühten scharlachrot aufgrund ständigen Sonnenbrands. Draußen waren die Gehsteige leergefegt, und die wenigen übrig gebliebenen Fußgänger (vermutlich entweder tapfer oder töricht) hetzten von einem winzigen schattigen Fleck zum nächsten. Selbst das Revier, das im Sommer gewöhnlich eine nasskalte, klamme Höhle war, verging vor dampfiger Hitze. Es gab kein Entrinnen. Was nicht heißen sollte, dass wir es nicht auf jede erdenkliche Weise versuchten. Der Sergeant, in Spendierlaune und vielleicht selbst ein wenig verzweifelt, kaufte auf eigene Kosten zwei elektrische Ventilatoren, und der Lieutenant Detective verbrachte fast einen ganzen Nachmittag damit, sie an die Wände zu dübeln, damit sie uns Nacken und Gesichter kühlten.

»Bekommen Sie so eine Brise ab?«, fragte der Lieutenant Detective, indem er einen Ventilator in meine Richtung drehte und Anstalten machte, ein Scharnier festzuschrauben. Der schwarze Drahtkäfig war auf mich gerichtet wie eine Art dunkle mechanische Blume, und auf einmal hoben sich die kurzen Haare, die sich aus meinem Knoten gelöst hatten, und kitzelten mich am Nacken und an den Schultern. Papiere flatterten auf meinem Schreibtisch und erwachten zum Leben wie ein Baum, der bei einem Windstoß seine vielen Blätter heftig schüttelte. Ich beeilte mich, sie zu beschweren, und sah zu Odalie, Marie und Iris hinüber, die momentan allesamt in ihre Arbeit versunken waren. Die Papiere auf ihren Schreibtischen regten sich nicht. Anscheinend kam allein mein Schreibtisch in den Genuss dieses künstlichen Wirbels.

»Ich brauche keinerlei Sonderbehandlung«, sagte ich.

»Sie brauchen nie auch nur das Geringste.« Er zwinkerte und zog die Schraube an dem Scharnier fest. Trotz der Brise wurde es schlagartig sogar noch heißer in dem Raum – mir stieg heftig die Röte bis über die Ohren. Ich erhob mich wortlos und ging auf die Damentoilette, um mir das Gesicht ein wenig zu kühlen.

Natürlich war das Leitungswasser keineswegs kalt oder erfrischend, da die Rohre an dem Tag viel zu warm waren. Ich spritzte mir dennoch mit der hohlen Hand etwas lauwarmes Wasser ins Gesicht und ließ es mir den Hals und das Kinn hinablaufen. Es war schwer zu erkennen, wo meine Haut aufhörte und die Tropfen anfingen. Alles kochte aufgrund einer pulsierenden Hitze. Mein Schweiß und das Wasser fühlten sich, was die Temperatur betraf, schrecklich ähnlich an. Während ich tropfnass über dem Waschbecken lehnte, kam Odalie herein. Seufzend verschränkte sie die Arme.

»Weißt du, was wir brauchen?«, fragte sie rhetorisch. Stillschweigend betete ich, die Diagnose werde lauten, einen Kinofilm in einem der bekanntermaßen mit Klimaanlage ausgestatteten Lichtspielhäuser in der Fünfzigsten Straße. Die Winkel ihres zierlichen Mundes kräuselten sich auf diese ihr eigene, charakteristische Weise, und ihr Blick jagte gleich oberhalb meines Kopfes ins Leere. Ihr war anzusehen, dass ihr Komplizierteres vorschwebte als ein Kinobesuch. »Wir brauchen einen kleinen Urlaub. Irgendwo mit einer Meeresbrise. Ich sorge dafür, dass wir an einen hübschen Ort eingeladen werden …«

Ich blinzelte. Es war, als habe sie eben Chinesisch gesprochen. Ich war noch nie richtig in Urlaub gefahren. Ich nahm mir genau drei Tage im Jahr frei und verbrachte sie gewöhnlich zu Hause mit einem Bücherstapel, der niemals die Zustimmung der Nonnen gefunden hätte, die während meiner Kindheit meine Lesegewohnheiten überwachten.

»Aber … was ist mit der Arbeit? Wie werden wir das mit dem Sergeant regeln?«

»Ach, *pfft*«, sagte sie und winkte geringschätzig mit dem Handgelenk. »Lass den mal meine Sorge sein. Das kriege ich schon hin. Im Grunde ist er eine Miezekatze.« Ich fand die Art, wie sie *Miezekatze* aussprach, recht beunruhigend. Der Tonfall hatte beinahe etwas Obszönes. Der Zweifel, den ich so sehr zu vertreiben versucht hatte, sickerte wieder herein, und meine Gedanken kehrten zu dem Tag nach der Razzia zurück. Doch ich spürte Odalies Blick auf meinem Gesicht, während sie auf eine prompte Antwort wartete. Ich verdrängte meinen Verdacht und zwang mich zu einem Lächeln.

»Ein Urlaub wäre schön … wenn wir es geregelt bekämen.«

Ich hatte das Wort *wir* verwendet, meinte es jedoch eigentlich nicht so. Ich wusste, dass Odalie diejenige wäre, die alles regeln würde, und das tat sie auch. Und zwar in Rekordzeit. Bis Freitag war uns eine Woche Urlaub bewilligt worden, und wir überquerten die Queensboro Bridge in einem roten Coupé, das ein zuvorkommender Mann von der Wall Street fuhr, der so furchtbar klein war, dass er mich an Redmond erinnerte. Es war ein Wunder, dass seine Füße bis zu den Pedalen des Automobils reichten. Im Grunde berührte er wohl nur das Gaspedal. Ich kann mich nicht entsinnen, dass er je die Bremse betätigt hätte, und wir flogen mit Höchstgeschwindigkeit auf die breiten weißen Strände von Long Island zu.

»Nun erzählen Sie mir mehr darüber, was dieses Haus auf dem Börsenparkett für Sie macht«, wandte Odalie sich mit hingerissener Stimme an den Börsenmakler, während er mit uns über den Highway raste.

»Haus? *Hausse.*«

»Oh ja, ich meine, was dieses *Hausse* auf dem Börsenparkett für Sie macht… Es ist faszinierend, *unerhört* faszinierend… Ich weiß gar nicht, wie Sie die ganze Aufregung aushalten!« Von Frage zu Frage, die sie dem Makler stellte, klang sie immer mehr, als wäre sie so gefesselt, dass sie kurz davorstünde, selbst den Beruf zu ergreifen. Natürlich kannte ich sie damals schon besser.

Nichtsdestoweniger… waren wir einfach so entkommen! Mit jeder Meile, die wir zurücklegten, fühlte sich die Luft in meiner Lunge leichter an. Als wäre die Stadt ein einziger gewaltiger Dampfkochtopf gewesen, der in seinem eigenen Bratensaft vor sich hin köchelte. Mit heruntergeklapptem Coupédach und einer unentwegten, künstlichen Brise im Gesicht listete ich die vielen brutalen Seiten der Stadt im Sommer auf: die Hitze, die der graue Asphalt verstrahlte und die die Luft wellenförmig flimmernd tanzen ließ; die unbewegten Teiche im Central Park, die ein milchiges, fauliges, fast schon phosphoreszierendes Grün annahmen und in denen unzählige Mücken ausgebrütet wurden; die heißen, schmutzigen Luftstöße, die von jedem Subway-Gitter hochgeweht wurden; oh, und wie selbst der Baustellenlärm die Luft irgendwie noch weiter durcheinanderzubringen und zu erhitzen schien! Warum um alles in der Welt wir modernen Menschen einen Pakt unterzeichnet hatten, derart zu leben, war mir schier unbegreiflich.

Nachdem der Börsenmakler die Hauptstraße hinter sich gelassen und durch eine Handvoll Küstendörfer gefahren war, stellte er schließlich unter Beweis, dass das Bremspedal ebenfalls in seiner Reichweite lag, indem er es recht unsanft bediente, als wir in die lange Auffahrt eines sehr großen Hauses einbogen. Austernschalen wurden aufgewirbelt und knirschten, als die Reifen des Coupés über den Kies rollten. Geparkte Automobile standen zu beiden Seiten der Auffahrt hintereinander. In ein paar geparkten Limousinen befanden sich immer noch die erhitzten Fahrer mit ihren verschwitzten Gesichtern, und hier und da war von den Vordersitzen das Rascheln einer aufgeschlagenen Zeitung zu vernehmen.

Wir fuhren auf einen Brunnen am Ende der Auffahrt zu. Der Börsenmakler umkreiste ihn einmal, und als er nichts Besseres fand, verfiel er auf eine sehr enge Lücke neben einem Gebüsch, die höchstens um Haaresbreite von den Maßen seines Coupés abweichen konnte. Nach einigem Herummanövrieren, das unserem Chauffeur am Lenkrad einiges Ächzen und Keuchen abrang, gelang es ihm, das Coupé in die Lücke zu zwängen und den Motor auszuschalten. Sobald der Wagen verstummte, drangen hinter dem Haus Musik und Gelächter herbei. Dort musste eine Art Gartenfest im Gange sein.

»Perfektes Timing! Noch eine Minute länger, und die ganze Fahrerei hätte mich wohl um den Verstand gebracht«, verkündete Odalie. Automatisch fuhr sie mit der Hand an ihren sportlichen Glockenhut, dem es irgendwie gelungen war, im Laufe der langen Fahrt perfekt zu sitzen, und rückte ihn kaum merklich zurecht. Ich ließ den Blick umherschweifen, um herauszufinden, wo *hier* war.

Bei dem Haus selbst handelte es sich um ein imposantes Bauwerk im holländischen Kolonialstil mit ausgeprägten Spitzgiebeln. Ganz oben auf dem Haus war die kleine Kopie eines Leuchtturms angebracht, den ein Witwensteg umgab, beides zusammen bildete so etwas wie ein drittes Stockwerk. Das ganze Haus war so leuchtend weiß und unglaublich makellos, dass ich mir kurzzeitig einbildete, trocknende Farbe riechen zu können. Auch wenn niemand herauskam, um uns zu begrüßen, schwang die Eingangstür auf, und es war klar, dass weitere Gäste erwartet wurden. Als ich in das dunkle, höhlenartige Hausinnere blickte, sah ich ganz hindurch bis zur Hintertür, die ebenfalls aufgerissen war und einen hellen Streifen grünen Rasens und einen glitzernden Flecken blauen Meeres umrahmte. Ich wollte darauf hinweisen, doch Odalie ging bereits ein kleines Stück vor mir. Sobald sie aus dem Coupé gestiegen war, hatte sie sich in Richtung der offenen Haustür in Bewegung gesetzt.

»Tausend Dank fürs Herfahren, Edwin.«

»Möchten Sie Ihre Sachen aus dem Kofferraum holen?«, erkundigte sich Edwin. Er schäumte immer noch vor selbstgefälligem Entzücken, nachdem er sich die ganze Autofahrt hindurch in Odalies Aufmerksamkeit gesonnt hatte.

»Oh, jetzt nicht«, antwortete sie geringschätzig. Aus Edwins stolzgeschwellter, pneumatischer Brust entwich ein wenig Luft. »Wir lassen später jemanden schicken, der sie holen soll, wenn man uns … empfangen hat.«

Bei Odalies letzter Bemerkung beschlich mich die Frage, ob wir offiziell eingeladen waren oder aber – der Gedanke überrieselte mich mit Angst –, ob wir tatsächlich jene schrecklich plumpen Parasiten waren: *ungebetene Gäste*. Edwin machte sich an dem Wagen zu schaffen, da er nun begriff, dass seine Fahrgäste zweifellos beabsichtigten, ins Haus zu gehen und ihn zurückzulassen, und er sich über diese Entwicklung offensichtlich zutiefst ärgerte. »Wie werde ich Sie später finden?«, fragte er schroff.

»Oh, wir werden Sie finden«, murmelte Odalie. »Ich bin gut darin, Leute auf Partys aufzuspüren.« Letztere Aussage entsprach durchaus der Wahrheit, auch wenn ich bezweifelte, dass sie ihre Fähigkeiten einsetzen würde, um Edwin ausfindig zu machen. Er schien seine Aussichten ebenso fragwürdig einzuschätzen und bedachte sie mit einem unverhohlen finsteren Blick. Odalie warf den Kopf zurück, sodass ihr glänzender schwarzer Bob im Sonnenschein hin- und herschaukelte, und unternahm kichernd den halbherzigen Versuch, das Ganze ins Humorvolle zu ziehen. »Und falls alles fehlschlagen sollte, heuere ich einen Pudel an, und wir veranstalten eine Jagdgesellschaft und schießen Leuchtraketen in die Luft.« Sie stieß ein nervöses Lachen aus und hakte sich bei mir ein, woraufhin ich gewaltsam in Richtung der offenen Tür getrieben und Edwins Gemurre vom Lärm der Party übertönt wurde.

Den ganzen Morgen hatte die Sonne auf uns niedergeschienen, während wir in dem verdecklosen Coupé dahingefahren waren. Meine Augen benötigten eine Weile, um sich an das trübe Licht im Hausinnern zu gewöhnen, und ich schlurfte dicht hinter Odalie her, folgte ihr instinktiv, während sie sich einen Weg zwischen den dunklen Gestalten in dem Raum bahnte. Im Vergleich zu dem Pöbel in den Mondscheinkneipen, an den ich mich gewöhnt hatte, war es eine sehr elegante Party. Wir kamen in die Nähe eines Konzertflügels, an dem statt einer betrunkenen Frau, die mit den Zehen den »Flohwalzer« spielte, ein angeheuerter Pianist saß, der formvollendet ein Stück von Debussy zum Besten gab. An vielen Wänden hingen vergoldete Spiegel, ihr Überfluss wurde noch stärker durch das satte Blau und Gold der Brokattapete zur Geltung gebracht. Auf dem Kaminsims standen orientalische Vasen mit sehr klaren marineblauen und weißen Blumenmustern. Tabletts mit Champagnergläsern schwebten über den Köpfen von Kellnern wie goldene Wolken, die immer neue Formationen bildeten. Selbst die Akzente, die zu den Stimmen der Partygäste gehörten, schienen sich von denen zu unterscheiden, die mir in den Mondscheinkneipen untergekommen waren: Hier wurden im Gespräch die Konsonanten mit steifen Kiefern hervorgestoßen, während man die Vokale auf kontinentale Weise trällerte.

Ich erkannte kein einziges Gesicht wieder, niemanden aus Odalies sonstiger Gesellschaft aus der Stadt. Die Frauen in dem Raum strahlten eine verfeinerte sportliche Gesundheit aus, die sonnengebräunten Arme ließen Tage erahnen, an denen über Golfplätze spaziert wurde, die Haare entweder kurz geschnitten oder aber sehr ordentlich von den langen, schlanken Hälsen hochgesteckt. Die Männer waren adrett im Anzug oder sportlicher in Polohemden und elegant maßgeschneiderten Knickerbockers gekleidet. Die versammelten Menschen wirkten so gepflegt, dass ich mir ein wenig schäbig und vernachlässigt vorkam, obwohl ich ein sehr teures Kleid trug, das Odalie mir mit Nachdruck geliehen hatte.

»Lass das.« Odalie schlug mir auf die Hände, als ihr auffiel, dass ich nervös herumzappelte.

»Wen besuchen wir hier gleich noch mal?«

»Die Brinkleys natürlich, Max und Vera.« *Mr und Mrs Maximillian und Vera Brinkley.* Die Namen kamen mir dunkel bekannt vor, doch dieser Umstand tröstete mich nicht, da mir rasch einfiel, woher. Sie waren Persönlichkeiten des öffentlichen Lebens, über deren Tun und Treiben regelmäßig in der Zeitung berichtet wurde, und zwar zusammen mit ihren Fotografien. Meine Besorgnis von eben, dass wir ungeladene Gäste seien, stellte sich wieder ein, und auf einmal befiel mich Panik, was unsere Mission dort betraf. Ich blieb stehen und griff nach Odalies Arm.

»Odalie … kennst du die Brinkleys? Hat man uns hierher eingeladen?«

Mit einem Schulterzucken drehte sie am Verschluss ihrer Handtasche und zog einen Briefumschlag hervor. Geistesabwesend wedelte sie mir damit vor dem Gesicht herum. »Ich habe ein Empfehlungsschreiben. Das ist mehr oder weniger dasselbe wie eine Einladung.«

Ich war sprachlos. Ich stierte den Brief an, doch Odalie achtete kaum darauf. Sie ließ den Blick durch die Menschenmenge schweifen, und ihr Kopf drehte sich mit der automatischen, mechanischen Heftigkeit eines U-Boot-Periskops. Zweifellos nahm sie eine Bestandsaufnahme derjenigen Partygäste vor, die aufgrund ihres Auftauchens in den Klatschspalten wiederzuerkennen waren. Sie wirkte ungewohnt nervös, und ich fragte mich, ob sie diesmal zu weit gegangen war und uns in die Bredouille gebracht hatte. Ich deutete auf den Brief, den sie immer noch mit der Hand umklammerte. Gleichzeitig überlegte ich, wen sie kennen könnte, der über genügend »altes« Vermögen oder aber gewaltigen gesellschaftlichen Einfluss verfügte.

»Ist der Brief… von dem Ungarn?«

»Von wem?«, fragte sie gedankenverloren, während sie immer noch den Raum absuchte. Sie wanderte durch das Haupthaus und auf den nach hinten gelegenen Garten zu. Ich folgte ihr.

»Dem Ungarn. Oder… soll ich ihn deinen Onkel nennen?«

Unvermittelt blieb sie stehen. Mit zusammengezogenen Augenbrauen drehte sie sich um und starrte mich mit etwas an, das nach einem Wutanfall aussah. Ich hielt den Atem an. Doch ebenso rasch, wie sich der Zorn auf ihrem Gesicht breitgemacht hatte, schmolz er auch schon wieder dahin. Ihre Schultern entspannten sich mit einem Achselzucken, und sie warf den Kopf zurück und brach in schallendes, hochmütiges Gelächter aus.

»Oh, lieber, lieber, dummer Darling! Du musst in letzter Zeit mit Gib geplaudert haben.« Sie tätschelte mir die Hand und verdrehte die Augen. Ich kam mir überaus töricht vor, als mir das Ausmaß meiner eigenen Leichtgläubigkeit bewusst wurde. Mein imaginäres Bild von dem Ungarn mit breitem Brustkorb, aristokratischer Herkunft und Hang zur Monarchie begann sich in Luft aufzulösen, als wir aus der Hintertür in den Schein der blendenden, unerbittlichen Mittagssonne traten.

»Ich… ich… Nun, Gib hat gesagt…«

»Oh, ich weiß, was Gib wahrscheinlich gesagt hat.« Erneut verdrehte sie die Augen, um ihre Verachtung zu zeigen. Als sie sah, wie mir ärgerlicher Zweifel über das Gesicht huschte, wurde ihr Verhalten mit einem Mal sanfter, und sie nahm meine Hände in die ihren. Sie beugte sich dicht zu mir, ich roch ihr Maiglöckchen-Parfüm. »Du kennst Gib noch nicht sehr lang, also kannst du es nicht besser wissen, aber er besitzt eine *ziemlich* ausgeprägte Fantasie.«

Der erste Teil dessen, was Odalie gesagt hatte, stimmte: Ich kannte Gib noch nicht sehr lang. Doch der Rest … Er hatte nie sonderlich originell auf mich gewirkt, und ich bezweifelte stark, dass er insgeheim über eine gewaltige und ausladende Vorstellungskraft verfügte. Es war unwahrscheinlich, dass er den Ungarn ganz allein heraufbeschworen hatte. Von Odalie wusste ich hingegen, dass sie eine sehr lebendige Fantasie besaß. Ich war mir ziemlich sicher, dass ich bei der Geschichte mit dem Ungarn auf eine von Odalies geistreichen Erfindungen hereingefallen war, selbst wenn ich diese aus zweiter Hand hatte. Und dann die Geschichte, die sie neulich abends über eine geliebte verstorbene Schwester namens Violet erzählt hatte! Während mich das großzügige Geschenk Odalies, als sie mir das Armband ums Handgelenk gelegt hatte, zutiefst berührte, hatte die Geste nicht unbedingt dazu beigetragen, die Glaubwürdigkeit dieser Geschichte zu steigern.

Damals wusste ich noch immer nicht, was die stets wechselnde Architektur ihrer Geschichten letztlich verhehlen sollte. Trotz all ihrer Heimtücke behielt Odalie in meinen Augen seltsamerweise auch weiterhin einen lieblichen Reiz. Wenn dagegen Helen Geschichten erzählte, um zu manipulieren oder eine dramatische Wirkung zu erzielen, gab es nichts, was mich mehr ärgerte. Zu meiner Schande muss ich gestehen, dass ich die Momente, in denen Helen bei einer ihrer Lügen ertappt und sehr zu ihrer eigenen verschämten Verlegenheit entlarvt wurde, heimlich – und manchmal nicht so heimlich – genoss. Ich empfand dann jedes Mal ausgesprochenes Entzücken.

Doch mit Odalie ging es mir nicht so. Ich bin mir nicht sicher, ob ich völlig begriff, weshalb ich gegenüber diesen beiden Frauen – die beide, wie ich nun weiß, Lügnerinnen sind – so unterschiedlich empfinden sollte, und noch heute grüble ich häufig darüber nach. Vielleicht mochte ich Helen weniger, weil sie in meinen Augen eine recht verzweifelte und deshalb erfolglose Lügnerin war, wohingegen sich argumentieren ließe, dass Odalie im Lügen geradezu begnadet war. Odalie log zum Zeitvertreib und machte sich nie die Mühe zu verhehlen, dass nicht einmal sie auch nur ein einziges Wort ihres eigenen Geflechts glaubte. Helen log aus dem erbärmlichen Bedürfnis heraus, sich mit den Augen anderer Menschen zu sehen. Ich glaube, sie überzeugte sich selbst, dass viele ihrer eigenen Lügen wahr waren, und irgendwie machte sie das für mich viel verachtenswerter als Odalie. Mein Arzt sagt, es liege in unserem tierischen Wesen, die Schwachen schärfer zu verurteilen, da das Überleben davon abhänge, diese Geschöpfe auszusondern. Er sagt, ich habe *stark ausgeprägte animalische Tendenzen.* So wie er es sagt, klingt es kaum nach einem Kompliment. Zudem hat er sich andere, ebenso wenig schmeichelhafte Meinungen von mir gebildet, obwohl er sie mir nicht immer alle ins Gesicht sagt. Er macht ständig Notizen auf seinem kleinen Klemmbrett, und ich versuche so zu tun, als würde ich es nicht bemerken, doch letztens beugte ich mich vor und erspähte die Wörter *akuter Hang zur Grausamkeit* in blauer Tinte neben meinem Namen. Ich habe mich bereits früher beschwert, dass er mir nicht sonderlich zugeneigt ist, doch die Art Anstalt, in der ich zurzeit weile, ist wohl kaum an einer Meinungsumfrage gelegen – will sagen, die Beurteilung der Ärzte durch die Patienten interessiert hier niemanden.

Oh, ich schweife wieder einmal vom Thema ab. Die Wahrheit lautet, dass die betreffenden beiden Frauen sich grundlegend darin unterschieden, wie sie die Menschen behandelten, die sie belogen. Helens Lügen verlangten, dass man Helen bekräftigte, dass man kollaborierte, dass man sich dumm stellte. Ihre Verlogenheit war eine wahrhaft beleidigende Plage. Odalie hingegen begriff, dass man gelegentlich ausgetrickst werden wollte. Sie hatte es nicht nötig, in ihrer Welt bestätigt zu werden. Sie würde sie mit einem oder ohne einen erschaffen. Stattdessen lud sie ihr Gegenüber völlig beiläufig dorthin ein, und irgendwie – selbst wenn ihre Lügen schlecht durchdacht waren – *wollte* man sie betreten, wenn auch nur aus unersättlicher Neugier. Sie wusste auch, dass sie einen nicht dazu zwingen durfte, ihre Unwahrheit zu bestätigen. Das wäre zu viel verlangt. Indem sie das verlangte, würde sie ihren Zuhörer riskanterweise herausfordern, an den losen Fäden zu ziehen, die sie achtlos hängen ließ und die ihr ganzes Lügengespinst aufzutrennen drohten. Ihr Verständnis für diese schlichte Tatsache barg einen himmelweiten Unterschied.

Da spürte ich Odalies Blick auf mir. Die Spitzen ihres Ponys hoben sich an der Linie ihrer dunklen Augenbrauen entlang wie von Zauberhand, als die Meeresbrise sie mit sanfter, träger Leichtigkeit hochwehte. »Komm schon, kümmern wir uns nicht um Gibs Unsinn. Wir sollten uns vergnügen«, erklärte sie. Sie führte mich auf einen Kellner zu, der ein Tablett mit Champagner trug. »Wie wäre es, wenn wir uns wie zivilisierte Menschen eine Erfrischung genehmigten und unsere Gastgeber suchten, hm?«

Ich nickte, und wir machten uns auf den Weg, um durch den Garten zu streifen, während Odalie immer noch meine Hand in ihrer hielt. Zugegebenermaßen verspürte ich einen Anflug von unwiderstehlichem Stolz, weil die Leute uns betrachteten und sahen, dass wir derart enge Busenfreundinnen waren. Es gefiel mir, wenn die Leute dachten, ich könne solch eine schöne und charismatische Freundin mein nennen. Manche Mädchen stehen nicht gern neben einem hübschen Mädchen, weil sie fürchten, sie müssten im Vergleich noch farbloser wirken. Ich weiß, dass es etliche Verkäuferinnen gab, mit denen Helen sich aus ebendiesem Grund nicht anfreunden wollte. Doch ich hatte stets das Gefühl, mein Wert würde steigen, wenn ich neben Odalie stand. Als würden außergewöhnliche Menschen nur von außergewöhnlichen Menschen angezogen werden, malte ich mir aus, dass ein Teil meiner Unscheinbarkeit dahinschmolz.

Der unerträglich heiße Tag in der Stadt war zu einem sehr warmen, aber angenehm heiteren Tag in dem Garten am Meer geworden, in dem wir uns nun befanden. Ich sah mich um und vollzog wie eine Siedlerin, die auf ein fremdes, aber fruchtbares Land stieß, eine Bestandsaufnahme meiner Umgebung. Persische Läufer bedeckten eine breite Steinterrasse, auf der eine Reihe Tische standen, gedeckt mit malerischen Delikatessen, die sich für einen Sultan geziemt hätten. Weiße Tischtücher flatterten in der Meeresbrise. Bunte Laternen hingen an jedem bloßen Ast. Sie tanzten leicht im Wind, als warteten sie ungeduldig auf die Dämmerung, damit sie den Festlichkeiten bis spät in die Nacht Licht schenken könnten. Zwischen den steinernen Statuen von Apollo und Aphrodite spielte ein Streichquartett auf einer grasbewachsenen Anhöhe. Der Rasen hinter dem Haus fiel ein wenig ab, während er sich nach unten in die Ferne erstreckte und letztlich zu Strand wurde. Der mit grünen Büscheln bewachsene Rand des Rasens wellte sich wie eine Lippe knapp über dem Anfang des feinen weißen Sandes. Weit draußen auf dem marineblauen Saphir des Meeres glitten zwei Segelboote den Horizont entlang und tauschten träge ihre Plätze. Lachend schwankten wir durch den Garten, und die Absätze unserer Schuhe gruben sich in den Rasen, wobei wir erst in die eine Richtung schlenderten und dann in die andere.

In der Ferne erblickte ich einen jungen Mann, der sich die Augen beschattete und zu uns herüberspähte. Er winkte nicht, doch während wir über den Rasen taumelten, folgte er uns mit den Augen und schließlich mit der ganzen Person. Zuerst dachte ich mir nichts dabei. Odalie zog, wo auch immer sie hinging, häufig die Aufmerksamkeit auf sich. Doch etwa eine halbe Stunde später wurde klar, dass das Interesse dieses jungen Mannes an unserer Gegenwart ein besonderes war. Er trug die gleichzeitig konzentrierte, wenn auch zerstreute Miene eines Menschen zur Schau, der versuchte, eine alte Bekanntschaft einzuordnen, und ich fragte mich, ob er Odalie bereits begegnet war, vielleicht einer weiteren Version ihrer Vergangenheit, von der ich noch nichts gehört hatte. Schließlich trat er auf uns zu.

Aus der Nähe sah ich, wie ausgesprochen jung er war. Er hatte etwas ganz frisch Collegehaftes an sich. Die Preparatory School konnte höchstens ein oder zwei Jahre hinter ihm liegen. Klein war er zwar nicht gerade, aber schmal und schlaksig, mit einem winzigen Kopf und schlanken Hals, was ihm gemeinsam mit dem dicken Anzug, den er trug, etwas Kostümiertes verlieh, als sei er ein Junge, der in den Anziehsachen seines Vaters spielte. Ich weiß noch, dass mir unwillkürlich das Wort *puppenhaft* einfiel. Er hatte eine blasse, babyglatte Haut, mit Ausnahme von zwei stark entzündet aussehenden rosafarbenen Unreinheiten am Kinn. Die entzündeten Stellen stachen durch den Kontrast zu seinen glatten weißen Wangen noch deutlicher hervor. Seine Augen waren blau und klar und wurden nur sehr spärlich von Wimpern umrahmt, und seine Haare waren von einem ganz hellen Braun, das sich nach etwas mehr Zeit in der Sonne ebenso gut als Blond bezeichnen ließe.

»Aber hallo! Kennen wir uns nicht?«, rief er beim Herankommen in vertraulichem Tonfall. Überraschenderweise war seine Stimme ein tiefer Bass, der nicht recht zu seinem Besitzer zu passen schien. Sein Gesichtsausdruck war seltsam: eine Art scheu-verhaltenes Lächeln. Er wirkte irgendwie nervös, während er über den Rasen auf uns zugestapft kam. Odalie drehte sich in Richtung des jungen Mannes, um ihn besser ausmachen zu können, und erstarrte. Für den Bruchteil einer Sekunde ähnelte sie einem Stummfilmstar: Ihre beiden Hände flatterten empor, um einen Schrei zu unterdrücken, der nie aus der winzigen Höhle ihres geöffneten Mundes drang. Doch es war, als sei sie lediglich zusammengezuckt oder habe eine Art Niesen oder Schluckauf erlebt, denn die Reaktion war so rasch wieder vorüber, dass sich kaum mit Gewissheit sagen ließ, ob sie überhaupt erfolgt war. Ehe ich mich versah, lächelte Odalie unserem Angreifer mit der für sie charakteristischen kühlen Gelassenheit entgegen, und ihre steinernen Katzenaugen gaben nichts preis.

»Freut mich«, meinte Odalie zwar freundlich, doch ohne den geringsten Eifer. Mechanisch reichte sie ihm die Hand.

»Oh«, stammelte er verblüfft und betrachtete die ausgestreckte Hand mit der ungläubigen Miene des Nichteingeweihten – als sei er noch nie im Leben Zeuge eines Handschlags gewesen und begreife nicht, weshalb Odalie ihm ihre Hand entgegenhielt. »Ich heiße Teddy«, sagte er. Odalie suchte seine Hand mit der ihren und schüttelte sie schließlich heftig, nachdem es ihr gelungen war, ihrer habhaft zu werden.

»Natürlich. Schön, Ihre Bekanntschaft zu machen, Teddy.«

»Teddy *Tricott.*« Er tippte sich auf die Brust, als wolle er sicherstellen, dass wir begriffen, wen er meinte, und betonte den Nachnamen inbrünstig.

»Odalie Lazare«, sagte Odalie, die seine Geste nachahmte. Sie lächelte selbstgefällig. Daraufhin riss der junge Mann die Augen auf und zog die Hand zurück.

»Oh!«, entfuhr es ihm. »Oh – ich dachte … oh … oh!«

»Ich heiße Rose«, mischte ich mich in das recht betretene, zusammenhanglose Gespräch, um dem jungen Mann vielleicht auf die Sprünge zu helfen. Nachdem Teddy meine Anwesenheit bisher kaum wahrgenommen hatte, wandte er sich nun mir zu, die Augen immer noch weit aufgerissen, und schien sich meiner schlagartig bewusst zu werden.

»Oh, natürlich.« Er schüttelte sich, als käme er allmählich wieder zu klarem Verstand. »Tut mir leid – ja. Natürlich, natürlich.« Er streckte die Hand aus, und ich reichte ihm rasch die Fingerspitzen. Sobald Teddy meine Hand losließ, starrte er wieder mit Kulleraugen in Odalies Richtung.

»Verzeihung«, sagte er. »Es ist nur so, Sie sehen aus wie ...«

»Das passiert mir ständig.« Odalie winkte die Entschuldigung mit einer großmütigen Bewegung des Handgelenks von sich. Ich fragte mich, welches Filmsternchen Teddy gerade eben als Odalies Doppelgängerin hatte nennen wollen. Es gab etliche, denen Odalie zugegebenermaßen stark ähnelte. Zumindest ergab das seltsame Gebaren des Jungen nun ein wenig mehr Sinn. Odalie lächelte erneut, ohne verhehlen zu können, dass das Lächeln hohl geworden war. Ich sah ihr an, dass sie mit dem jungen Mann, der vor uns stand, fertig war und weitergehen wollte. »Sagen Sie mal – Teddy, Sie wissen nicht zufällig, wo sich unsere Gastgeber verstecken, oder?«

»Die Brinkleys?«

»Ebendie.«

»Oh, ähm, sicher! Gestatten Sie, dass ich Sie zu ihnen führe.« Immer noch ein wenig unter Schock von dem vermeintlichen Sichten eines Filmstars schlenderte er in Richtung der steinernen Terrasse. Odalie zögerte, und ich erspürte ihren leichten Widerwillen, dem jungen Mann zu folgen. Dann ging sie ihm in saloppem Schlenderschritt hinterher, die Schultern zielbewusst zurückgeschoben.

»Woher kennen Sie die Brinkleys? Sind Sie mit ihnen verwandt?« In Odalies Stimme schwang ein seltsamer Unterton mit. Etwas daran ließ mich an Helen denken, wenn sie Zeilen von einem der Vaudevillestücke einübte, die sie vergötterte.

»Ich? Oh nein. Aber ich stehe wohl auf recht vertrautem Fuß mit ihnen. Ich habe sie recht gern. Sie waren immer sehr entgegenkommend. Ihr Sohn Felix pflegte mich manchmal mit zu ihrem Wohnsitz in der Stadt zu nehmen, damals, als wir noch zusammen auf die Hotchkiss School gegangen sind.«

»Tja, das war sehr nett von ihm.« Odalie hatte wieder ihre vertraute Art angenommen, nur mit halbem Ohr hinzuhören.

»In der Tat.« Teddy nickte ernst. »Manchmal waren die Züge nach Newport einfach ein zu großes Ärgernis, und es war schön, von der Schule wegzukommen und *irgendwohin* zu können, wissen Sie?« Teddy zögerte und sah Odalie aus den Augenwinkeln an. »Sagen Sie – Sie haben wohl nicht viel Zeit in Newport verbracht, oder doch?«

Odalie versteifte. »Eigentlich nicht«, lautete ihre vage Antwort.

»Ach«, sagte Teddy. »Das ist wirklich zu schade.« Er warf Odalie weiterhin verstohlene Blicke zu, während wir den abfallenden Rasen hinaufstiegen. Als wir das Haus erreichten, folgten wir Teddy durch mehrere Salons in ein dunkel vertäfeltes Arbeitszimmer, in dem eine Gruppe dicht gedrängt im Kreis stand und eifrig ein Ölgemälde bewunderte, das über einem steinernen Kamin prangte. Man hatte die diamantförmig bleiverglasten Fenster geöffnet, um die Meeresbrise hereinzulocken, dennoch war es sehr stickig, und mich überkam auf der Stelle ein Anflug von Klaustrophobie.

»Ja, ja«, sagte gerade eine Frau in einem sommerlichen, fliederfarbenen Kleid und winkte mit einer Hand in Richtung des Gemäldes. »Na, praktisch *jeder* sagt, ich sehe ihr ähnlich, aber das wäre reiner Zufall, denn die Verwandtschaft ist ganz auf Max' Seite, müssen Sie wissen.«

Ich musterte die Sprecherin eingehend und begriff: Dies war Vera Brinkley. Ihr Gesicht war unvergesslich. Sie war, was man im Allgemeinen als eine attraktive Frau bezeichnete. Ihre

Haare waren sorgfältig in Wellen gelegt und zurückgekämmt, was hohe Wangenknochen und feine Schatten in den hohlen Mulden gleich darunter zum Vorschein brachte. Sie wäre schön gewesen, gäbe es da nicht ihre Kinnpartie, die ein wenig zu lang war und zu kantig verlief, was ihren Gesichtszügen etwas entfernt Pferdehaftes verlieh. Ihr Körper war dünn und sommersprossig und modisch hüftlos, und ihr Alter ließ sich nicht bestimmen: Ihr Gesicht flüsterte Gerüchte von Ende dreißig oder Anfang vierzig, doch ihr Hals legte nahe, dass dem möglicherweise noch zehn Jahre hinzuzufügen seien.

»Mrs Brinkley?« Teddy tippte ihr diskret auf die Schulter. Die Frau drehte sich um.

»Oh, um Himmels willen, Teddy, Sie sind nicht mehr in der Schule, Sie sind jetzt ein College-Mann: Nennen Sie mich Vera.« Teddy nickte, errötete aber gleichzeitig.

»Ich habe hier ein paar Damen, die sich auf der Jagd nach ihren Gastgebern befunden haben.«

»Oh! Gewiss doch, mein Junge. Max, komm her, Schatz. Teddy möchte uns mit jemandem bekanntmachen.« Ein sehr strenger Mann mit Monokel und im Anzug sah von dem Zigarrenkästchen auf, das er gerade für eine Gruppe Bankiers aufgeschlossen hatte. Genau wie Vera Brinkley hatte auch Max Brinkley eine seltsame Mischung aus Jugend und Reife an sich. Er war insgesamt eher dünn, doch sein fleischiges Gesicht war so friedlich wie ein Gletschersee, und seine Wangen liefen jeweils knapp unter der Kinnpartie in zwei recht kleine, aber bedauerliche Hängebacken aus. Die Stupsnase verlieh ihm etwas Jugendliches, dem sogleich das Monokel widersprach, das auf dem Apfel seiner linken Wange saß. Es war, als wäre er gleichzeitig neunundzwanzig und neunundfünfzig, aber nichts dazwischen. Er durchquerte das Zimmer und sah fragend von Odalie zu mir und dann wieder zu Odalie.

»Mr und Mrs Brinkley«, fing Teddy an, änderte seine Vorgehensweise jedoch schnell, als er einen scharfen Blick von Mrs Brinkley erntete. »Ähm. Max und Vera, darf ich Ihnen vorstellen, das hier sind…« Unvermittelt hielt er inne, als ihm bewusst wurde, dass er unsere Namen bereits wieder vergessen hatte.

»Rose Baker und Odalie Lazare«, warf Odalie rasch ein.

»Ja – Rose Baker und Odalie Lazare«, wiederholte Teddy und wies jeweils auf eine von uns. Anscheinend fiel es ihm zumindest nicht schwer zu unterscheiden, wer wer war, da er erst auf mich deutete und dann auf Odalie.

»Oh! Fast hätte ich es vergessen«, fügte Odalie mit einem besonders gewinnenden Lächeln hinzu. »Ich sollte Ihnen wohl das hier geben.« Sie überreichte das Empfehlungsschreiben, das Max Brinkley entgegennahm und vor sein Monokel-Auge hob. Seine Mundwinkel zuckten bei der Lektüre.

»Oh – ja, ja«, knurrte er freundlich, sobald er das Ende des Briefes erreicht hatte. »Wie ich meiner Gattin stets sage, Freunde Pembrokes sind auch unsere Freunde!« Diese Aussage schien ihn zu amüsieren, er lachte lauthals, ein merkwürdig tiefes Gelächter, das aus seinem dünnen Körper drang. Ich bemerkte, dass wir soeben eine unsichtbare Schwelle überschritten hatten. Ein entspannteres Willkommen folgte, und diese Stimmung schien sich auszubreiten wie eine Reihe Dominosteine, die einer nach dem anderen umstürzten. Vera lachte, Odalie lachte, Teddy lachte, und dann fiel auch ich ein, obwohl ich nicht begriff, was so lustig war. Mr Brinkley faltete den Brief achtlos zusammen und stopfte ihn in die Innentasche seines Jacketts. »Ich hoffe, dass es Ihnen nichts ausmacht – aber dieses Wochenende werden auch andere Leute zu Gast sein. Tatsächlich ist es eine kleine Party.«

»Wir möchten selbstverständlich nicht stören…«, sagte Odalie, doch ihre Stimme hatte etwas Gekünsteltes, und ich wusste sogleich, dass ihr Einspruch nicht aufrichtig war.

»Unsinn. Es stört nicht im Geringsten. Außerdem scheint Pembroke zu wollen, dass man sich gut um Sie kümmert und Sie vielleicht sogar« – er hielt inne und zwinkerte Odalie zu – »bemuttert.« Odalies Lippen verspannten sich zu einem schmalen, höflichen Lächeln. Mrs Brinkley blickte, ganz kurz nur, mit finsterer Miene zu Boden. »Ich werde Felton Ihre Sachen holen lassen«, fuhr Mr Brinkley fort. »Er kann sie nach oben tragen und Ihnen Ihr Zimmer zeigen. Felton!«

Minuten später hatten wir es uns glücklich in einem exklusiven, sonnendurchfluteten Schlafzimmer im ersten Stock gemütlich gemacht. Odalie saß am Toilettentisch und fuhr sich mit einer Bürste durch den glänzenden Bob, während ich ein Fenster aufstieß und das Schimmern und Glitzern des Meeres draußen betrachtete, das nun aufgrund des Einfallswinkels der Sonne am späten Nachmittag ein wenig trüber dalag. Ich kann nur vermuten, dass es irgendwo dort draußen in der Welt wirklich einen Pembroke gab, auch wenn ich nicht so weit gehen und naiverweise annehmen würde, dass Odalie jemals seine Bekanntschaft gemacht hatte. Jedenfalls fiel der Name kaum je wieder, obwohl er als der Schlüssel zu unserer Unterbringung am Meer gedient hatte.

Während ich Odalie dabei beobachtete, wie sie sich die Haare bürstete und geistesabwesend in den Spiegel starrte, begriff ich, dass sie nicht an Pembroke dachte, sondern an jemand ganz anderen. Ein zerstreutes Stirnrunzeln verunzierte das hübsche Oval ihres Gesichts. »Ist es zu glauben? Welch lächerlicher Blödsinn!«, murrte sie vor sich hin. »Leute aus Newport sollten eigentlich wissen, dass sie in Newport zu bleiben haben. Wer hat je davon gehört, dass einer über den Sommer hier heruntergekommen wäre? Es ist der reinste Unsinn!«

Ihr heftiger Tonfall erstaunte mich, und ich sah sie verwirrt an, doch sie achtete nicht darauf und murmelte nur: »Wir werden den Jungen im Auge behalten müssen«.

Ich war mir nicht sicher, ob sie mit mir redete oder vergessen hatte, dass ich mich noch immer im Zimmer befand.

»Was?«

»Teddy.« Gedankenverloren fuhr sie sich mit dem Finger über eine glatte schwarze Augenbraue. »Er bedeutet Ärger.« Ihre Stimme war voll von der tiefen Nachdenklichkeit und ruhigen Berechnung, die weitere Fragen untersagen. Es klopfte an der Tür, und Felton stellte unser Gepäck im Zimmer ab. Ich machte mich daran, unsere beiden Koffer auszupacken.

16

Man konnte sich des Eindrucks nicht erwehren, dass sich das sommerliche Leben der Brinkleys an einen Rhythmus hielt und dieser hauptsächlich aus Freizeitsport am Vormittag, Gartenpartys am Nachmittag und geschmackvollen Diners zur Abendzeit bestand, alles gefolgt von dem einen oder anderen Walzer bis zu vorgerückter Stunde. Falls Mr Brinkley einem Beruf nachging, bin ich mir nicht sicher, ob ich Ihnen sagen könnte, was es war. Eines stand fest: Welcher Brinkley auch immer ursprünglich das Familienvermögen beschafft haben mochte, hatte seinen Teil vor mindestens zwei oder drei Generationen geleistet, da die derzeitigen Brinkleys sich nicht die geringsten Sorgen um sogenannte dringende Geschäftsangelegenheiten zu machen schienen. Außerdem beherbergte ihr Anwesen all ihre Lieblingsbeschäftigungen, und ich wage zu vermuten, sie verließen das Grundstück den ganzen Sommer über höchst selten. Stattdessen wurden sie zum Mittelpunkt, um den sich ein kleines Universum von New Yorker Persönlichkeiten des öffentlichen Lebens drehte, und Odalie und ich reihten uns nur zu gern in diese Umlaufbahn ein.

Nachdem wir eingetroffen waren und man uns unser Zimmer gezeigt hatte, kleideten wir uns zum Abendessen und tauchten genau in dem Moment wieder auf, als sich der heiße Sommertag schließlich seinem äußersten Ende zuneigte. Das Ergebnis war ein helles, dünnes Zwielicht. Wieder im Erdgeschoss gingen wir auf die Veranda, wo wir vier sehr lange Tafeln mit blassblauen Tischtüchern und weißen Kerzen und weißem

Porzellan vorfanden. Mitten auf jedem Tisch lag ein gewaltiges gegrilltes Schwein auf dem Bauch, komplett mit kandiertem Apfel in der Schnauze. Tischkärtchen lagen vor jedem Gedeck, und ich sah den Anflug eines Stirnrunzelns auf Odalies Gesicht, als sie feststellte, dass auf dem Tischkärtchen neben ihrem Teddys Name geschrieben stand.

Als Teddy kam, um neben Odalie Platz zu nehmen, trug er ein leicht verlegenes, aber verschmitztes Lächeln, und ich hielt es für möglich, dass er eventuell kurz vor unserem Eintreffen im Erdgeschoss ein paar Tischkarten vertauscht hatte. Daran war nichts wirklich Schockierendes, und ich dachte mir kaum etwas dabei, denn Männer heckten ständig Winkelzüge aus, um näher an Odalie heranzukommen. Überraschend war jedoch, dass Odalie Teddy während des ganzen Essens den Rücken zukehrte und sich mithilfe einer höflich, aber sehr stur verdrehten Körperhaltung jeglicher Konversation verweigerte. Selbst Blickkontakt schien sie als Belastung zu empfinden. Ein solches Benehmen hatte ich noch nie an ihr erlebt. Sonst hielt Odalie immer Hof. Sie behandelte auch den niedrigsten ihrer Verehrer freundlich (man wusste nie, wessen Gunst eines Tages nützlich sein könnte). Ich kam einfach nicht umhin, mich zu fragen, welche Art Groll sie einem Jungen gegenüber hegen konnte, der nicht einmal alt genug war, um es auf ernsthafte gesellschaftliche Vergehen gebracht zu haben. Alles, was wir von ihm wussten, war, dass er Odalie mit einem Filmstar verwechselt hatte (alles andere als eine Beleidigung), dass er aus Newport stammte und früher einmal die Hotchkiss besucht hatte – kaum Gründe für die formvollendete Brüskierung, die Odalie ihm an dem Abend angedeihen ließ, indem sie von ihm weggedreht dasaß, tiefer in ein Gespräch mit mir versunken, als sie es im Laufe der Geschichte unserer Freundschaft jemals gewesen war.

Nach dem Abendessen folgte er ihr zu der mit einem Zeltdach versehenen Tribüne, auf der sich bereits Paare gefunden hatten und in leichtfüßigen, anmutigen Kreisen herumschwebten. Teddy dachte wohl, einen Tanz mit ihr zu ergattern. Doch wenn dies der Fall war, unterschätzte er Odalies meisterhafte Fähigkeit, eine Tanzkarte zu füllen. Geschickt durchkreuzte sie der Reihe nach all seine Annäherungsversuche, stets unnahbar, blieb dabei gerade noch höflich. Den Großteil des Abends stand er an einer Seite der Tribüne und sah stur zu, die Hände unbeholfen in die Taschen seines hochtaillierten weißen Anzugjacketts gesteckt, während der Gezeitenwechsel tanzender Paare in Strudeln vor ihm herumwirbelte und sich der Gezeitenwechsel des wirklichen Meeres in einiger Entfernung in der Dunkelheit hinter ihm abspielte. Einmal kam er quer über die Veranda auf mich zu, und ich mag mich irren, aber ich glaube, er wollte mich um einen Tanz bitten. Ganz knapp vor seinem Eintreffen tauchte jedoch recht unvermittelt Odalie an meinem Ellbogen auf. Ihr melodiöses Lachen erfüllte die Luft, während eine Reihe Gentlemen einer nach dem anderen in der Taille abknickte und ihr theatralisch die Hand küsste. Ich hörte, wie sie sich wegen der vorgerückten Stunde entschuldigte. Sekunden später spürte ich eine leichte Hand auf meinem Arm. Ehe ich mich versah, waren wir oben in unserem Zimmer, schlugen die Tagesdecke zurück und schlüpften in unsere Nachthemden.

»Tut mir leid, dass wir meinetwegen schon so früh ins Bett gehen wie zwei traurige, alte Hühner«, murmelte Odalie, während sie mit bereits geschlossenen Augen im Bett lag. »Ich hätte es bloß keine Sekunde länger ausgehalten. Hätten sie einen Walzer gespielt, wäre ich wohl in den Armen irgendeines armen Mannes eingenickt.« Sie streckte den Arm zu meiner Bettseite aus und drückte meine Hand.

»Es macht mir nichts aus«, sagte ich und merkte, dass dies die Wahrheit war. Wenn sie mich manchmal auf Partys im Stich ließ, kam ich früh nach Hause und ging zu Bett – immer allein –, und das *machte* mir etwas aus. Doch es machte mir nie etwas aus, mit Odalie an meiner Seite früh nach Hause zu kommen.

Als ich am nächsten Morgen erwachte, war das Bett neben mir leer. Was auch immer Odalie trieb, sie hatte mir keine Nachricht hinterlassen. Ich stand auf, wusch mich und ging nach unten, um auf der Veranda zu frühstücken. Da meine Scheu zu groß war, mich anderen Hausgästen der Brinkleys vorzustellen, bat ich den Butler, mir die Morgenausgabe zu bringen, und tat so, als wäre ich ungemein an den Schlagzeilen des Tages interessiert. Jedenfalls tat ich so, bis eine besondere Nachricht mir tatsächlich ins Auge fiel.

Zuerst ließ mich Mr Vitallis Fotografie innehalten, eine Teetasse mit Kaffee auf halbem Weg zwischen dem Tisch und meinem Mund. Sein blasser, durchdringender Blick war so hohl und eisig wie eh und je – obwohl mir auffiel, dass das egoistische Kräuseln seiner Lippen ein wenig nachgelassen hatte und sein Schnurrbart ungepflegt aussah. VITALLI SCHULDIG GESPROCHEN, STRAFE MÖGLICHERWEISE DER ELEKTRISCHE STUHL, lautete die Schlagzeile über seiner Fotografie. *Aha*, dachte ich. *Es gibt also doch noch Gerechtigkeit auf dieser Welt.* Und der elektrische Stuhl! Wenn je der rechte Zeitpunkt gewesen wäre, Reue zu empfinden, da ich Justitia auf die Sprünge geholfen hatte, dann wohl dieser. Stattdessen verspürte ich nichts als tiefste Zufriedenheit, weil die Jury endlich den Weg zur Wahrheit gefunden hatte. Ich riss den Artikel heraus (*Mr Vitalli, der seine eigene Verteidigung übernahm, gelang nicht der Beweis, dass sein Geständnis gefälscht worden war*, lautete eine Zeile) und faltete ihn ordentlich, um ihn mitzunehmen. Ich ließ ihn in meine Handtasche gleiten und hoffte, ihn Odalie zeigen zu können, sobald sie endlich wieder auftauchte.

Ich kehrte auf mein Zimmer zurück, um zu warten, doch

gegen halb zwölf war der Tag bereits recht sonnig und heiß geworden, und ich war rastlos. Die Brinkleys luden ihre Gäste zu einer Vielfalt an Aktivitäten im Freien ein. Es wurden zahlreiche Ausrüstungen zur Verfügung gestellt: Es gab Tennisschläger und -kleidung für diejenigen, die sich auf den Tennisplatz wagen wollten; es gab Golfschläger und passendes Schuhwerk für Amateurgolfer, die ihre Drives und Putts verbessern wollten; es gab Badminton-Sets und Krockethämmer und bunte Bälle sowie kleine Kunstledertaschen voll schwerer Bleikugeln mit glänzendem Silberüberzug, die man, wie mir der Butler versicherte, für ein Rasenspiel benötigte, das die Franzosen spielten und *Pétanque* hieß. Da ich aufgewachsen war, ohne viel mit diesen Sportarten in Berührung gekommen zu sein (im Falle von Golf und *Pétanque* überhaupt nicht), beschloss ich, am Strand schwimmen zu gehen, statt mich an einem dieser Spiele zu versuchen. Schwimmen konnte ich allein, sodass mir die Last erspart würde, mich unbeholfen anderen Gästen vorzustellen (was ich ohne Odalie nur ungern tat).

Draußen war es bereits angenehm mild, doch in meinem kühlen Schlafzimmer zitterte ich, während ich mich in den gestrickten Badeanzug wand, den Odalie Anfang des Monats bei Lord & Taylor ausgesucht hatte. Nachdem ich mir vom Butler (der eine Augenbraue hochzog, weil unter dem Saum meines Badeanzugs so viel Bein zu sehen war) ein Handtuch hatte geben lassen, machte ich mich auf den Weg in Richtung Wasser.

Es standen zwei Strände zur Wahl. Das Anwesen der Brinkleys umspannte ein Gebiet, das sich vom Long Island Sound bis hin zum offenen Meer erstreckte. Ein romantischeres Geschöpf hätte wohl den weißeren Sand und die salzige Gischt des tosenden Atlantiks gewählt, doch wie ich bereits zigmal eingestanden habe, bin ich ein recht pragmatischer Mensch. Ich entschied mich für das trübere, aber viel ruhigere Wasser des Sound. Bei meinem Eintreffen sah ich, dass ich den Strand ganz für mich hatte, abgesehen von dem einen oder anderen Motorboot auf Vergnügungsfahrt, das vorübersauste, während Stimmen voll sonnenverbrannter Ausgelassenheit in kleinen Wellen über das Wasser getragen wurden. Weiter draußen schaukelte leicht ein Floß für Badegäste, das unter der Wasseroberfläche fest gegen die sanften Strömungen des Sound verankert war.

Zu dem Zeitpunkt stieg die Hitze bereits staubig-dampfend vom Sand empor, und ich glitt nur allzu gern bis zur Taille ins Wasser. Wenn ich eine undamenhafte Eigenschaft besitze, auf die ich schamlos stolz bin, dann die, dass ich tatsächlich eine ziemlich stramme Schwimmerin bin. Meine Schwimmzüge hatten schon immer eine gewisse rohe Gewalt an sich. Viele Mädchen können schwimmen, besonders diese schnellen Wildfänge, die man heutzutage überall antrifft, aber vor noch nicht allzu vielen Jahren waren es lediglich die Mädchen vom Lande oder die ganz Reichen, die schwimmen konnten. Als die Nonnen mich auf die Bedford Academy schickten, kam ich in den Genuss unerwarteter Privilegien, und die Unterweisung im richtigen Schwimmen gehörte dazu. Man hatte uns auf eine Handvoll Schulausflüge zu einem Strand nur für Damen mitgenommen, wo wir in den Wellen herumplanschten, nach unten gezogen von den langen Badeanzügen im Pumphosenstil, die man uns tragen ließ, und jede von uns wartete, bis sie an die Reihe kam, ihre Schwimmzüge von derselben barschen, breitschultrigen, sommersprossigen Schwimmlehrerin beurteilt zu bekommen, die einmal jährlich allein für diese Aufgabe angestellt wurde.

Ich blickte zu dem schaukelnden Badefloß. Auf dem Floß hatte man einen kleinen Sprungturm errichtet, und oben flatterte eine winzige orangefarbene Fahne in der Brise, als winke sie einem aufmunternd zu. Ich schätzte, dass es sich nur zweihundert Meter weit weg befand, und beschloss hinauszuschwimmen. Mit einem Abstoßen und Aufkeuchen, als das Wasser mir Brust und Hals umschloss, ging es los, und ich paddelte fröhlich darauflos. Ich hielt das Gesicht ins Wasser und versuchte, ernsthaft zu kraulen. Schon immer war das Schwimmen für mich eine berauschende Beschäftigung gewesen: die merkwürdige Art, wie man sich im Wasser bewegt, das Ausholen und Sich-Strecken, das Gefühl, Luft in großen, bebenden Zügen in die Lunge zu saugen, die Art, wie die Welt gleichzeitig mit Schall wie auch dessen völligem Ausbleiben erfüllt zu sein scheint. Und es gibt fast immer einen Moment seltsam belebender Panik, selbst wenn man eine sehr gute Schwimmerin ist, in dem man die Standhaftigkeit der eigenen Lunge und die Kraft der eigenen Muskeln anzweifelt. Es war lange her, seit ich das letzte Mal im Wasser gewesen war, und ich erlebte einen solchen Moment kurz vor dem Erreichen des Floßes. Angst weckte jeden Zentimeter meines Körpers wie ein elektrischer Schlag, und als ich mich endlich auf die Holzbretter des Badefloßes hochzog, wurden meine Glieder ganz weich, und jeder Nerv in meinem Innern zitterte vor Hochgefühl – was sich alles rasch in Erschöpfung verwandelte. Ich hievte mich auf das Floß und lag dort wie eine Tote, blind zum Himmel starrend.

Ich habe keine Ahnung, wie lange ich mit dem Gesicht nach oben auf dem Floß lag. Es verstrich genug Zeit, dass meine Brust sich nicht mehr heftig hob und senkte, dass meine Haare anfingen, in verfilzten Klumpen an meiner Kopfhaut zu trocknen und die Welt recht still und friedlich wurde. Das Schaukeln des Floßes war hypnotisch, als läge man in einer Wiege. Und als ich bemerkte, dass die Geschwindigkeit des Schaukelns zunahm, drehte ich den Kopf in Richtung Küste und sah, dass sich ein weiterer Schwimmer dem Floß näherte. Glitzernde Wellen bildeten von seinem Körper aus immer weitere Kreise, während er sich mit Händen und Füßen antrieb. Er hielt kurz inne, mitten in einer Kraulbewegung, und hob den Kopf aus dem Wasser. Da blitzte ein verschwommenes Lächeln auf, und es ertönte ein fröhliches »Ahoi!«.

Ich setzte mich auf. Mir wurde klar, dass ich Teddy vor mir sah, Teddy, der unsere Einführung am vergangenen Nachmittag erleichtert hatte und Odalie den ganzen Abend hindurch vergeblich auf den Fersen gewesen war. Sein Gesicht verschwand wieder im Wasser, und seine Arme nahmen erneut ihre Tätigkeit als Windmühle auf. Schließlich erreichte Teddy das Floß und fand die Leiter. Ich hatte nicht damit gerechnet, ihm auf diese Art zu begegnen. Bestimmt sah ich ihm unwillkürlich mit gerunzelter Stirn zu, als er die Sprossen emporkletterte und mit plumper Erschöpfung grinste, da ihm mein Missfallen nicht zu entgehen schien.

»Ich würde Sie gerne fragen, ob Ihnen die Störung etwas ausmacht, aber ich fürchte, sie war nicht zu vermeiden«, sagte er mit seiner verfrüht tiefen Bassstimme und schnappte keuchend nach Luft. »Ich muss eine Pause einlegen. Die Schwimmstrecke ist weiter, als ich gedacht hätte. Es ist wohl zwecklos, es sich auf halbem Weg anders zu überlegen, was?« Er ließ sich hinfallen, und sein tropfender Körper landete auf den Floßbrettern, wo er schließlich in der gleichen horizontalen und schwer atmenden Haltung zusammensackte, die ich noch vor wenigen Minuten innegehabt hatte. Sobald er ausgestreckt auf dem Rücken lag, drehte er den Kopf und blinzelte in die Sonne, um mich anzusehen. »Mannomann, Sie müssen eine gute Schwimmerin sein.« In seiner Stimme schwang aufrichtige Bewunderung mit, und unwillkürlich überkam mich Stolz.

»Nun, es bereitet mir wohl Spaß«, sagte ich sehr leise, ohne ihm ein Lächeln zu schenken. Ich machte Anstalten aufzustehen, schreckte jedoch zurück und schwankte zwischen der Leiter und dem Turm. Ursprünglich hatte ich gehofft, von ebenjenem Turm springen zu können, verspürte jetzt allerdings Bedenken, es vor Publikum zu tun.

»Oh, warten Sie – gehen Sie nicht«, sagte Teddy, der mein Vorhaben erahnte. Ich sah ihn an und erblickte die ernsten gehobenen Augenbrauen und herabgezogenen Mundwinkel eines unschuldigen jungen Knaben. Ich weiß nicht, warum ich es so eilig hatte, von ihm fortzukommen. Odalie hatte noch immer nicht den Ursprung ihrer Abneigung gegenüber dem jungen Mann offenbart. Schließlich hatte er, dachte ich, unsere Einführung bei den Brinkleys erleichtert und uns davor bewahrt, möglicherweise wie ungeladene Gäste zu wirken. »Bitte bleiben Sie«, sagte er nun. »Ich hätte gern Gesellschaft.« Ich zögerte, was ihm nicht entging. »Und außerdem«, fügte er hinzu, »wird der Rückweg hart werden. Vielleicht brauche ich eine starke Rettungsschwimmerin, die mir hilft und mich an den Strand schleppt.« Zu dem Zeitpunkt hatte sich sein Keuchen völlig gelegt, und ich konnte sehen, dass diese Erklärung erfunden war, doch ich blieb trotzdem auf dem Floß.

Ich stützte mich hinten mit den Armen ab und überkreuzte die Beine vor mir, dann zupfte ich am Saum meines Badeanzugs und versuchte vergeblich, mich ein wenig züchtiger zu bedecken. Etliche Sekunden herrschte betretenes Schweigen, das nur von dem tropfenden Wasser unterbrochen wurde, das aus Teddys Haaren in die kleine Lache sickerte, die sich unter ihm auf den Planken gebildet hatte. Ich ging im Geiste meine Informationen über ihn durch, um diejenige auszuwählen, mit der sich am besten ein oberflächliches Gespräch bewerkstelligen ließe.

»Sie stammen also aus Newport?«

Seltsamerweise schien diese Frage einen wunden Punkt zu treffen. Teddy schützte die Augen vor der Sonne und warf mir einen sehr ernsten Blick zu, als würde er mich auf einmal neu beurteilen. »Ja. Wissen Sie viel über … die Stadt?«

»Oh – nein. Ich glaube nicht.«

Er musterte mein Gesicht noch etliche Sekunden lang und –

da er offensichtlich nicht fand, wonach er suchte – seufzte schließlich. »Sie ist wohl ziemlich klasse. Viele gute Leute aus alten Familien.« Er reckte das Kinn zur Sonne und schloss die Augen. Ich wagte eine kurze Inspektion. Ich hatte noch nie einen Mann im Badeanzug gesehen, und obwohl ich instinktiv wusste, dass Teddy im Grunde kein Mann, sondern eher ein Junge war, gebe ich zu, dass ich dennoch neugierig war. Seine Schultern waren recht schmal unter den Trägern seines Badeanzugs, und von den Rippen bis hinab zu seinen Beinen war er schlaksig. Er runzelte kurz die Stirn und verlagerte das Gewicht, als sei seine Position unbequem, sodass ich einen Moment lang befürchtete, er spüre meinen Blick auf sich ruhen. Ich sah weg. Bald schon setzte wieder das freundliche Brummen seiner Stimme ein, als er seinen Bericht über Newport fortsetzte. »Große Häuser. Keine nennenswerte Kriminalität.« Das Tuckern und Fauchen eines Bootsmotors kam näher und bewegte sich dann genauso rasch wieder in die Ferne. Teddy öffnete die Augen und setzte sich ruckartig auf, als sei ihm gerade etwas eingefallen. Er war am ganzen Körper starr vor Anspannung. Ich merkte, dass es da etwas sehr Ernsthaftes gab, das er mir mitteilen wollte, und er hatte seine Gelegenheit gefunden. Allerdings war ihm anzusehen, dass er es nicht geradeheraus sagen würde.

»Tja, wie schon erwähnt, keine Kriminalität. Aber das soll nicht heißen, dass es nicht ein paar recht schwerwiegende … *Vorfälle* gegeben hätte.« Er sah mich jetzt scharf und durchdringend an. Fast glaubte ich, spüren zu können, wie sich die Pupillen seiner Augen auf meinem Gesicht einbrannten, heißer als die Sonnenstrahlen. »Tatsächlich«, fuhr er sehr langsam und in bedächtigem Tonfall fort, »ging es bei einem der tragischsten Vorfälle in der jüngeren Geschichte der Stadt um meinen Cousin und eine absolut unvergessliche Debütantin.«

Die neue Richtung, die das Geplauder einschlug, faszinierte

und verblüffte mich, doch ich erwiderte nichts. Obwohl ich nicht genau wusste, wie oder warum, hatte ich das Gefühl, als werde ich gerade geködert. Teddy war nicht aufzuhalten. Er holte Luft und redete unaufhörlich weiter.

»Sie war einmalig, diese Debütantin. In der Stadt hatte man nie zuvor jemanden wie sie gesehen – und ich würde wetten, seitdem auch nicht mehr. Ich habe sie selbst nur ein oder zwei Mal getroffen, noch dazu hauptsächlich im Vorbeigehen, aber irgendwie vergisst man so ein Mädchen nicht.« Er stieß ein leises, bewunderndes Pfeifen aus, allerdings ohne zu lächeln. »Große blaue Augen, die die ganze Zeit voller heller Neugierde blitzten. Langes dunkles Haar.«

Er legte eine Pause ein, und mir kam in den Sinn, dass die Beiläufigkeit, mit der er es tat, nicht echt war. Als er wieder das Wort ergriff, erfuhr ich, weshalb.

»Natürlich trägt sie mittlerweile wahrscheinlich einen Bob. Die Haare, meine ich. Sie ist die Art Mädchen, die das tun würde.«

Eine Erkenntnis kribbelte in meinen Adern, und mein Puls ging schneller. Ich setzte mich aufrechter hin. Ohne es bewusst zu wollen, beugte ich mich ein Stück näher zu Teddy. Kurzzeitig wirkte er zufrieden mit dem, was er erreicht hatte. Er wusste, dass ich die Bedeutung seiner Aussage bemerkt hatte. Es war unverhohlen, dass er mit seiner Geschichte noch nicht zu Ende war, dass ich mehr erfahren sollte, und jetzt konnte er sich mit dem Erzählen der Einzelheiten Zeit lassen. *Es ging nicht allzu gut für meinen Cousin aus,* warnte er mich, bevor er mit dem Anfang der Geschichte einsetzte.

Seit damals habe ich mir Teddys Schilderung selbstverständlich mehrfach durch den Kopf gehen lassen. Es wird sich zeigen, ob ich ihr genauester Übermittler geworden bin oder ihre größte Verfälscherin, doch ich werde sie hier wiedergeben, so gut ich kann.

Ginevra Morris mit ihren ebenholzschwarzen Haaren und großen Augen war das einzige Kind eines wohlhabenden Bankiers aus Boston. Ihr Vater, der gute achtundzwanzig Jahre älter als ihre Mutter war, ging in Pension, als Ginevra fünf war, und zog mit seiner ganzen Familie in ein sehr großes und herrschaftliches Haus an der Küste von Newport, um sich seiner liebsten Freizeitbeschäftigung, dem Modellbau von Schiffen, zu widmen, während er durchs Fenster ihre lebensgroßen Pendants am östlichen Horizont vorbeifahren sah. Im Alter von zehn Jahren fand Ginevra heraus, dass es nur eines leichten Stirnrunzelns bedurfte, damit ihr Vater die samtäugige kastanienbraune Stute, die er ihr zum Geburtstag gekauft hatte, gegen einen gescheckten Appaloosa-Hengst eintauschte. Noch verblüffender erschien ihr, dass sie ihn mit einem zweiten Stirnrunzeln dazu veranlassen konnte, am folgenden Tag kehrtzumachen und den Appaloosa zurückzubringen, um die kastanienbraune Stute für den doppelten Preis erneut zu erstehen. Ginevra wurde sorgfältig im Geist der viktorianischen Traditionen erzogen, damit sie sich in Musik, Poesie und Kunst auszeichnete, und mit fünfzehn Jahren machte sie deutlich, dass sie die viktorianischen Traditionen reichlich satthatte. Bei einem berüchtigten Streit mit ihrer Mutter nur wenige Tage vor Ginevras sechzehntem Geburtstag und folglicherweise dem Debütantinnenball, ergriff Ginevra aus Protest gegen etwas, das ihre Mutter gesagt hatte, eine Schere und zerschnitt mit sicherer, hartherziger Hand den Rock ihres Ballkleids. In dem Glauben, es würde Ginevra demütigen und ihr deshalb eine Lehre sein, zwang ihre Mutter sie, das Kleid so zu tragen, wie es war: ruiniert und mit einem Saum, der ihr kaum bis ans Knie reichte.

Doch ihre Mutter, selbst noch eine recht junge Frau, allerdings bereits das steifkragige Relikt einer längst vergangenen Epoche, hatte sich gründlich getäuscht. Am Abend von Ginevras Debüt, an dem sie in die Gesellschaft eingeführt wurde, fiel ihr

Kleid mit dem Wasserfallausschnitt auf besonders hellenische Weise an ihr herab, und sie schwebte hocherhobenen Hauptes in ihrem skandalös zerschnittenen Rock die Treppe hinunter, sodass ein Raunen durch das Publikum ging. An dem Abend machten zweiundzwanzig niedrige, mit rotem Teppich überzogene Treppenstufen aus dem x-beinigen Wildfang eine griechische Göttin. Ein Junge, Warren Tricott jr., Sohn eines Bergbaumagnaten und Mitglied einer der wohlhabendsten Familien in Newport zur damaligen Zeit, war äußerst beeindruckt von ihrer scheinbar mühelosen Verwandlung. Er fuhr gleich am nächsten Tag in seinem silbernen Sportwagen in ihrer Auffahrt vor und danach tagtäglich die nächsten beiden Sommer.

Er selbst, sagte Teddy, war einige Jahre jünger als sein Cousin und mit elf Jahren natürlich noch nicht so weit ausgereift, dass er für die Feinheiten des Liebeswerbens empfänglich gewesen wäre oder sich auch nur darum gekümmert hätte. Doch selbst in diesem zarten Alter begriff er, für wie besonders und aufregend alle Warren und Ginevra erachteten, und ihm entging nicht, dass die Leute stets verstohlen die Stimmen senkten, wann immer sie diskutierten, welch wildes, auffallendes Paar Warren und Ginevra abgaben. Teddy war den Großteil des Jahres fort auf dem Internat, doch jedes Mal, wenn er nach Hause nach Newport kam, galten die ersten Gerüchte, die man ihm zutrug, häufig seinem Cousin Warren und der faszinierenden jungen Dame, mit der Warren sich verabredete. Die Leute sahen die beiden oft, wie sie gemeinsam mit dem Wagen durch die Stadt fuhren oder mit der Familienjacht der Tricotts einen Segelausflug unternahmen. Nicht selten erblickte man den glänzenden ebenholzfarbenen Streifen von Ginevras langem Haar eine Straße in der Stadt oder eine Landstraße entlangfliegen, gefolgt von ihrem melodiösen, unvergleichlichen Lachen. Gemeinsam schienen sie sich an allem ergötzen zu können. Selbst der strengste Winter, der Newport in zwanzig Jahren heimgesucht hatte, versetzte ihrer Fröhlichkeit keinen Dämpfer. An Weihnachten schenkte Warren Ginevra ein kleines Zugpony samt einem golden bemalten Schlitten, und gemeinsam saßen sie auf den bestickten Polstern, Pelzdecken über dem Schoß, und kicherten hemmungslos auf der Suche nach dem höchsten Hügel, den sie hinunterfahren könnten.

Zu jenem Zeitpunkt war der Krieg in vollem Gange. Irgendeine Schwachstelle, von der Teddy nichts Genaueres wusste – schlechte Augen, Plattfüße –, hatte dafür gesorgt, dass Warren nicht zum Militär einberufen wurde. (Es gab Stadtbewohner, die munkelten, dass es sich bei der fraglichen Schwachstelle in Wahrheit um Warrens herrische Mutter handelte.) Doch was auch immer Warren daran hinderte, in einem unbekannten Graben auf dem Feld eines französischen Bauern zu sterben, dämpfte gleichzeitig sein Selbstvertrauen. Bis zum Frühjahr 1918 hatte Warren mitangesehen, wie all seine Klassenkameraden in die Armee eintraten und einen Zug zu einem Bundesstaat im Süden (Kentucky, Tennessee – Teddy konnte sich nicht erinnern) bestiegen, um ein Ausbildungslager zu besuchen. Alle wurden als Helden verabschiedet, obwohl sie bis zu dem bestimmten kritischen Augenblick nicht viel mehr geleistet hatten, als dem Militärarzt in Boston einen Besuch abzustatten, den Kopf zu drehen und zu husten. Bei jedem Zug, der den Bahnhof verließ, kam sich Warren ein wenig kärglicher vor.

Warren und Ginevra wussten, wie man miteinander viel Spaß hatte, doch ihre Beziehung war häufig auch gelinde gesagt stürmisch. Wenn sie stritten, taten sie es mit einer Spielart von Dynamit, die ansonsten nur Eisenbahnbarone für sich beanspruchten, um Felssohlen wegzusprengen. Besonders Ginevra war in dem, was sie sagte, gnadenlos. Sie wusste genau, worauf sie abzuzielen hatte. Wenn Warren sie verärgerte oder wütend machte, rief sie ihm auf der Stelle ins Gedächtnis, was die Leute wohl von Männern dachten, die während des Kriegs an der Seitenlinie saßen und das Kämpfen anderen überließen. Leute, die diese Streitgespräche mitanhörten, vermuteten, dass dies der Grund war, weshalb Warren nebenher noch etwas mit anderen Frauen anfing.

Die anderen Frauen kümmerten Ginevra nie sehr. Vage wusste sie von ihnen. Warrens Liebeleien beschränkten sich hauptsächlich auf die andere Seite der Stadt, was heißen soll, auf Frauen einer anderen Schicht, die nicht an Ginevras Debüt teilgenommen hatten und schon gar nicht an ihrem eigenen. Und da Ginevra die einzige richtige Dame mit Anspruch auf Warrens Herz (ganz zu schweigen von seinem Vertrauen) war, fühlte sie sich nicht sonderlich bedroht. Außerdem war es eine allseits bekannte Tatsache, dass Ginevra sich ebenfalls gerne amüsierte – ständig bemühte sie sich, die Ballkönigin zu sein, und da Warren sich gelegentlich auf der anderen Seite der Stadt aufhielt, sicherte sie sich mit Vergnügen die Zuneigung ihrer zahlreichen anderen Verehrer. Was Ginevra betraf, war das alles wunderbar und lustig und nicht das kleinste bisschen ernst. Als Warren ihr im folgenden Sommer einen Heiratsantrag machte, nahm sie ihn ohne zu zögern an. Schließlich waren sie diejenigen, die von Bedeutung waren. Warren wollte einen Ring aussuchen.

Was in Teddys Geschichte nun kam, veränderte alles. Es bezeichnete einen weiteren Punkt, an dem es kein Zurück mehr gab.

Details sind schon eine komische Sache für sich. Da ich mittlerweile mehr als genug Geständnisse von Verbrechern mitangehört habe, kann ich Ihnen versichern, dass stimmt, was man sagt: Ein lügender Krimineller (oder *eine Kriminelle*, so selten dieses Szenario wohl auch sein mag) verrät sich stets, indem er entweder zu viele Details erzählt oder die falschen offenbart. Denn sehen Sie, die Sache mit den Details ist die, dass sie sich beinahe unmöglich plausibel ersinnen lassen. Wenn man die Wahrheit sagt, sagt man die Wahrheit, und man bekommt die Details richtig hin, besonders die eigenartigen. An dem Nachmittag gab Teddy ein recht ungewöhnliches Detail wieder, das er sich, wie ich glaube, nicht selbst hätte ausdenken können. Schließlich geht uns Menschen das elegante Fassungsvermögen für das Chaos ab, das allein den Göttern vorbehalten bleibt. Wir schaffen es nicht, uns ein Muster einfallen zu lassen, das frei von offensichtlichen Kategorisierungen ist. Stattdessen kennen wir die Welt nach Arten unterteilt, nur aufgrund der üblichsten Verkettungen von Ursache und Wirkung, des Auswendiggelernten und des Vertrauten. Nicht ohne Grund heißt es, der Teufel stecke im Detail. Es sind die kostbaren Details, die die eigene Unschuld beweisen, und es sind die tückischen Details, die einen an den Galgen bringen können.

Natürlich ging mir damals nicht diese ganze ehrgeizige Theorie durch den Kopf. Ich saß einfach da und lauschte Teddy, während er die restliche Geschichte preisgab, die, wie ich bereits erraten hatte, da sich Warren auf dem Weg zu einem Juwelier in Boston befand, letztlich auf die Verlobung von Ginevra und Warren hinauslief. Und so war es auch. In einer aufmerksamen Geste kaufte Warren nicht nur einen Ring, sondern außerdem ein besonderes Diamantarmband, das er anfertigen ließ, damit er es Ginevra als zusätzliches Verlobungsgeschenk überreichen konnte. Warrens Zuvorkommenheit und auch seine Verschwendungssucht hatten noch nie Grenzen gekannt. Tatsächlich war er so aufmerksam, dass er sogar ein zweites, identisches Armband für eine Frau namens Pearl anfertigen ließ, die auf der anderen Seite der Stadt wohnte und die man, wäre er ein verheirateter Mann und nicht nur ein lediglich verlobter gewesen, vielleicht als seine Geliebte bezeichnet hätte.

Zu Pearls Leidwesen kam Warren nie dazu, ihr das zweite Armband zu überreichen. Aus einem etwas ironischen und unangebrachten Loyalitätsdenken heraus bestand Warren darauf,

Ginevra ihres zuerst zu schenken, und an dem Abend, an dem er dies tat, ereignete sich ein schrecklicher Unfall.

Nach allem, was man hört, war der fragliche Abend einer jener milden, nach Gras duftenden Sommernächte. Wie so oft an solchen Abenden waren Warren und Ginevra in seinem kleinen Sportwagen ohne Verdeck durch die Gegend gefahren. Das Unglück geschah, als sie eine Straße nahmen, die ein paar Meilen vor der Stadt durch einen Rangierbahnhof führte und mehrere Eisenbahngleise überquerte. Der Motor erstarb, und irgendwie blieb der Wagen mit den Reifen auf einem der Gleise stecken, das gewöhnlich der nächtliche Güterzug benutzte. Als der Maschinist die silberne Seite eines Sportwagens ausmachte, der quer über den Gleisen parkte, war es bereits zu spät. Die Güterzüge, die nachts unterwegs waren, fuhren recht schnell und hatten so gut wie nie Grund, das Tempo zu drosseln, wenn sie in Newport einrollten.

Das Unglück war keine vollkommene Tragödie. Ginevra war es gelungen, rechtzeitig auszusteigen, und sie war gerettet. Doch Warren – der arme, fehlgeleitete Warren – war bei dem Versuch gestorben, den Rückwärtsgang einzulegen und seinen kostbaren Sportwagen in Sicherheit zu bringen, indem er die Reifen freifuhr. In der Stadt gab es viel Gerede, dass die beiden getrunken hätten und das Ganze krimineller Leichtsinn gewesen sei. Manche wiederholten das Gerücht, der Leichenbeschauer habe zu seiner Gattin gesagt, Warrens Leiche – oder das schrecklich Grausige, das noch davon übrig war – habe verdächtig nach Whiskey gerochen. Vereinzelt deuteten Leute sogar an, dass Ginevra Warren absichtlich betrunken gemacht habe und es kein Unfall gewesen sei, dass sie sich auf den Eisenbahnschienen befunden hätten. Schließlich war es kein Geheimnis, dass die beiden sich in dem Restaurant, in dem sie an dem Abend speisten, gestritten hatten. In einem besonders dramatischen Augenblick hatte Ginevra Warren sogar einen Drink ins Gesicht geschüttet. Doch als Ginevra dem Polizisten, der an den Unfallort kam, ihre Aussage zu Protokoll gab, war sie stocknüchtern und schwor mit ausgesprochen düsterem Blick, dass Warren es ebenfalls gewesen sei. Natürlich war da nicht nur ihr Wort. Es gab einen Zeugen – einen der Weichensteller, der die Nachtschicht auf dem Rangierbahnhof hatte. Der Weichensteller (ein großer Mann mit dunklem Teint und stark pockenvernarbtem Gesicht) hatte alles mitangesehen und mit seiner Aussage Ginevras Geschichte bestätigt: Es sei keine Fahrlässigkeit im Spiel gewesen und gewiss keine böswillige Absicht. Es sei lediglich ein verrückter und schrecklicher Unfall gewesen. Der Fall war abgeschlossen.

An diesem Punkt der Geschichte stieß Teddy auf dem Floß einen mühsamen Seufzer aus. »Es war traurig für die ganze Stadt, aber besonders traurig war es für meine Tante und meinen Onkel.« Er blinzelte zum gegenüberliegenden Ufer des Sound und runzelte die Stirn. »Sie sprechen nicht davon, niemals. Meine eigenen Eltern haben auch versucht, es vor mir geheimzuhalten. Wohl um mich zu schützen. Doch ich wünschte, sie hätten es nicht getan, denn so blieb ich nur mit Fragen zurück. Mit Fragen und einem recht unbehaglichen Gefühl angesichts der ganzen Angelegenheit. Sehen Sie, ich hatte meinen Cousin im Laufe meiner Kindheit so sehr bewundert – und dann … dann war er auf einmal einfach nicht mehr da. Es dauerte ein paar Jahre, bis ich endlich die Zeitungsausschnitte in die Finger bekam und Leute in der Stadt dazu brachte, mir die Einzelheiten preiszugeben.« Sein Tonfall war offen, und er fuhr sich mit einer Hand durch die Haare, um die verfilzt zusammengetrockneten Strähnen zu trennen. »Es ist wohl gut, dass sie so unvergesslich ist – Ginevra, meine ich. Denn wahrscheinlich können sich die Leute deshalb an die Details erinnern. Ja, neulich habe ich mich mit dem Polizisten unterhalten, der an den Unfallort gekommen war, und er erinnerte sich an etwas. An ein mir bis dahin unbekanntes Detail.«

»Was war es?«, fragte ich. Mein Tonfall war fordernder als beabsichtigt. Man könnte wohl sagen, dass ich zu dem Zeitpunkt großes Interesse am Ausgang der Geschichte hatte. Der Klang meiner Stimme ließ Teddy zusammenzucken, als sei er derart im Erzählen der Geschichte aufgegangen, dass er meine Gegenwart ganz vergessen hatte. Er drehte sich zu mir und betrachtete mich, und nun bemerkte ich etwas in seinem unschuldigen Gesicht, das ich nie zuvor gesehen hatte, etwas Scharfes und Prägnantes.

»Der Unfall hatte ein ziemlich schreckliches Bild abgegeben, und so erinnerte sich der Polizist nicht gleich an dieses Detail oder schenkte ihm Aufmerksamkeit. Es kann auch nichts zu bedeuten haben. Aber …« Teddy hielt inne. Er räusperte sich. »Als Ginevra ihre Aussage machte, trug sie beide Armbänder.«

Ein eiskalter Schauder lief mir den Rücken hinab. Mein Verstand hatte sich in zwei Hälften geteilt – die eine Hälfte zählte rasend schnell die Übereinstimmungen auf, die andere Hälfte befand sich auf einer parallelen Bahn und beeilte sich, diese zu widerlegen.

»Wo ist sie jetzt? Ginevra, meine ich«, fragte ich, als Teddy das Ende seiner Erzählung erreicht hatte.

»Verschwunden«, antwortete er.

»Wie meinen Sie das?«

»Sie hat kurz nach dem Unfall die Stadt verlassen. Manche sagen, es sei wegen der Tragödie gewesen, andere sagen, wegen des Geredes. Verübeln kann ich es ihr eigentlich nicht, aber sie hat sich ganz schön aus dem Staub gemacht. Ist mitten in der Nacht verschwunden, hat noch nicht einmal ihren Eltern gesagt, wohin sie wollte.«

»Haben sie … Anstrengungen unternommen … sie zu finden?«, fragte ich. Ich klang sehr kleinlaut.

»Gute Familien heuern keine Privatdetektive an«, sagte Teddy tonlos. »Jedenfalls nicht, dass sie es zugeben würden, und die lausigen Typen, die sie vielleicht heimlich engagieren, würden sowieso nie etwas aufspüren. Aber ich hätte wirklich gern Gelegenheit, mich mit ihr zu unterhalten. Es gibt da Dinge an jenem Abend, die einfach nie Sinn ergaben, und ich würde ein paar dieser Einzelheiten gern klären. Ich suche sie nun schon … ziemlich lange. Sie verstehen sicher, wie das ist.« Er drehte sich zu mir und starrte mir lange und bedeutungsvoll in die Augen. Zu dem Zeitpunkt war mein Körper fast vollständig getrocknet, und ich spürte bereits den Anflug eines Sonnenbrands. Es war keineswegs kalt im Freien, doch mich überkam ein Frösteln, und auf einmal hatte ich an Armen und Beinen eine Gänsehaut.

Ich zuckte zusammen, als mein Name gerufen wurde. Mit leicht weichen Knien erhob ich mich auf dem Floß und hielt mir schützend die Hand über die Augen. Da erblickte ich Odalie, die mir vom Ufer her zurief. »Oh!«, entfuhr es mir. Ich weiß nicht, ob sie sehen konnte, mit wem ich auf dem Floß war, aber ich bemerkte eine gewisse Dringlichkeit in ihrer Stimme.

»Wenn Sie mich entschuldigen wollen«, sagte ich zu Teddy. Er nickte lächelnd, schmallippig, wissend.

»Selbstverständlich.«

Ohne auch nur einen einzigen Gedanken an den Turm zu verlieren, machte ich einen Kopfsprung vom Floß und schwamm eifrig auf die Stelle zu, wo Odalie am Ufer wartete. Zu dem Zeitpunkt war ich ein wenig von der Sonne erhitzt, und das Wasser fühlte sich kälter an, als ich es vom Herschwimmen in Erinnerung hatte. Während des Schwimmens wurde mir bewusst, dass da noch eine andere Empfindung lauerte. Ich kam nicht umhin, eine Bedrohung zu wittern, die von irgendwo hinter mir ausging, immer noch träge auf dem Floß treibend.

17

Wir verbrachten den Nachmittag damit, Teddy aus dem Weg zu gehen. Es glich einem Katz-und-Maus-Spiel: Wir ließen uns an einem Ort nieder, und sobald Teddy auftauchte, erfand Odalie eine geistreiche Ausrede, um zum nächsten weiterzuziehen. Odalie verlor kein Wort darüber, aber für mich war es offenkundig, dass Teddy sie aus dem Gleichgewicht brachte und sie merklich nervös war. Ihre offene Abneigung gegen seine Anwesenheit war nicht gerade dienlich, die Verdächtigungen im Sande verlaufen zu lassen, die Teddy mit seiner Geschichte über »Ginevra« in die Welt gesetzt hatte. Während des restlichen Nachmittags beobachtete ich, wie Odalies Schreckhaftigkeit zusehends zunahm, wenn Teddy plötzlich erschien und sich unseren Aktivitäten anschließen wollte – und Junge, das tat er: bei einer Runde Golf (ein Spiel, das ich bislang nie gespielt hatte und das mir schrecklich langweilig vorkam, bis er in Erscheinung trat), beim Krocket auf dem Rasen (Odalie lehrte mich die Regeln des Spiels und dann sogleich, wie man geschickt betrog), selbst bei unserem Nachmittagstee. (*Ich vertraue Ihnen ein kleines Geheimnis an*, sagte sie zu Teddy und beugte sich zu ihm, der sie daraufhin anstarrte, als stünde er unter Schock, da sie endlich einmal das Wort an ihn richtete. *Der Nachmittagstee ist eigentlich dem schönen Geschlecht vorbehalten, nicht Ihresgleichen.*) Er war hartnäckig. Aber Odalie war mit ihren Ausweichmanövern und fiebrigen Versuchen, ihre Gleichgültigkeit zur Schau zu stellen, noch beharrlicher. Ihr verlockend liebreizendes Lächeln war am Ende des Nachmittags ein wenig dünn, doch sie war wild entschlossen, sich prächtig zu unterhalten und sich ihren Spaß von ihm nicht verderben zu lassen – oder wenigstens den Anschein zu erwecken.

Ich hingegen hatte mich schließlich meinem Schicksal gebeugt, eine passabel schöne Zeit zu verbringen. Der Fokus von Odalies gezwungener Heiterkeit war auf mir gelandet, und mit einem Schlag hing sie absolut atemlos an meinen Lippen und wollte alles in Erfahrung bringen, was sie noch nicht über mich wusste. An jenem Nachmittag saßen wir um den Teetisch, gemeinsam mit einer Handvoll anderer Gäste der Brinkleys (vornehmlich Damen samt ein paar Pantoffelhelden). Doch trotz der Anzahl wunderbar wortgewandter und gut gelaunter Gäste an unserem Teetisch wandte sich Odalie in innigem Gebaren an mich und führte mit vertrauensvoller Stimme eine Unterhaltung, als seien wir allein. Selbst in meiner wachsenden Wachsamkeit war ich mehr als nur ein wenig geschmeichelt von dieser Wende der Ereignisse. Ich stand ihr bereitwillig Rede und Antwort, während sie mich mit Fragen über meine Herkunft löcherte, und ich war überrascht von meinem eigenen Eifer, über die Kindheit zu sprechen, die ich normalerweise für mich behielt. Ich zählte ihr die Namen aller Schwestern im Waisenhaus auf, berichtete ihr von ihrer relativen Heiligkeit und ihren weltlicheren Fehlern. Odalie schien entzückt zu sein und prägte sich die Daten einer jeden Nonne ein, als hätte ich ihr ein Päckchen pharisäischer Baseballkarten überreicht.

Ich gab dann auch eine willkürliche Auswahl an Erinnerungen aus meiner Zeit in der Bedford Academy zum Besten – erzählte ihr etwa, dass alle Gebäude wie nasse Wollsocken rochen, mir dies jedoch insgeheim zusagte, und dass wir alle farblich passende, hellblaue Kleider tragen mussten, die mir ebenfalls gefielen, obwohl sich alle Mädchen genötigt fühlten, so zu tun, als könnten sie die Uniform nicht leiden. Ich ließ mich über die Zeit aus, als ich eine Auszeichnung für die schönste Handschrift der gesamten Schule bekam, und dies bedeutete, dass mir in unserem Klassenzimmer der Stuhl genau neben dem Holzofen zuteilwurde, ein Platz, der in den Wintermonaten heiß begehrt war. Ich vertraute ihr an, dass am Ende der Straße eine Jungenschule lag und dass es dort, als ich vierzehn war, einen Jungen gegeben hatte, der am Schultor auf- und abgegangen war und mir Briefe, auf denen in herrlich sorgfältiger Schönschrift mein Name geschrieben war, durch die Stäbe geschoben hatte. Ich hatte diese Briefe nie geöffnet, um herauszufinden, was in ihnen stand. Odalie fragte mich nach dem Grund. Ich hatte es nicht getan, da nichts, was im Innern geschrieben war, so hübsch und perfekt sein konnte wie die saubere Schrift auf dem Umschlag. Als ich das sagte, drehte sie den Kopf zu mir und warf mir einen eigentümlich taxierenden Blick zu, und sonderbarerweise konnte ich mich des Eindrucks nicht erwehren, dass ihr meine Erklärung gefiel.

Während meines gesamten Redeschwalls lauschte Odalie meinen banalen Belanglosigkeiten mit scheinbar hingerissenem Entzücken. Zumindest solange, bis Teddy sich unserer Teegesellschaft näherte. Sobald Teddy sich setzte, schlug ihre Stimmung um. Unverhofft begann Odalie, freiwillig Informationen über ihre eigene Kindheit preiszugeben, die diesmal in Kalifornien stattgefunden hatte.

»In welchem Teil Kaliforniens?«, fragte Teddy höflich. Inzwischen hatte sich jeder an unserem Tisch in unser Gespräch eingeschaltet und lauschte gebannt, fast schon hypnotisiert, wie das Menschen häufig taten, wenn Odalie in ihrer packenden Art Geschichten erzählte.

»Santa Fe«, antwortete sie.

»Ich verstehe«, erwiderte Teddy. Entweder wollte niemand aus der Runde zugeben, dass man den Geografielehrern der Jugend, die getreulich mit einem Zeigestock in der Hand an der Tafel gestanden hatten, nicht zugehört hatte, oder niemand wollte ihr widersprechen, denn alle Gesichter am Tisch blieben wohltuend gefasst. »Und wie kam es, dass es Sie so weit in die Ferne verschlagen hat?«, fragte Teddy.

»Nun, ich bin dort geboren«, entgegnete Odalie mit einem liebreizenden Lächeln. Ein überraschtes Zucken ging durch Teddys Körper, doch falls Odalie es ebenfalls bemerkte, so kümmerte es sie entweder nicht oder sie ignorierte es geflissentlich und fuhr mit ihren Erinnerungen fort.

Die Sonne und die Brise waren beide an jenem Tag sehr stark. Während Odalie redete, schwangen ihre glatten Haare unter ihrem Kinn hin und her, und der ordentliche Schnitt ihres Bobs wurde vom Wind zerzaust. Kleine, helle Sonnenflecken sprenkelten die hohen Wangenknochen ihres Gesichts, als der gelb-weiß-gestreifte Sonnenschirm über uns flatterte. Jeder am Teetisch schien Odalies Worte für bare Münze zu nehmen, doch das reichte ihr nicht. Sie konnte den Ausdruck auf Teddys Gesicht, den sie als skeptisch einstufte, nicht ertragen, und ich bemerkte mehrmals das blitzschnelle Flackern ihres Blicks, der in seine Richtung huschte. Unsere gemeinsame Zeit hatte mir etwas über sie verraten: Sie war es nicht gewohnt, dass ihre Worte angezweifelt wurden. Ihre Mundwinkel zuckten. Als eine Frau namens Louise sie unterbrach, um ihrerseits eine Geschichte über ihre Hochzeitsreise zu erzählen, die sie und ihr Gatte zu dem kleinen Küstenstädtchen Santa Barbara geführt hatte, entschuldigte sich Odalie und sprang auf. Ich beobachtete, wie sie davonstürmte, und wollte ihr folgen, fühlte mich jedoch verpflichtet, der Runde eine höfliche Entschuldigung anzubieten.

»War es etwas, das ich gesagt habe?«, fragte Louise, das Gesicht in ernsthafter Verwirrung verzerrt, während sie sich am Teetisch in der Hoffnung umsah, jemand könne ihr versichern, sie habe nichts Falsches getan. »Gütiger Himmel … liegt Santa Barbara denn nicht in der Nähe von Los Angeles? Ich habe es nur angesprochen, da ich dachte, sie wäre aus dem Häuschen, eine Geschichte über ihre Heimat zu hören …«

Ich nahm dies als mein Zeichen für einen sauberen Abgang. »Ich glaube, sie meinte vorhin, sie habe Kopfschmerzen«, erklärte ich der Gruppe. »Ich werde rasch nach ihr sehen.« Ich huschte Odalie hinterher, wobei ich spürte, wie sich Teddys Augen in meinen Rücken brannten.

Oben in unserem Zimmer fand ich Odalie vor, die sich wütend die Knoten in ihrem Haar ausbürstete, die der Wind in ihren ansonsten samtig glatten Bob gefilzt hatte. Ich zögerte. Ich wollte sie über die Dinge befragen, die Teddy mir offenbart hatte – hauptsächlich, das gebe ich unverhohlen zu, damit sie mir versicherte, nichts von all dem sei wahr. Ich begann allmählich zu verstehen, wie wenig ich über die Frau wusste, an die ich nun gebunden war. Ich erinnerte mich an die fragmenthaften Klatschgeschichten, die ich auf dem Polizeirevier gehört hatte. Odalie und Clara Bow sollten angeblich in einem Film auf den Tischen getanzt haben. Die Kalifornien-Geschichte, versuchte ich mich zu überzeugen, könnte sehr wohl Teil dessen sein. So viele ihrer Geschichten *könnten* wahr sein, würden sie sich nicht selbst ausschließen – das war das Problem. *Wenn sie mir fest in die Augen sieht und mir das Versprechen gibt, wenn sie es sagt, als würde sie es wirklich meinen,* sagte ich zu mir, *werde ich ihr glauben, gleich hier und jetzt.* Ich würde ihr glauben, und der ganze Rest spielte dann keine Rolle. Manchmal ging es bei der Wahrheit um viel mehr als bloß darum, schlicht die Umstände aufzudecken; es ging darum, sich für eine Seite zu entscheiden. Ich nahm all meinen Mut zusammen und räusperte mich.

»Teddy sagte …«

Doch plötzlich schoss eine Haarbürste durch die Luft und schmetterte gegen die Wand hinter mir. Ich folgte ihrer Flugbahn zurück zu ihrem Ausgangspunkt und sah Odalies Gesicht, das vor Wut explodierte. »Teddy! Was weiß der schon! Über irgendwas! Er ist, verdammt noch mal, ein pickelgesichtiger Student! Er trägt praktisch noch *Windeln*!«

Ich hatte Odalie nie derart aufgebracht erlebt, ganz zu schweigen davon, dass sie die Beherrschung verloren hätte. Der Anblick war zugleich grauenvoll und göttlich, wie ein zorniger Komet, der vom Himmel herabsauste.

Ich erwähnte Teddy an jenem Nachmittag mit keiner Silbe mehr und schlich aus dem Zimmer, zog ich doch einen Nachmittagsspaziergang am Stand einem vorgetäuschten Schläfchen neben einer erschreckend wütenden Odalie vor.

Am Abend schien Odalie zu ihrem gewohnt gelassenen Auftreten zurückgefunden zu haben. Erfrischt von ihrem nachmittäglichen Nickerchen (offenkundig hatte sie anders als ich Schlaf gefunden) war sie einmal mehr rotwangig und summte leise vor sich hin, während wir uns zum Abendessen umzogen. Sie schien bester Laune zu sein, und ihre energiegeladene Stimmung spiegelte sich in ihrer Wahl eines kühnen roten Kleides wider. Der leuchtende Ton ihres Kleides setzte sich scharf von ihren dunklen Haaren ab, sodass ihr Bob so glatt glänzte wie eine schimmernde Lache vergossener Tinte. Sie war ein unvergesslicher Anblick und noch dazu ein äußerst beeindruckender. Vielleicht mag es aufschlussreich sein, denn während ich mir um nichts in der Welt ins Gedächtnis rufen kann, was ich an jenem Abend trug, erinnere ich mich an jede kleine schwarze Stickerei auf ihrem roten Kleid.

Die Sterne strahlten an jenem Abend in vollem Glanze; sie erschienen früh – als hätten die Brinkleys bezahlt, damit sie Überstunden machten – und flirrten wie helle Lichtpunkte, die in das unheimlich bläuliche Glimmen des dämmrigen Abendhimmels gestanzt waren. Dinner wurde auf der Terrasse serviert, genau wie am Abend zuvor (und bestand diesmal aus

Lammkarree mit Minzgelee), und die nächtliche Luft war angenehm lau und salzig. Zu meiner Erleichterung stellte ich fest, dass Teddy nicht in unserer unmittelbaren Nähe saß. Sobald wir unten waren und Odalie die Möglichkeit hatte, die Platzkarten zu überfliegen, die unseren Tisch säumten, entspannte sie sich. Louise, die Frau, die an jenem Nachmittag unbeabsichtigt für den Eklat gesorgt hatte, als Odalie vom Teetisch aufgesprungen war, nahm zu Odalies Linken Platz, und diesmal bemühte sich Odalie, Louise gebannt zuzuhören. In Windeseile waren sie die besten Freundinnen, und ich musste mich damit begnügen, Odalies Rücken anzustarren, während sie und Louise plauderten und lachten. Natürlich war ich verärgert, doch ich behielt meinen Unmut für mich. Odalie versuchte wohl, ihren Schnitzer wieder wettzumachen. Umso besser.

Barmherzigkeit hat viele Gesichter, müssen Sie wissen. Und Odalies besondere Form von wohltätigem Geschick war, weniger attraktiven Mädchen das Gefühl zu geben, sie könnten, indem sie ein paar geheime Tricks erlernten, zumindest einen Bruchteil von Odalies angeborener Leichtigkeit und ihrem Charme erreichen. Doch Barmherzigkeit, wenn solch gefühllose, heitere Haie wie Odalie sie an den Tag legen, hat auch immer etwas Ironisches. Odalie könnte ein Mauerblümchen nehmen und es durch wohlfeile Schmeichelei in dem Glauben wiegen, es sei eine Ballkönigin. Ebenso wie das Glück keine Günstlinge kennt, tat sie es manchmal ohne sonderlichen Grund und zog keinen persönlichen Profit daraus. Natürlich verabscheute ich diese Mädchen, ohne dabei zu erkennen, dass ich selbst eine von ihnen war. Aber (und wir sollten das nicht zu schnell vergessen!) es *gab* etwas, das Odalie von mir wollte. Im Grunde sehr viel, wie sich letztlich herausstellte. Darauf werde ich noch früh genug zu sprechen kommen.

Der Hauptgang wurde serviert, und die Luft war vom buttrigen Duft des Lamms erfüllt. Nie zuvor hatte ich solch zartes Fleisch gekostet. Meine Erfahrungen mit Lamm waren auf seine viel älteren Verwandten beschränkt, das Hammelfleisch, und während die weichen Stückchen Lamm in meinem Mund schmolzen, vergaß ich meinen zeitweiligen Ärger auf Louise. Sobald der Nachtisch abgeräumt war, kehrte die Wut jedoch zurück. Im Laufe meiner Monate mit Odalie war ich nämlich zu einem kleinen Snob geworden, und nun richtete ich meinen neuerworbenen, hochmütigen Blick auf Louise. Obwohl sie sehr jung war, war Louise eine lästige, vorzeitig gealterte Weibsperson, mit ihren matten dunkelbraunen Haaren, die in solch trister Attitüde auf ihrem Kopf hochgesteckt waren, als hätte ein heimischer Gartenvogel mit dem Bau seines Nests begonnen und die Arbeit irgendwann mittendrin eingestellt. Jedes Mal, wenn sie hysterisch über etwas lachte, das Odalie sagte – was anrüchig häufig geschah –, offenbarte sie eine obere Reihe leicht schiefer Zähne. Selbst ihre Kleidung war eine Beleidigung für meine Augen – eine Beleidigung, die ich mir nie hätte leisten können, bevor Odalie meine eigene Garderobe protegierte. Louise trug ein Kleid, das als hoffnungslos überholt gegolten hätte, wäre da nicht dieser perlenbestickte, transparente Chiffon gewesen, doch selbst mit dem Chiffon war es nur mäßig modern. Es war schlicht ein Ding der Unmöglichkeit, dass Odalie wahrhaftig an irgendetwas interessiert sein könnte, das Louise zu sagen hatte, entschied ich. Vielleicht setzte ihr Teddys Gegenwart mehr zu, als ich vermutet hatte, und nun versuchte Odalie, ihre Stellung zu stärken, indem sie neue Freunde um sich scharte.

»Wissen Sie was«, sagte Louise und legte eine Hand auf Odalies Oberarm (während ich direkt vor ihr saß und ihre dreisten Avancen natürlich sehen musste!), »ich sollte wirklich öfter in die Stadt kommen. Wie Sie schon sagten, die besten Geschäfte, all diejenigen mit den schicksten Waren, sind dort. Ich werde Sie anrufen, genau das werde ich tun!«

»Oh ja, bitte, tun Sie das«, rief Odalie. Ich murrte stumm ein Publikum an, das offenkundig für mich unerreichbar war. Louise zog einen winzigen Stift und ein kleines Notizbuch aus ihrer Tasche und schrieb unsere Nummer im Hotel auf.

»Denken Sie wirklich, Sie könnten es?«

»Was könnte ich?«

»Mich einkleiden, damit ich wie ein Filmstar aussehe?«

»Oh! Wollen Sie mich auf den Arm nehmen? Das wäre ein Kinderspiel!«

»Hier ist meine Karte.« Louise fischte ein weißes Viereck aus ihrer Clutch. Rasch, einem Instinkt folgend, fing ich es ab.

»Ich kümmere mich lieber darum«, sagte ich mit einem breiten, edelmütigen Lächeln. »Es ist eine Schande, Odalie verliert einfach jede einzelne Visitenkarte, die in ihren Besitz gelangt!«

Odalie nickte Louise gütig zu. »Stimmt«, sagte sie. »Ich fürchte, sie ist bei Rose hier in besseren Händen.«

»Oh«, sagte Louise, als ihre Hand schlaff wurde und sie mir die Karte widerstrebend übertrug.

»Na also«, sagte ich, nahm die Karte und schob sie in meine eigene, mit einer Satinbordüre verzierte Clutch. »Heil und unversehrt.« Odalie sah mich mit hochgezogener Augenbraue an. Wir wussten beide, dass ich die Visitenkarte verlieren würde, allerdings nicht aus Versehen.

Ohne Louise eines zweiten Blickes zu würdigen, ließ ich meine Clutch zuschnappen und taxierte das Geschehen um uns herum. Dinner und Dessert waren längst serviert und abgeräumt. Herrenlose Servietten übersäten den Tisch wie eingefallene Miniaturtipis, verstreut zwischen leeren Champagnergläsern und den Schmutzflecken und Speiseresten des abendlichen Festmahls. Aus dem einen Augenwinkel bemerkte ich, wie eine männliche Gestalt hastig auf unseren Tisch zuschritt, und aus dem anderen, wie Odalie zusammenzuckte.

»Verzeihen Sie«, ertönte Teddys Stimme. Er verneigte sich

tief in Odalies Richtung, und es verstand sich von selbst, dass dies eine Aufforderung zum Tanz war.

»Oh!« Ein unwillkürlicher Ausruf entschlüpfte mir. Mit einem Schlag waren alle Augen – Odalies, Louises und Teddys – auf mich gerichtet. Unfähig, meinen Schreck geschickt zu kaschieren, zuckte ich einfach mit den Schultern.

Sich dessen bewusst, dass wir unhöflich waren, wandte sich Odalie Teddy zu und fletschte die Zähne in einem Mienenspiel, das wohl einem grimmigen und gleichzeitig rätselhaften Lächeln am nächsten kam. »Natürlich«, sagte sie durch eine Reihe gleichmäßig glitzernder, strahlend weißer Zähne. Teddy nahm ihre Hand, und Odalie erhob sich trotzig erhobenen Hauptes von ihrem Stuhl, wie eine Blume, die trotz harter Bedingungen blühte.

Ihre Körpersprache zeigte sehr deutlich, dass sie nicht in Teddys Nähe sein wollte, geschweige denn Wange an Wange mit ihm auf der Tanzfläche. Ich bin sicher, sie hätte es zu schätzen gewusst, hätte ich eingegriffen und ihn irgendwie abgelenkt, aber als eine Frau waren mir die Hände gebunden. Vermutlich hätte ich mich Teddy an Odalies statt aufdrängen können – ihn zwingen können, mit mir zu tanzen, und vielleicht sogar noch den Versuch wagen, ihn ein wenig zu bezirzen –, doch ein solches Gebaren war mir völlig fremd, und in dieser Hinsicht war ich ein recht hoffnungsloser Fall. So saß ich schweigend da, ignorierte Louise, während sie hartnäckig weiterschnatterte, als sei ich eine würdige Vertretung Odalies, und beäugte besorgt Teddy, der Odalie über das Tanzparkett führte.

Sie gaben ein hübsches Paar ab, doch die augenfällige Förmlichkeit zwischen ihnen war selbst aus der Entfernung zu erkennen. Ihr Kopf war die ganze Zeit von ihm abgewandt, auf sehr ernste Manier nach rechts geneigt, als würde sie einer dieser professionellen Tänzerinnen nacheifern, die in Tanzsälen glänzten. Ich bemerkte, dass Teddy ungemein leichtfüßig war, was mich allerdings nicht sonderlich überraschte angesichts seines filigranen Körpers und seiner schmalen Statur. Sie tanzten einen kompletten Walzer, und an dessen Ende löste zu meiner Erleichterung ein anderer Mann Teddy ab. Doch Teddy wich Odalie nie weit von der Seite und klatschte ihre Tanzpartner noch mehrmals ab, während der Abend voranschritt. Vier Orchesterstücke später bemerkte ich undeutlich, wie sich jemand langsam einen Weg zu meinem Platz am Tisch bahnte.

Ich war mir dessen kaum bewusst, als sich schon eine dünne, nasale männliche Stimme erkundigte, ob ich mit ihm tanzen wolle. Ich blickte auf und erkannte erstaunt Max Brinkley, der zu mir herabblinzelte, wobei sein durch das Monokel um ein vielfach vergrößertes Auge einen unfreiwillig komischen Gegensatz zu seinem nicht vergrößerten anderen Auge bot. Immer noch etwas eingeschüchtert von den Brinkleys und weil ich unsicher war, ob wir rechtmäßig bei ihnen wohnten, sprang ich mechanisch auf, als er nach meiner Hand griff.

»Bitte, Miss Baker, sagen Sie mir, warum Ihre Freundin den ganzen Spaß zu haben scheint«, sagte er, während wir zögerlich einen Foxtrott anschlugen. »Ich bin sicher, Pembroke, so ein grundehrlicher alter Knabe, würde es ebenfalls wollen, dass Sie sich amüsieren.«

»Nun«, murmelte ich mit betretener Grimasse und fühlte mich wie die Hochstaplerin, die ich war, »Sie kennen Pembroke …«

»Manchmal frage ich mich, ob Sie Pembroke *wirklich* kennen«, sagte Mr Brinkley. Ein Schauer der Panik lief durch mich hindurch, bis ich erkannte, dass Mr Brinkleys Bemerkung mehr eine erkenntnistheoretische Feststellung denn eine unverhohlene Anschuldigung war. »Du meine Güte! Ist Ihnen kalt, meine Liebe?«, erkundigte sich Mr Brinkley, weil er meinen unwillkürlichen Schauder bemerkte. Er blickte hinauf zu den Sternen, als sei dort oben womöglich ein himmlisches

Thermometer versteckt. »Ich vermute, heute Abend ist es *wahrlich* etwas kühl.«

»Ja, Mr Brinkley …«

»Max.«

»Max. Wenn ich es mir recht überlege, ist mir tatsächlich kalt. Ich denke, ich sollte mir lieber rasch meinen Schal holen, wenn das in Ordnung ist.«

»Natürlich, meine Liebe.« Er blieb mitten im Foxtrott stehen und machte einen galanten Schritt zur Seite. »Was für ein Gentleman wäre ich nur, würde ich sie zum Frieren nötigen?« Dies war keine erkenntnistheoretische, sondern eine rhetorische Frage. Er verneigte sich, wobei sein Monokel wie durch Magie die ganze Zeit auf dem Apfel seiner Wange klebte, und ich lächelte. »Vergessen Sie nur nicht, wieder nach unten zu kommen und sich zu amüsieren. Das ist ein Befehl«, sagte er. Ich nickte gehorsam, da mir einfiel, dass ein Society-Blättchen einmal geschrieben hatte, Max Brinkley sei ein Mann der Navy gewesen. Ich dankte ihm und huschte in Richtung des Hauses, das nun wie ein hell funkelnder Weihnachtsbaum leuchtete.

Mir war nicht wirklich kalt, ich wollte nicht wirklich einen Schal, aber ich wollte unbedingt Odalie finden. Sie und Teddy waren beide wie vom Erdboden verschluckt. Als Erstes durchsuchte ich das Innere des Hauses (und machte oben in unserem Schlafzimmer halt, um meinen Schal zu holen, nur für den Fall, Max Brinkley noch einmal zu begegnen.) Das Anwesen war sehr weitläufig, mit unzähligen Zimmern, und es waren so viele Menschen unterwegs, dass sobald ich mit dem Durchkämmen aller Räume fertig war, ich mich sorgte, ich könne Teddy und Odalie womöglich im Vorbeigehen übersehen haben, und durchforschte noch einmal das ganze Haus. Nach der zweiten Runde war ich sicher, dass sie im Freien zu finden seien. Längst hatte ich das Haus gründlich satt, in dem sich die ausgelassene Atmosphäre noch fauliger anfühlte als draußen.

Der Zigarettengestank hing schwer in jedem Zimmer und ließ mich husten, und als ich eine Besenkammer öffnete, stolperte ich unbeabsichtigt in ein liebestolles Pärchen, das nicht sonderlich erbaut war, dass ich die Tür aufgerissen hatte und Zeugin ihrer Aktivitäten war.

Wieder im Freien ließ ich die Augen über die Terrasse schweifen. Teddy und Odalie saßen an keinem der Tische. Ein flüchtiger Blick in die Gesichter der herumwirbelnden Pärchen verriet, dass sie nicht für einen weiteren Tanz auf das überdachte Podium zurückgekehrt waren. Ich schlenderte durch die Gartenanlage: zuerst über die ausgedehnte Rasenfläche, die hinunter zum Strand führte, dann zu dem kleinen Topiary-Irrgarten. Mondlicht sickerte herab, tauchte die Blätter der Hecken in Silber und gab dem säuberlich zurückgeschnittenen Laubwerk den Anschein von Wänden aus gehauenem Stein. Ich zögerte. Mir hatten Topiary-Irrgärten und die Idee, die dahintersteckte, nie sonderlich gefallen. Die Vorstellung, sich zu verlaufen, könne Spaß machen, hatte immer wie der Stoff gewirkt, aus dem Albträume waren. Und dann, plötzlich, kam es mir. Ich erinnerte mich, ein Gewächshaus auf dem Hügel gleich hinter dem Topiary-Irrgarten gesehen zu haben, nicht weit weg vom Westflügel des Hauses. Wenn Odalie ungestört mit Teddy reden wollte und das fürchtete, was er zu offenbaren hatte, würde sie vielleicht diesen Ort wählen.

Als ich mich dem Gewächshaus näherte, waren die Fenster dunkel. Es war ein pompöses, aufwendiges Konstrukt mit weißen Giebeln, ein wahrhaftes Relikt des Vergoldeten Zeitalters. Ich spazierte mit einer solch bangen Ahnung über den leicht ansteigenden Pfad, der zum Eingang des Gewächshauses führte, dass ich beinahe stehengeblieben und umgekehrt wäre. Die leisen Geräusche von Musik und Gelächter schwirrten schwach von der anderen Seite des Rasens zu mir herüber, als entsprängen sie bloß dem gespenstischen Widerhall einer Party und nicht dem Treiben, das ich eben hinter mir gelassen hatte. Ich probierte den Knauf und hoffte halb, die Tür verschlossen vorzufinden, doch er ließ sich mühelos drehen. Sobald ich eintrat, umfing sogleich eine schwere, klamme Nässe meine Haut, und das reiche Aroma von erdigem Torf und feuchtem Farn stieg mir in die Nase. Das Echo der Tür dröhnte durch das weitläufige Gebäude, als ich sie hinter mir zuzog, und ich verharrte mehrere Minuten in atemloser Stille. Als ich dort stand, die Ohren gespitzt, konnte ich anfangs nur das Tröpfeln von nassen Pflanzen und das Gurgeln von einem oder zwei Zierspringbrunnen ausmachen. Doch dann hörte ich es – das ferne Summen zweier Stimmen, die in gedämpftem Flüstern redeten. Ich lauschte erneut. Es waren eindeutig Odalie und Teddy, und trotz des Tumults, den ich beim Schließen der Tür veranstaltet hatte, schienen sie mein Eintreten nicht bemerkt zu haben. Das Geräusch kam vom anderen Ende des Gewächshauses. Sehr leise bahnte ich mir einen Weg über die Steinplatten, die in Richtung des Wisperns führten.

Ich erspähte die Spitze einer Zigarette, die rot aufglühte, als jemand – es musste Odalie sein – an ihr zog. Rasch ging ich neben einem fremdartig aussehenden Bromeliengewächs mit spitz zulaufenden Blättern in die Hocke, blickte weiter starr nach vorne und versuchte, wieder zu Atem zu kommen. Als sich meine Augen an das Dunkel des Treibhauses gewöhnten, erhellte allmählich das Mondlicht, das durch die Glasdecke drang, die zwei Gestalten vor mir. Zwischen ihnen erhob sich eine Engelsfigur, Pfeil und Bogen in den pummeligen Fingern, während Wasser gurgelnd zu ihren steinernen Zehen strömte. Meine Ohren arbeiteten fiebrig daran, dem Gesprächsfaden der beiden zu folgen. Teddy übernahm den Großteil des Redens, und langsam erkannte ich, dass ich in eine Art ausschweifende Erklärung hineingeplatzt war. Zum zweiten Mal an jenem Tag lauschte ich Teddy, der die unglückseligen Umstände vom Tod seines Cousins erzählte. Als er das Ende seiner Ausführung erreichte, atmete Odalie eine Wolke Zigarettenrauch aus und betrachtete ihn unbeeindruckt.

»Das ist eine sehr traurige Geschichte«, sagte sie schließlich.

»Allerdings.«

»Oh, ich wünschte, Sie hätten sie mir nie erzählt!«, rief Odalie und blickte kokett von ihrer Zigarette auf.

»Wie meinen Sie das?«

»Oh, nun ja, ich wollte schon immer einmal nach Newport fahren. Es hört sich so reizend an! Aber jetzt, falls ich jemals dorthin fahren sollte« – sie beugte sich mit einer Miene liebreizenden Mitleids zu ihm – »werde ich mich an Ihre Geschichte erinnern und wie schrecklich dieser Unfall war!« Bei ihren Worten grub sich ein Ausdruck völliger Verwirrung in Teddys Gesicht. Odalie bemerkte ihn und wurde lebhafter. »Sie müssen wissen, es wäre unverzeihlich, mir diesen Besuch zu verderben. Denn ich war noch nie dort.«

»Noch nie!«, sprudelte es unkontrolliert aus Teddy heraus. »Wollen Sie mir sagen, dass Sie noch nie in Newport waren?«

»Natürlich«, erwiderte sie. Ihr Ton hatte sich verändert. Ihm haftete weiterhin der Schein überschwänglicher Freundlichkeit an, doch seine Klangfarbe hatte nun gleichzeitig etwas Todbringendes an sich, beinahe als könnte man das papierene Rascheln des Schwanzes einer Giftschlange hören. Teddy schluckte schwer und starrte auf ihre Lippen. Unschuldig legte sie den Kopf schief. »Ja. Ich war noch nie in Newport. Ist das zu glauben?«

»Nein … das kann ich nicht«, stammelte er.

»Vielleicht sollten Sie es aber versuchen«, sagte sie. Die spöttische Arglosigkeit war aus ihrer Stimme verschwunden, und an ihre statt war ein ausdrucksloser, eintöniger Tonfall getreten. Und damit schritt sie von dannen, huschte durch die üppige Pflanzenwelt des Gewächshauses und glitt gefährlich nah an meinem Versteck vorbei. Es war, als hätte eine Glocke geläutet und Odalie – die vollendet triumphierende Boxerin, die sie war – in ihre Ecke zurückgerufen.

Als ich später an jenem Abend ins Bett kroch, wusste ich zwei Dinge mit absoluter Gewissheit. Ich wusste, dass Odalie hoffte, Teddy nie mehr wiederzusehen. Und von dem Ausdruck auf Teddys Gesicht, während er ihr nachblickte, wusste ich, dass es nicht lange dauern würde, bis er sich auf die Suche nach ihr machte.

18

Ebenso unvermittelt, wie er begonnen hatte, endete unser Strandurlaub. Sollten Odalie oder ich jemals wieder bei den Brinkleys vorbeischauen, wage ich zu bezweifeln, ob sie uns mit offenen Armen begrüßen würden. Zum einen erschlichen wir uns eine einwöchige Einladung, verschwanden dann aber nach nur zwei Nächten. Außerdem reisten wir in einer Art überstürzter Hast ab, die man nur als völlige Ermangelung des gebührenden Anstands und Respekts gegenüber den Gastgebern bezeichnen konnte.

Wenn ich mich recht erinnere, zog sich Odalie nach ihrem Wortwechsel mit Teddy im Gewächshaus auf unser Zimmer zurück. Ich folgte ihr und täuschte Unwissenheit vor (sie erwähnte ihr Treffen mit keiner Silbe). Wir machten uns bettfertig, doch es war offenkundig, dass an Schlaf nicht zu denken war. Anstatt unter die Decke zu kriechen und meinem Beispiel zu folgen, drehte Odalie das Licht aus und begann, wie eine aufgebrachte Dschungelkatze im Zimmer umherzuschleichen. Da wusste ich: Lange würden wir nicht mehr auf dem Anwesen der Brinkleys verweilen. Während ich schlief (oder besser gesagt, vorgab zu schlafen), schritt sie schweigend am Fußende unseres Bettes auf und ab und knabberte zuweilen ungehörig an ihren Fingernägeln. Etwa anderthalb Stunden, bevor die Sonne aufging, wurde Odalie plötzlich sehr still und verharrte regungslos. Sie setzte sich auf den Boden in die Mitte des Vorlegers und schloss die Augen. Ich hatte dies noch nie zuvor an ihr erlebt und fand es höchst sonderbar. Es war fast so, als würde sie beten, aber bis zu diesem Tage bezweifle ich, dass Odalie jemals wegen irgendetwas gebetet hatte.

Als sie die Augen schließlich aufriss, strömte bereits die Morgensonne durchs Fenster. Sie telefonierte nach einem Taxi und packte unsere Taschen mit einer bedachten Ordnungsliebe, die so gar nicht zu ihr passte. Üblicherweise war Odalies Tun von sehr willkürlicher Natur – die Welt um sie herum musste sich ihrem Rhythmus anpassen, nicht andersherum. Es war befremdend, sie auf eine solch steife Weise hantieren zu sehen. Irgendwie wusste ich es besser und stellte an jenem Morgen keine Fragen oder fing ein Gespräch mit ihr an, sondern fand mich still und gehorsam mit der Änderung in unserem Reiseplan ab, dankbar, wieder in die vertraute Stadt zurückzukehren, die ich seit jeher kannte. Mein Einfühlungsvermögen sagte mir, dass sich etwas Dunkles zusammenbraute, und ich war der festen Überzeugung, ich sei zuhause sicherer. Man mag einwenden, welch eine Närrin ich war, aber das konnte ich zum damaligen Zeitpunkt natürlich nicht wissen.

Als das Taxi in die Auffahrt fuhr, meldete der Butler diesen Umstand den Brinkleys, und sie mussten hinunterkommen, um zu überprüfen, ob etwas nicht in Ordnung sei. Ich erinnere mich noch an den vorwurfsvollen Blick, den Max Brinkley mir durch sein Monokel zuwarf, verwirrt und überaus missbilligend. Odalie brachte unseren Gastgebern eine Reihe hastiger und halbherziger Entschuldigungen entgegen, die uns beide mit angemessen höflichem Gebaren die Hände reichten, aber mit hochgezogener Augenbraue und einem Stirnrunzeln über unsere Schulter hinweg den Fahrer beobachteten, der unser Gepäck in den Kofferraum hievte. Die letzten Abschiedsfloskeln folgten, während derer ich Odalies Hand auf meinem Arm spürte, die Haut ihrer Hand weich wie Samt, ihr Griff unnachgiebig wie Eisen. Dann fand ich mich in Rekordzeit auf der Rückbank des Taxis wieder, die Reifen rollten über den Kies, und die dünnen, stirnrunzelnden Gesichter von Mr und Mrs Brinkley lösten sich in der Ferne auf, bis sie zu zwei ausdruckslosen Flecken verschwammen.

Natürlich nahm ich an, wir würden zum Bahnhof fahren, weshalb ich, als Odalie den Fahrer fragte, wie viel er verlangen würde, uns den ganzen Weg bis in die Stadt zu bringen, überrascht war. Ich war noch überraschter, als er eine unverschämt hohe Summe veranschlagte und Odalie auf der Stelle einwilligte, ohne sich die Mühe zu machen, mit ihm zu feilschen, obwohl uns beiden durchaus bewusst war, dass sie ihn auf die Hälfte des Preises hätte herunterhandeln können. Es dauerte drei Stunden, mit durchgedrücktem Gaspedal, nur unterbrochen von einem Halt an einer Tankstelle, um unser Ziel zu erreichen. Während unserer gesamten Fahrt drehte sich Odalie in regelmäßigen Abständen um und starrte durch die schmale ovalförmige Heckscheibe des Taxis. Auch ich blickte mich ein paarmal um und rechnete fast damit, Teddy zu erblicken, der wie ein Wahnsinniger hinter uns herliefe und versuchte, die Stoßstange des Automobils zu ergreifen.

Wir hielten irgendwann am Nachmittag vor unserem Hotel. Während unserer Fahrt zurück in die Stadt war mir aufgefallen, dass sich der Sommer mit müßigen Schritten allmählich verabschiedete. Die Tage begannen bereits kürzer zu werden. Den restlichen Nachmittag über und bis hinein in den Abend wirkte Odalie nervös. Die Mittagszeit war gekommen und verstrichen, während wir auf der Rückbank des Taxis saßen, doch Odalie schien das Fehlen einer Wegzehrung nicht bemerkt zu haben, ganz zu schweigen davon, dass es nun Zeit fürs Abendessen war. Es gab eine Menge frischer Nahrungsmittel in der Kühlkiste des Apartments, aber Odalie nahm nur hie und da einen Bissen, bevor sie das Essen eilig wegschob und aufsprang, und im nächsten Moment war es vergessen. Dasselbe passierte mit Büchern und Zeitschriften. Sie nahm das eine, dann das andere zur Hand und blätterte ein paar Seiten um, und die ganze Zeit über haftete ihren Augen ein blinder, zerstreuter Ausdruck an. Mehrmals erhob sie sich, um die Vorhänge zu öffnen und aus dem Fenster in die Nacht zu starren, und dann, mit einem kleinen, fast unmerklichen Schauder, zog sie sie wieder zu, als würde sie vor einem unsichtbaren Phantom zurückweichen.

Als das schrille Klingeln des Telefons ertönte, wäre sie fast aus der Haut gefahren. Es war natürlich Gib. Von ihren Antworten erahnte ich, dass er wissen wollte, warum sie verschwunden sei und wo wir gesteckt haben. Oder besser gesagt, wo *Odalie* gesteckt habe, da ich vermutete, dass Gib nicht übermäßig besorgt um meinen eigenen Verbleib gewesen wäre. Von der anderen Seite des Zimmers konnte ich gerade einmal das blecherne, hohle Krächzen ausmachen, das aus dem Telefon drang. Irgendwo in der Stadt war Gib am anderen Ende der Leitung, wütend wie ein Stier. Ich lauschte Odalie, während sie ihn mit ihrer honigsüßen Stimme zu besänftigen versuchte.

»Oh, mach nicht solch ein Aufhebens darum … Manchmal braucht ein Mädchen einfach einen kleinen Urlaub … Nun, natürlich bin ich immer hier, wenn es Probleme gibt … Was meinst du? Was ist geschehen?«

Er hatte den kleinen Charlie Whiting mit einer Lieferung betraut, und der blöde Bengel hatte sich von der Polizei schnappen lassen. Seltsamerweise schien diese schlechte Neuigkeit wie eine Art Erleichterung über Odalie hinwegzufegen. Ihr starrer Körper zerschmolz wieder zu seiner katzenhaften Geschmeidigkeit. Sie legte den Hörer auf und begann augenblicklich, Komplotte zu schmieden, erfreut, eine Zerstreuung geboten bekommen zu haben. Doch bevor ich berichte, wie es Odalie gelang, Charlie am folgenden Tag auf dem Revier aus der Patsche zu helfen, nehme ich mir hier einen Moment und möchte ein wenig meinen damaligen Gemütszustand erläutern.

Mittlerweile mag der außenstehende Beobachter intuitiv gespürt haben, dass unsere Verbindung mit Teddy noch nicht seinen vollen Lauf genommen hatte und etwas Einschneidendes geschehen würde. Es ist mir wichtig darzulegen, warum ich nicht auf mein Urteilsvermögen hörte und nicht vor der nahenden Katastrophe floh.

Während meiner Zeit mit Odalie hatte ich so viele Geschichten gehört, die darauf abzielten, ihre Herkunft zu erklären, jede einzelne Fabel herrlich fantastisch und unglaubwürdig auf ihre ganz eigene Art. Vermutlich hatte ich mich an die Vorstellung gewöhnt, dass Odalies Vergangenheit letztendlich ein Geheimnis bliebe – und irgendwie verlieh ihr dies in meinem Kopf etwas Mythisches. Doch die Geschichte, die Teddy mir draußen auf dem Schwimmsteg erzählt hatte, veränderte alles, und ich müsste lügen, wollte ich behaupten, dass ich seine Geschichte anzweifelte. Überdies spürte ich, dass es einen Aspekt an Teddys Version gab, den Odalie der Öffentlichkeit vorenthalten wollte. Es war die einzige Möglichkeit, ihre absonderlich starke Abneigung gegen den sonst unverfänglich wirkenden Studenten zu erklären. Und außerdem hatten die Armbänder – jene unbestreitbaren Tatsachen aus Mineralien und Metall – Teddys Geschichte von all den anderen abgehoben. Im Gegensatz zu dem ungarischen Aristokraten, dessen schmucke Anzüge und Zylinder sich bei dem kleinsten Widerspruch in Asche verwandelt hatten, die der Wind fortblies, waren die Armbänder sehr handfeste Gegenstände, die ich mehrmals mit eigenen Augen gesehen hatte. Odalies eigene Erklärung über den Ursprung ihrer Existenz – eine bewusst vage und zusammengeschusterte Geschichte über einen hingebungsvollen Vater, der es vom Tellerwäscher zum Millionär geschafft hatte, und eine auf tragische Weise verschiedene Schwester namens Violet – war niemals sonderlich überzeugend gewesen. Als ich den Namen ihrer Schwester keine Woche, nachdem sie mir die Begebenheit erzählt hatte, zur Sprache brachte, hatte sie abwesend gefragt: »Wer?« – und peinlich berührt musste ich sie erinnern. Ganz abgesehen davon, dass ich sie an jenem Abend, als sie dem Lieutenant Detective erzählt hatte, die Armbänder seien ein Verlobungsgeschenk gewesen, belauscht hatte. Nun machte es durchaus den Anschein, als sei diese letzte Version die Wahrheit. Oder zumindest eine Halbwahrheit.

Ich sage all das, damit man nicht glaubt, ich lebte völlig hinter dem Mond. Ich wusste zu jenem Zeitpunkt, wer oder was Odalie war (auch wenn ich anstandslos eingestehe, das volle Ausmaß noch nicht erahnt zu haben – das kam erst später). Teddys Wirkung auf ihr Nervenkostüm verhieß nichts Gutes, was ihre Unschuld anbetraf. Aufgrund meiner Tage, die ich vor der Stenografiermaschine gesessen und im Verhörzimmer das Diktat aufgenommen hatte, kannte ich den Unterschied zwischen den angespannten Nerven eines unschuldigen Menschen und den angespannten Nerven eines schuldigen Menschen, denn sein aufgekratztes, paranoides Gebaren war schlussendlich immer einen Tick lauter und gab ihn dadurch preis. Der langen Rede kurzer Sinn: Auch ich vermutete, dass Odalie in Wirklichkeit Ginevra war. Und ich wusste, sollte dies tatsächlich der Wahrheit entsprechen, gab es gewiss einen Grund für diesen Tausch.

Warum nun, mag man sich verwundert fragen, blieb ich an Odalies Seite, bewahrte ihr Geheimnis und folgte ihr auf Schritt und Tritt, während sie weiterhin ihren verbotenen Geschäften nachging – ebenjener Sorte Geschäfte, die ich von Anfang an nicht guthieß? Ich habe hier bereits verkündet, ich würde nicht hinter dem Mond leben, und so viel ist wahr: Ich bin kein Unschuldslamm. Aber erst jetzt, aus der erhellenden Distanz betrachtet, wird mir bewusst, wie es (auf manch einen) gewirkt haben mag, dass sich vom ersten Moment, als ich Odalie kennenlernte, ein Nebel über mich legte. Die Zeitungen verwendeten das Wort *Obsession* recht leichtsinnig. Da ich nicht ihre

Anklägerin war, war ich ihre Kollaborateurin, und da ich nur zu arglos ihrem Beispiel Folge geleistet hatte, ihr Kuli. Man mag sich fragen, warum ich mich derart zu Odalie hingezogen fühlte, warum ich so begierig war, mich bei ihr einzuschmeicheln, wenn nicht aus unnatürlichen Gründen. Dennoch muss ich erneut mit aller Vehemenz darauf bestehen, dass meiner Ergebenheit für Odalie nichts Anrüchiges anhaftete.

Das soll nicht heißen, dass ich nichts von Odalie wollte. In den Monaten, die wir gemeinsam verbrachten, beobachtete ich eine Vielzahl anderer – Männer und Frauen zugleich –, die sie umschwärmten, sie umschmeichelten, sich ihr regelrecht vor die Füße warfen, und ein jeder wollte etwas von ihr. Sie widerten mich allesamt an. Aber ich erkenne jetzt, dass auch ich etwas von Odalie begehrte, und während mein Verlangen nach ihr im Gegensatz zu dem Verlangen ihrer anderen Verehrer von geistiger Noblesse durchdrungen war, glich es dennoch jedem anderen Hunger.

Was ich von Odalie wollte, ist schwer in Worte zu fassen. Die Sprache verdirbt den Sinn nur zu leicht und wird ihm nicht gerecht. In der Bedford Academy mussten wir einmal alles über die fleischfressenden Pflanzen Amerikas lernen. Fast jedes Schulkind war von der gewalttätigen Venusfliegenfalle fasziniert, deren aufklappbare Fangblätter winzigen Bärenfallen glichen. Mich hingegen beeindruckte weit mehr die Trompetenpflanze, mit ihren verführerischen Röhren in Form von umgedrehten Glocken und dem einfachen Köder ihres süßlichen Nektars. Odalie war genau das für mich und vermutlich auch für all die anderen Menschen. Dem Versprechen, womöglich der Empfänger ihrer Liebe und Verehrung zu sein, konnte man nicht widerstehen. Ähnlich wie das Insekt, das von der Gefahr angezogen wird, näherte man sich ihr nur zu gern.

Bevor man mich für schrecklich sapphisch halten mag, wäre es wohl an der Zeit, Ihnen ins Gedächtnis zu rufen, dass es eine lange Tradition an Frauenfreundschaften gab – Bande, die rein und wahrhaftig sind und nicht die unselige Couleur von Ungebührlichkeit in sich tragen. Die Generation unserer Mütter hätte es sicherlich verstanden. Fußt nicht der Grundpfeiler der viktorianischen Kindheit für Mädchen auf solch wundervoller Intimität? Ich bin der tiefsten Überzeugung, dass die Generationen vor uns eine Art Loyalität in der Liebe kannten, die unserer modernen Gesellschaft völlig abhandengekommen ist. *Eine wahrlich grausame Ader*, schrieb der Arzt hier neben meinen Namen. Ich fürchte, er hält mich für ein durchtriebenes Monster, aber ich bin kein Monster. Er missversteht meine Triebfeder. Ich wollte nichts weiter als das Kichern, das Händchenhalten, die geflüsterten Vertraulichkeiten, all die kühlen Küsse auf die Wange, die mir während meiner gesamten Kindheit vorenthalten worden waren. Und was den Rest meiner Taten anbelangt … nun, es ist uns von Natur aus angeboren, für die Dinge, die wir lieben, eine Art besitzergreifende Begeisterung zu empfinden. Wir können nicht verhehlen, dass wir Menschen im Grunde territoriale Wesen sind.

Vielleicht komme ich hier vom Hundertsten ins Tausendste, aber all das hat seinen Grund. Mein Grund ist das *Motiv*. Von dem Moment an, als ich Teddys Geschichte hörte, war mir intuitiv bewusst, dass ein unsichtbarer Wecker gestellt war. Ich verstand ebenfalls, dass dieser Wecker auf ein Ziel hintickte, aber warum oder mit welchem Verlauf, konnte ich damals nicht wissen.

Am Morgen nach unserer Rückkehr von den Brinkleys erwachten wir zu einem strahlend roten Morgengrauen. Während die Sonne schleppend aufging und das Rot einem Blutorange wich, vibrierten die Farben vor nachlassender Intensität. So als würde der Sommer selbst seine letzten glücklichen Tage verfeuern. Draußen war es immer noch warm, aber die Luft war bereits dünner und gewürzt mit der Vorahnung klarerer, kühlerer Tage.

Obwohl wir einen längeren Urlaub abgesprochen hatten, entschied sich Odalie, wir sollten an jenem Tag zur Arbeit zurückkehren, teilweise, wie ich annahm, um sich um die missliche Lage zu kümmern, in der Charlie nun steckte. Wir kleideten uns sorgsam und machten uns zum Polizeirevier auf. Sobald wir durch die Eingangstür traten, schien der Sergeant von unserem Anblick nicht sonderlich überrascht zu sein. Ich vermute, er hatte allmählich akzeptiert, dass Odalie kam und ging, wie es ihr beliebte, und er hatte die Wahl, entweder seinen Schnurrbart zu zwirbeln und leise in sich hineinzumurren oder seinen Schnurrbart nicht zu zwirbeln und nicht leise in sich hineinzumurren. Iris hingegen brachte unsere Rückkehr durcheinander. Sie war eine Frau, die Trost fand in der Routine. Sie hatte die Arbeit während unserer Abwesenheit penibelst genau aufgeteilt und war nun gezwungen, sie ad hoc wieder umzuverteilen. Sie schnaubte und schmollte und begrüßte uns kaum, während Marie auf uns zuflog und uns mit freundlicher, bestimmter Gewalt schüttelte, die Finger nun dick geschwollen von ihrer zusehends offensichtlicheren Schwangerschaft.

»Warum um alles in der Welt sollte irgendjemand seinen Urlaub verkürzen?! Oh, ihr kleinen Dummköpfe!«, rief sie mit anklagender Stimme, doch ihr schimmerndes Gesicht verriet ihr echtes Entzücken.

»Genau wie ich befürchtet habe«, schaltete sich der Lieutenant Detective ein. Er schlenderte in unsere Richtung, während er sich mit der Hand durchs Haar fuhr. »Sie halten es keine zwei Tage ohne mich aus.« Seine Worte mochten an Odalie gerichtet gewesen sein, aber aus irgendeinem Grund zwinkerte er mir zu. Ich versteifte, und die Hitze schoss mir in den Nacken.

»Nun, Sie könnten einen hübsch langen Urlaub machen, Lieutenant Detective, dann stellen wir diese Theorie auf den

Prüfstand«, erwiderte ich reflexartig. Bei meiner Erwiderung schüttelte Marie ihre Hand am Handgelenk und pfiff, als wolle sie sagen: *Touché!* Ich beobachtete, wie sich das Grinsen des Lieutenant Detectives in ein Stirnrunzeln verwandelte, und spürte jenes vertraute Gefühl der Genugtuung, in das sich ein Hauch Bedauern mischte.

»Niemand geht hier irgendwohin«, erklärte der Sergeant. »Wir haben Arbeit, die es zu verrichten gilt.« Wir starrten ihn reglos an. »Marie« – er schnalzte mit den Fingern – »Kaffee!« Egal, welch sonderbarer Zauber uns zeitweilig wie angewurzelt hatte verharren lassen, er verpuffte schlagartig, und das Büro surrte wieder vor Emsigkeit, während wir uns alle auf unsere Arbeit stürzten.

»Lass mich dir damit helfen, meine Liebe«, hörte ich Odalie zu Iris sagen, die sämtliche Fallakten zurück auf einen Haufen gestapelt hatte und sie nun nach einem neuen Muster aufteilen wollte. Odalies Stimme war zuckersüß und wohlklingend, doch ich bemerkte, wie sich die Sehnen über Iris' Halstuch protestierend spannten. Ordnung und Kontrolle waren Iris' beste Freunde, aber ich wusste, dass es Odalie innerhalb der nächsten Stunde gelingen würde, ihnen ein Schnippchen zu schlagen, sehr zu Iris' stillem Leidwesen. Wenn es etwas gab, das ich widerspruchslos vorhersagen konnte, dann, dass Odalie immer ihren Willen bekam.

Odalie hatte ihr Versprechen Gib gegenüber nicht vergessen. Nach einer Handvoll belangloser, harmlos wirkender Nachfragen wurde Odalie mitgeteilt, dass ein Bevollmächtigter des *Lower East Side Boys' Home* auf dem Weg sei, um einen jungen Straftäter namens Charles Whiting abzuholen, der vorübergehend in einer Zelle unseres Reviers festgehalten wurde. Kein außenstehender Beobachter hätte angenommen, Odalie interessiere sich sehr für den Fall. Doch nichtsdestoweniger begab es sich, dass die entsprechende Akte irgendwie von Iris' Stapel auf Odalies landete. Es war ein scheinbar zufälliges Versehen, doch ich wusste es besser. Noch vor der Mittagspause war ein Telefongespräch getätigt, um dem Bevollmächtigten zu erklären, er könne sich die Mühe sparen, zu ihnen aufs Revier zu kommen, und ein Ehepaar mittleren Alters hatte sich am Empfang gemeldet und den Jungen abgeholt. Sie seien Charlies Eltern, behaupteten sie, trotz des Umstands, dass sie ihn zweimal in Carl umbenannten (*Das ist sein Kosename*, redete sich die Frau heraus, die sich als Mrs Whiting vorstellte).

Natürlich handelte es sich bei dem Pärchen nicht wirklich um Charlies Eltern. Jeder in der Mondscheinkneipe, der häufiger mit Charlie zu tun hatte, wusste, dass sein Vater im Krieg gefallen war und sich seine Mutter ein Jahr nach Ausrufung des Waffenstillstands zu Tode gesoffen hatte. Doch erst, nachdem sie fort waren, jeder von ihnen hielt eine von Charlies Händen in fürsorglicher Elternliebe, konnte ich schließlich das Gesicht seiner »Mutter« als das der Frau einordnen, die damals ihre Schuhe ausgezogen und betrunken den »Flohwalzer« barfuß auf dem Klavier gespielt hatte.

19

Ich habe praktisch zugegeben, dass sich das Tagebuch, das ich über Odalie führte, wie ein einziger langer Liebesbrief liest. Es erläutert ausschweifend meine anfängliche Faszination für sie und entwickelt sich rasch zu einem Ausbruch schwesterlicher Liebe, die ich in unzähligen Stunden für sie kultivierte. Ich verstehe gut, wie dies in den Augen eines Außenstehenden wirken mag, und habe jegliche Anstrengung unternommen, es in meinen persönlichen Besitztümern zu verstecken, solange ich in dieser Einrichtung weile (die Ärzte hier haben fast nichts übrig für Privatsphäre). Wir haben hier nur auf wenige Bücher Zugriff – *Zu viel Literatur kann den Verstand überstimulieren, und wie Sie wissen, ist Ihre Vorstellungskraft zu leicht erregbar*, sagen sie zu mir. Da ich kaum etwas anderes zu tun habe und mir die Fähigkeit fehlt, mich auf die lächerlichen »Freizeit«-Aktivitäten zu konzentrieren, die sie hier anbieten, habe ich mein Tagebuch bislang mehrfach durchgelesen. Es ist auffallend, wie wenig ich über Odalies geschäftliches Gebaren festgehalten habe. Gegenwärtig vermag ich mir nur einen einzigen Eintrag ins Gedächtnis zu rufen, der Bezug nimmt auf das gewaltige Ausmaß von Odalies gesetzwidrigen Verstrickungen. Zu jener Zeit war es mir nicht vergönnt, die Bedeutung jenes Wortwechsels richtig zu deuten, dennoch schrieb ich ihn nieder:

Als ich heute nach Hause kam, waren O und G im hinteren Schlafzimmer, und ich hörte sie sich wegen irgendetwas streiten. Ich würde niemals absichtlich lauschen, aber sie bemerkten mein Eintreten wohl nicht und fuhren ungerührt fort, und anschließend war es natürlich zu spät für mich, sie zu unterbrechen oder zu hüsteln oder meine Anwesenheit auf irgendeine andere Weise zu verkünden, weshalb ich einfach den Atem anhielt und stehenblieb. Merkwürdigerweise zankten sie sich nicht wegen Os unzähliger Verehrer, wie sie es normalerweise tun, sondern es ging stattdessen ums Geschäft, und O klang weit aufgebrachter als gewöhnlich. An einer Stelle schrie G: Jetzt, wo du deine Karte von diesem allmächtigen Gauner von einem Police Commissioner hast, glaubst du wohl, dass du mich gar nicht mehr brauchst! Diese Behauptung war eine sonderbare Sache – meines Wissens hatte O den Commissioner noch nie getroffen. Schließlich stürzte G aus dem Zimmer und hastete zur Haustür, und als er mich erblickte, stieß er ein unflätiges Schnauben aus und rief O etwas schrecklich Verleumderisches zu, nämlich dass ich eine speichelleckende Spionin sei. Dann verschwand er, ohne mich auch nur zu grüßen, und knallte die Tür zu. Ich dachte, G und ich hätten einen Friedensvertrag geschlossen, aber jetzt erkenne ich, dass ich mich gewaltig geirrt habe. In Wirklichkeit ist es wohl kein stillschweigendes Abkommen, sondern ein Patt.

Ich weiß, meine Ankläger würden sich an vielem in meinem Tagebuch ergötzen, aber dieser spezielle Eintrag müsste sie enttäuschen. Ihre Erklärung für Einträge wie diesen wäre von einfacher Natur: Sie würden natürlich behaupten, ich sei eine Verrückte, eine unzuverlässige Erzählerin. Aber ich kenne die Wahrheit und bin durchaus geneigt, die Wette einzugehen, dass sollte der Commissioner selbst jemals Wind von diesem Eintrag bekommen, das gesamte Tagebuch gänzlich verschwinden würde.

Die Sache ist jedoch die, dass in meinem Tagebuch weitere

Einträge zu diesem Thema kaum zu finden sind, da ich keinen rechten Einblick in Odalies Geschäftsgebaren hatte. Niemand wird mir das abnehmen, aber ich fürchte, es ist schlicht und ergreifend die Wahrheit. Der Arzt, den ich sehe – Dr. Miles H. Benson; sei's drum, Sie können ruhig seinen Namen erfahren, immerhin ist es kein großes Geheimnis – nickt mit dem Kopf, als würde er mir glauben, doch ich weiß, dass er mich nur bei Laune halten will. Er meint wohl, wenn er auf diese zartfühlende Weise mit dem Kopf nickt, werde ich ihn als einen Vertrauten ansehen und mich ihm offenbaren. Aber ich war nie in die Sorte Geheimnisse eingeweiht, nach denen, da bin ich sicher, es ihn gelüstet. Wahrscheinlich hat er sich eine ganze Welt für mich ausgedacht, eine Welt voll dunkler Seilschaften und Maschinenpistolen und Schießereien in verdunkelten Restaurants. Selbstverständlich sind diese Grillen so falsch, dass sie fast lachhaft sind. Das Leben, das ich mit Odalie führte, war eines voll edler Einrichtungen und köstlichen Konfekts und amüsanten Ausflügen in teure Warenhäuser. Bestenfalls besitze ich ein bruchstückhaftes Wissen von der Rolle, die Odalie bei der Beschaffung und Produktion von Alkohol spielte, da ich meine Informationen meist nur hier und da auf Umwegen aufschnappte (Gib würde wohl arglistig argumentieren, dass das, was ich als »Umwege« bezeichnete, für ihn Spionieren sei).

Von den Fakten, die ich mit Bestimmtheit weiß, will ich hier einige auflisten: Die Spirituosen in den Mondscheinkneipen reichten von den hervorragendsten Sorten bis hin zu den schäbigsten und füllten das ganze Spektrum von französischem Champagner bis zum Weingeist. Alles in allem erkenne ich nun rückblickend, dass das Unternehmen von recht beachtlichem Ausmaß gewesen sein muss und es mit Sicherheit ein gewisses Maß an Importware gab. In regelmäßigen Abständen waren in den Flüsterkneipen zahlreiche Flaschen englischen Gins, irischen Whiskeys und russischen Wodkas in Umlauf. Von der schieren Menge an Badewannen-Gin und schwarzgebranntem Alkohol schloss ich ebenfalls darauf, dass ein gewisses Maß an Eigenproduktion vorlag. Ich hatte Odalie mehrmals unabsichtlich am Telefon belauscht und von ihrer Gesprächshälfte herausgehört, dass diese selbstgebrannten alkoholischen Getränke in verschiedenen Gemischtwarenläden und Drugstores von Philadelphia bis nach Baltimore unter der Ladentheke verkauft wurden und dass die kryptischen Nachrichten, die Charlie Whiting am Telefon entgegennahm und niederschrieb, etwas mit diesem Geschäft zu tun hatten. Einmal bin ich sogar beim Läuten höchstpersönlich ans Telefon gegangen, nur um einen Mann mit recht ungehobeltem Chicagoer Akzent in der Leitung zu haben, der in schwallartiger Manier die Namen unzähliger Läden aufzählte, deren verbotene Vorräte es wohl wieder aufzufüllen galt. Der Gentleman am anderen Ende schwadronierte bereits mehrere Minuten, bevor es mir gelang, ihn zu unterbrechen: *Es tut mir außerordentlich leid, aber ich fürchte, Miss Lazare ist gegenwärtig nicht zu Hause.* Ganz offensichtlich war der Anrufer derart verblüfft, dass er augenblicklich auflegte.

In aller Regel war ich jedoch wahrlich unwissend, was Odalies Geschäfte anbelangte, und ich muss gestehen, meine Unwissenheit war von der durchaus vorsätzlichen, selbstauferlegten Sorte. Ich bin kein Dummkopf, also hätte ich die Konsequenzen kommen sehen müssen, die letztendlich aus dieser Haltung resultierten. Ich wusste damals nicht – oder besser gesagt, ich wollte damals nicht wissen –, dass der Tag käme, an dem ich mir wünschen würde, ich hätte mich klarer von Odalies geschäftlichen Verstrickungen distanziert.

Zu jenem Zeitpunkt war das Jahr 1925 längst zur Hälfte verstrichen. Als die schwülen Septembertage in einen Altweibersommer übergingen, begannen Odalie und Gib sich häufiger zu streiten. Ich weiß, dass sich diese Gedanken nicht gehören, doch es entzückte mich. Ich hatte nie die Anziehung verstanden, die Gib auf Odalie ausübte, und es schien unvermeidlich, dass Odalie getrennte Wege einschlagen wollte. Wann immer wir unter vier Augen darüber sprachen, ermutigte ich sie von ganzem Herzen, die nötigen Schritte einzuleiten, um diese Trennung voranzutreiben. Obwohl ich es nie laut aussprach, bildete ich mir sogar ein, dass ihre zunehmende Streitbarkeit etwas mit meiner Gegenwart in Odalies Leben zu tun hatte, dass ich Gib womöglich auf bedeutsame Weise seines Platzes verwies. Viele ihrer Gefechte hingen mit Odalies Verbleib zusammen. Als ich damals bei Odalie einzog, war sie sehr darauf bedacht, Gib immer über all ihr Handeln in Kenntnis zu setzen. Doch im Laufe meiner Wohndauer vernachlässigte sie diese Pflicht zunehmend. Töricht, wie es aus heutiger Sicht wohl klingen mag, mutmaßte ich, dass meine Gesellschaft in dem Apartment Odalie auf irgendeine Weise ermutigt hätte. Sie sagte sich von Gib los, und ich half ihr dabei! Natürlich stellte sich das zwar letztendlich als wahr heraus – aber nicht so, wie ich angenommen hatte.

Das Ergebnis von Odalies Zwist mit Gib war, dass sie jemanden brauchte, der bisweilen seine Rolle in Geschäftsangelegenheiten übernahm. Sie begann, mich um kleine Gefälligkeiten zu bitten. Es waren Nichtigkeiten. Normalerweise beinhalteten sie, einen Briefumschlag in diesem oder jenem Drugstore abzuliefern oder einen mitzunehmen. Ich redete mir ein, ich müsse sowieso zum Drugstore und das Abliefern dieser Briefumschläge sei in diesem Zuge nur ein harmloser Botendienst. Aber natürlich wusste ich es besser.

Was Odalie betraf, brachte sie ihre Bitten äußerst geschickt vor. Das erste Mal, als sie ein solches Anliegen äußerte, waren wir auf dem Balkon, räkelten uns faul in der späten Sommerhitze und rieben uns gegenseitig mit Eiswürfeln die Nacken ab in dem Versuch, uns abzukühlen.

»Würde es dir denn etwas ausmachen?«, fragte sie, nachdem sie ihre Bitte bekundet hatte. Ich zögerte, und sie schien es zu spüren. »Aber nein, Rose«, rief sie, »die Form deines Halses ist einfach liebreizend. Hat dir das mal jemand gesagt?« Natürlich hatte das noch niemand getan. »Du könntest es dir *wirklich* leisten, einen Bob zu tragen. Stell dir das nur vor!« Ich merkte, wie ich bis zu den Wurzeln meiner nicht-zur-Bobfrisur-gestutzten Haare errötete.

Bevor ich mich versah, hatte ich ebendiesen Botengang schon vier Mal für sie erledigt. Ich war jedoch nicht darauf vorbereitet, dass sich ihre Anliegen bald in etwas Größeres als das gelegentliche Überreichen eines Briefumschlags an einen Drugstore-Mitarbeiter verwandeln sollten. Odalie sorgte natürlich geschickt dafür, dass ihre Chancen stets gut standen. Eines Abends lagen wir in Odalies Zimmer aneinandergeschmiegt auf ihrer Tagesdecke. Sie hatte mit Gib gestritten, und ich, die allzeit verständnisvolle Zuhörerin, spielte die Rolle ihres aufmerksamen Publikums. Wir hatten Händchen gehalten, wie wir es häufig taten, und genau in dem Moment, als Odalie am Einnicken war, zog sie meine Hand an ihre Lippen und hauchte einen Kuss auf meine Finger. »Eine wahre Schwester«, murmelte sie, bevor sie in einen tiefen Schlummer driftete.

Am folgenden Tag bat sie mich um eine neue Art von Gefallen – den ich ihr einfach nicht abschlagen konnte. Es begann wie ein normaler Dienstag, doch irgendwann nötigte sie mich, die Arbeit eine Stunde vor Feierabend zu verlassen, um einen »geschäftlichen Botendienst« zu machen.

»Ich würde es selbst tun, aber ich bin schrecklich hintendran. Siehst du den riesigen Stapel Berichte, der transkribiert werden muss? All die sind für den Sergeant, und ich habe das Gefühl, dass er allmählich die Geduld mit mir verliert. Aber du … du bist mit deiner Arbeit immer am Laufenden, Rose! Du kannst es dir leisten, dich für eine Stunde fortzuschleichen. Und so lange würde es überhaupt nicht dauern! Viel kürzer, würde ich sagen. Schlüpf einfach rasch hinaus, und ich werde dafür sorgen, dass deine Abwesenheit niemandem auffällt«, sagte sie.

»Oh, ich bin nicht sicher …«

»Es ist wirklich einfach«, versprach sie. »Es liegt ein bisschen außerhalb, aber du musst nichts weiter tun, als eine Nachricht abzuholen.«

Als ich mich zu sträuben begann, versteifte sie sich und bedachte mich mit einem Blick.

»Oh, Rose, ich kann sehen, dass du verstimmt bist. Bitte, vergiss es. Mach dir keine Gedanken. Ich werde einfach telefonieren und Gib fragen …«

Natürlich gebot ich ihr Einhalt, und mit einer widersprüchlichen Mischung aus Übereifer und Widerwillen notierte ich die Adresse, die sie mir nannte. Auf meinem Weg zur Tür eilte sie mir hinterher, packte mich am Handgelenk und sagte: »Oh! Das hätte ich fast vergessen – für die Taxifahrt«, während sie mir mit geöffnetem Mund zuzwinkerte. Als ich ein Taxi heranwinkte und einstieg, warf ich einen Blick auf die Scheine, die in meiner geballten Faust lagen. Sie hatte mir genügend Geld gegeben, dass ich ein Taxi den weiten Weg bis zur nördlichen Upper East Side und wieder zurück hätte bezahlen können.

Es war den ganzen Tag über stickig und bedeckt gewesen, und obwohl es erst September war und noch nicht einmal fünf Uhr, hatte der Himmel bereits die Farbe von fahlem Dunkelgrün angenommen. Der Fahrer, wahrscheinlich in der Hoffnung auf den Hauch einer frischen Brise, hatte alle Fenster im Taxi hinuntergerollt, doch es schien nicht sonderlich zu helfen. Als ich ihm das Stück Papier mit der Adresse reichte, nickte er und schien zu wissen, wohin wir fahren müssen, weshalb ich für den Großteil der Fahrt einfach in die Rückbank sank, den Kopf zurücklehnte und sehr undamenhaft auf das Lederpolster schwitzte. Schließlich kamen wir vor einem Backsteingebäude irgendwo am East River zum Stehen. Der Fahrer wartete gespannt, doch ich rührte mich nur widerwillig – das Gebäude wirkte unbewohnt. Es war sicherlich kein Mietshaus, sondern schien eher eine Art stillgelegte Fabrik zu sein. Ich bemerkte, dass ein paar der großen Glasfenster auf den oberen Etagen eingeschlagen waren, was dem Gebäude den Anschein eines breit grinsenden Halloween-Kürbisses verlieh.

»Nun?«, drängte der Fahrer mit einem prüfenden Blick zur Rückbank und schob den Schirm seiner Mütze hoch, um eine unverstellte Sicht auf mich zu haben. Ich wickelte ein paar Scheine aus dem Geldbündel, das Odalie mir überreicht hatte, und bezahlte ihn.

»Den Rest der Moneten können Sie behalten.« Es war ein Slangausdruck, den ich Odalie schon mindestens ein Dutzend Mal hatte benutzen hören. Samt ihrem Kleidungsstil eiferte ich offenkundig auch Odalies Vokabular und ihrer Eigenart nach.

»Danke«, erwiderte er schroff. Es klang zwar skeptisch, aber er meinte es wohl ernst angesichts des großzügigen Trinkgelds. Damals zog ich die Möglichkeit nicht in Betracht, sein zynischer Tonfall könne dem Umstand geschuldet sein, dass er mich vor einem Polizeirevier aufgegabelt hatte und mich nun vor einem unverhohlen zwielichtigen Gebiet am East River absetzte.

Sobald ich aus dem Wagen gestiegen war, näherte ich mich der einzigen Tür, die ich in der gesamten Außenfassade des Gebäudes ausmachen konnte. Ich hörte das Taxi hinter mir wegfahren. Irgendwo draußen auf dem East River ließ ein Lastkahn sein Schiffshorn ertönen, und das weit entfernte Kreischen von zankenden Seemöwen hallte über das Wasser. Die Tür vor mir war schwer, hölzern und mit einem Vorhängeschloss versehen. Längst war ich sicher, die Adresse falsch notiert zu haben, doch da das Taxi fort war und es keine Möglichkeit gab, Odalie anzurufen, entschied ich, dass ich ebenso gut auch klopfen könnte.

Ich hob zögerlich die Hand und pochte zaghaft an der Holztür. Sie erzitterte mächtig, und das Vorhängeschloss klirrte an seiner Kette. Ich blickte mich verlegen um, kam ich mir doch sehr töricht vor. Vermutlich erwartete ich überhaupt gar keine Antwort. Doch fast augenblicklich, als mein schwaches Klopfen verhallt war, öffnete sich geradezu mit Brachialgewalt ein rechteckiger Türspion, den ich anfangs nicht bemerkt hatte.

»Was woll'n Sie?«, dröhnte eine tiefe Stimme. Ich spähte in das Dunkel des Türspions und machte laut keuchend ein glänzendes Knopfauge aus, das mich musterte. Ich stand da und blinzelte dümmlich. »Ich sagte, was woll'n Sie?«, wiederholte die Stimme.

»Ich bin hier... im Auftrag von Odalie Lazare«, sagte ich. Der Türspion wurde zugeknallt, sein Schließen erwies sich als ebenso gewalttätig wie sein Öffnen. Ein schwerer Riegel wurde zurückgeschoben, und Schlüssel klirrten, während eine Reihe an Schlössern aufgesperrt wurde. Die Tür schwang auf, und ich starrte plötzlich einen muskelbepackten, rothaarigen Mann an, der einen Matrosenpullover sowie eine Strickmütze trug. Er war überaus groß, meine Augen waren auf Höhe der Mittelstreifen seiner Brust.

»Beeilung!«, blaffte er, und ohne lange nachzudenken, schritt ich über die Türschwelle und tauchte in die Dunkelheit ein. Es war eine Art Vorzimmer. Die Tür wurde hastig zugezogen und hinter mir verriegelt. Das Vorhängeschloss samt Kette war anscheinend nur der Schau wegen draußen angebracht, und je länger ich mich umblickte, desto mehr erkannte ich, dass alles, was wahrhaftig verriegelt werden konnte, von innen zu bedienen war. Das bedeutete, dass das Gebäude regelmäßig von Menschen betreten wurde – das Letzte, was ich erwartet hätte.

»Odalie hat Sie geschickt?«, fragte der Rotschopf. Ich nickte. Er besah mich von Kopf bis Fuß, als wolle er entscheiden, ob das besagte Phänomen, das ihm wunderlich erschien, überhaupt möglich sei. Er stieß ein Schnauben aus, das mir besagte, dass die Angelegenheit letztlich unentschieden ausgegangen war. »Hier entlang«, brummte er, offensichtlich nicht mehr interessiert an den Einzelheiten zu meiner Person. Er marschierte einen Gang hinab, und überrascht erkannte ich, dass seine Laterne die einzige Lichtquelle war.

»Augenblick!«, sagte ich, während ich ihm hinterhereilte. Er ignorierte mich. Ich taumelte hektisch weiter und holte ihn schließlich ein. Als wir das Ende eines scheinbar endlosen Labyrinths aus Korridoren erreichten, blieb er vor einer Tür stehen.

»Dr. Spitzer is' da drinnen. Das is' der, mit dem Sie wahrscheinlich sprechen woll'n.«

Mit diesen Worten machte der Rotschopf auf dem Absatz kehrt, und das Licht seiner Laterne wurde stetig schwächer, je weiter er sich entfernte. Verwirrt und verzweifelt, in der Dunkelheit eines solch erschreckend fremden Ortes allein gelassen zu werden, griff ich suchend nach dem Türknauf. Sobald meine Hand ihn fand, ließ die Tür sich mühelos aufschieben, und ich wurde sofort von einer Reihe greller Deckenlampen geblendet, die im anschließenden Raum hingen. Ich blinzelte, während sich meine Augen allmählich an diese neue Begebenheit gewöhnten, auch wenn mein Gehirn kurz davorstand, jegliche Erwartung an Normalität aufzugeben.

»Was in aller Welt …?«

»Kann ich Ihnen helfen?«, fragte ein Mann in einem makellos weißen Laborkittel, während er sich mir näherte.

»Oh! Nun ja … nein. Nein – Ich meine, ja! Ja, bitte. Ich vermute, ich schulde Ihnen eine Erklärung. Sie müssen wissen, ich bin …« Mit einem Schlag widerstrebte es mir, meinen Namen preiszugeben. »Odalie hat mich geschickt«, beendete ich den Satz. Ich blickte mich um. Das Zimmer, wie ich bereits anmerkte, war sehr hell erleuchtet. Zwei überaus hohe und lange

Tische standen in der Mitte des Raums, auf denen eine Vielzahl von Messbechern und Flaschen tröpfelten und brodelten. Die Luft stank nach Wundbenzin und etwas anderem … etwas, das ich nicht ganz einordnen konnte, aber das ein wenig nach Formaldehyd roch. »Was ist das für ein Ort?«

Der Mann im Laborkittel runzelte die Stirn. »Odalie hat Sie geschickt?«, wiederholte er, genau wie der Rotschopf zuvor. »Hmm.« Er musterte mich. Er hatte sehr dunkle, fast schwarze Haare, die genau in der Mitte gescheitelt waren und von einem ebenso dunklen, elegant gestutzten Schnurrbart ergänzt wurden. Ähnlich wie sein Vorgänger war der Mann im Laborkittel skeptisch, was meine Verbindung zu Odalie anbelangte. Schließlich zuckte er die Schultern. »Hmm, ja, nun. Na schön. Wird schon stimmen. Denn immerhin, wer sollten Sie sonst sein? Wir erwarten einen weiteren Chemiker, und ganz offensichtlich sind Sie das nicht. Hah! Außer … Ihr Name lautet nicht zufällig Madame Curie?« Er verdrehte die Augen in meine Richtung, bedachte mich mit einem weiteren abschätzenden Blick von Kopf bis Fuß, und bevor ich eine Antwort geben konnte, lieferte er mit schnippischer Stimme seine eigene. »Nein … wohl eher nicht.«

Ich schwieg verbissen und starrte immer noch ungläubig auf die Fülle an gurgelnden, dampfenden, neumodischen Apparaten hinter ihm. Er folgte meinem Blick über seine Schulter. Dann drehte er sich zu mir zurück.

»Wahrscheinlich wissen Sie nicht mal, *wer* das ist«, sagte er mit einem höhnischen Grinsen, und ich erkannte, dass er Madame Curie meinte. Ich spürte, wie ich in Rage geriet. Glühende Hitze schoss mir in die Wangen, und das eigentümliche mechanische Gefühl, das mich gelegentlich überfiel, packte mich.

»Madame Curie ist zweifache Nobelpreisträgerin«, sagte ich hochmütig. Es war nicht so, als hätte ich in meiner Jugend niemals die Schlagzeilen gelesen! »Und der lebende Beweis, dass Männer häufig falsche Schlüsse ziehen und das in jeglicher Hinsicht«, schoss ich hinterher. Der Mann im Laborkittel hob die Augenbrauen und neigte den Kopf zur Seite. Fast unmerklich straffte er die Schultern. »Hören Sie«, sagte ich in der Hoffnung, einen Vorteil aus dem gewonnenen Schlagabtausch zu ziehen und meine Aufgabe schnellstmöglich hinter mich zu bringen. »Ich bin sicher, Sie führen hier ein ganz ordentliches, nobelpreisverdächtiges Unternehmen. Aber ich bin nur gekommen, um eine Nachricht abzuholen.« Er blickte mich an und war mehrere Sekunden sprachlos. »Odalie meinte, es warte hier eine Nachricht auf sie«, bedrängte ich ihn.

Bei der wiederholten Erwähnung von Odalies Namen war die Trance gebrochen, und er fuhr erschrocken aus seiner Starre hoch. »Ja, natürlich. Nun, es gibt allerdings leider keine guten Nachrichten.« Er drehte sich von mir weg und kümmerte sich mit energischem, geschäftsmäßigem Gebaren um die Gerätschaften. Er begann, eine Reihe kleiner Korrekturen an den Apparaten vorzunehmen, die dort angeschlossen waren. »Sie wissen, wie energisch die staatlichen Kontrolleure durchgreifen. In letzter Zeit übertreiben sie es wirklich mit dem Methanol. Ich kann nicht versprechen, dass irgendwas von der Ladung trinkbar sein wird. Nicht, wenn wir nicht wollen, dass ein weiterer Kerl stirbt, so wie beim letzten Mal.«

»Oh! Aber, Sie meinen doch wohl nicht … Sie wollen nicht andeuten, dass tatsächlich jemand …!« Ich war völlig durcheinander.

Sogleich erkannte ich, dass mich mein Zustand verwirrter Ahnungslosigkeit meine zeitweilige Überlegenheit über den Mann im Laborkittel gekostet hatte. Er verdrehte verächtlich die Augen, dann seufzte er und räusperte sich. »Sehen Sie, Miss … Miss Wie-Auch-Immer-Ihr-Name-Ist, richten Sie Miss Lazare das hier einfach aus: Die Ladung ist verpanscht, aber ich werde es weiter probieren. Mein Freund ist Chemiker in einer Haarwasser-Fabrik. Ich kann versuchen, etwas aus dem Zeug zu machen, das sie dort hernehmen.« Er hielt mir eine Flasche hin. »Und hier«, blaffte er, »die können Sie ihr geben.«

Ich war nicht schnell genug, die Flasche zu packen, und er hielt sie mir schüttelnd unter die Nase, als wolle er mich verhöhnen. »Was ist das?«, fragte ich und blickte zu der plumpen grünen Glasflasche ohne Etikett.

»Der Beweis«, erwiderte Dr. Spitzer, »dass ich ihr nicht etwa eine gute Ladung stehle und weiterverhökere.«

Meine Finger schlossen sich zögerlich um den Flaschenhals. Ich spähte in das Glas und besah mir seinen Inhalt. Soweit ich es beurteilen konnte, war er kristallklar. Ich schwenkte die Flüssigkeit behutsam, was Dr. Spitzer ein Stirnrunzeln entlockte.

»Trinken Sie das jetzt ja nicht«, warnte Dr. Spitzer. »Sie haben genügend gesunden Menschenverstand, um das zu wissen, nicht wahr?«

»Nun … ja …«

»Na klar. Denn Sie sehen mehr wie der verzärtelte Typ aus, der wahrscheinlich eher an all das schicke importierte Zeug gewöhnt ist.«

Ich blinzelte ihn stumm an. Nie zuvor in meinem Leben war ich für den »verzärtelten Typ« gehalten worden. Mich überkam die dumpfe Erkenntnis, dass Dr. Spitzers Manieren zunehmend ungehobelter wurden. Als er mich geradezu grob von oben bis unten musterte, fiel jeglicher Anflug der imaginären Universität, die ihm den Titel eines »Doktors« verliehen hatte, mit einem Schlag ab. Der Ausdruck, der sich auf sein Gesicht legte, war zugleich wölfisch und grausam.

»Ja, ich weiß alles über Leute wie Sie: überlassen es den Arbeiterjungs, die in den Fabriken malochen, das selbstgebrannte Zeug zu trinken und ihr Glück zu versuchen, während Sie es um nichts in der Welt anrühren würden.« Er stieß ein verbittertes Seufzen aus und zuckte herablassend mit den Schultern. »Wie dem auch sei, vergessen Sie bloß nicht, es auszurichten.«

Ich stand da, immer noch damit beschäftigt, die Nachricht in mich aufzunehmen, die es zu überbringen galt. Dr. Spitzer war jetzt verärgert, so viel war klar. Ich hatte das Gefühl, als habe ich die Sache vermasselt. Mir war es gelungen, ihn zu kränken und mich gleichzeitig als Einfaltspinsel zu offenbaren. Er drückte auf einen Knopf, und irgendwo ertönte ein elektrischer Summer. Sekunden später stand der Rotschopf im Türrahmen.

»Stan kann Ihnen den Weg nach draußen zeigen«, sagte Dr. Spitzer in ausdruckslosem, geringschätzigem Ton. Er nahm seine Arbeit wieder auf, als sei meine Gegenwart im Raum längst eine entrückte Erinnerung. Ich folgte Stan mit demselben automatischen Gang, der mich in das Gebäude geführt hatte, und bevor ich mich versah, war ich wieder draußen, und die schwere Holztür fiel hinter mir zitternd ins Schloss.

Eine klamme Brise wehte über den Fluss, und in der Ferne zeichneten sich die hoch aufragenden Spitzen der Queensboro Bridge ab. Verlegen schob ich die Flasche, die ich noch umklammerte, unter meinen Mantel. Es wäre kein guter Schachzug, auf einer öffentlichen Straße mit einer etikettlosen Flasche Alkohol gesehen zu werden.

Doch dann blickte ich mich um und erkannte, dass es niemanden gab, der mich hätte sehen können. Ich hatte kein Transportmittel. Kein Hotelpage oder Portier hatte nach einem Taxi telefoniert, das mich abholte, und ich muss gestehen, ich hatte mich längst an diesen Luxus gewöhnt. Ich begann, entlang des Ufers in Richtung Zivilisation zu marschieren. Obwohl ich mit ungeheuerlicher Geschwindigkeit in das Gebäude hineingescheucht und wieder hinauskomplimentiert worden war, hatte der gesamte Botengang länger als angenommen gedauert. Während ich mir einen Weg durch die mit Schutt und Schotter übersäten Industrieblocks zurück zu den Hauptstraßen suchte, warf ich einen düsteren Blick auf die Uhr und erkannte, dass mich eine Taxifahrt zum Polizeirevier nur insofern rechtzeitig ans Ziel brächte, um dort gleich Feierabend zu machen. Ich erwog meine Optionen, während ich mich der First Avenue näherte, dann winkte ich ein Taxi herbei und gab dem Fahrer stattdessen die Adresse des Apartments. Zumindest konnte ich mich hinlänglich auf Odalies Fähigkeiten verlassen, dass sie meine Abwesenheit vertuscht hatte.

Später an jenem Abend, als ich Odalie die Nachricht übermittelte und ihr die Flasche reichte, die Dr. Spitzer mir gegeben hatte, wirkte sie nicht sonderlich überrascht.

»Oh ja, er ist ein kleiner Kurpfuscher, dieser Dr. Spitzer«, sagte sie, während sie die Flasche mit leerem Blick entgegennahm und sie abwesend beiseitestellte. Sie schüttelte den Kopf. »Nun, ich werde nicht zu viel erwarten. Weiß der Himmel, warum Gib ihn überhaupt engagiert hat. Ich fürchte, er ist letztlich kein begnadeter Chemiker.« Ich dachte an das, was Dr. Spitzer in Bezug auf die letzte Ladung gesagt hatte: *Nicht, wenn wir nicht wollen, dass ein weiterer Kerl stirbt, so wie beim letzten Mal …* Als habe sie meine Gedanken gelesen, ignorierte Odalie die Flasche, blätterte eine Seite in dem Magazin um, das sie gerade las, und fügte mit einem versonnenen Blick hinzu: »Da gibt es Geschichten über ihn … das kannst du mir glauben.«

Sie musste keine große Überzeugungsarbeit leisten. Ich glaubte ihr aufs Wort. Der Haken an der Sache war: Zwar hatte ich keine Mühen gescheut, ihre engste Vertrauensperson zu werden, aber ich erkannte allmählich, dass es Dinge gab, von denen ich besser nichts wusste.

Obwohl Odalies kleine »Gefallen« mich zwangen, die Grenzen des guten Geschmacks zu übertreten, fuhr ich auch weiterhin fort, diese gelegentlich sonderbaren Aufträge zu erfüllen, glückselig, mir endlich die Position gesichert zu haben, nach der ich mich schon lange sehnte – sprich, ich war schließlich zur wichtigsten Person in Odalies Leben aufgestiegen.

Es ist ein Ding der Unmöglichkeit, jemandem, der nie Odalies Bekanntschaft gemacht hat, zu erklären, wie herrlich sich das anfühlte. Es reicht nicht, einfach zu sagen, sie habe das gewisse Etwas gehabt. Wenn man bedrückt war, gelang es ihr durch eine Art Trick, dir ein solch unbeschwertes Gefühl zu vermitteln, dass dir schwindlig vor Heiterkeit wurde. Wenn man bei der Arbeit brüskiert wurde, machte sie die Person, die einen gekränkt hatte, zur Zielscheibe ihres Spotts. Wenn man mit Odalie zusammen war, war es schier unmöglich, ein Außenseiter zu sein. Für mich kam dieses letzte Phänomen einem Wunder gleich. Immerhin war ich mein ganzes Leben lang eine Außenseiterin gewesen.

Und so, trotz meines wachsenden Missbehagens, was die kleinen Botengänge betraf, die Odalie hin und wieder von mir verlangte, betrachte ich diese Tage dennoch als die glücklichste und erfüllteste Zeit meines Lebens. Ich hatte den Gipfel der Glückseligkeit erreicht. Aber natürlich wusste ich es nicht besser. Gipfel werden erklärtermaßen durch das definiert, was sie umgibt, und in diesem Fall war mein Höhepunkt dadurch gekennzeichnet, dass ihm bald ein eklatanter Tiefpunkt folgen würde.

Ich ahnte noch nicht, dass sich mein Tiefpunkt längst knapp außerhalb meines Sichtfelds bedrohlich abzeichnete. Schon bald würde ich ungeplant um die Ecke biegen – und genau dort würde er mich erwarten.

Ich erreichte die fragliche Ecke, als ich einen flüchtigen Blick auf einen Mann in der Arrestzelle warf, dessen Gesicht mir bekannt vorkam. Ich war nicht sicher, glaubte aber, ihn vielleicht das eine oder andere Mal in der Flüsterkneipe gesehen zu haben. Odalie erkannte ihn sogleich wieder, und ich wusste, dass sie die Absicht hatte, etwas wegen seiner prekären Situation zu unternehmen. Wie schon mehrmals zuvor gelang es ihr, auf diesen Fall angesetzt zu werden. Sobald Odalie und der Sergeant den Mann in das Verhörzimmer gebracht hatten, wurde er nur Minuten später wieder entlassen. Er schlenderte gemächlich durchs Revier und hinaus aus der Vordertür. Es war, als sähe ich ein Spiegelbild von Gib, wie er an jenem ersten Tag nach der Razzia unbeschwerten Schrittes aus der Tür spaziert war. Ich erhob mich von meinem Schreibtisch und ging in Richtung des Verhörzimmers. Damals redete ich mir ein, ich sei lediglich neugierig, was Odalies Methoden betraf, doch das war eine Lüge. Heute verstehe ich, dass ich immer wusste, was ihre Methoden waren. Ich hatte schlicht und ergreifend mit verbissener Verblendung die Augen vor den Tatsachen verschlossen.

Es gab einen langen Korridor entlang des Polizeireviers, der zum Verhörzimmer führte. Oder besser gesagt dem VERNEHMUNGSRAUM, wie es mit einer Schablone in messinggoldener Farbe auf das Fenster der Tür gemalt worden war. Ich bog in den Gang und erspähte augenblicklich Odalie und den Sergeant, die am entgegengesetzten Ende standen. Von meinem Platz aus konnte ich sie deutlich erkennen, aber es war ersichtlich, dass sie nicht die geringste Notiz von mir nahmen. Ich wollte mich ihnen schon nähern, da schreckte ich instinktiv zurück. Es beschleicht einen ein eigentümliches Gefühl, wenn man in einen innigen Moment zweier Menschen hineinplatzt, und als ich um die Ecke des Korridors bog, hatte ich dieses Gefühl. Es ließ mich mitten in der Bewegung innehalten, und ich stand sprachlos und mit starrem Blick da. Sie redeten mit solch flüsternden Stimmen, dass ich ihre Worte nur mit größter Not ausmachen konnte. Und dann ereignete sich etwas sehr Unscheinbares, das mir jedoch das Herz in der Brust zum Stocken brachte.

Während sie sich unterhielten, streckte Odalie die Hand zur

Brust des Sergeants aus und spielte selbstvergessen mit seinem Jackenaufschlag, beugte sich näher zu ihm und lächelte ihn dabei kokett an. Ich war erschüttert. Der Sergeant war ein solch schrecklich korrekter Mann, dass ich annahm, er würde ihr Fehlverhalten sogleich ahnden. Doch ich wartete auf einen Tadel, der nicht folgte. Stattdessen redete er weiter, als sei es das Natürlichste der Welt, dass Odalie ihn derart intim berührte. Für den Bruchteil einer Sekunde zog ich in Erwägung, der Sergeant sei nur höflich. Vielleicht wollte er Odalies Torheit einfach übergehen, anstatt sie zurechtzuweisen, und ihr so die schmerzliche Verlegenheit ersparen. Ich wusste, dass er zu einer solch charmanten Galanterie fähig war. Doch während ihre Hand von seinem Revers glitt und zu seiner Schulter strich, wurde ich eines Besseren belehrt und wusste nun, dass diese Schlussfolgerung falsch war. Als der Sergeant schließlich reagierte, blieb die Zeit schier stehen, und jegliche Wärme wich aus meinen Wangen. Ich starrte sie weiterhin an, da hob der Sergeant die Hand und bedeckte die ihre, bevor er in freundlicher Geste ihren geschmeidigen, wohlgeformten, lediglich von einem kurzärmeligen Oberteil bedeckten Arm hinauf- und wieder hinunterfuhr.

Ich hatte genug gesehen. Ich zitterte vor Wut. Der Anblick hatte ein qualvolles Gefühl der Übelkeit in mir aufsteigen lassen. Hastig machte ich auf dem Absatz kehrt und huschte in Richtung der Damentoilette, wo ich mehrere Minuten nichts weiter als Luft in ein leeres Waschbecken würgte. Dann starrte ich mein Spiegelbild im Spiegel an – und eine Weile wurde alles schwarz.

Später zeigte jemand eine Reihe langer, spinnenhafter Risse auf, die nun die gesamte Länge des Toilettenspiegels bedeckten, und behauptete, ich sei für ihre Entstehung verantwortlich. Aber ich begreife nicht, wie das möglich sein soll, da dies nur Sinn ergäbe, hätte der Spiegel irgendeinen schlagkräftigen Gegenbeweis an meiner Person hinterlassen, und ich erinnere mich nicht, auch nur den kleinsten Kratzer oder Schnitt auf meiner Haut bemerkt zu haben. Wie dem auch sei, als ich schließlich wieder aus der Toilette auftauchte, war ich immer noch aufgebracht. Meine Muskeln zuckten und bebten vor erbitterter Entrüstung über den Vertrauensbruch. Jede Faser meines Körpers war entschlossen, augenblicklich zu handeln.

Nur dank meiner eisernen Selbstbeherrschung gelang es mir, meine Arbeit zu vollbringen, aber die Szene, derer ich Zeuge geworden war, suchte mich den ganzen Tag über heim und blitzte zu den unangebrachtesten Zeiten in meinem Gehirn auf, jede Erinnerung lebhafter als die letzte. Dr. Benson stellt die Theorie auf, ich habe, wie er sich auszudrücken pflegt, *ein Übermaß an Imagination*. Er behauptet, ich zöge zu schnell voreilige Schlüsse. Während unserer Sitzungen lässt er seine Brille hinabgleiten, bis sie kaum mehr seine Nasenspitze berührt, späht mich über den Rand dieser leeren, schimmernden Spiegel an und sagt häufig: *Verraten Sie mir, Rose, wie können Sie so sicher sein, dass zwischen Odalie und dem Sergeant etwas Ungehöriges vorgefallen ist?* Oder er sagt manchmal: *Wie können Sie sicher sein, dass Ihnen Ihre Vorstellungskraft keine Streiche spielt?* Und an dieser letzten Frage nehme ich heftig Anstoß, denn niemand hat mich bislang bezichtigt, zu viel Vorstellungskraft zu haben, und selbst wenn das kleine bisschen Vorstellungskraft, das ich *tatsächlich* besitze, mir Streiche spielen würde, wären es wohl kaum Streiche aus der Gosse. Einmal beschrieb Odalie mich jemandem auf einer Party als »waschechte Puritanerin«, und das noch dazu in meiner Gegenwart, doch ich war kein bisschen wütend, denn im Grunde habe ich das Gefühl, einen außergewöhnlich klaren Kopf zu haben, und schäme mich niemals wegen dieses Umstands.

Odalie war den Rest des Tages zu beschäftigt, um mit mir zu reden. Andernfalls hätte ich womöglich die Selbstkontrolle verloren und sie vor aller Augen angefahren – ein Ereignis, das mich auf lange Sicht ebenso gedemütigt hätte wie sie. Im Rückblick muss ich sagen, ich bin immer noch sehr froh, es nicht getan zu haben, da es wahrscheinlich nur als weiteres Beweisstück gedient hätte, das in meiner gegenwärtigen Situation gegen mich verwendet worden wäre. Stattdessen hatte der Minutenzeiger im Laufe von Odalies Abwesenheit zwei volle Runden gedreht, und während ich ihn aus den Augenwinkeln beobachtete, ersann ich einen Plan, wie ich ihr dennoch eine Lektion erteilen könnte … *Ich würde ihr meine Freundschaft entziehen!* Ja, still und heimlich würde ich noch am selben Abend meinen Koffer packen und mitten in der Nacht unbeobachtet aus der Tür schleichen. Am nächsten Morgen würde Odalie meine Abwesenheit bemerken, und sobald sie das Zimmer inspizierte, in dem ich gemeinhin schlief, würde sie zweifellos sehen, dass all meine Sachen binnen einer Nacht verschwunden waren, und sie würde intuitiv erspüren, warum ich gegangen war. Während ich einen Stapel Berichte abtippte, dachte ich über den Brief nach, den ich auf meinem ordentlich gemachten Bett für sie hinterlassen würde, und verfasste im Kopf mehrere durchaus theatralische Entwürfe, in deren Verlauf mir verschiedene Tippfehler unterliefen. Ich überlegte, welcher Ton sie am meisten beschämen und deshalb am tiefsten treffen würde: ein schmerzerfüllter Ton, der meine scharfe Verurteilung ihrer Tat zum Ausdruck brächte, oder ein desinteressierter, gleichgültiger Ton, der meine Überlegenheit signalisierte und ihr abschätzig zu verstehen gäbe, ihr Frevel sei von geschmackloser, klischeehafter Natur. Dann erwog ich, überhaupt keine Nachricht zu hinterlassen, und entschied, dieser Schachzug kränke sie wohl am meisten.

Es bestand für mich kein Grund, den Sergeant zu bestrafen. Ich kann diesen Entschluss nicht recht erklären, da ich ihn selbst nicht wirklich verstehe, aber nachdem ich ihr Intermezzo im Gang mitansehen musste, hegte ich nicht länger dieselben Gefühle für die beiden. Wogen weißglühender Wut brandeten über mich hinweg, wenn ich an Odalie dachte. Da herrschte eine Dringlichkeit in meinen Gefühlen für sie vor, ein verzweifeltes Verlangen, sie zu maßregeln, ihr vorzuführen, wie frevelhaft ihr Verhalten war. Währenddessen verspürte ich für den Sergeant nichts weiter als ein kaltes, klammes Gefühl der Enttäuschung. Meines Erachtens war er vom Olymp herabgestiegen und würde für immer im Tal der Gewöhnlichen bleiben. Wenn ich an ihn dachte, konnte ich nur noch seine Hand sehen, die an Odalies Ärmel entlangglitt.

Natürlich verstehe ich nun, dass während ich die eine Gottheit im Sergeant verloren hatte, ich dennoch eine in Odalie hinzugewann, da ich nun besessener denn je von den unerforschten Tiefen ihrer Manipulationsfähigkeit war, von der ich zu ahnen begann, sie kenne keine Grenzen. Sie gehörte nicht zu der reinen, reglementierten Sorte eines Idols, das der Sergeant für mich verkörpert hatte. Stattdessen war sie etwas völlig anderes, etwas, das ich damals nicht zu beschreiben vermochte, denn zu jenem Zeitpunkt besaß ich noch nicht das allumfassende Verständnis von Odalie und dem Einfluss, den sie letztlich auf mich haben würde. Ich hatte nicht die leiseste Vorstellung, wie sich ihre grauenvollste Gabe nicht in ihren eigenen Handlungen zeigte, sondern in dem, wozu sie andere bringen konnte. Wozu sie *mich* bringen konnte.

Doch all das würde schon sehr bald kommen. An jenem Abend ging ich entsprechend unserer täglichen Routine zusammen mit Odalie nach Hause. Ich war betont reserviert und kühl ihr gegenüber, aber ich glaube nicht, dass ihr meine eisige Zurückhaltung sonderlich auffiel. Ich entschied, es sei das Beste, eine passende Gelegenheit abzuwarten, bis ich ungesehen hinausschlüpfen und sie mit meiner Abwesenheit bestrafen könnte. Gib schlief an jenem Abend im Apartment und war mürrischer als gewöhnlich. Kurz nach dem Abendessen zogen sie sich in Odalies Schlafzimmer zurück. Ich notierte das Datum und seinen Namen in meinem kleinen Tagebuch und außerdem *Sergeant Irving Boggs*, dann strich ich ihn aus und fügte ihn schließlich, mit einem Fragezeichen versehen, wieder hinzu. Anschließend spielte ich eine Schallplatte auf dem Plattenspieler auf meinem Nachtkästchen ab. Ich wählte ein aufgeräumtes Bach-Konzert in dem Versuch, die Atmosphäre mit etwas gepflegter Höflichkeit zu versetzen, und ich begann, meine Sachen zu packen. Durch die Wand konnte ich Odalie und Gib streiten hören. Und dann konnte ich hören … wie sie nicht mehr stritten. Ihre Leidenschaft schlug in Konversation um, und das Brummen ihrer Stimmen schwoll an und fiel wie eine Welle, bis es schließlich mit vorgerückter Stunde völlig still wurde. Die letzte Platte, die ich aufgelegt hatte, endete, und die Nadel begann zu hüpfen und zog ihre abschließende Bahn, bis sie in die Mitte der Scheibe geschoben wurde und sich dort immer und immer weiterdrehte. Ich hob den dicken Messingarm an und schaltete das Gerät aus.

Zu jenem Zeitpunkt waren meine Taschen gepackt – oder treffender gesagt *meine Tasche*, da ich mit einem einzigen Koffer gekommen war und beabsichtigte, allein das mitzunehmen, was mir gehörte. Von all den Dingen, von denen ich mich nun trennen müsste, war die Kleidung das Schwierigste. Es überraschte mich, wie sehr ich mich an die Pelze gewöhnt hatte, die perlenbestickten Kleider, die Morgenmäntel aus Satin. Aber wollte ich meinen eigenen moralischen Standards gerecht werden, konnte ich kaum in Odalies feinem Putz umherstolzieren, wo ich doch wusste, dass all ihr opulenter Reichtum vermutlich mit ihrem schändlichen Verhalten erworben war. Ich zog eine Kommodenschublade auf und strich mit der Hand über einen Stapel kunstvoll bestickter Seidenhemdchen, als würde ich ein geliebtes Haustier zum Abschied liebkosen. Ich hob das

Diamantarmband von seinem Platz, wo es in dem samtweichen Nest einer Nerzstola eingebettet lag, und schloss die Kommodenschublade in einem Anflug von Endgültigkeit. Ich öffnete den Verschluss des Armbands und legte es der Länge nach ausgebreitet auf mein Kissen, an die freie Stelle, wo mein Kopf nie wieder ruhen würde. Ein plötzlicher Stich durchfuhr mich, als ich an die Brosche dachte, die immer noch in meiner Schreibtischschublade im Revier lag – Sie müssen wissen, es war mir immer ein Anliegen gewesen, meinen Maßstäben absolut gerecht zu werden. Oh, aber wegen dieses Schnitzers konnte ich jetzt nichts tun. Ich warf erneut einen Blick auf den Koffer, der auf einem Stuhl in der Ecke neben dem bunt gemusterten, orientalischen Paravent lag. Ich hatte das Zimmer äußerst bedächtig aufgeräumt, damit die Leere noch deutlicher hervortreten würde. Ich wollte, dass mein Verschwinden den größtmöglichen Effekt hatte. Als ich mich höchst zufrieden in dem verwaisten Raum umblickte, wusste ich, dass es an der Zeit war, meinen nächsten Schritt zu tun. Ich erhob mich zum Gehen und nahm meinen Koffer vom Stuhl.

Doch dann zögerte ich. Mit dem Koffer in der Hand und gekleidet in meine schlichteste Baumwollbluse und einen langen Rock, starrte ich zur Tür vor mir und schwankte fast unmerklich auf meinen Füßen, die wie festgefroren schienen. Ein unsagbarer Zweifel hielt mich davon ab, meine Abreise in die Tat umzusetzen. Ich zog die Möglichkeit in Betracht, Odalie könne mein Verschwinden tagelang nicht bemerken, oder schlimmer noch, es könne sie nicht kümmern. Ich malte mir aus, wie sie den Kopf auf ihre ganz eigene fröhlich-flatterhafte Art in mein leeres Zimmer steckte, mit den Schultern zuckte und dann einfach ihren Geschäften nachging. Ich sorgte mich, dass während sie mir so unendlich viel bedeutete, ich ihr nicht annähernd so wichtig war. Ich blickte zu dem Koffer hinab, der schlaff von meinem Arm baumelte. Schon jetzt war er schwer, schon jetzt ermüdete mich die Reise, und ich hatte noch nicht einmal den ersten Schritt zur Tür gemacht. Ich erkannte, dass ich in meinem Übereifer, Odalie mit meiner Abwesenheit bestrafen zu wollen, gar nicht darüber nachgedacht hatte, wohin ich gehen würde – mein Verstand war nicht weiter gekommen, als mir meinen Abschied auszumalen.

Ich stellte meinen Koffer ab und setzte mich schwer seufzend aufs Bett. Ich war völlig falsch an all das herangegangen. Ich wollte Odalie eine Botschaft übermitteln, doch gleichzeitig wollte ich noch etwas anderes von ihr. Ich wollte, dass es ihr leidtäte.

Ich entschied zu bleiben. Zumindest für den Augenblick. Langsam und mit akribischer Sorgfalt holte ich die Gegenstände aus meinem Koffer und legte sie zurück an ihren rechtmäßigen Platz im Zimmer. Dann, wieder im Nachthemd, kroch ich ins Bett. Nun war ich fest entschlossen, Schlaf zu finden und am nächsten Morgen zu erwachen, um mich meiner neuen Aufgabe zu widmen – meiner Bestimmung, Odalie zu lieben und ihr dadurch gezwungenermaßen vor Augen zu führen, dass sie ihrer ergebensten Freundin Unrecht getan hatte, dass ihre Intrigen und riskanten Allüren ein Ende finden müssten.

20

Am Freitag derselben Woche kam ein unerwarteter Besucher auf der Suche nach Odalie ins Polizeirevier. Wie es der Zufall wollte, war Odalie während ihrer Mittagspause nicht anwesend, da sie Botengänge machte. Erschöpft und gleichzeitig auf der Hut nach meinem Zusammentreffen mit Dr. Spitzer stellte ich diesmal keine Fragen, was ihre Botengänge betraf. All das mag erklären, dass sie an jenem Tag einen Besucher hatte, jedoch nicht zu sprechen war, als sich ihr Besucher nach ihr erkundigte. Ich saß an meinem Arbeitsplatz, aß ein Sandwich und trank Kaffee, der längst kalt geworden war, da bemerkte ich Teddy, der sich dem Empfangstresen näherte. Unwillkürlich stieß ich einen leisen Schrei aus, mit dem ich ihn natürlich sogleich auf mich aufmerksam machte. Sein jugendliches Gesicht erhellte sich.

»Hallo, Rose!«, rief er fröhlich durch den gesamten Raum. Er winkte in meine Richtung. Ich erhob mich hastig vom Schreibtisch, wobei ich den Pappbecher mit Kaffee, an dem ich gerade nippte, über meine Bluse vergoss. Es kümmerte mich nicht. Die Bluse war ein roséfarbenes Teil aus feinem, weichem Seidenstoff, das ich mir von Odalie geborgt hatte, und nun war es wahrscheinlich ruiniert, aber wenn ich bis dato nichts weiter gelernt hatte, so doch zumindest, dass Odalie Kleidung benutzte wie andere Puder oder Toilettenpapier. Ich hastete durch den Saal auf Teddy zu. Alle Augen im Revier hoben sich, um zu erfahren, was der Tumult sollte.

»Schsch! Reden Sie leise«, sagte ich zu Teddy. »Was tun Sie hier?«

»Nun, ich … ich dachte, ich könnte mit Odalie sprechen.«

Ich packte ihn am Oberarm und lenkte ihn aus der Eingangstür des Polizeireviers und die breiten Stufen hinab, sodass wir uns auf der Straße unterhalten konnten. »Ganz ehrlich, Teddy«, murmelte ich, während ich versuchte, seinen schlaksigen, heranwachsenden Körper vor mir herzutreiben. Als gehorsame und loyale Freundin wusste ich, es wäre ideal, könnte ich ihn hier und jetzt loswerden, bevor Odalie auch nur Wind davon bekäme, dass er ihr nachspionierte. Es ist sonderbar, aber ich schwöre, ich erinnere mich, damals gedacht zu haben – und noch dazu ungemein prophetisch: *So wird niemand verletzt.* Sobald wir sicher draußen auf der Straße waren, schüttelte ich ihn und wiederholte meine Frage.

»Was tun Sie hier?« Ich ließ ihn los und wartete. Er antwortete nicht sogleich. Seine Augen wurden groß, und während er auf seine Schuhe hinabblickte, trat er verlegen von einem Bein aufs andere. Ich erfasste all das und spürte, wie etwas in mir weich wurde. Es war nämlich so, dass ich eine frappierende Ähnlichkeit zwischen mir und Teddy erkannte. Seinem Verhalten Odalie gegenüber lag eine ernste Eindringlichkeit zugrunde, die, wie ich unverhohlen zugeben muss, der meinen ähnlich war.

Kurz gesagt versuchten wir beide, Teddy und ich, Odalies Verhaltenskodex zu entschlüsseln. Wir wollten beide *die Wahrheit* von ihr, ausgerechnet die Wahrheit! Teddy versuchte, die faktische Wahrheit ihrer Vergangenheit herauszufinden, während ich die emotionale Wahrheit ihres Herzens erkunden wollte, doch im Grunde unterschieden wir zwei uns nicht so grundlegend voneinander. Wir hatten beide Odalie nachgejagt und warteten nun, dass sie die Umstände und den Ausgang dieser Zusammenkunft diktieren würde.

Während er mich mit einem flehenden Blick ansah, tauschten wir einen stillen Wortwechsel aus. Eine Woge des Mitleids durchflutete mich bis in die Fingerspitzen. Doch dann konzentrierte ich mich wieder. »Teddy«, rügte ich ihn mit fester Stimme, »Sie dürfen nicht hier sein.«

Seine Stirn kräuselte sich, als wäre er verunsichert, ob dies stimmen konnte. »Ich spüre, dass sie mich wiedererkennt, Rose«, sagte er. »Sie ist es. Sie hat ein paar Dinge an sich verändert, aber sie *ist* es. Davon bin ich tief überzeugt. Was ich sie fragen muss … wird nur eine Minute beanspruchen.«

Ich musterte ihn mit einem langen und durchdringenden Blick und ahnte, dass er wohl nie aufgeben würde. Fest überzeugt, dass sie Ginevra war, würde Teddy niemals ruhen, bis Odalie seine Fragen zu seiner Zufriedenheit beantwortet hätte, eine Meisterleistung, von der ich nicht recht wusste, wie sie überhaupt jemals vollbracht werden könnte. Ich ging im Kopf die lange Liste an unwahren Geschichten durch, die Odalie mir während unserer gemeinsamen Zeit erzählt, und die unzähligen Male, bei denen sie mich absichtlich an der Nase herumgeführt hatte. Ich dachte ebenfalls an Odalie und den Sergeant. Ein Funke empörter Wut flammte irgendwo tief im Innern meiner Brust auf. Als ich in Teddys Gesicht sah, das immer noch von jener hauchzarten Schicht Flaum und Akne bedeckt war, die so typisch für junge Männer auf der Schwelle zum Erwachsenwerden war, erkannte ich, dass ich vor einer weiteren Weggabelung stand.

»Hören Sie«, sagte ich schließlich, nachdem ich zu einer Entscheidung gelangt war. Ich kramte einen Bleistift und ein Kärtchen aus meiner Tasche hervor. »Ich muss jetzt wieder hinein«, sagte ich, während ich eine Adresse samt nötigen Anweisungen hastig, wenn auch mit ordentlicher Handschrift notierte. »Aber hier. Nehmen Sie das.« Ich reichte Teddy das Kärtchen.

Ich ließ ihn dort stehen, verblüfft und mit festem Blick auf das Kärtchen, während ich kehrtmachte und die breiten Stufen hinauftrottete. »Vielen Dank!«, rief er mir hinterher, sobald er seine Verwirrung abgeschüttelt hatte. »Vielen Dank, Rose.« Ich erstarrte mitten auf der Treppe.

»Das bleibt unter uns«, erwiderte ich.

Ich vermute, wäre da ein Zeitpunkt gewesen, an dem ich mir Sorgen hätte machen sollen, was ich eben ins Rollen gebracht hatte – die möglichen katastrophalen Konsequenzen, die ich gerade angestoßen hatte –, wäre es wohl in jener Minute gewesen. Doch ich fühlte nichts dergleichen. Stattdessen war ich eigentümlich entspannt und ruhig.

Als ich die letzten paar Stufen erklomm, bemerkte ich den Umriss von Marie, die sich vom Fenster wegduckte. Wir waren also beobachtet worden. Ich wusste, dies bedeutete, dass ich Maries fortwährende Fragerei über mich ergehen lassen müsste: *Wer war dieser Kerl?* Und: *War er nicht etwas zu jung, um mit ihm auszugehen?* Ich stieß die Tür des Polizeireviers auf und entschied, mir keine Gedanken zu machen. Zu jener Zeit konnte ich nicht ahnen, wie der Umstand, dass Marie Zeugin dieser Szene geworden war, eines Tages Auswirkung auf meine gesamte Zukunft haben würde.

In jener Nacht – das gehörte bereits zu unserer festen Routine – besuchten wir die Mondscheinkneipe. Es war einer jener Abende, bei denen der Mond in der Ferne ballongroß aufragte und am Horizont emporkletterte, bevor die Sonne auch nur die Möglichkeit bekam, völlig abzutauchen. Ich erinnere mich, wie ich auf dem Balkon des Apartments stand und den Mond, eine fleckige pinkfarbene Sichel mit grauen Kratern, bei seinem bedächtigen, mühsamen Weg beobachtete.

Es war ein weiterer warmer und stickiger Tag gewesen, aber nun schob eine kühlende Brise den schmutzigen Schleier der Stadt hinaus aufs Meer. Die Blätter würden sich bald färben, und ich war überrascht, da dies bedeutete, dass ich Odalie in wenigen Monaten seit einem vollen Jahr kannte. Ich dachte darüber nach und muss mich in meinen Tagträumen verloren haben, denn ich fuhr erschrocken auf, als ich ihre Stimme hörte, die mir zurief, ich solle mich für den Abend zurechtmachen. Ich betrat den Balkon nur höchst selten, doch wenn ich es tat, war es ein Leichtes, von der Art hypnotisiert zu werden, wie die elektrischen Lichter der Stadt ein übernatürliches Glühen annahmen, während die Sonne dem sinnlichen Mond wich und das Zwielicht sich in Dämmerung verwandelte.

Als ich wieder hineinging, stellte ich fest, dass Odalie uns zwei Abendgarderoben ausgesucht hatte. Bis zu diesem Tag kann ich nicht mit Gewissheit sagen, ob die auffallende Ähnlichkeit der beiden Kleider Zufall oder Absicht war. Woher sollte sie wissen, dass sich die Gleichartigkeit als nützlich erweisen würde? Odalie verfügt über die beeindruckende Fähigkeit, das Verhalten anderer Menschen vorherzusagen, doch ich glaube kaum, dass sie eine echte Hellseherin ist. Vermutlich ohne zu ahnen, wie sehr es ihrer Sache dienlich sein könnte, kleidete sie uns an jenem Tag in höchst ähnliche schwarze, mit silbernen perlenbestickte Abendkleider. Obwohl das eine Kleid (meines) einen rechteckigen Ausschnitt aufwies und das andere (ihres) schulterfrei war, war die Perlenstickerei an beiden Kleidern der Art, dass die silbernen Glasperlen allmählich an Farbintensität zunahmen, während der Plisseerock sich wallte und die Knie umschmeichelte, sodass es den Anschein machte, wir seien Meerjungfrauen auf einem Wellenkamm.

Außerdem gab sie Pomade in meine mausbraunen Haare, um ihnen einen dunklen Schimmer zu verleihen, und steckte sie mit einer Nadel hoch, damit sie auf Kinnhöhe eingedreht waren – und ihrem Bob glichen. Ich entsinne mich, uns Seite an Seite im Spiegel erfasst zu haben, wenige Sekunden, bevor wir das Apartment verließen. Wir sahen wahrlich ein wenig wie Zwillinge aus. Eine wunderschöne, schillernde Frau und ihr etwas blasseres, etwas schlichteres Gegenstück. Mit einem fast unheimlichen Gespür hatte Odalie in einem letzten Akt darauf bestanden, dass wir die beiden zusammengehörenden Diamantarmbänder trugen – befremdend, da wir sie noch nie außerhalb des Apartments angelegt hatten. Sobald wir sie übergestreift hatten, war unser Erscheinungsbild komplett. Sogleich telefonierte Odalie ins Erdgeschoss und bat, dass einer der Portiers ein Taxi herbeirufen sollte, und einfach so nahm der Abend seinen Anfang.

Im Laufe der vergangenen neun Monate, die ich mit Odalie verbracht hatte, war mir aufgefallen, dass die Flüsterkneipe – sprich *ihre* Flüsterkneipe – gelegentlich ihren Standort verlagerte, aber hauptsächlich von drei oder vier Räumlichkeiten Gebrauch machte. An jenem Abend (der, wie sich bald herausstellte, unser letzter gemeinsamer Abend war) schloss sich wohl auf poetische Weise der Kreis, insofern wir uns wieder genau in der Örtlichkeit befanden wie beim allerersten Mal, als ich in eine Mondscheinkneipe geleitet worden war. Diesmal kam ich mir wie ein alter Hase vor, während das Taxi durch die Lower East Side rollte und uns an einer verlassenen, von dunklen Ladenfronten gesäumten Straße ausspuckte und ich nicht einmal mehr mit der Wimper zuckte. Wie erwartet brannte in einem Schaufenster noch eine elektrische Lampe. Als wir die Tür des Perückengeschäfts aufdrückten, fanden wir denselben Jungen mit demselben Paar sonderbar gemusterter Hosenträger vor, der an der Kasse saß. Und er richtete exakt dieselbe Frage an uns, eine Frage, die, wie ich am Tonfall seiner Stimme heraushörte, längst abgedroschen war vom übermäßigen Gebrauch.

»Kann ich Ihnen bei irgendwas behilflich sein, Ma'ams?« Seine Stimme artikulierte das Wort *behilflich* so mechanisch, dass es jeder Spur seiner ursprünglichen Bedeutung beraubt war. Er strich sich eine lange, fettige Locke aus dem Auge und wartete. Odalie ignorierte ihn völlig, holte ihre Puderdose heraus und tupfte sich die Nase ab. Da erkannte ich, dass ich an der Reihe war, in Aktion zu treten.

»Ja«, sagte ich und blickte mich nach der eisengrauen Perücke um, die zu einem kunstvoll gearbeiteten Dutt hochgesteckt war. Sie stellten die Perücke immer auf ein anderes Regal im Geschäft, damit sie nie zweimal am selben Ort zu finden war. Vielleicht war dies Teil des Tests, um die Eingeweihten von den Verdächtigen zu trennen, oder vielleicht tat es der Junge schlicht aus Langeweile. Schließlich blieben meine Augen auf dem gesuchten Stück hängen. Es war wahrhaftig ein grässliches Teil. Ich hob die Perücke von dem ahnungslosen Kopf der Schaufensterpuppe. »Wie mir zu Ohren gekommen ist, soll diese in Kastanienbraun wunderhübsch sein, aber Mahagoni ist doppelt so schön.« Noch während ich es sagte, war mir bewusst, dass es nicht halb so verführerisch klang wie bei Odalie, die diesen Satz schon so häufig in der Vergangenheit gesagt hatte, aber er stellte sich als effektiv genug heraus. Der Junge hämmerte verbissen auf die Tastatur der Kasse ein, im nächsten Moment ertönte ein lautes, dumpfes Klacken, und die Wandvertäfelung hinter der Ladentheke sprang auf.

»Sie dürfen eintreten, Ma'ams.«

Odalie ging zuerst hinein, ich folgte ihr. Einmal mehr, als die Wandvertäfelung mit einem Klicken hinter mir ins Schloss fiel, spähten meine Augen in absolute Dunkelheit und arbeiteten eifrig daran, den Umriss und Pfad des Korridors auszumachen. Die Geräuschkulisse einer beschwingten Party hallte überall um uns wider. Ich spürte Odalies Bewegungen vor mir und trottete blindlings wie ein Schatten hinter ihr her, bis wir gemeinsam durch den samtenen Vorhang drängten. Wir standen dreißig Sekunden einfach nur da, und bevor uns auch nur die Möglichkeit gegönnt war, die Szenerie in uns aufzunehmen, rauschte eine Frau herbei und küsste Odalie auf beide Wangen.

»Da bist du ja endlich!«, rief die Frau.

»Wie schön, dich wiederzusehen«, erwiderte Odalie gleichermaßen begeistert. Ich erkannte die Frau von meinem Treffen mit Odalies Künstlerfreunden wieder, das schon eine geraume Weile her war, doch ich merkte Odalie an, dass sie sich nicht an die Frau erinnerte.

»Ich hab gerade zu Marjorie gesagt – oh! Siehst du Marjorie dort drüben? Wink ihr, meine Liebe! – Ich hab also gerade zu Marjorie gesagt: ›Ich frage mich, wann sie hier sein wird‹, und – Simsalabim – in der Sekunde bist du aufgetaucht! Wie Magie. Hier bist du!«

»Hier bin ich«, wiederholte Odalie die Worte. Die Leute kamen ständig zu ihr und redeten so auf sie ein, infolgedessen hatte sie eine sehr elegante, wenn auch vage Art des Antwortens perfektioniert.

»Du musst einfach rüberkommen und die anderen begrüßen«, sagte die Frau, und ihr Atem überrollte uns wie eine heiße Whiskey-Welle. Ihr Arm war bereits entschlossen bei Odalie untergehakt, was darauf hindeutete, dass sie kein Nein gelten lassen würde. Sie zuckte bei einem stillen Schluckauf zusammen und fuhr beharrlich fort: »Da ist ein Mann namens Digby, ein echter Witz von einem Impressionisten. Er hat eine Menge sonderbares Zeug, das du wirklich nicht verpassen darfst! Und der Maler Lebaud ist natürlich auch hier und erzählt allen, dass er dich in diesem neumodischen Stil porträtieren will, wo du es zwar bist, es dir aber überhaupt nicht mehr ähnlich sieht, wo deine Gesichtszüge ganz komisch und verdreht sind …«

Die zähe Beharrlichkeit der Frau zahlte sich aus, und mit einem Schlag stand ich völlig allein da. Ich entdeckte Redmond auf der anderen Seite des Raums, und er nickte in meine Richtung. Das Missverständnis vom Abend der Razzia war nie ganz aus der Welt geräumt worden, sondern schien sich im Laufe der Zeit Stück für Stück aufzulösen, einem starren Eisberg gleich, der sich langsam in mühelos fließendes Wasser verwandelte, das (wie ich hoffte) schon bald Schnee von gestern wäre. Redmond tappte zu mir, um meine Getränkebestellung aufzunehmen. Es war ein angespannter Wortwechsel, jedoch einer, der zweifellos bedeutete, dass wir allmählich Fortschritte machten.

Während ich auf Redmond mit meinem Champagner-Cocktail wartete, ließ ich den Blick gemächlich durch den Saal gleiten. Eine Frau mit einer Gardenie hinter dem Ohr sang mit koketter Stimme, in der gleichzeitig ein fröhliches, sarkastisches Entzücken mithallte, und ließ beim Singen die Handgelenke kreisen. Es war eines dieser unbeschwert-munteren Lieder, die sich als trügerisch erwiesen: Es hatte eine beschwingte Melodie, doch bei näherer Betrachtung wurde es von einem Schwall zynischer Lyrik begleitet, die im Moment *en vogue* war. Pärchen, die scheinbar immun gegen Pessimismus waren, tanzten in der Mitte des Raums, zufrieden damit, den Liedtext zu ignorieren und stattdessen im Takt mit dem flotten Tempo der Melodie zu bleiben.

Es ist sonderbar, wie in jener Nacht die Dinge bereits verändert wirkten. Vielleicht bilde ich es mir jetzt auch bloß ein, da ich die Sache nun aus der Distanz betrachte, aber ich schwöre, dass es sich mir so ins Gedächtnis brannte: Ich hatte den nachhaltigen Eindruck, dass ein Teil der Magie bereits für immer abhandengekommen war. Vielleicht meldete sich nur mein Gespür für die sich wandelnde Jahreszeit, wer weiß? Immerhin war der Sommer vorbei. Er hatte sich vollends verabschiedet, ein Gefühl der Unzufriedenheit in uns zurückgelassen und damit einhergehend all jene zu häufig unerfüllt gebliebenen Sehnsüchte nach einer braungebrannten, primitiven Freiheit. Das Wetter würde kalt werden, noch bevor wir uns versahen, und uns zurücktreiben in die beengten und stickigen Zimmer, die wir Zivilisation nannten.

Aber ich sah mich um und spürte, dass in jener Nacht etwas Bedeutenderes meine Gefühle steuerte als einfach nur die alljährliche Eloge des Sommers. Es traf mich unvermittelt, und mit einem Schlag verstand ich etwas über meine eigene Generation. Es war die Art Verständnis, die allein wahren Außenseitern vorbehalten ist, wenn sie einen Blick auf das Geschehen werfen, und genau so verhielt es sich: Die Pärchen, die in der Mitte des Saals tanzten, hatten viele Sommer und viele Winter gesehen und würden sich noch viele Male neu erfinden, in der stillschweigenden Übereinkunft, dass sie den Walzer zugunsten des Foxtrott und dann den Foxtrott zugunsten des Charleston vergessen würden. Sie taten so, als würde jede Drehung auf der Tanzfläche den köstlichen Beginn von etwas Neuem kennzeichnen, als wäre jeder Kuss, den sie gaben, der erste ihres Lebens. Kurz gesagt, ihre Jugend war vielleicht nicht gespielt, ihre Unschuld hingegen ganz gewiss. Ihre Jugend war das, was sie vorantrieb, eine brutale Vitalität, die in ihren Muskeln und Knochen lauerte und die allzu häufig mit sportlicher Eleganz verwechselt wurde. Doch ihre Unschuld war etwas, das sie unter allen Umständen vortäuschen mussten, um die Illusion aufrechtzuerhalten, dass etwas Frisches und Spontanes und Aufregendes gleich um die nächste Ecke auf sie wartete. Zum ersten Mal nahm ich undeutlich wahr, dass die pulsierende Energie, die in der Luft lag, allein von dieser Illusion getragen wurde. Irgendwie waren wir in den Krieg gezogen und weltverdrossen zurückgekehrt … und gleichzeitig war es unserer Generation gelungen, einen Werdegang hinzulegen, der auf einer vorgetäuschten jungfräulichen Jugend fußte. Kurz gesagt, ich gelangte an jenem Abend zu der Überzeugung, dass die gesamte Meute hier ein Haufen Hochstapler war.

Ich sah mich weiter um. Ohne dass ich es merkte, suchte ich das Zimmer nach Gib ab. Ich hatte die beiden vergangene Woche fast jeden einzelnen Tag streiten gehört. Selbst in meinem gegenwärtigen Zustand der Wut über Odalie wünschte ich mir sehnlichst, dass sie ihn endlich vor die Tür setzte. Ich wandelte durch den Saal. Er war nicht in der Traube Männer zu sehen, die an ihren Zigarren pafften. Er trieb sich nicht am Roulettetisch herum, Ausschau haltend nach Männern, die sich absichtlich gegen den Rand des Kessels beugten, um ihn zum Anhalten zu bewegen. Er war nicht in der Menge nervöser Körper, die beim Charleston die Hüften wiegten (doch ehrlich gesagt, war er das nur höchst selten). Als ich ihn schließlich fand, war mir Odalie wohl zuvorgekommen. Sie saßen auf einem roten Samtkanapee am anderen Ende der Bar und diskutierten leidenschaftlich. Keiner von ihnen lächelte, und nach mehreren Minuten wurde klar, dass ihr Gespräch die Form eines weiteren Streits annahm. Neugier übermannte mich. Ich stellte den Cocktail, der längst in meiner Hand war, auf ein Tischchen in der Nähe und ging zur Bar, wo ich dem Barmixer Durst vorgaukelte und einen neuen Drink bestellte. Zu jenem Zeitpunkt war die Flüsterkneipe in schrecklich ausgelassener Stimmung, dennoch hoffte ich, den einen oder anderen Wortfetzen von Odalies und Gibs Unterhaltung aufzuschnappen.

Aber kaum, dass ich mich unbemerkt in ihre Hörweite geschlichen hatte, versuchte ein beschwipstes junges Mädchen, sich auf die Armlehne des Kanapees zu setzen, und als sie Gibs Hand unter ihrem Allerwertesten fand, sprang sie mit einem Jaulen auf. Während sie hochfuhr, goss sie den Inhalt ihres Martiniglases über seinen Kopf und flatterte nun, Entschuldigungen kreischend, wild um das Sofa herum. Mit einer Mischung aus Badewannen-Gin und Pomade, die ihm in die Augen tropfte, schien Gib nicht sonderlich amüsiert von diesem neuen Lauf der Dinge zu sein. Odalie ihrerseits zog geschickt Gibs Einstecktuch aus der Brusttasche seines Jacketts und begann, ihm den Gin aus dem Gesicht zu tupfen. Nach wenigen Sekunden hatte sie das Mädchen fortgescheucht und drängte Gib mit besänftigenden Worten in ein Hinterzimmer, in das sie sich auf unbestimmte Zeit zurückzogen.

Nach meiner vereitelten Spähaktion und mit meiner Neugier, die weiterhin ungestillt war, stieß ich ein Seufzen aus und drehte mich wieder zu dem Gelage, das in der Mitte des Raums wütete. Jemand hatte einen Handkarren in das Zentrum des Zimmers geschoben und eine Pyramide mit Champagnergläsern aufgestapelt. Währenddessen hatte sich ein hübsches, schmales Ding von einem Mädchen in einem knallgelben Kleid auf einen Tritthocker gestellt und schenkte einen goldenen Strom Champagner aus einer sehr unhandlichen und schwer wirkenden Magnumflasche. Der Champagner schäumte und sprudelte über das Glas hoch oben an der Spitze, bis er sich kaskadenförmig über den kleinen Berg an Gläsern ergoss und in diesem Zuge jedes einzelne füllte. Die Menschen um mich herum, die Betrunkenen und Nüchternen gleichermaßen, applaudierten dem Geschick des Mädchens.

Für eine Sekunde glitt mein Blick über Hosenträger und Gamaschen, und ich glaubte, den Lieutenant Detective erspäht zu haben, der genau hinter dem provisorischen Champagnerspringbrunnen stand. Er war es nicht. Dennoch hatte mich der Schauder des Wiedererkennens in Alarmbereitschaft versetzt, und ich fühlte mich mit einem Mal ruhelos. Der weit größere Schock für meine Nerven mochte die halb ausgesprochene Erkenntnis gewesen sein, dass ich seine Gesellschaft wohl tatsächlich begrüßt hätte. Ich war unruhig und konnte nicht länger still an der Bar gelehnt bleiben. Bevor ich mich versah, hatte ich das Glas Gin und Wermut in meiner Hand hinuntergestürzt und wollte etwas tun, das ich nur höchst selten tat, solange ich noch nüchtern genug war, um mich im Anschluss an das Erlebte zu erinnern – sprich, ich wagte mich auf die Tanzfläche und tauchte in der Menge der Charleston-Tänzer unter. Ich weiß nicht, wie viel Zeit während meiner körperlichen Verausgabung auf der Tanzfläche verstrichen war, aber es mussten dreißig Minuten vergangen sein, als ich mich schließlich an den Rand kämpfte, um wieder zu Atem zu kommen. Inzwischen schwitzte ich so sehr, dass mein hochgesteckter Bob an meinen Wangen klebte und ich jedes Mal Salz schmeckte, wenn ich mir über die Oberlippe fuhr. Rotgesichtig stand ich abseits und beobachtete, wie die anderen in ihrem Treiben fortfuhren.

Ich hatte Odalie völlig aus den Augen verloren, als plötzlich ihr strahlendes, ovales Gesicht vor mir aufleuchtete und sich aus der Dunkelheit ins Kerzenlicht schob. Ein wenig erschrocken taumelte ich rückwärts.

»Oh!«

»Rose, meine Liebe – da bist du!« Ihre Stimme klang komisch. Ein spröder, anklagender Tonfall hallte mit. Etwas war verkehrt. Vielleicht war es ein Streich, den mir das flackernde Kerzenlicht spielte, aber es machte den Anschein, als würde Odalies Mund zucken. Allmählich bemerkte ich eine weitere Gestalt, die bei ihr stand, genau an ihrer Schulter. Ein Mann. Seine Schultern waren einigermaßen breit, die Hüften jedoch schmal und der Kopf unverhältnismäßig klein. Ich blinzelte und sah ihn mir genauer an.

»Oh!«, sagte ich, erneut ergriffen. Im Grunde hätte ich beim Anblick seines Gesichts nicht erschrecken dürfen. Ich hatte ihm die Adresse höchstpersönlich gegeben, ganz zu schweigen von der Wegbeschreibung, wie man durch den Perückenladen hereinkäme.

»Du erinnerst dich an Teddy, nicht wahr, Rose? Von den Brinkleys?« Ich bin sicher, sie wusste, dass es eine überflüssige Frage war. Natürlich erinnerte ich mich. In ihrem übertrieben höflichen Tonfall klang ein Hauch bitteren Zorns mit. Ich hatte die ganze Zeit die Absicht gehabt, ihr zu erzählen, dass ich Teddy eingeladen hatte, doch nun, da der schicksalhafte Moment der Auseinandersetzung gekommen war, schluckte ich nervös und streckte die Hand in Teddys Richtung.

»Selbstverständlich«, sagte ich. »Teddy. Wie schön, Sie wiederzusehen.« Er lächelte und nahm meine ausgestreckte Hand entgegen, als habe er mich nicht vor nur wenigen Stunden auf dem Revier gesehen. Sobald er meine Hand losließ, standen wir drei betreten da. Mehrere Minuten lang betrieb niemand Konversation, während um uns herum die Party in vollem Gang war. Allmählich wurde mir bewusst, dass wir eine reglose Insel inmitten eines tosenden Meeres aus Vibrationen waren. Schließlich ergriff Odalie das Wort.

»Wie du dir unschwer vorstellen kannst, Rose, müssen Teddy und ich einen kleinen Plausch abhalten«, sagte sie. Ich nickte verlegen und fühlte mich mit einem Schlag unbehaglich in meiner Haut. Schuldgefühle plagten mich nun. Ich konnte in Odalies Augen sehen, dass sie wusste, ich hatte ihr diesen Moment der endgültigen Konfrontation eingebrockt, indem ich Teddy die Adresse der Lokalität preisgegeben hatte, in der wir an jenem Abend anzutreffen wären.

»Und wir können uns wohl kaum hier unterhalten«, fügte Odalie hinzu. »Rose, würde es dir etwas ausmachen, ihn zum Apartment zu begleiten? Es gibt noch ein paar Angelegenheiten, die ich hier zu Ende bringen muss, dann komme ich gleich nach, und wir können uns alle anständig zusammensetzen.«

Ich entsprach Odalies Bitte, zeitweilig als Gastgeberin für sie einzuspringen, aber meine Zuversicht war längst verflogen. Kaum war mein Verrat aufgedeckt, bereute ich ihn schon bitterlich. Was hatte ich denn geglaubt, würde passieren, wenn ich Teddy die Adresse der heutigen Flüsterkneipe zusteckte? Was auch immer es war, ich hatte nicht das nötige Nervenkostüm, es durchzuziehen.

Odalie schnippte ein Silberetui auf und zog eine Zigarette heraus. Teddy suchte nach einem Feuerzeug und wurde in den Tiefen seiner Jacketttasche fündig.

»Nun, Rose wird mich also zu Ihrem Apartment bringen, und dann reden wir weiter über … Newport«, sagte er, während er ihr die Flamme hinhielt. Der Tonfall seiner Stimme ließ den Satz halb wie eine Frage, halb wie eine Aussage klingen.

»Oh, ich bin sicher, es gibt genug, worüber wir uns unterhalten können«, sagte Odalie. »Nun geht schon. Ich komme gleich nach.« Sie tätschelte ihm zwinkernd die Hand, dann verschwand sie in der Menge der Tänzer, die sie gierig verschluckte.

Zufriedengestellt, im Apartment wie angewiesen auf Odalie zu warten, reichte mir Teddy vornehm den Arm. Gemeinsam steuerten wir auf die Hintertür zu.

Unsere Fahrt zum Apartment verlief ereignislos, trotz der offensichtlichen Anspannung zwischen uns. Schweigen herrschte im Taxi vor. Zweimal – einmal im Wagen und einmal, als der Fahrstuhl vom Boden abhob und in die Höhe schnellte – zog Teddy scharf die Luft ein, als wollte er etwas sagen, doch dann schien er sich eines Besseren zu besinnen. Erst nachdem wir das Apartment erreicht und mehrere Minuten nebeneinander gesessen hatten, durchbrach ich die Stille, indem ich ihn fragte, ob er einen Drink wolle. Es war nichts, was in meiner Vergangenheit eine Gepflogenheit meinerseits gewesen wäre – ich meine, Menschen Drinks anzubieten –, aber es war etwas, das Odalie getan hätte, und überdies hatte ich während meines Zusammenlebens mit ihr neue Gewohnheiten ausgebildet. Ich hätte nie gedacht, dass Teddy, der während seiner Jugend zweifelsohne ein treues Mitglied der Pfadfinder gewesen war, einen Drink angenommen hätte. Doch zu meiner Überraschung tat er genau das. Unter normalen Umständen hätte er den Drink wohl ausgeschlagen – er schien der Typ Mensch zu sein, der sich in der Tugend ergehen konnte, »einen klaren Kopf zu behalten«. Aber ihm sollten an jenem Abend mildernde Umstände zugebilligt werden; ganz offensichtlich machte Odalie ihn nervös. Im nächsten Moment blätterte ich ein kleines Rezeptbuch mit dem Titel *Harrys ABC des*

Cocktailmixens durch, das Odalie neben der Bar aufbewahrte, und versuchte, einen Drink mit dem Namen Sidecar zusammenzustellen.

Ich spürte, dass Teddy mich mit ernstem Interesse beobachtete, während ich eine Flasche Cointreau aus dem Regal nahm und amateurhaft penibel die Zutaten abmaß. Ob der Drink, den ich zubereitete, tatsächlich ein richtiger Sidecar war oder nicht, weiß ich nicht, aber ich schüttete die Mixtur über das Eis und goss sie in zwei Martinigläser. Kaum zwanzig Minuten später wiederholte ich diesen Vorgang. Die Anstrengung trieb Schweißperlen auf meine Stirn, und lose Haarsträhnen blieben auf meiner feuchtklammen Haut kleben, was einen Juckreiz auslöste.

»Es ist ein schöner Abend. Es könnte noch eine Weile dauern, bis sie kommt. Warum genießen wir nicht die frische Luft auf dem Balkon, während wir warten?«, bot ich an. Teddys Augen wurden groß, und er warf mir einen ängstlichen Blick zu. Mir dämmerte, dass dies ein sonderbarer Vorschlag war – etwas, das sonst nur im Repertoire eines Verführers vorkam –, und ich errötete. Doch Teddy hustete und zuckte die Schultern, und nachdem ich uns einen dritten Drink gemixt hatte, begaben wir uns auf den Balkon, wo ich nur wenige Stunden zuvor gestanden und dem Mond zugesehen hatte, wie er, einer blutgetönten Warnung gleich, am Himmel aufging.

Die stickige Wärme des Frühherbsts hatte in der nächtlichen Brise keine Spur ihrer drückenden Schwüle verloren. Sie hatte sich in die Art Abend verwandelt, die ich bloß als berauschend beschreiben kann. Die Luft war angenehm lau und trug nur die allerkleinste Prise Kälte in sich, sobald der Wind sich erhob. Der frische Geruch nach Blättern waberte vom Park herüber, und das silbrige Licht des Mondes war so hell, dass sich unsere Schatten hinter uns in scharfen Umrissen abzeichneten und uns den indirekten Eindruck vermittelten, als hätten wir einen dritten und vierten Gast in unsere Mitte geladen. Wir standen mehrere Minuten schweigend da, die Ellbogen auf die Balkonbrüstung gestützt, und starrten hinaus in die Stadt, die sich weit unten ergoss. Irgendwo mehrere Stockwerke tiefer und ein gefühlt ganzes Universum entfernt war das leise, ferne Dröhnen des Verkehrs zu hören, ein Hupen und Quietschen von Reifen. Ich beobachtete Teddy, der einen großen Schluck von seinem Drink nahm.

»Sie hat etwas von einer Sphinx, nicht wahr?«, bemerkte er rhetorisch, als er schließlich wieder Luft holte und sein Gesicht aus dem Martiniglas neigte.

»Was genau erhoffen Sie sich von ihr, Teddy?«

Er blickte sich angespannt auf dem Balkon um und zuckte mit den Schultern. »Die Wahrheit, nehme ich an.«

»Und was, wenn die Wahrheit schlimm ist?«

Er betrachtete mich eine sehr lange Minute. »Wie schlimm?«

Ich hob die Achseln. »Das Schlimmste, was Sie sich vorstellen können.«

Er riss die Augen auf. »Wissen Sie etwas?«, fragte er. Seiner Stimme haftete ein Hauch Dringlichkeit und gleichzeitig Angst an. Ich schüttelte rasch den Kopf.

»Nein, nein. Ich weiß nichts«, sagte ich. »Aber haben Sie nicht manchmal das Gefühl … es gibt Dinge, die man lieber nicht wissen will?«

»Nein«, erwiderte er. »Das habe ich nicht.« Ich suchte in den leuchtend weißen Zügen seines Gesicht, die im Mondlicht erstrahlten, und erkannte, dass er nicht aufgeben würde, bis er alles wusste – ob es sich bei dem Mädchen, das er unter dem Namen Ginevra kannte, tatsächlich um Odalie handelte und ob es vor langer Zeit zu einem solch tragischen, unwiderruflichen Vergeltungsschlag fähig gewesen war. Jetzt sah ich, dass seine blauen Augen hart wie Stahl waren – er wollte der Sache auf den Grund gehen.

»Was würden Sie tun«, setzte ich zu fragen an, während mein Herzschlag sich allein bei dem Gedanken an seine mögliche Antwort beschleunigte, »sollte Odalie zugeben, etwas … so Schreckliches getan zu haben, selbst wenn … selbst wenn es aus einem flüchtigen Impuls heraus geschah – und einem schlimmen, wohlgemerkt –, sie das alles aber überhaupt nicht beabsichtigt hatte?«

»Ich denke, Rose, Sie wissen, was ich tun würde.«

Das wusste ich. Er würde sie vor Gericht zerren. Nicht auf dieselbe Art, wie ich es mit Edgar Vitalli getan hatte. Nein, Teddy war noch nicht bereit, einen solchen Handel abzuschließen und diese Schwelle zu übertreten. In gewisser Hinsicht war er ein früheres Abbild meiner selbst: jemand, den ein unsäglicher Hunger nach Gerechtigkeit antrieb, der aber immer noch (naiv, wie ich anführen könnte) dem Glauben nachhing, es gäbe strikte Regeln, durch die sie erreicht werden könnte. Er würde Odalie anzeigen, und falls ein Polizeirevier seine Behauptung abwiese, würde er zu einem anderen ziehen und beharrlich weiterkämpfen, bis er schließlich eines fände, das kühn genug war, ein Paar Handschellen um Odalies Gelenke zuschnappen zu lassen. Es wäre die richtige Herangehensweise. Im Grunde das wahre Wesen von Gerechtigkeit. Dennoch wurden meine Hände klamm, als ich erkannte, dass mich Gewissensbisse beschlichen. Ich hatte die eine Busenfreundin verraten, die je wirklich zu mir gehalten hatte.

In diesem Moment trat eine Gestalt mit geschmeidig-katzenhafter Eleganz auf den Balkon. Den Bruchteil einer Sekunde fragte ich mich verwundert, wie lange Odalie schon an der Balkontür gelehnt und wie viel sie womöglich mitgehört hatte.

»Welch eine köstliche Nacht«, sagte sie mit ihrer rauchigen Stimme. Sie trug ein kleines Spiegeltablett in Händen, auf dem drei Martinigläser balancierten. Als sie die Drinks verteilte, wunderte ich mich, woher sie von den Sidecars wusste. Dann erinnerte ich mich, das Rezeptbuch offen an der Bar liegen gelassen zu haben. Unvermittelt riss Teddy die Hand hoch und deutete auf etwas. Als ich seinem Finger mit den Augen folgte, bemerkte ich, dass er auf unsere Handgelenke zeigte – erst auf Odalies und dann auf meines. Schockiert stellte ich fest, dass ich die Diamantarmbänder völlig vergessen hatte, die nun im strahlenden Mondlicht glitzerten.

»Oh!«, war alles, was er herausbrachte. »Oh … oh!«

Mein Magen drehte sich, und wilde Panik packte mich. Ich erkannte, was nun auf dem Spiel stand, und wusste, meine Angst war die entsetzliche Furcht davor, Odalie zu verlieren. Odalie hingegen schien unbeeindruckt. Sie überging Teddys Bestürzung, räkelte sich träge in der lauwarmen Abendluft und endete mit einem kleinen, damenhaften Gähnen.

»Wisst ihr, was ich jetzt gerne täte? Am liebsten würde ich hier draußen eine Zigarette rauchen.« Ihre Zähne leuchteten gespenstisch und phosphoreszierend im silbrigen Mondlicht, als sie uns ein lässiges Lächeln zuwarf. Sie öffnete den Verschluss ihrer Handtasche und tat so, als schaute sie hinein. »Oh! Aber ich bin völlig blank. Rose, Darling. Würde es dir etwas ausmachen, hinunter zum Zeitungskiosk zu laufen und mir welche zu besorgen?«

Ich nickte, zögerte jedoch zu gehen, verunsichert, ob ich sie allein lassen sollte. Mein Beschützerinstinkt ihr gegenüber brandete heftig in mir auf. Wollte ich Odalie vorhin noch konfrontiert sehen, wollte ich nun nichts weiter, als dass Teddy schnellstens verschwand. Vielleicht bot ich Odalie, wenn ich für die Zigaretten hinausstürzte, die Möglichkeit, alle Missverständnisse aus dem Weg zu räumen und sich seiner zu entledigen. Überdies kam mir der Gedanke, dass mir ein kleiner Spaziergang sowieso guttäte. Ich war zu jenem Zeitpunkt leicht fiebrig von all den Drinks, und es fühlte sich an, als brannten glühende Kohlen unter meinen Wangen. Odalie drückte mir etwas Geld in die Hand, und ich entsinne mich kaum, mit dem Lift gefahren zu sein – obwohl ich es getan haben musste –, denn das Nächste, woran ich mich erinnere, ist, wie ich mit eigentümlich aggressivem Schritt den Bürgersteig entlangmarschierte.

Die ersten beiden Kioske, bei denen ich mein Glück versuchte, waren geschlossen, weshalb ich einen kleinen Laden an der Ecke Lexington probierte, der mir einfiel. Ich weiß nicht, wie der Angestellte in jenem Geschäft aussah, aber ich weiß noch, dass ich mit ihm etwas Konversation zum Wetter betrieb (wir waren beide der Meinung, dass es bald abkühlen und sehr schön werden würde – welch eine Erleichterung nach diesem gnadenlosen Sommer!). Wie es Betrunkene überall und immer zu tun pflegen, gab ich mein Bestes, mir den Anschein zu verleihen, ich würde mich nicht zu stark konzentrieren, während ich den Betrag abzählte. Ich spürte, dass das warme Licht auf meinem Gesicht meine Sehkraft trübte, und mir war bewusst, dass ich die Münzen wohl zu eindringlich anstarrte, um sie auseinanderhalten zu können. Doch der Angestellte bemerkte es entweder nicht oder nahm das launische Verhalten seiner nächtlichen Kundschaft längst nicht mehr wahr. Es war allerdings offenkundig, dass ich keine sonderlich geschätzte Kundin war, da er mir das Päckchen Zigaretten einfach reichte, ohne es vorher in eine Papiertüte zu stecken. Auf dem Weg zurück zum Hotel stach mir ein Mann ins Auge, der einen ungewöhnlich elegant wirkenden Windhund ausführte. Ich machte ein paar joviale Bemerkungen über sein schönes Tier und blieb stehen, um es zu streicheln, dann begab ich mich weiter auf meinen Weg. Vor meiner Zeit mit Odalie wäre ich niemals so unbefangen und mühelos mit einem Fremden ins Gespräch gekommen. Ich war aus meinem eigenen Schatten getreten, wie man so schön sagt. Sie hatte mich verändert, sinnierte ich, und zwar zum Besseren. Ich würde mich bei ihr entschuldigen, weil ich Teddy verraten hatte, wo sie zu finden war, und wir wären wieder Schwestern. Frei von allen boshaften, törichten Treuebrüchen. Oh, die Ironie meiner Gedanken an jenem entscheidenden Moment meines Lebens…

Erst als ich kaum mehr einen halben Block vom Hotel entfernt war, hörte ich die Sirenen. Längst hatte sich dort eine Menschentraube versammelt, und die Polizisten hatten alle Hände voll zu tun, die Schaulustigen auf Abstand zu halten. Da war etwas, worauf alle in die Mitte des Kreises zeigten, etwas unterhalb ihrer Knie. Als ich näher kam, formte sich mein Magen zu einer geballten Faust. Ich spürte, wie die Wärme bereits aus meinen Wangen wich, sich meine Augen vor der grellen Klarheit der plötzlichen Nüchternheit weiteten, sich mein Verstand gegen den markerschütternden Anblick stählte, der unausweichlich auf mich wartete. Sobald ich nah genug war, um einen Blick auf Teddys leblosen Körper zu werfen, der in verrenkter Haltung auf dem gleichgültigen grauen Beton des Gehwegs ausgestreckt dalag, war es fast so, als habe ich das alles schon einmal gesehen.

21

Von Zeit zu Zeit grübele ich immer noch darüber nach, ob Odalie den jungen Liftboy anstiftete oder ob es ein echter Irrtum und er schlicht ein übereifriger barmherziger Samariter war, der das Richtige tun wollte. Es spielt natürlich keine Rolle, aber es wäre trotzdem schön, die Wahrheit zu kennen. Aus irgendeinem Grund (nun, da ich Odalies wahres Gesicht kenne) schöpfe ich ein wenig Trost aus der Vorstellung, sie könne all die Anstrengungen unternommen und all die meisterlich gesponnenen Intrigen ersonnen haben. Doch es gibt wohl einige Dinge, die für immer ein Rätsel für mich bleiben werden, und mit dieser Tatsache muss ich mich wohl abfinden. Wie dem auch sei, egal, woher die Triebfeder für das Handeln des Liftboys herrührte, sie war stählern und starr, denn er zögerte keinen Moment, als er auf der anderen Seite des Kreises dicht gedrängter Schaulustiger stand und den Arm hob, um mit dem Finger in meine Richtung zu zeigen.

»Da ist sie! *Das* ist die Dame, die mit ihm hochgefahren ist!«, schrie er. Es war schlicht eine Aussage – und eine wahre obendrein –, aber sie mutete an wie eine Anschuldigung, und ich wich mit einem schwachen Schauder reflexartiger Entrüstung zurück.

»Wie bitte? Entschuldigen Sie, Clyde …«

»Mein Name ist nicht Clyde. Sondern *Clive.*«

»Oh.«

»Fragen Sie sie – fragen Sie sie einfach, ob sie's nich' ist, die mit ihm hochgefahren ist!«

Unvermittelt war ein Polizist an meiner Seite. »Kennen Sie den Namen und die Identität des Verstorbenen?«, fragte dieser. Ich gab zu, dass dem so sei. »Und woher kommen Sie, Miss?«, fragte er weiter. Ich erzählte ihm von den Zigaretten, davon, zum Zeitungskiosk gegangen zu sein, dem Laden an der Ecke, und selbst von dem eleganten Windhund berichtete ich. Sogleich wusste ich, dass es zu viel war. Er hob eine Augenbraue. »Und Ihr Freund, dieser *Teddy*, den haben Sie also dort oben allein gelassen?« Er zeigte auf die oberen Etagen des Hotels.

Ich antwortete nicht auf Anhieb, stand ich doch immer noch unter dem überwältigenden Bann, Odalie beschützen zu wollen. Ich blickte in die Richtung, wo Teddy lag, konnte mich aber nicht durchringen, seinen Leichnam direkt anzusehen. Gewiss hatte er den Fall nicht überlebt. »Ist er …?«

»Tut mir leid, ja.«

Ich ließ die Augen über die Fassade des Hotels gleiten, bis ich unseren Balkon erspähte. Von hier unten wirkte er wie ein sehr unpersönlicher, fremdartiger, ferner Ort. Allmählich dämmerte es mir, dass die Polizei nach oben müsste, um weitere Untersuchungen anzustellen. Ich schluckte schwer. »Ich habe eine Zimmergenossin«, sagte ich in dem Versuch, behutsam auszutesten, wie ich diese Information preisgeben sollte. »Sie könnte womöglich wissen, was vorgefallen ist. Vielleicht hat sie den … den … Unfall gesehen.« Sobald ich das Wort *Unfall* ausgesprochen hatte, hinterließ es einen bitteren Beigeschmack in meinem Mund. Mit verzweifelter Inbrunst wollte ich nach oben fahren, Odalie suchen, ihr in die weit aufgerissenen Augen sehen und in ihnen die Wahrheit dessen lesen, was gerade geschehen war. Der Polizist (ein Streifenpolizist – ich war durcheinander, mir aber natürlich dennoch des Unterschieds zwischen einem echten Detective und einem einfachen Schutzmann bewusst) war still, während wir in der Aufzugskabine nach oben fuhren, die von dem übereifrig missbilligenden Clive gesteuert wurde.

Nachdem Clive uns zu unserer Etage gebracht hatte, wollte er uns folgen, als wir den Aufzug verließen und den Korridor hinabgingen. Der Streifenpolizist sagte nichts, um ihm Einhalt zu gebieten, und ich konnte spüren, dass die Augen beider Männer auf mir ruhten, während ich mit dem Schlüssel in der Wohnungstür nestelte. Ein Hauch von Verlassenheit hallte in der Luft wider, als ich den Türknauf drehte und die Tür aufstieß. Ein unergründliches Gefühl der Leere durchdrang das Wohnzimmer, und ich wurde von grausiger Panik übermannt. Es lag auf der Hand, dass Odalie fort war. Mein Verstand versuchte, sich eine harmlose Erklärung zusammenzureimen, wo sie nun sein könnte und warum sie verschwunden war, aber schon jetzt war die Beweisführung löchrig und unhaltbar. Der Polizist, das musste man ihm zugutehalten, behandelte mich nicht von Anfang an wie eine Verrückte, sondern machte einen höflichen, wenn auch flüchtigen Rundgang durch alle Zimmer des Apartments, in dem Versuch, die Mitbewohnerin aufzuspüren, die ich ihm hier versprochen hatte. Ich folgte ihm auf dem Fuße, während er das Apartment durchmaß. Wir beendeten unsere Runde auf dem Balkon. Vor weniger als einer Stunde hatte sich der Balkon behaglich und wohltuend ausgenommen, nun lag eine unheilschwangere Beklemmung in der Luft. Ich beobachtete, wie der Polizist alles kritisch erfasste: das kleine Spiegeltablett, das auf einem niedrigen Korbtischchen abgestellt war, die zwei leeren Martinigläser, die auf dem Balkonsims standen (ich habe nie herausgefunden, was mit dem dritten Glas geschah). Er spähte über die Brüstung auf die Trümmer tief unten, dann blickte er wieder zu den beiden Martinigläsern.

»Sie sagten, Sie wären vorhin hier oben gewesen?«

»Ja«, sagte ich. Dann, nach einer Pause, fügte ich hinzu: »Es tut mir leid, dass ich Ihnen nicht mehr darüber berichten kann, wie es sich zugetragen hat.« Das war die Wahrheit. Es tat mir leid, und mit jeder verstrichenen Minute tat es mir noch mehr leid. Vielleicht ist es im Rückblick lachhaft, aber zum damaligen Zeitpunkt sorgte ich mich um Odalie. *Vielleicht war der Schock zu viel für sie*, dachte ich, *aber sie hätte das Hotel nicht einfach so verlassen dürfen.* Wenn sie jemals in Newport gewesen sein sollte, wenn es den Anschein machen würde, sie und Teddy hätten sich vor seinem Sturz gestritten, dann käme die ganze hässliche Wahrheit ans Licht, und was auch immer heute Abend auf dem Balkon passiert war, würde nicht gut aussehen.

»Geht in Ordnung«, erwiderte der Polizist. »Jemand hat schon einen Detective gerufen.« Ich nickte. Zu jenem Zeitpunkt hatte sich der Cognac, den ich früher am Abend zu mir genommen hatte, längst seinen Weg ins Innere meines Körpers gebahnt, und mein Kopf hämmerte nun vor gebannter Anspannung. Die Benommenheit, die sich nach dem Laden an der Ecke wieder über mich gelegt hatte, ließ allmählich nach, und ich bemerkte das Päckchen Zigaretten, das immer noch von meiner Hand umklammert wurde. Mit mechanischer Geste öffnete ich es und bot dem Polizisten eine Zigarette an. Er warf mir einen der sonderbarsten Blicke zu, die ich jemals in meinem Leben auf mich gezogen habe, und schüttelte den Kopf, weshalb ich entschied, das abgelehnte Geschenk selbst zu rauchen, um meine Nerven zu beruhigen. Odalie hatte immer wiederholt, Zigaretten hätten eine wunderbar wohltuende Wirkung auf sie. Die wachsamen Augen des Polizisten ruhten weiterhin auf mir, als er sich vorbeugte, um meine Zigarette zu entzünden. Mir entging nicht, dass seine Hand zitterte. Meine hingegen war überaus ruhig, während ich die Zigarette rauchte. Mein Nervenkostüm gab sich nie auf diese Weise preis. Ich atmete aus, neigte den Kopf nach oben und ließ den Rauch aus meinem Mund kringeln, so wie ich es bei Odalie schon hunderte Male gesehen hatte.

»Welch ein schrecklicher Unfall! Schrecklich, nicht wahr?«, sagte ich. Es war eine harmlose Bemerkung. Das zumindest glaubte ich, doch der Polizist zuckte zusammen. Sein Kopf schoss in meine Richtung, und seine Augen weiteten sich vor Neugierde.

»Hmm ... ja ... ein *Unfall* ...«, murmelte er.

Ich beendete meine Zigarette, drückte sie aus und legte sie dann fein säuberlich in den flaschengrünen Glasaschenbecher, der auf dem Korbtischchen stand. Abgesehen von dem Tisch befanden sich ein kleiner Vorleger, zwei Rattanstühle und ein Zweisitzer auf dem Balkon. Da es augenscheinlich war, dass wir auf etwas warteten, hatte ich auf dem Zweisitzer Platz genommen und die Beine übergeschlagen. Ein sanftes Funkeln erregte meine Aufmerksamkeit, und ich senkte den Blick, wo ich Odalies Diamantarmband an meinem Fuß liegen sah. Hatte Teddy es ihr etwa vom Handgelenk gerissen? Sie hätte es nicht dort am Boden gewollt, deshalb nahm ich es in meine Obhut. Es gab keinen besseren Weg, um es sicher zu verwahren, als es selbst zu tragen, und so legte ich es mir um das andere Handgelenk und ließ den Verschluss zuschnappen. *Odalie hat recht*, dachte ich im Stillen, *sie muten wirklich ein wenig wie Handschellen an.* Ich drehte die Handgelenke in langsamen Kreisen und bewunderte die kostbaren Steine, die eiskalt im Mondlicht glitzerten.

Später tauchten weitere Polizisten auf. Sie geleiteten mich nach unten, wo ein Automobil darauf wartete, mich zum nächstgelegenen Polizeirevier zu bringen. Als mir in den Wagen geholfen wurde, belauschte ich unabsichtlich den Streifenpolizisten, wie er einem Grüppchen Ordnungshüter von unserem anfänglichen Zusammensein erzählte.

»... und so wahr ich hier stehe, ihr hättet sie seh'n sollen. Sie war *eiskalt*, das sag ich euch! Ist da gestanden, hat eine Zigarette geraucht und ihre Diamanten bewundert, seelenruhig wie ...«

Da ich anderweitig unabkömmlich war, kann ich nicht genau sagen, wann Odalie ins Apartment zurückkehrte, aber vermutlich waren mehrere Stunden verstrichen. Immer und immer wieder habe ich mir ausgemalt, wie es vonstattengegangen sein musste: Odalie, die die Straße in Richtung des Hotels entlangspaziert war und die Ansammlung an Schaulustigen, die Polizeiautos, die Zeitungsjournalisten und das grelle Blitzlicht der Birnen an den Kameras »entdeckt« hatte. So hat es sich in mein Bewusstsein gegraben, wie sie sich mit gerunzelter Stirn der Absperrung näherte. Sich die Hand vor den Mund schlug beim Anblick des Leichenbeschauers, der seiner makabren Arbeit nachging. Erschüttert fragte, was los sei, während sie von der Menschenmenge geschubst und angerempelt wurde.

Oh, aber ich habe eine Mitbewohnerin. Wo ist meine Mitbewohnerin? Wo ist Rose?, höre ich sie zu einem Polizisten sagen. Und dann legt der Polizist – in meiner Vorstellung derselbe Streifenpolizist, der mit mir gemeinsam auf die Ankunft des Detectives gewartet hatte – gütig eine Hand auf ihre Schulter, um sie zu beruhigen, und bringt ihr die schlechte Nachricht bei. Ihre Augen werden groß, und der sonnengebräunte Teint ihrer Haut erblasst, doch sie nickt, während sie alles in sich aufnimmt, eine kleine Geste, die Entsetzen, aber kein Erstaunen signalisieren soll. *Armer Teddy*, sagt sie mit glänzenden Augen. *Ein solches Ende hat er nicht verdient.*

Sie sollten wissen, Ihre Mitbewohnerin hat angedeutet, Sie seien heute Abend ebenfalls auf dem Balkon gewesen, erzählt er Odalie und weiht sie in das ein, was nun offensichtlich zu meiner völlig irrsinnigen Anschuldigung geworden ist. Er muss nicht *Nehmen Sie sich vor der in Acht* sagen, er muss mich nicht Mörderin oder Verleumderin nennen, sein Ton verrät alles.

Natürlich fand eine gerichtliche Untersuchung statt, und meine Fahrt zum nächstgelegenen Polizeirevier stellte sich als ein

Ticket ohne Rückfahrschein heraus. In jener ersten Nacht saß ich in einem unbekannten Vernehmungszimmer und wurde von einem unbekannten Detective befragt, während eine Stenotypistin schweigend in der Ecke saß und meine Antworten mit matter Teilnahmslosigkeit tippte. Als sie mich zum ersten Mal in den Raum führten, kostete es mich regelrecht Überwindung, mich nicht aus reiner Gewohnheit an ihren Tisch zu setzen und die Finger auf die Tasten der Stenografiermaschine zu legen.

Der Detective stellte sich als Detective Ferguson vor. Er war ein gutes Stück älter als der Lieutenant Detective unseres Reviers und war ein gestandener Detective im Gegensatz zu einem Lieutenant. Seine dunklen Haare waren von zwei strohweißen Streifen an den Schläfen unterbrochen, die sich wie eine skurrile, scharf gezogene Demarkationslinie bis zum Hinterkopf entlangzogen und ihm das Aussehen eines Stinktiers verliehen. Jedes Mal, wenn er mir eine Frage stellte, untermalte er den Rhythmus der Worte mit einem Klopfen des Zeigefingers auf dem Tisch, als würde er ein Telegramm auf einem unsichtbaren Telegrafen verschicken. Im Gegensatz zum Lieutenant Detective verfolgte dieser Detective Ferguson bei seiner Befragung einen direkten Kurs. Es war ein wenig verunsichernd, da ich spürte, dass er mit meinen Antworten unzufrieden war und wir letztlich in einer Sackgasse enden würden.

Noch verunsichernder war, dass sich ein junger Schutzpolizist im Zimmer befand, der wohl in der Ausbildung zum Detective stand, und dieses Kind war Teddy wie aus dem Gesicht geschnitten. Vielleicht bilde ich es mir nur ein, aber in meiner Erinnerung hat er sandfarbenes Haar und einen ernsten Blick und denselben schlaksigen, welpenhaften Körper mit schmalen Schultern und langgliedrigen Armen und Beinen, in die er noch nicht vollends hineingewachsen war. Kaum zu glauben: Nur Stunden zuvor hatte ich mit Teddy Cocktails getrunken und einen Plausch gehalten. Es war noch nicht völlig in mein

Bewusstsein gesickert, dass Teddy wirklich tot war, und seinen Zwilling mir gegenüber am Vernehmungstisch sitzen zu haben, half nicht gerade, die schmerzhafte Wahrheit zu akzeptieren. Ich denke, es hätte mir auch etwas die Nervosität genommen, wäre das Kind zumindest ein wenig gesprächig gewesen. Hätte es den Mund aufgemacht, hätte es womöglich einen sonderbaren Akzent offenbart oder eine affektierte Sprache – etwas, um den Gedanken zu verwerfen, die beiden jungen Männer seien irgendwie verwandt – dann wäre die Ablenkung, die seine Anwesenheit darstellte, wohl abgemildert worden. Doch so gab er während der gesamten Dauer meines Verhörs keinen Ton von sich und war zufrieden, schweigend dazusitzen und blindwütig in ein Notizbuch zu schreiben. Er gab keinen Ton von sich, nun ja, zumindest bis zu meinem kleinen, bedauerlichen »Vorfall«.

Jetzt, da ich etwas Zeit habe, die Situation zu reflektieren, erkenne ich natürlich, wie dieses Verhör einen weiteren unsichtbaren Wendepunkt meines Lebens darstellte. Zu meiner Verteidigung muss gesagt werden, dass ich in jener Nacht nicht ganz ich selbst war. Zu viele Drinks und der Schock, einen Leichnam zu sehen, hatten wahrscheinlich meine Wahrnehmung der Dinge verfälscht. Und somit kann ich kaum für den Zwischenfall verantwortlich gemacht werden, der sich während meiner Vernehmung ereignete. Doch es ist wohl wichtig, auch diesen Teil zu erzählen, denn ich bin sicher, mein Ausbruch trug dazu bei, meinen Weg in diese besondere Einrichtung zu beschleunigen, in der ich mich gegenwärtig befinde. Ich will versuchen, den Wortwechsel nach bestem Wissen und Gewissen wiederzugeben.

Das Verhör erstreckte sich bis in die frühen Morgenstunden, endlos. Mehrmals legten die Polizisten und die Stenotypistin kleine Pausen ein, woraufhin ich allein im Verhörzimmer zurückblieb und völlig still dasaß, während die Luft um mich herum stagnierte und ich dem Ticken der Wanduhr lauschte, die Lider vor Ermüdung geschlossen. Ich sage das, weil ich vermute, dass ich ebenfalls an Schlafentzug litt, und auch dieser Umstand mag zur Erklärung meiner Geistesverfassung dienlich sein. Wie dem auch sei, jedes Mal, wenn der Detective das Zimmer wieder betrat, tat er dies mit neuem Schwung und einem unbenutzten Stapel Aktenheftern, nicht zu vergessen einer frischen Tasse Kaffee. Da mir all diese Dinge selbst nicht ganz fremd sind, wusste ich, dass sie die Aussagen anderer Leute zu Protokoll genommen hatten. Höchstwahrscheinlich war das gesamte Hotelpersonal befragt worden und vielleicht auch einige Schaulustige auf der Straße. Der Detective wartete auf den rechten Moment, während die Anschuldigungen der Augenzeugen anwuchsen und seinen Verdacht untermauerten.

Ich vermute, meine eigene Vernehmung geriet zu jenem Zeitpunkt aus dem Ruder, als der Detective mich darüber informierte, Odalie habe bereits eine Aussage gemacht (*Odalie!*). Ich war sehr verwirrt; dies waren zugleich gute und schlechte Neuigkeiten. Zunächst erfasste mich eine Welle der Erleichterung. Ich hatte mich um sie gesorgt, und falls sie tatsächlich, wie der Detective behauptete, eine Aussage abgegeben hatte, dann bedeutete das immerhin, dass sie körperlich unversehrt war. Aber als ich darüber nachdachte, was mit größter Wahrscheinlichkeit auf dem Balkon vorgefallen war, verwandelte sich meine Sorge über ihr Verschwinden sehr rasch in eine Sorge über den Inhalt ihrer Aussage. Ich fragte mich, was die Polizei von Odalie wusste, und war verunsichert, was ich nicht preisgeben sollte. Detective Ferguson hakte unbarmherzig nach, seine Fragen zielten darauf ab, meine Beziehung zu Teddy und meine Lebenssituation mit Odalie zu durchleuchten. Es begann harmlos, und ich fühlte mich anfänglich keineswegs unwohl, als er diese Richtung einschlug, sich mit einnehmender Haltung zurücklehnte, einen beiläufigen Tonfall wählte und mir sehr unverblümt Fragen stellte.

»Ich gehe recht in der Annahme, Miss Baker, dass Sie und Mr Tricott eine Beziehung der … *romantischen Art* unterhielten?« Verwirrt runzelte ich die Stirn.

»Tut mir leid … ich und wer?«

»Theodore Tricott.«

»Oh! Sie meinen Teddy. Romantischer Art! Oh, Himmel bewahre, nein. Ich kannte ihn kaum.«

»Zeugen haben ihn im Laufe des Tages gesehen, wie er Sie auf dem Polizeirevier besuchte, und behaupten, Sie beide haben sehr vertraut gewirkt und dass Ihre Unterhaltung recht *hitzig* verlief.«

»Hört sich an, als hätte Marie mal wieder getratscht! Nun gut – ja, ich habe mit ihm geredet, aber es war nicht ich, die er besuchen wollte. Er kam, um jemand anderen zu sprechen.«

»Wen?«

Ein überwältigendes Gefühl der Loyalität ließ mich schweigen.

»Na schön, wie Sie wollen. Sie behaupten also, er sei ein neuer Bekannter. Ist es Ihre Gepflogenheit, Männer, die Sie kaum kennen, auf einen Cocktail in Ihre Wohnung zu bitten?«

»Natürlich nicht, seien Sie nicht albern.«

»Haben Sie Mr Tricott auf einen Cocktail in Ihr Apartment eingeladen?«

»Nun, ja – und gleichzeitig nein.«

»Was denn von beidem?«

Ich zögerte und entschied schließlich, in Bezug auf meinen Part ehrlich zu sein. »Ja, ich gebe zu, Teddy einen Drink gemixt und ihn auf dem Balkon unterhalten zu haben, während wir auf die Rückkehr meiner Mitbewohnerin warteten. Aber nein, ich habe ihn nicht direkt eingeladen, und es ist im Grunde nicht mein Apartment.«

»Wollen Sie etwa sagen, dass Sie dort nicht wohnen?«

»Ich wohne dort, aber es ist Odalies Apartment.«

»Das ist nicht das, was sie uns erzählt hat.«

»Wie bitte?«

Der erste Hauch wahren Verrats begann allmählich, sich in meinen Blutkreislauf zu schleichen, und abwechselnd kitzelte ein Anflug von Fassungslosigkeit und Furcht in meinen Venen. Auf einmal wurde mir leicht schwindlig. Wahrscheinlich war es ein Fall von Dehydration aufgrund all des Alkohols, dachte ich.

»Dürfte ich ein Glas Wasser haben?«, fragte ich. Wir machten eine kurze Pause, währenddessen Detective Ferguson die Stenotypistin schickte, um meine Bitte zu erfüllen. Ich hatte der Stenotypistin bisher keine sonderliche Aufmerksamkeit geschenkt, doch als sie mit einem hohen Glas Wasser zurück ins Vernehmungszimmer kam, betrachtete ich sie genauer.

Sie war Mitte zwanzig und unglaublich unscheinbar. Sie hatte Haare im selben stumpfen, glanzlosen Hellbraun wie meine eigenen, und ihre Gesichtszüge waren schmal und regelmäßig, abgesehen von ihren Zähnen. Ihre Zähne waren klein, aber vorne sehr spitz, und sie hatte einen Unterbiss, der ihren Unterkiefer ganz leicht nach vorne drückte. Durch die bedauerliche Kombination ihrer Zähne und ihres Kiefers strahlte sie gleichzeitig Schüchternheit und Blutrünstigkeit aus, sodass sie mich an eine Illustration erinnerte, die ich einmal in einer Enzyklopädie von einem hungrigen Piranha gesehen hatte. Mir gefiel diese Frau keineswegs.

»Nun? Miss Baker?«, drängte mich Detective Ferguson.

»Wie bitte?« Ich hatte Schwierigkeiten, mich daran zu erinnern, wo wir stehen geblieben waren, und war zerstreut. Die Stenotypistin glitt zurück an ihren Schreibtisch. Sogleich führten ihre Finger einen flatternden Tanz über den Tasten der Stenografiermaschine auf. Mit zusammengekniffenen Augen beäugte ich diese Finger. Sie wirkten mit einem Mal wie spinnenhafte, unheildrohende Geschöpfe.

»Miss Lazare erzählte uns, Sie würden die Miete für das

Apartment zahlen, und es sei in Ihrem Namen angemietet. Was sagen Sie dazu?«

Ich blinzelte, ließ meine Augen jedoch auf den Händen der Stenotypistin ruhen, während sie weiterhin über der Stenografiermaschine flirrten. Es schien mir, sie tippe sogar, obwohl ich nichts gesagt hatte. »Dann sage ich, dass das schlicht nicht der Wahrheit entspricht«, erwiderte ich mit einem Stirnrunzeln und fragte mich verwundert, woher Detective Ferguson diese irrwitzige Information haben könnte. Odalie hätte so etwas nie behauptet.

Und dann geschah es. Für den Bruchteil einer Sekunde gestattete sich die Stenotypistin, die Augen in meine Richtung zu heben, und der Hauch eines selbstgefälligen Lächelns umspielte ihre Lippen. *Dieses Biest!*, dachte ich in einem sich wild überschlagenden Gedankenstrudel. *Natürlich steckt sie hinter dieser Aussage!* Ich meine, wer, wenn nicht ich, wüsste, wie leicht es ist, einen Bericht zu manipulieren und einem Detective Flausen in den Kopf zu setzen? Vielleicht hatte sie das alles im Voraus geplant und den Detective seit Wochen umgarnt? Wie hatte ich so blind sein können?

»Das Apartment ist auf Odalies – ich meine, Miss Lazares – Namen angemietet«, erklärte ich ihnen. »Ich weiß zwar nicht, was Sie das angehen sollte, aber das Apartment übersteigt leider meine finanziellen Möglichkeiten.« Ich legte eine Pause ein und wand mich auf meinem Platz, um der Stenotypistin einen bedeutungsvollen Blick zuzuwerfen. »Da wir derselben Tätigkeit nachgehen, bin ich sicher, Sie können sich leicht vorstellen, welche Grenzen mir mein Gehalt auferlegt.« Ich wandte mich wieder an den Detective. »Sie müssen wissen, Odalies Familie ist … nun ja, *wohlhabend.*« Bei dieser letzten Aussage hielt die Stenotypistin mit Tippen inne, und Detective Fergusons Protegé blickte von seinem Notizbuch auf.

»Das soll wohl ein schrecklicher Scherz sein, Miss Baker.«

»Ich war mir dessen nicht bewusst, gescherzt zu haben.«

»Ich verstehe nicht, wie Sie sich derart über Miss Lazares Situation lustig machen können, wo sie doch in einem Waisenhaus aufgewachsen ist. Dies erscheint mir recht grausam, selbst für Ihresgleichen.«

»Was?« Mit einem Schlag fühlte ich einen großen, gähnenden Abgrund, der sich irgendwo auf dem Boden vor mir auftat. »Was? Wer hat Ihnen das erzählt?« Es folgte eine Pause, in der niemand ein Wort zu sagen wagte, und ich spürte das Netz der Verschwörung, das sich immer enger von allen Seiten um mich zog. Mein Herz begann, schneller zu schlagen. »Wer hat Ihnen das erzählt?«, verlangte ich erneut zu wissen. Ich sprang von meinem Stuhl auf und wirbelte herum, und mein Blick fiel auf die Stenotypistin. »Was haben Sie da getippt? Ich weiß, was Sie im Schilde führen! Sie haben Lügen über mich geschrieben! Jemand möge kommen – schnell! Überprüfen Sie ihre Berichte! Sie tippt Lügen!« Ich erkannte, dass ich längst schrie, aber es kümmerte mich nicht. Die Stenotypistin starrte mich an, und das Weiß ihrer Augen offenbarte ihre Angst, die ich als untrüglichen Beweis ihrer Schuld erachtete. Plötzlich verstand ich alles. »Ihr denkt, ihr könnt mich mit all diesen Lügen aus dem Weg räumen! Ihr wollt sie für euch allein! Ich weiß, was ihr vorhabt!« Bevor ich mich versah, hatte ich mich auf die Stenotypistin geworfen, und meine Hände lagen um ihren Hals. Detective Ferguson und der junge Detective-Anwärter eilten herbei, um mich von ihr wegzuziehen, doch erst, nachdem weitere Polizisten ins Zimmer gestürzt kamen, gelang es ihnen, meinen eisernen Griff zu lockern.

Vielleicht überrascht es Sie nicht sonderlich, dass ich knapp eine Stunde später in die Anstalt eingeliefert wurde, in der ich mich gegenwärtig befinde. Ich weile nun schon seit zweieinhalb Wochen hier und werde offiziell zur »weiteren Überwachung« unter der Aufsicht von Dr. Miles H. Benson festgehalten, dem Arzt, dessen Namen ich bereits einmal erwähnte.

Der Schein der eigenen Unschuld ist ein komisches Kartenhaus: Man verändert ein paar winzige Kleinigkeiten, und bevor man sich versieht, stürzt das gesamte Gebilde ein. In meinem Fall begann alles mit dem Liftboy. Manchmal frage ich mich immer noch, wenn Clive nicht gewesen wäre, der mit dem Finger auf mich zeigte, wäre die Nacht dann anders verlaufen? Doch dann sind da die Zeiten, in denen ich genau weiß: Liftboy hin oder her, mein Schicksal hatte – immer – in Odalies Händen gelegen.

22

Der Abhang, der Richtung Wahnsinn führt, hat die paradoxe Eigenart, zugleich steil und dennoch nicht wahrnehmbar für diejenige Person zu sein, die hinunterrutscht. Was so viel heißt wie: Verrückte Menschen wissen meist nicht, dass sie verrückt sind. Weshalb ich nachvollziehen kann, dass während ich versuchte, meine eigene geistige Gesundheit zu beweisen, man mir nicht glaubte. Trotz allem dürfen Sie versichert sein: Ich bin nicht verrückt. Es entspricht der Wahrheit, sie erwischten mich in einem äußerst unpassenden Moment, und ich verstehe nun, wie meine Attacke gegen die andere Stenotypistin gewirkt haben mag. Aber ich hatte reichlich Zeit, die Situation im Rückblick zu analysieren, und ich habe mich von all dem Unsinn distanziert, den ich damals während meines kleinen »Vorfalls« von mir gab. Die arme Frau hat meine Aussage wohl kaum verändert. Noch unbegründeter ist mein Hirngespinst, sie habe die Hoffnung gehegt, mir meine Rolle als Odalies Busenfreundin abspenstig zu machen. Doch das ist das Komische an Kostbarkeiten – wir glauben, jeder müsse das wollen, was uns am meisten am Herzen liegt. Und dennoch müssen Sie mich beim Wort nehmen: Es war eine vorübergehende Verfehlung. Ich verstehe jetzt, wie meine Verurteilung der anderen Stenotypistin nur eine Übertragung meiner eigenen Ängste war.

Mein Arzt (wenn ich mich recht entsinne, habe ich ihn bereits erwähnt – der renommierte Dr. Miles H. Benson, M. D., Ph.D.) behauptet, ich neige zu sogenannten *Verschwörungstheorien.* Wir Menschen denken gerne in Kategorien, sagt er, und wir versuchen alle, unsere Erfahrungen von dieser Welt in Schubladen zu pressen. *Einige von uns*, sagt er (und damit meint er mich), *drehen sich die Realität insofern hin, dass sie ein bestimmtes Muster erfüllt, das uns zusagt*. Dann lehnt er sich in dem Metallstuhl zurück, den er als Sitzgelegenheit mit in mein Zimmer bringt, während wir uns unterhalten, und der später wieder mitgenommen wird, damit ich nicht auf dumme Gedanken komme, mich womöglich noch daraufstelle und den perfiden Plan ersinne, mich zu erhängen. Er lehnt sich in dem Stuhl zurück und schiebt seine Brille auf der Nase herab, und sobald dies geschieht, weiß ich, dass wir nun dazu übergehen, vom Allgemeinen ins Spezielle zu wechseln. *Wäre es möglich, dass Sie sich die Fakten so hindrehen, dass sie sich perfekt in Ihre Lieblingstheorie einfügen?*, fragt er in seiner didaktischen Singsang-Stimme.

Während unserer ersten paar Unterhaltungen bot ich ihm die Stirn. *Wäre es möglich, dass Sie sich die Fakten so hindrehen, dass sie sich perfekt in Ihre Lieblingstheorie einfügen, Dr. Benson?* Ich kann seinen Andeutungen einfach keinen Glauben schenken, dass das *Sankt Teresa von Avila-Heim für Mädchen* keine Unterlagen über meine Zeit dort haben soll. Ich vermute, weder Dr. Benson noch sonst jemand aus diesem sogenannten Krankenhaus hat dort auch nur nachgefragt. Als ich mich nach dem Namen der Nonne erkundigte, die sie angeblich kontaktiert haben, murmelte Dr. Benson etwas in sich hinein und versprach, »in den Akten nachzuschauen« – was er natürlich nie tat. *Sie können einen Menschen nicht seiner gesamten Kindheitsgeschichte berauben, nur um Ihren Glauben an meine Geisteskrankheit aufrechtzuerhalten*, sagte ich dann recht anklagend zu ihm.

Doch das war während meiner ersten paar Tage hier, und meine Beschwerden stießen auf taube Ohren. Jetzt sitze ich einfach da und lasse zu, dass er sich einen Fall für seine kostbare

»Realität« zusammenreimt. Er ist der Sache hingebungsvoll verschrieben und tritt sehr überzeugend auf. Dr. Benson hat einen verblüffend vollen und spektakulären Schnurrbart, und ich vermute, ich habe die Angewohnheit, Männern mit beachtlicher Bartbehaarung zu trauen. Dr. Bensons ist nicht ganz so gewaltig wie der aufgezwirbelte Schnauzer des Sergeants, aber er ist dennoch höchst imposant und verleiht ihm eine Aura von Autorität, und während er mir seine Version meiner eigenen Lebensgeschichte erzählt, eine Version, an die ich mich so nicht recht erinnern kann, habe ich mir angewöhnt, still dazusitzen und mit gebannter Aufmerksamkeit zu lauschen, als würde er ein sehr geheimnisvolles und zauberhaftes Märchen ersinnen. Er ist so vehement, was einige Tatsachen anbelangt – etwa den Umstand, dass das Waisenhaus keinerlei Unterlagen über mein Aufwachsen dort hat –, dass ich ihm gelegentlich fast selbst Glauben schenkte.

Im Grunde hielt ich es durchaus für möglich, dass ich mich vielleicht an die falsche Heilige erinnerte und Dr. Benson auf die falsche Fährte geführt hatte, wo er nun Gespenstern nachjagte, und dass der Ort, an dem ich Schwester Hortense und Schwester Mildred (ganz zu schweigen von meiner armen, süßen Adele) gekannt hatte, womöglich nach der Heiligen Catherine oder der Heiligen Ursula benannt war. Aber nein, es war ganz gewiss die Heilige Teresa. Die Mystikerin, die trotz all ihres rechten und untadeligen Glaubens ebenso für ihre Sinnlichkeit wie auch ihre Anfälle von Wahnsinn bekannt war. Die Heilige Teresa, die Schutzpatronin, um Krankheiten des Kopfes zu heilen. Ich weiß, was Sie nun denken, und ich bin nicht so verrückt, um die Ironie dessen nicht selbst zu erkennen.

Natürlich kommen mir einige Eckpunkte von Dr. Bensons Märchen bekannt vor. Einen Teil habe ich schon einmal gehört. Ihm zufolge ist mein Name Ginevra Morris. Ich wurde in Boston geboren, doch kurz nach meiner Geburt zog meine

Familie nach Newport, Rhode Island. Wäre es irgend möglich, dass meine Eltern mich hier besuchten, würde sich das laut Dr. Benson als sehr förderlich herausstellen, da es zweifellos einen Riss in mein selbstgesponnenes Netz aus Lügengeschichten bringen würde, den ich nur mit großer Mühe erklären könnte. *Um es für Laien verständlich auszudrücken, es würde Ihrem Gedächtnis auf die Sprünge helfen, Ginevra,* sagt er häufig – und weil der Name mir immer noch so fremd anmutet, blicke ich mich verwundert zur Krankenschwester um, bevor es mich schlagartig trifft, dass er mich meint. Aber leider Gottes, lamentiert Dr. Benson, haben meine Eltern das Zeitliche gesegnet. Mein Vater verstarb vor zwei Jahren an Leberversagen, und meine Mutter verschied vergangenen Frühling bei einem unglückseligen Autounfall. (Dr. Benson zeigte mir die Zeitungsausschnitte und führte mein starkes Interesse an diesem Vorfall als weiteren Beweis für seine Theorie an. *Erinnern Sie sich, Ginevra? Dass Ihre Mutter immer eine desaströse Fahrerin gewesen war? Die Nachbarn behaupteten, das Unglück habe sie nicht überrascht*, bedrängt er mich.)

Es gibt eine weitere Geschichte, die mir Dr. Benson gerne vorsetzt: die von einem meiner früheren Verlobten. Angeblich hatten wir am Abend seines Ablebens einen schrecklichen Streit. Die Begleitumstände, die sich um den Tod des jungen Mannes rankten – der Motor seines Wagens erstarb zu einem höchst ungünstigen Zeitpunkt, während er auf einem Eisenbahnübergang festsaß – gaben den Leuten in der Stadt ein Rätsel auf. *Sie müssen zu Ihren Taten stehen*, rät mir Dr. Benson. *Sie mögen die gesamte Stadt bezirzt haben, damit diese eine Weile in die andere Richtung blickt, aber dies findet hier nun ein Ende.*

Dies lässt mich laut prusten und all meine Zähne zeigen, während ich von ganzem Herzen in Gelächter ausbreche, ein Verhalten, das Dr. Benson offenkundig aufstößt. *Ich bin keine Verführerin*, Dr. Benson, sage ich kichernd. *Das sieht doch ein*

Blinder. Bei diesen Worten verfällt Dr. Benson in Schweigen und starrt mich skeptisch an, und ich frage mich verwundert, ob mich all die Zeit, die ich mit Odalie verbracht habe, mehr verändert hat, als ich vermute.

Oh, aber die Geschichte geht noch weiter! Das erste Mal wäre ich vor blankem Entsetzen fast in Ohnmacht gefallen. Ich sage »fast in Ohnmacht gefallen«, weil ich natürlich über eine sehr stabile Konstitution verfüge und nicht ohnmächtig wurde, obwohl es womöglich angenehm gewesen wäre, zu jenem Zeitpunkt das Bewusstsein zu verlieren, wenn auch nur, um Dr. Bensons Mund Einhalt zu gebieten, damit er diese gehässige Erzählung nicht länger ausspuckte, die schier kein Ende nehmen wollte. Bei diesem ersten Mal sprudelte es zunächst ganz unverfänglich aus dem guten Doktor heraus, und er drängte mich, wie es seine Gewohnheit war, mich an mein Leben als Ginevra zu erinnern. *Sie haben die gesamte Stadt bezirzt, damit diese eine Weile in die andere Richtung blickt*, sagte er an jenem Tag und strich sich über den Schnurrbart, als würde er sich die Geschichte aus seinem eigenen Gedächtnis wieder in Erinnerung rufen, *und Sie hatten auch fast alle so weit, dass sie Ihnen ihre unerschütterliche Treue schworen, Ginevra – bis Sie mit dem Weichensteller durchbrannten*. Bei diesen Worten richte ich mich gerade auf, und mein Gehirn beginnt zu rasen, um die Puzzleteile zusammenzusetzen, die ich schon längst hätte erahnen müssen – Gib! *Verraten Sie uns, wann er angefangen hat, Sie zu erpressen, Ginevra*, sagte Dr. Benson. *Passierte es gleich in jener ersten Nacht, draußen auf den Eisenbahnschienen, mit dem Wrack von Warrens zertrümmertem Roadster, der im Hintergrund dampfte und ächzte?* Ich blickte zu Dr. Benson und wünschte inständig, ich würde die Antwort auf seine Frage kennen. Ich verspürte einen flüchtigen Anflug von Mitleid für Odalie. Sie hatte demnach tatsächlich die ganze Zeit unter Gibs Fuchtel gestanden! Dieses Arrangement musste für sie, dieses freigeistige Wesen, das sie war, entsetzlich schmerzhaft gewesen sein. Doch dieser flüchtige Anflug von Mitleid, den ich verspürte, war genau das: flüchtig, denn Dr. Bensons nächster Fragenkatalog hatte eine noch größere Wirkung auf mich und frisst mich seitdem innerlich auf.

Wie lange schon hatten Sie Gib töten wollen, Ginevra?, fragte Dr. Benson und beugte sich vor, um mir besser in die Augen sehen zu können. *Wie lange dauerte es, bis sie ihren Plan ausgeheckt hatten?* Das erste Mal, als Dr. Benson mir diese Frage stellte, war ich natürlich völlig verwirrt, und es dauerte mehrere Minuten, bis ich den Umstand erfasste, dass Gib tot war. Im Laufe der vergangenen zwei Wochen meiner Inhaftierung ist es mir gelungen, an weitere Einzelheiten zu gelangen. Offenkundig war Theodore Tricott nicht der Einzige, den in jener Nacht ein tragischer Unfall ereilte. Harry Gibson hatte geholfen, eine illegale »Flüsterkneipe« zu betreiben, wo er einen absolut tödlichen Cocktail trank, der aus einem Teil Champagner und zwei Teilen giftigem Methanol bestand. Das Gebräu hatte eine überraschend schnelle Wirkung. Die Nervenschäden waren fast augenblicklich zu spüren gewesen, mutmaßte der Leichenbeschauer, und schon bald hatte die Lähmung seiner Lunge eingesetzt. Als sich Teddy vom Balkon stürzte, war Gib bereits tot, und der Kreis um »Ginevras« Verbrechen hatte sich geschlossen.

Es war zu diesem Zeitpunkt, dass ich in vollem Ernst begann, meine Unschuld zu beteuern. Seit sie mir von der Aussage erzählten, die Odalie zu Protokoll gegeben hatte, und ich die Stenotypistin im Vernehmungszimmer angegriffen hatte, war mein Vertrauen in meine geliebte Busenfreundin weggeweht. Nun quälten mich Dr. Bensons Fragen: *Wie lange schon hatten Sie Gib töten wollen? Wie lange, wie lange, wie lange?*, marterte mich mein Gehirn jede Nacht, während ich in der Anstalt auf meinem Bett lag und mich verzweifelt nach Schlaf sehnte. Und mit einem magenumdrehenden Gefühl der Kälte und des absoluten Entsetzens erkannte ich, dass die Antwort lautete: mindestens seit einem Jahr. Nicht ich hatte Odalie beobachtet, sondern sie mich. Sie hatte ihren Köder ausgeworfen – die Brosche –, und von der Sekunde, als ich sie aufhob, wusste sie, sie hatte ihre Elster: jemanden, den sie mit ihrem Funkeln ablenken konnte, während sie den Grundstein für ihren ausgefeilten Masterplan legte.

Tragischerweise war es zu jenem Zeitpunkt, als ich eine klarere, umfassende Sicht auf meine Situation erlangte, schon zu spät. Alles, was ich über Odalie erzählte, über ihre Beziehungen, über ihr meisterliches Können, sich in das Leben anderer zu schleichen, blieb ungehört. Zwischendurch vermutete ich, Dr. Benson kenne womöglich die Wahrheit und sei ebenfalls von Odalie bestochen worden, doch das denke ich gegenwärtig nicht. Der gute, wenn auch starrsinnige Doktor wirkt so aufrichtig, wenn er mir nahelegt, *die wahrhafte Realität zu akzeptieren*, dass ich zu dem Schluss gekommen bin, er nehme das alles für bare Münze. Ich habe mich durch seine Augen gesehen und verstehe, wie er glauben kann, meine Realität, immerhin insofern sie von seiner abweicht, sei Fiktion.

Gewiss gibt es einige Überschneidungen, was meine Realität und die von Dr. Benson betrifft. So wurde ich etwa mit ein paar Anekdoten meiner eigenen Lebensgeschichte konfrontiert, von denen ich weiß, dass sie wahr sind. An einem Punkt brachten sie »Dr.« Spitzer herein, um mich zu identifizieren. Ich sage »Dr.« mit höhnischem Spott, da sich herausstellte, dass Odalie recht behalten sollte in ihrer Behauptung, er sei kein besonders guter Chemiker. Strenggenommen war er überhaupt kein Chemiker. Er war wegen seiner eigenen Verbrechen verhaftet worden, und als Gegenleistung für eine verkürzte Gefängnisstrafe erkannte er nur zu gerne mich als »Miss Ginevra« wieder und natürlich als die Frau, der er die Flasche unsachgemäß destillierten Alkohol gegeben hatte, die Gibs verfrühten Tod herbeigeführt hatte. Laut ihm hatte er nie von einer Odalie gehört; ich sei der Kopf des Unternehmens und die einzige Person, die seine Dienste in Anspruch genommen habe.

Und natürlich erinnere ich mich an den Tag, als Dr. Benson hereinkam und mich fragte, ob ich ein Mädchen mit dem Namen Helen Bartleson kenne. Sie hatte behauptet, mich aus der Zeit zu kennen, als ich versuchte, »mich in einer kleinen Pension zu verstecken«, und sie hatte einige Aussagen zu Protokoll gegeben, die für die Polizei von besonderem Interesse waren, erklärte mir Dr. Benson, obwohl ich mir beileibe nicht vorstellen kann, was das gewesen sein mag. Ich sagte ihm, Helen sei ein Einfaltspinsel und wüsste keinesfalls etwas über mein Leben vor oder nach der Pension. Aber offenkundig musste ich die Frage bejahen, denn ich kannte sie. *Wir waren für kurze Zeit Zimmergenossinnen*, erwiderte ich. Dr. Benson wollte wissen, ob das vor meinem Arrangement im Hotel-Apartment gewesen sei. *Ja*, sagte ich. Erinnerte ich mich, ihr mit einem Paar Lederhandschuhen eine Ohrfeige verpasst zu haben?, erkundigte sich Dr. Benson. *Nun, es gefiel mir durchaus nicht und stand mir auch nicht zu, aber jemand musste sie disziplinieren, und es war augenscheinlich, dass Dotty es nicht täte*, antwortete ich. Als ich das sagte, lächelte Dr. Benson.

Endlich machen wir Fortschritte, diagnostizierte er, doch ich wusste nicht, wie er das meinte.

Das Schlimmste kam, als ich glaubte, es könne mir helfen, bei der Sache mit Edgar Vitalli auszupacken. Ich wollte meinen Standpunkt verdeutlichen – dass nicht alles, was in einem Polizeirevier aufgezeichnet wird, immer hundert Prozent der Wahrheit entspricht. Dr. Benson stellte zu diesem Thema viele Fragen, und dann stellten zwei Chief Inspectors aus verschiedenen Revieren noch mehr Fragen. Und dann brachten sie den Police Commissioner höchstpersönlich herbei. Es ist sonderbar. All die Zeit, die ich auf dem Polizeirevier gearbeitet und auf den Besuch des Commissioners gewartet hatte – und dies nun waren die Umstände, unter denen ich ihn schließlich kennenlernte. Das Erste, was ich an ihm bemerkte, war, wie sich seine Schläfen ausbeulten, sobald er log. Etwa als er behauptete, Odalie nie getroffen zu haben und gar nicht zu wissen, wovon ich da redete, als ich die Angelegenheit zur Sprache brachte, dass er Odalie eine weiße Karte gegeben habe. Er war natürlich darauf bedacht, während unseres Gesprächs allein die Fragen zu stellen, denn andernfalls hätte ich ihm weiter wegen der Karte zugesetzt, von der Gib behauptete, Odalie habe sie aus seinem Büro erstanden.

Das Verhör war länger, als mir lieb war. Ich hätte ihnen wirklich nichts erzählen dürfen, aber die Anspannung, die in mir tobte, weil mir immerzu eingeredet wurde, ich könne die Realität nicht von der Fiktion unterscheiden, trieb mich dazu, bei absolut allem die Wahrheit sagen zu wollen, selbst bei Edgar Vitalli, nur um in meinem Kopf Klarheit zu schaffen. Aber herrje, welch ein Aufhebens sie machten! Es war in allen Zeitungen: wie ich das Geständnis manipuliert, es habe klingen lassen, als kenne Mr Vitalli alle möglichen belastenden Details über das Verbrechen; wie ich den Sergeant bezirzt und ihn zur Mithilfe verführt hatte. Ich war eine hinterlistige, verruchte Verführerin, behaupteten sie. Ein Reporter verglich mich gar mit Salome, die für König Herodes tanzte und den Kopf Johannes des Täufers einforderte! Das Ergebnis all dessen war, dass der Sergeant in einen schnellen und stillen Ruhestand trat. Ein mit schweren Rechtsfehlern behaftetes Verfahren wurde eingeleitet, und ich muss zu meinem Leidwesen bekunden, dass Mr Vitalli infolgedessen freigesprochen und aus dem Gefängnis entlassen wurde. Sein hässliches, höhnisches Feixen starrte mir von allen Titelseiten entgegen. Mich plagten große Gewissensbisse, und eine Weile sammelte ich alle Zeitungen, die ich im Gemeinschaftsraum in die Finger bekam, schnitt die Fotos aus und heftete sie in der Anstalt an die Wand meines Zimmers, nur um mich mit diesem schrecklich spottenden Gesicht zu quälen. Es war meine Art, Buße zu tun (allem Anschein nach musste ich erst für verrückt erklärt werden, bevor ich endlich zur Religion fand). Irgendwann bemerkte Dr. Benson, dass die Augen auf den meisten Fotos ausgekratzt waren, und zwang mich, sie wieder abzuhängen und den Krankenschwestern zu übergeben mit der Begründung, dass meine Sammelwut einen, wie er es nannte, *ungesunden Zeitvertreib* darstellte.

Es gibt Zeiten, da verwickelt er mich in Streitgespräche über moralisches Handeln und Gerechtigkeit, besonders im Fall Edgar Vitalli. Das beleidigt mich, da ich die Einzige war, die der Gerechtigkeit diente. *Das Leben eines Mannes lag in Ihren Händen… wie können Sie es rechtfertigen, ihn ohne Beweise zu verurteilen?*, fragt mich Dr. Benson. Ich versuche ihm zu erläutern, dass Mr Vitallis Schuld *augenscheinlich* war, sich allerdings abgesehen von mir niemand bemüßigt fühlte, das Notwendige zu tun. Wäre ich ein Mann und hätte die offizielle Untersuchung geleitet, hätte man mir gratuliert! Doch Dr. Benson schüttelt nur den Kopf. *Sie können nicht zugleich Richter, Geschworener und Henker sein, Ginevra,* sagt er, als sei ich eine Art selbstgerechte Irre, die sich in eine Schimpftirade hineinsteigert.

Doch die vielleicht größte Ungerechtigkeit, diejenige, die mich am meisten trifft, ist die, dass Odalie nie verstehen wird, wie sehr ich sie geliebt habe. Ironischerweise war es wohl am ehesten Gib, der ein Verständnis für all das aufbrachte, wenngleich mit Einschränkungen. Ein Mensch sieht einfach nicht das, was er nicht gewillt ist zu sehen, und ich habe die schlichte Wahrheit schließlich akzeptiert, dass Odalie nie auf meine Ergebenheit Wert gelegt hat. Sie wollte meine Loyalität – zumindest für eine Weile –, denn diese erwies sich als nützlich. Aber

Ergebenheit ist ein Wort, dessen Definition eine Tiefe erreicht, die unsere gegenwärtige Generation zu überfluten droht.

Die moderne Welt ist ein sonderbarer Ort, und ich fürchte, einer, in den ich nicht gehöre. Es ist nicht so, als wäre ich dumm. Doch ich habe die Welt gesehen, wie sie mich immer wieder abhängte. Und von Anfang an wusste ich, dass Odalie aus dieser neuen Zeit geboren war, mit ihrer goldglänzenden Haut und ihren dürren, knabenhaften Armen und ihrem glatten schwarzen Bob. Oberflächlich gesehen gibt es viel zu bewundern an diesen neuen, modernen Mädchen. Das will ich gerne eingestehen. Ich weiß, wenn Menschen an Romantik denken, werden sie an Odalie denken, ein Geschöpf im Mondschein, die Perlen an ihrem Kleid gleich einer Galaxie an Sternen, die vorübergehend zum Stillstand gekommen sind, das Schimmern ihrer Haare wie ein lichtbrechender Heiligenschein. Aber natürlich ist diese Vorstellung ein wenig irreführend. Die ganze Zeit, all jene Nächte, in denen wir auf der Suche nach versteckten Hintertüren waren und abstruse Sätze aufsagten, um Einlass zu finden in diese unzähligen Flüsterkneipen, war im Grunde Odalie die wahre Blinde. Ihr atemloser Charme und ihr melodiöses Lachen sind Verheißungen, dass eine echte Romantik, die aufregendste Form lebensverändernder Romantik, gleich um die nächste Ecke wartet. Doch in Wahrheit steckt in Odalies Knochen kein Fünkchen Romantik, und sie hat keinerlei Sinn für jegliche Art von Sentimentalität. Sie ist eine Fata Morgana, die ständig vor deiner Nase flirrt, immer im selben Abstand von dir entfernt, während du tiefer und tiefer in die Wüste stolperst.

Nein, von Odalie und mir bin ich die Romantikerin. Ein Relikt aus längst vergangenen Zeiten. Die Welt hat heutzutage keine Geduld mehr für damenhaftes Gebaren. Ebenso wenig hat sie Interesse, die innigen Bande von Schwestern, von Müttern und Töchtern, von Busenfreundinnen zu pflegen. Etwas – vielleicht war es der Krieg, das vermag ich nicht zu sagen – hat diese Bande zerrissen. Wenn ich in dieser Welt überleben will, das erkenne ich nun, muss ich mich früher oder später weiterentwickeln. Evolution. Eine weitere moderne Erfindung, die das alte Denken umkehrt, dass die Sanftmütigen die Erde bevölkern werden.

Aber genug. Ich weiß, das alles ist schlicht und ergreifend ein wehmütiger Klagegesang – überraschenderweise keiner über Odalie, sondern über mich selbst.

Epilog

Es heißt, ich bekäme heute einen Besucher. Sie haben mir diesen Umstand mitgeteilt, als ich heute Morgen aufwachte. Ich denke, die Krankenschwestern kamen sich schrecklich aufmerksam vor, als sie es mir sagten, denn sie glaubten, es würde mich freuen. Aber da es ihnen verboten ist, mir die Identität meines Besuchers zu offenbaren, habe ich mir die vergangenen paar Stunden den Kopf zermartert, wer es sein könnte. Es hat mir immer Schwierigkeiten bereitet, den wässrigen Haferbrei hinunterzuwürgen, den das Krankenhaus an jedem einzelnen Tag als Frühstück serviert, und heute stellen mich meine überspannten Nerven vor eine noch schwierigere Herausforderung.

Nun, Ginevra, Sie geben sich nicht mal die geringste Mühe, rügt mich eine der Krankenschwestern, als sie mein unberührtes Tablett abräumt. Besuchszeiten sind von ein Uhr bis vier Uhr. Am Mittag ist die Anspannung kaum mehr zu ertragen. Ich bin nicht sicher, wen ich zu sehen erhoffe.

Im Grunde ist das nicht wahr.

Ich *weiß*, wen ich sehen will. Der Abschied von alten Gewohnheiten fällt schwer. Doch die Zynikerin in mir kennt längst die Wahrheit: Sie wird mich hier nicht besuchen. Denn sie ist sehr schlau. Herzukommen wäre ein Fehler; sie könnte keinen Nutzen aus der Sache ziehen. Und dennoch blicke ich sehnsüchtig in Richtung Tür, in der Hoffnung, den Umriss eines eleganten Glockenhuts auszumachen. Das Herz ist ein eigensinniges Organ, mit solch störrischen, verbohrten Neigungen. Gestern ging ich zu Bett und stellte nach reiflicher

Überlegung eine Liste von Odalies unverzeihlichen Fehlern auf und rief mir jeden Grund ins Gedächtnis, weshalb ich weit mehr Hochachtung verdiene als sie. Und dann, heute Morgen – in der Sekunde, die eine dumme, geschwätzige Krankenschwester für den Versprecher benötigt, dass heute ein Besuch anstehe –, löste sich jeder Groll gegen Odalie augenblicklich in Luft auf. Und nun sitze ich hier, ich jämmerliches, instinktgetriebenes Geschöpf, und meine Augen gieren wie eh und je nach ihrem Gesicht.

Doch Punkt Viertel nach eins werden all meine hochfliegenden Hoffnungen zunichtegemacht, als Dr. Benson hereinkommt und mir erklärt, mein Besucher sei angekommen, und als besondere Belohnung für mein gutes Benehmen in jüngster Zeit werde mir gestattet, »ihn« unter vier Augen in meinem Zimmer zu empfangen, natürlich nur solange ich die Regeln des sittsamen Anstands beherzige. *Die Pfleger werden ein Auge auf Sie haben*, warnt mich Dr. Benson. Ich nicke. *Nun denn*, denke ich mit erheblicher Enttäuschung. *Mein Besucher ist also ein Mann.*

Ich vermute, es hatte eine Zeit gegeben, da wäre ich hocherfreut gewesen, den … sagen wir einmal den Sergeant zu sehen, der über meine Türschwelle tritt. Leider ist diese Zeit vorbei: Von dem Moment an, als wir uns zum ersten Mal begegneten, hatte ich den Sergeant auf ein solch hohes Podest gestellt, dass er unweigerlich hinunterstürzen musste. In meiner Vergötterung hatte ich ihn überschätzt. Er war doch keine unbeugsame Institution, sondern letztendlich beugte Odalie ihn nach ihrem Willen, wie sie es mit so vielen Dingen tat. Sollte ich ihn jetzt erblicken, so fürchte ich, würde mir anderes im Kopf herumgehen, und ich würde nachgrübeln, was genau der – nun – *Austausch* zwischen ihnen beinhaltete. Vor manchen Dingen sollte man lieber die Augen verschließen.

Ich bin zutiefst enttäuscht, aber weiterhin erwartungsvoll.

Ich sitze nervös zappelnd da, bis ich erkenne, dass ich geradezu die Hände ringe, weshalb ich es mir verbiete und mich darauf konzentriere, ganz, ganz still zu sitzen.

Die letzte Person, die ich erwarte, ist der Lieutenant Detective, doch mit einem Mal steht er mit krummem Rücken in meinem Türrahmen, die Hände wie immer in die Taschen seines Jacketts gesteckt. *Darf ich hereinkommen, Rose*, fragt er. Welch ein sonderbarer Trost es ist, meinen Rufnamen zu hören, obwohl ich es unter normalen Umständen vorgezogen hätte, hätte er mich *Miss Baker* genannt. Da ich kein Freund schlechten Benehmens bin, bitte ich ihn einzutreten. Er schlendert geruhsam herein, doch sobald er in der Mitte des Raums steht, wirkt er verunsichert, was er als Nächstes tun sollte. Ich zeige auf den Metallstuhl, den die Pfleger ausdrücklich zu diesem Zweck hingestellt hatten, und der Lieutenant Detective setzt sich hustend.

Rose, sagt er.

Lieutenant Detective, sage ich.

Er redet mehrere Minuten kein Wort. Die Nervosität, die ich nur wenige Augenblicke zuvor verspürt hatte, ist auf magische Weise wie weggeblasen. Ich fühlte mich schon seit Wochen nicht mehr so ruhig, wobei ich den Grund dafür nicht wirklich festmachen kann. Der Lieutenant Detective hingegen wirkt fiebriger, als ich ihn jemals gesehen habe. Er holt eine Zigarette aus der Innentasche seines Jacketts hervor. Geistesabwesend klopft er auf eine andere Tasche (vermutlich wegen eines Streichholzes), doch dann, mit einem Blick auf das *Rauchen verboten!*-Schild, das auf dem Gang genau vor meiner Tür angebracht ist, hält er inne und betrachtet seine Zigarette. Er zwirbelt sie über seine Fingerknöchel, bis sie zu Boden fällt. Unsere Augen wandern zu der Stelle, wo sie nun liegt, aber er macht keine Anstalten, sie aufzuheben.

Rose, setzt er neu an. Doch diesmal unterbreche ich ihn.

Heutzutage nennt man mich Ginevra, sage ich. Seine Augen werden groß. Ich sehe, wie sie über die Konturen meines Gesichts huschen, nach irgendetwas suchen.

Ja, was das betrifft…, sagt er.

Warum sind Sie gekommen, unterbreche ich ihn wieder.

Ich bin hier, weil…, sagt er, zögert jedoch, als er einen Schatten über seiner Schulter spürt. Ein Pfleger steckt den Kopf zur Tür herein, schwenkt ihn aggressiv in beide Richtungen – wohl um sicherzustellen, dass nichts Ungebührliches im Gange ist, dass der Lieutenant Detective mir keinen Löffel und keine Karte mit Anweisungen zusteckt, wie ein Tunnel nach draußen zu graben sei. Ich stelle mir das Bild vor und muss unvermittelt laut lachen. Erschrocken blickt der Lieutenant Detective zu mir hoch, und ich sehe etwas in seinem Ausdruck, das mir bekannt ist – etwas, das, wie ich nun erkenne, schon immer da war, das ich bisher jedoch nicht genau ausmachen konnte. Furcht. Der Lieutenant Detective hat Angst vor mir. All die Zeit, und ich erfasse erst jetzt, dass es schon immer so gewesen ist.

Man möchte glauben, sie könnten einem Mann des Gesetzes vertrauen und uns einfach allein lassen, sage ich über den Pfleger, der eben seinen nicht sonderlich subtilen Auftritt hatte. Es war freundlich gemeint, im Geiste der Solidarität, aber ich merke, dass meine Bemerkung den Lieutenant Detective nur noch mehr verunsichert.

Ja… nun. Sie wissen, strenggenommen stand ich über dem Sergeant… und war deshalb verantwortlich für sein Verhalten, so wie er – natürlich – für Ihres verantwortlich war, erklärt er mir. *Diese Vitalli-Sache hat mich ganz schön in Teufels Küche gebracht.*

Entschuldigen Sie vielmals, sage ich, doch er antwortet nicht. Gedankenverloren blickt er zu Boden, wo die Zigarette immer noch liegt, ohne sie wirklich zu sehen. Mehrere Minuten verstreichen. Dann räuspert er sich schließlich.

Sie wissen, dass ich es nicht glaube, platzt es in bekenntnishaftem Ton aus ihm heraus.

Was glauben?, frage ich.

All das, sagt er. *Über Sie. Ich kann nicht glauben, dass Sie dahinterstecken.* Erneut spüre ich, wie seine Augen mein Gesicht erforschen. Ich wünschte, er würde aufhören zu versuchen, etwas darin lesen, wovon er glaubt, es stünde dort in unsichtbarer Tinte (oh, das denkt er also). *Insbesondere wo offensichtlich ist, dass sie … dass sie so …*

Wo ist sie, will ich plötzlich wissen. Bei meinen Worten springt er vom Stuhl, schlendert hinüber zu dem kleinen Fenster an der Kopfseite meines Zimmers und gibt vor, die Aussicht zu betrachten. Ich weiß, dass er nur so tut, weil ich die Aussicht kenne und weiß, dass es nicht viel zu sehen gibt. Ein Baum. Die Ecke des gegenüberliegenden, mit Moos gesprenkelten Backsteingebäudes. Eine unansehnliche Unmenge Stacheldraht auf einem Zaun. *Wo ist sie*, wiederhole ich.

Fort, erwidert er, und obwohl ich diese Antwort von vornherein erwartet hatte, spüre ich, wie mir das Herz schwer wird. Er dreht sich um. Die Narbe auf seinem Gesicht versinkt in den Falten seiner Stirn. *Es geschah gleich – gleich nach …* Er zögert. *Sie sagte, sie fühle sich nicht sicher, sie bräuchte einen Neuanfang.*

Natürlich, sage ich. *Natürlich.* Tief in meinem Inneren ballt sich meine Seele zu einem kleinen, verknoteten Ding zusammen. Doch dann sagt der Lieutenant Detective etwas, auf das ich nicht gefasst bin.

Sie hat mich gebeten, Ihnen etwas zu geben. Er greift tief in die rechte Tasche seines Jacketts und holt eine Schachtel hervor. Augenblicklich beginnt mein Herz wieder zu klopfen – so wie heute Morgen, als die Krankenschwestern mir erzählten, ich bekäme Besuch und ich zu hoffen wagte, es sei sie. Es ist eine kleine Schachtel, etwa von der Größe einer Schmuckschatulle, mit Rosenpapier bezogen. Kein Detail war für Odalie je zu unbedeutend. Diese Verzierung war kein Zufall. Ich strecke den Arm aus und nehme die Schachtel entgegen. Im Innern finde ich einen einzigen Gegenstand. Eine Brosche – ein kostspielig anmutendes Kleinod, mit Opalen, Diamanten und schwarzen Onyxsteinen, allesamt zu einem sehr modernen, sternförmigen Muster angeordnet. *Sie hat sie aus Ihrem Schreibtisch*, erklärt er unnötigerweise. *Sie meinte, Sie würden sie gerne haben.*

Ich halte die Brosche in der Innenfläche meiner Hand und starre sie an. Es ist ein entzückender, fast hypnotisierender Anblick. In meiner Erinnerung ist die Form des Kleinods nun scharf und gezackt und bittersüß. Ich verstehe, was sie meint, und ihre Grausamkeit verschlägt mir den Atem. Mir kommen die Tränen, aber ich weine nicht.

Geht es Ihnen gut, Rose?, fragt der Lieutenant Detective. Als ich keine Antwort gebe, durchmisst er den Raum und steht direkt vor mir. *Geht es Ihnen gut?* Er legt die Hände auf meine Schultern. Wir stehen uns Angesicht zu Angesicht gegenüber. So nah, dass sich unsere Nasen beinahe berühren. Ich blicke in seine Augen und sehe einen weichen, verwundbaren Fleck irgendwo tief im Dunkel seiner Pupillen. Ein Hauch von Niederträchtigkeit überkommt mich. Ich höre ihn vor Freude leise aufkeuchen und spüre, wie er scharf Atem holt, und dann verstehe ich endlich, dass er es schon die ganze Zeit über wollte. Ich habe noch nie einen Mann geküsst, aber ich habe es bei Odalie oft beobachtet und stelle fest, dass ich mich mit natürlicher Leichtigkeit gebärde, als würde ich die Szenen, derer ich Zeuge war, aus einem fotografischen Gedächtnis heraus nachspielen. Der Kuss ist langsam und warm, bis ich ein Brennen in den Lippen des Lieutenant Detectives spüre, das einen Anflug von Brennen in meinen eigenen entfesselt, und für einen Moment glaube ich fast an die Wahrhaftigkeit dieser Geste. Doch nur wenige Sekunden verstreichen, und bevor der Kuss vorüber ist, entsinne ich mich des Messers, das er in der Nacht benutzte, als mein Kleid in der Tür des Geheimgangs der Flüsterkneipe hängenblieb, und meine Hand greift mechanisch danach. Der Lieutenant scheint nichts zu bemerken. Als ich von ihm weiche, starrt er mich wie in Trance an, und ein leises Lächeln breitet sich auf seinem Gesicht aus.

Dann blickt er nach unten und sieht das Messer in meiner Hand. Ich schnalze es auf.

Rose, sagt er mit weit aufgerissenen Augen.

Ich lege einen Finger an meine Lippen und schüttle den Kopf. Und dann, in Windeseile, packe ich meine Haare mit einer Hand. Das Messer gleitet in einem einzigen sauberen Schnitt durch sie hindurch, und ich spüre, wie mir mein ungleichmäßig geschnittener Bob die Wange kitzelt. Mit einem Schlag bricht um mich herum Tumult aus. Zwei Pfleger haben mein Tun bemerkt und sind ins Zimmer gestürzt. Der Lieutenant Detective taumelt rückwärts. Die Pfleger fallen über mich her und entreißen mir das Messer. Sie ringen mich zu Boden, doch da keinerlei Gegenwehr von mir kommt, halten sie inne und schieben mich auf den Metallstuhl, wo ich mit schlaff herabhängenden Gliedmaßen wie eine weggeworfene Marionette dasitze. Sie rufen den Gang hinab nach Dr. Benson.

Auf dem Boden liegt ein Berg mattbrauner Haare, die sich zu einer Art absurdem Vogelnest zusammengebauscht haben, und irgendwo unter dem Haufen liegt eine einzelne Zigarette. Ich bücke mich, fege die Haare beiseite und hebe die Zigarette auf. *Wenn es Ihnen nicht zu große Umstände bereitet, könnten Sie mir bitte Feuer geben*, sage ich zum Lieutenant Detective. Für einen Moment habe ich das Gefühl, er wolle auf dem Absatz kehrtmachen und aus dem Zimmer fliehen. Er betrachtet mich jetzt mit einem anderen Ausdruck, einem, den ich nie zuvor auf seinem Gesicht gesehen habe, und ich weiß, dass dies hier sein letzter Besuch sein wird. Bedächtig, die Hand leicht unsicher, greift er in seine Tasche und zieht ein Streichholzbriefchen heraus. Er zündet ein Streichholz an, und die Flamme tanzt in seiner zitternden Hand.

Während ich mich zum Streichholz hinabbeuge und inhaliere, gleiten meine Gedanken zu Odalie an jenem berüchtigten Tag zurück, als sie mit ihrem frisch geschnittenen Bob ins Büro schlenderte. Ich erinnere mich, es war ein Dienstag. Mir waren Dienstage immer als die gewöhnlichsten und profansten aller Werktage vorgekommen. Doch da war sie und verwandelte den Dienstag in einen Tag, den niemand von uns vergessen würde – es niemals könnte. Damals kannte ich sie kaum. Zu jenem Zeitpunkt war sie bloß das neue Mädchen in unserer Gemeinschaft an Stenotypistinnen, mit hübscher Kleidung und einer unbekümmerten Art im Umgang mit Schmuck. Die Geheimnisse, die wir noch teilen würden, lagen in weiter Ferne, auch die langen Nächte mit heißem Grog, die schlaftrunkenen Schwätzchen, die wir auf demselben Bett liegend führen würden. Sie spazierte an jenem Morgen herein, und das gesamte Revier hielt den Atem an. Es war, als verstummte selbst das Ticken der Uhr. Dann machte jemand – ich kann mich um alles in der Welt nicht erinnern, wer es gewesen war – Odalie ein Kompliment. Sie drehte den Kopf, um es zu würdigen, und während ihre Stimme jene vertraut melodiöse Tonleiter in einem honigsüßen, lachenden Trillern erklomm, schwang das glänzende Schwarz ihrer kürzlich geschorenen Haare an ihren Wangen entlang. Mit diesen kurzen Haaren war es so, als würden sie aus jeder Pore herausschreien: *Ich bin frei! Oh, wie frei! Und wie viel freier als du!*

Das Streichholz verglimmt, und der Lieutenant Detective zieht zögerlich seine zitternde Hand weg. Doch das macht nichts, meine Zigarette ist entzündet. Ich nehme einen schönen, langen Zug, neige den Kopf nach hinten und atme aus. Wenn es mir um jemanden leidtut, dann um Teddy. Aber wie ich schon in aller Ausführlichkeit beschrieb, gibt es auf dem Weg der Evolution immer Opfer. Für den Bruchteil einer Sekunde sehe ich Teddys Gesicht vor meinem inneren Auge aufblitzen, seine Augen weit aufgerissen vor Panik, während er tief hinab auf den Beton fällt.

Wie wäre es damit, Odalie, denke ich und nehme einen weiteren Zug von der Zigarette. *Wie du mir, so ich dir.*

Danksagung

Ich möchte meiner Agentin Emily Forland für so viele Dinge danken: ihr intelligentes Feedback, ihr immerwährendes ruhiges Auftreten und ihre außergewöhnliche Anmut im beruflichen Miteinander. Ein Dankeschön auch an Emma Patterson und Ann Torrago von der Wendy Weil Agency, die, wie ich überzeugt bin, gemeinsam mit Emily das Erbe der großartigen Wendy Weil hochhalten werden. Wendy wird vermisst werden. Meine tiefste Dankbarkeit gilt Amy Einhorn für ihre wunderbare editorische Unterstützung, das sichere Verständnis und ihre erfrischend unverblümte Herangehensweise. Ich bin immer noch völlig begeistert, mit jemandem zusammenzuarbeiten, den ich verehre! Ich danke auch Liz Stein, die gleichzeitig ungemein clever und ein fleißiges Arbeitswunder ist. Ich bin ebenfalls sehr dankbar für die editorischen Anmerkungen von Juliet Annan. Der scharfsinnige Blick, den sie beisteuerte, war von unschätzbarem Wert, während ich am Manuskript feilte. Vielen Dank auch an Sophie Missing. Ich möchte Emma Sweeney danken, die mir meinen ersten Job im Verlagswesen gab und mir den Weg ebnete, um für mein Manuskript ein Zuhause zu finden. Ein riesiges Dankeschön geht an Jayme Yeo, meine beste Freundin seit über einem Jahrzehnt, die geduldig unzählige Rohfassungen las, obwohl sie selbst eine eigene Dissertation fertigzustellen hatte. Ich stehe wegen vieler Dinge tief in Eva Talmadges Schuld: ihre mit Bedacht formulierten Anmerkungen, ihre fortwährenden fachlichen Ermunterungen und ihre Freundschaft während der vergangenen zwei Jahre.

Mein Dank geht auch an Julie Fogh, ein außergewöhnliches Ein»frau«-Netzwerk! Ich danke der Rice University und all meinen Kollegen. Vielen Dank, Susan Wood: Dichterin, Mentorin und liebe Freundin. Ich danke Colleen Lamos, die meine Interessen während meiner frühen Studienjahre zur Moderne lenkte, und Joe Campana, der ein bewundernswertes Beispiel dafür setzte, wie es zu schaffen ist, gleichzeitig als Künstler und Akademiker gute Arbeit zu leisten. Ich bin meinen Verlagsmädels für ihre Kameradschaft und Unterstützung dankbar: Hana Landes, Julia Masnik und Laura Van der Veer (»Reading Rainbows«, vereinigt euch!). Meine tiefste Dankbarkeit gilt den folgenden Menschen, die die frühesten Fassungen des Manuskripts gelesen haben und hilfreiche Kommentare abgaben: Brendan Jones, Mark Lawley, Melissa Rindell, Susan Shin, Ning Zhou und Olga Zilberbourg. Ich danke der Weldon-Familie, die mir während der Zeit, als ich dieses Buch schrieb, ein erschwingliches Apartment in East Harlem vermietete. Ich danke auch meinen New Yorker Mitbewohnern, die dieses Abenteuer mit aller Kraft unterstützten: Clare Brower und Matt Bessette. Ein dickes, fettes Dankeschön geht an Brian Shin, der mir im Laufe der Jahre bedingungslose Liebe und Unterstützung zuteilwerden ließ. Ich weiß nicht, was ich jemals getan habe, um einen besten Freund wie dich zu verdienen, aber was auch immer es gewesen sein mag, so bin ich verdammt dankbar, es getan zu haben. In diesem Sinne bin ich auch meiner Familie unsäglich dankbar: Sharon, Arthur, Laurie und Melissa.

Zu guter Letzt sollte ich anmerken, dass es den einen oder anderen Moment in diesem Buch gibt, an dem ich voller Demut versuchte – auf meine eigene bescheidene Weise –, der ersten großen Liebe meiner Teenagerjahre bewusst meine Ehrerbietung zu erweisen: Fitzgeralds *Der große Gatsby*. Meine Bewunderung ist grenzenlos.